創約 とある魔術の禁書目録《インデックス》 3

鎌池和馬

イラスト／はいむらきよたか

ニ

R&Cオカルティクスによって配られた

ム。祈ることで行動の成功確率を100%に固定することができるが、一度使用すると次に使用するまで1時間のチャージが必要となる。能力者が使用しても副作用のようなペナルティは起きない。

CONTENTS

『もしもし、
わたしフリルサンドちゃん……』

科学的に作られた人造ゴースト
フリルサンド#G

Designed by Hirokazu Watanabe (2725 Inc.)

創約

とある魔術の禁書目録《インデックス》

3

鎌池和馬

イラスト・はいむらきよたか

デザイン・渡邊宏一（2725 Inc.）

序章　大きな石をめくってみたらこうなった　OP."Hand_Cuffs".

腐っていた。一二月二五日、午後三時。名門常盤台中学《ときわだいちゅうがく》の学生寮では栗色《くりいろ》ツインテールの女子中学一年生、紫色のネグリジェ一丁の白井黒子《しらいくろこ》はベッドに突っ伏して、そのまま動かない。完全に腐ってやがった。

腐ったクラゲは言った。

「おでえざま……帰ってこねえー……」

そう。

ルームメイトの御坂美琴《みさかみこと》が二四日の夜に行方を晦《くら》まして以降、今の今まで帰ってくる気配がない。ばっくれやがった。魅惑のお姉様、クリスマス当日はどこか知らない場所でお楽しみときた、どうやら可愛《かわい》い後輩はノアの方舟《はこぶね》に乗り損ねたらしい。もしも無人島に一つだけ持っていくとしたら。白井黒子《しらいくろこ》、あえなく落選。こういうのは悪意がない方が胸に刺さる場合もある。

(あ、あ、あんまりですの……。せっかくこの日のために取り揃《とそろ》えたあれやこれ、お菓子にプレゼント、アロマに栄養ドリンク、感電対策のゴムのつなぎに手袋、海藻から抽出した半透明のでろでろにシリコン技術の結晶、XXXにXXXX、うふぐへへ。全部が全部二六日まで売れ残ったケーキの山状態ではありませんのおーっ!!）

だんだんひどくなっていく本音は神様が聞いていたら物理的にカミナリの一つでも落としてきそうな惨状だったが、とにかくでっけえー食虫植物は獲物を取り損ねたのだ。

もうジタバタする元気すらなかった。そんな白井《しらい》黒子《くろこ》の枕元で、携帯電話の単調な着信音が鳴り響く。うつ伏せのまま手を伸ばし、ゾンビみたいな低い声を発した。

「うえあー？　警備員《アンチスキル》との合同一斉捜索ですの？？？」

『なんかでっかい捕り物みたいですよ。白井《しらい》さんそういうバイオレンスなの大好物じゃないですか、珍しく大人達からオファーが来ているんで行ってみたらどうです？』

どうやら年に一度のクリスマスまで風紀委員《ジャッジメント》の方では仕事が溜《た》まっているらしい。

一瞬、ハタチになるまでにきちんと忘れないと呪われるムラサキ色の生理がひどくて起き上がれないなどの仮病を駆使してぶっちぎろうかと考える白井《しらい》黒子《くろこ》だったが……ふと思い直した。

そう、

（難事件のある所にお姉様は現れるのでは？）

がばっとベッドから身を起こし、乱れた髪を整えながら白井《しらい》は慌てて応答した。

「了解しました初春《ういはる》!!　至急現場に向かいますわ、場所は!?」

品行方正を外から強制する常盤台中学《ときわだいちゅうがく》、その学生寮はクリスマス近辺になると特に厳重な封印が施されるのだが、治安維持組織である風紀委員《ジャッジメント》の活動であれば例外的に見逃してもらえるらしい。白井黒子《しらいくろこ》、初めての常盤台《ときわだい》クリスマス。寮監《りょうかん》の目の前を横切って難攻不落と呼ばれる学生寮の正面玄関から制服姿で堂々と表へ出ていく事に成功する。

「さて」

そっと息を吐くと、学校指定の冬服と長い長いマフラーを組み合わせたツインテールの少女がいきなり虚空《こくう》へ消えた。

大能力者《レベル4》、『空間移動《テレポート》』。

一回あたりの距離は八一・五メートル、一度に運べる重さは一三〇・七キログラムと決まっているものの、小刻みに何度も繰り返す事でレーシングカーを上回る速度で高速移動ができる。もちろんアスファルトの道順など無視して、だ。

場所は玉石混交な第七学区でも治安の悪い一角だった。壁にはあんまりアートじゃない感じのスプレーの落書き、そこらの地面には盗んできてそのまま乗り捨てたと思《おぼ》しき自転車がゴロゴロ。クリスマスでも特別なカラーでまとまるつもりはないらしい。

白井《しらい》は職業柄（？）自転車のサドル下にある登録シールだけ携帯電話で撮影しつつ、

「この辺りですの？」

『警備員《アンチスキル》の専用車両が停《と》まっているはずですのでそちらと合流してください。こっちもこっちで忙しいのでご一緒できないのが残念ですー。……えっ、あ、はい？　うえぇーッ‼　これ全部今日中に自動演算フローチャート化するんですかあ⁉』

バタバタしていると思ったら通話が切れてしまった。

(仕方がない……)

誰も帰ってこない寮のベッドで腐っているよりは、表を見て回った方が愛《いと》しのお姉様御坂美《みさかみ》琴《こと》と鉢合わせする確率が上がるのは事実なのだ。それも事件性の高いエリアなら確変で。タイヘン不純な動機ではあるのだが、確定で街の治安が回復するのであればご容赦いただきたい。

窓のないバス、といった感じの鋼の大型車両の扉をノックして中から開けてもらう。

ワンルームより広い車内は、外からの見た目に反してぎゅうぎゅうだった。まず壁の両サイドが業務用のコンピュータで埋まっていて、余ったスペースにも武器弾薬の箱が積み上げられている。明かりらしい明かりはなく、モニタの光と機械の熱が限られた空間を満たしている。どうやら人を運ぶための車ではなく、情報管制と物資補給を兼ねた後方支援らしい。

(これでもサブ。だとすると……バス一台でも収まらない規模の人員を動かしている？)

白井《しらい》は怪訝《けげん》な顔になった。警備員《アンチスキル》は学園都市の治安を守るための『大人側』の組織だ。外壁の『外』で言うなら、役割としては警察が近い。彼らは教職員からの志願制で高度に組織化されているのは知っていたが、それでもここまでとなるとかなり大掛かりだ。ちょっと想像してみれば分かると思うが、現行犯で街を走る一人の強盗を追い回すのにどれだけ制服警官が必要だろう。三〇人でも足りない、という場面はなかなかお目にかかれないと思う。

「失礼、そちらからの要請により出頭いたしました。風紀委員《ジャッジメント》の白井《しらい》黒子《くろこ》ですわ。わたくしが呼び出される大きな捕り物という事はやはり能力者絡みの案件でしょうか」

携帯ショップの受付嬢のようにはならなかった。まず沈黙が少女の声を吸い取り、ややあって、じろりとした視線がいくつか集まってくる。お客様は仏様です、は公務員には通じない。そしてそもそも白井《しらい》は客ではない。やがて、近くにいたオペレーターらしき女性が口を開いた。

ぶっきらぼうに顎で奥を指しながら、

「彼と一緒に行動して」

わざわざ名指しで熱烈なアプローチをかけてきたにしてはとことんまで愛想《あいそ》がない。クラスでもたまにいる、失敗しちゃったツンデレ系のキャラ作りという事で白井《しらい》は納得してそちらに目をやり

声もなかった。そのまま後ろに倒れるかと思った。

……ここで一つ、お断りしておかなくてはならない事がある。

すでに言葉や仕草の端々から滲《にじ》み出《で》ていると思うが、こう見えて（？）白井《しらい》黒子《くろこ》は名門常盤《ときわ》台中学《だいちゅうがく》に通う純粋培養のお嬢様。普通に生活するだけなら男の匂いなど嗅ぎ取る事もない女子寮生活を送っている。特に男性恐怖症ではないが、男集団と女集団、放り込まれるとしたら

どちらがリラックスできる？　という質問に対しては、自然と後者を選んでしまうはずだ。

そんな彼女からすれば、言い渡されたバディはとんでもない事になっていた。

マッチ棒みたいなおっさんだった。

禿《は》げ上《あ》がっていた。

マイナンバー制度の熱烈な支持者なのか、頭全体のバーコードで管理されたがっていた。

痩せ細っているのに脂ぎっていた。

ハズレのタクシーの車内みたいな匂いがした。

バーコードにメガネが組み合わさっていた。

そもそも根本的に男だった。

「うぐおォォォああ‼⁉⁇」

「あ、はい。あなたが白井《しらい》黒子《くろこ》さんですか。初めまし、うわ何ですかいきなり⁉　こっ、これが超能力者《レベル5》への覚醒⁉」

なんかこちらに近寄ってきた防弾装備の中年男がびくっと肩を震わせた。

しかし白井《しらい》黒子《くろこ》はそれどころではない。

「何故《なぜ》、一体何があったら、こんな事になってしまいますのお‼　全てが順当に進んでいれば今頃密室の中で愛《いと》しのお姉様と二人きりのはずでしたのに、気がつけばこんなリボンも解かず二〇年くらい放っておかれたクリスマスプレゼントみたいなしわしわ男がすり寄ってくるだなんてえーっっっ!!!!!!」

「は、はなしがみえないんだけどもおじさんの人権について考えてみましょうか……？」

やんわりとした皮肉すら効いていなかった。

というか、出た。あのフレーズが出てきた。純粋お嬢が最も近づいてはならない、ひらがな四文字の並び。出てきただけで銀イオンがたっぷり詰まった除菌スプレーを構えかねない地獄の単語が。彼が驚くだけで汗が滲《にじ》み、汗が滲《にじ》むと何とも言えないあの匂いがじんわり漂ってくる。白井《しらい》は真っ青になった顔で、

「とっ、とにかく外へ!!」

「あ、お仕事熱心ですね。やっぱりエリートお嬢様は違うなあ」

違う。タクシーの安い合成皮革の座席みたいなあの匂いを体の中に入れたくないのだ。しかしここで揉《も》めても白井《しらい》側《がわ》に得する事は何もない。噂《うわさ》のバーコードメガネは防御力のなさそうな頭を照れ臭そうに片手でかいてから、ハッと気づいて自分のバーコードを整え直していく。

「わ、私は楽丘豊富《らくおかほうふ》と言います……」

「白井《しらい》黒子《くろこ》」

早口でツインテールの少女は応対した。

必要以上にディスタンスは広めに取りつつ、白井《しらい》はため息をついて本題に入る。

「それでは楽丘先生《らくおかせんせい》。捕り物というのは？」

「あ、これ一般層には内緒なんですけど。今は動画サイトとかSNSとか、話題集めのためなら何でもやらかす時代ですから……」

「早く」

「つまりですね」

楽丘豊富《らくおかほうふ》とやらは小動物みたいに左右を確認してから、こちらにすり寄って小声で言った。

「オペレーションネーム・ハンドカフス。『暗部』の一掃作戦です」


『暗部』。

学園都市のトラブル処理、そして時には犯罪者との直接戦闘まで担《にな》う風紀委員《ジャッジメント》の白井黒子《しらいくろこ》ではあるが、そんな彼女にとってもひきこさんやくねくねと同じくらい曖昧な存在だった。

『それ』を匂わせる言葉や人の動きを見聞きした事は、ある。

だけど『それ』そのものに触れたという手応えや実感は、ない。

(……わたくし達がいるよりも、さらに奥)

だがそもそも『暗部』の定義が何なのかさえ白井黒子《しらいくろこ》には断言できない。全てはウワサの中で語られる架空の存在である。偶然の産物をいくつか繋《つな》ぎ合《あ》わせると何かしら統一感があるように錯覚してしまう。そんな風に一笑に付してしまうには、あまりに不気味なだけで……。

（おそらくは、い、い、い、い、お姉様がお一人で首を突っ込んでいる領域。おほう!! という事はやはりこの道は間違っておりません、自ら最大の危難に突撃すればお姉様が待っているうッ!!）

「『それ』は、あります」

楽丘豊富《らくおかほうふ》は確かに言った。内緒話をしたいからか。ディスタンスを無視してこちらのテリトリーに肉薄するバーコードメガネが気にならなくなるほど、その言葉には魔力があった。

「ほら、先日統括理事長が代替わりしたでしょう。その激変の一つとして、浮かび上がってきたんですよ。沼の底に溜《た》まっていた汚泥《おでい》が、揺さぶられて水面まで上がってきたように」

「……、」

「隠蔽のガードは途切れました。今が最初で最後のチャンスでもあります。二三の学区全部で一斉に動き出していますよ、捕り物のための『壊滅手配《アウトランク》』もできました！」

今まで警備員《アンチスキル》や風紀委員《ジャッジメント》が断片的に集めていた『役には立たないデータ』と、今回上の人間が解禁した隠蔽データを掛け合わせた代物らしい。ようは、こいつに従って一斉捜査するだけで今まで影も形もなかった『暗部』の大物連中を一掃できるという寸法だ。

「ここで可視化された『暗部』を根っこから断ち切る事ができなければ、後は同じ事の繰り返しです。水面に潜った『彼ら』は再び誰にも手出しのできない場所から無辜《むこ》の市民を引きずり込んで、貪っていく。何としても止めないと……」

「彼ら、というのは？」

「様々です。オンラインの『壊滅手配《アウトランク》』を見たら絶句しますよ」

楽丘《らくおか》はよそを顎で示して、

「……とりあえず、私達の担当に当たりましょう。そこの廃ビルです。碧海華麗《あおうみかれい》、通称は『ペットブリーダー』。秘密裏に訓練された危険なペットをけしかけ、事故に見せかけて狙った人物を攻撃する専門職だそうですよ。依頼によって単純な脅迫から、ミスコン候補やスポーツ選手のリタイヤ、そして暗殺まで傷の大きさや感染症の度合いは多岐にわたるそうですが」

「それ、今までは？」

「事故にしては疑わしい案件がいくつかありましたが、いずれも事件化はされていませんね。現場周辺で発見されたヒアリやカミツキガメが保健所に捕獲された程度です」

一例だけで想像以上だ。そもそも『職業化された犯罪者』なんてものが存在する事自体、日本の中学生からすれば不思議でならない。成立するのかそんなもの？　ましてここは分厚い壁で囲まれ、無数のカメラで監視される学園都市なのに。

（隠蔽のガードが途切れた……か）

隠すのは、隠しておいた方が得だという判断がなされたのだ。それは一体どんな？　個々の犯罪者もそうだが、これだけの凶悪犯を社会から覆い隠せる仕組みそのものにも背筋が凍る。

その気になればこの街は白井黒子《しらいくろこ》の存在だって丸ごと『除去』できてしまえるのではないか？

「他のメンツは？」

「『ペットブリーダー』については、人数差で圧殺しようとしても逆効果です。ピンポイントで撃破したい。何しろスイッチ一つで何百匹の蜘蛛《くも》やタコが飛び出してくるか分かりませんからね。ドアや窓を塞いだとしても、ダクトや排水口など人の通れないルートを使って蔓延《まんえん》するリスクだってあります。包囲しての封殺はおそらく無理です」

「うへえ」

「念のため、表では殺虫剤部隊を待機させています。人間にはさほど効果のないピレスロイド系ですから、市街地で散布しても問題はないでしょう。ただしネズミとかカラスとか、人間と同じ脊椎動物の場合は網をすり抜けます。気づかれないに越した事はありません」

「……そのための『空間移動《テレポート》』、ですか」

「ドアや窓はもちろん、屋内だってセンサーだらけかも。そんな訳でよろしくお願いします。ちなみにテレポートって初めてなんですけど、一体どうやって狙いを定めるんですか？」

「…………………………………………………………………………………………」

…………………………………………………………………………………………

すっげえー嫌そうな顔をしたツインテールの女子中学生がおじさんの肩を叩《たた》き、そして肉体的に接触した二人が同時に虚空《こくう》へ消える。

廃ビルの中は年に一度のクリスマスとは思えない光景が広がっていた。壁紙や絨毯《じゅうたん》すらない、剝《む》き出《だ》しのコンクリート。ガラスのない窓は青いビニールシートとガムテープで強引に塞がれ、そこかしこに四角い箱のシルエットが山積みにされていた。大きさは一辺二メートルくらいの立方体だろうか。ここだけが熱帯魚の水槽みたいに青白い明かりで満たされていた。

いいや。

てっきり水槽や檻《おり》のようなものをイメージしていた白井《しらい》だったが、実際には違った。

紫外線ライトと水耕栽培キットが同じ電源でまとめられた箱の正体は、

「野菜工場、ですの？」

「一種のビオトープなんでしょう。決まった時間に餌を与えるのではなく、餌がいる自然環境そのものを人工的に調整している。死の園芸部ですね、これじゃあ……」

分厚いアクリルで覆われた箱の中には、良く見れば様々な生き物が蠢《うごめ》いていた。

蚊、ハエ、ノミ、ダニ、ゴキブリ。

ネズミ、カラス、蛇、ヤドクガエル、コウモリ。

カミツキガメ、ピラニア、カンディル、ブラックバス。

一つの箱に一種類だけとも限らない。共食いで全滅しない種なら同じ箱にまとめておくのか、あるいは本当に食べて食べられての食物連鎖のピラミッド自体が完成しているのかまでは知らないが。

「へ、ヘマしたらこれに噛《か》まれたり刺されたり、って事に……？　病院に血清あるかなあ？」

「はあ。部活や委員会ではなくお仕事なら労災、つまりタダで入院できるのではなくて？」

「嫌ですよっ私は白井《しらい》さんと違って公務員なんですよ！　ほしくもないお小遣いとお休みなんか同時にもらったってあっちこっちから文句を言われるばっかりです、税金泥棒って……」

ごとりという音が上から響いてきた。

小心なのか社畜根性なのか、そんなおじさんの嘆きもぴたりと止まる。

ここまでくると、白井《しらい》も楽丘《らくおか》もいちいち声を出して確認を取り合ったりしない。指先だけでサインを送ると、二人は廃ビルに残された非常階段に向かう。

幸い、懸念《けねん》していたようなカメラやセンサーはない。部屋やフロアで区切るという概念はないらしく、階段の踊り場にもアクリルでできた二メートル大の箱が普通に置いてあった。

「(し……っ‼)」

白井《しらい》は片手でおじさんを制し、ただでさえ抑えていた呼吸を完全に止めた。

階段を上ると、内壁のない広いフロアの奥から人の話し声が聞こえてきた。

誰かいるのか。それも複数人。

奥からだ。階段の辺りからでは確認できない。ごくりと喉を鳴らし、白井《しらい》は音もなく殺風景な広い空間へ踏み込む。高濃度の緊張が全身の神経をじんわりと蝕《むしば》むが、そこで気づいた。

『……新しく……就任……ですが、』

やけにハキハキとした女性の正しい発音に、一緒に流れてくる音楽や効果音。改めて柱の陰からそっと覗《のぞ》き込《こ》んでみれば、仕切りのない広大なフロアの真ん中に六〇インチ以上の大きな薄型テレビが置いてあった。その逆光に照らされるようにして、椅子に腰掛ける人影が黒く切り抜かれているのが分かる。

他に人はいない。明るい話し声はテレビからの音声だったのだ。

これがヤツの生活空間、なんだろうか。二メートル大の箱で囲まれた孤独な空間に公私の区別など見当たらない。

『新たな統括理事長が就任の宣言と同時に警備員《アンチスキル》の詰め所へ出頭、自らの罪を告白するという前代未聞《ぜんだいみもん》の事態に、学園都市の一般裁判所では激震が走っております。起訴自体はされているようなのですが日程通りに裁判が行われるかは未知数で、この前代未聞《ぜんだいみもん》の事態に際し一二人で構成される統括理事会はコメントを差し控えており……』

ペットブリーダー。

碧海華麗《あおうみかれい》。

「ひどいわよね」

っ!?　と白井《しらい》の呼吸が、意図して止めたのとは違った理由で詰まる。

椅子に腰掛け、背を向けた女はこちらに気づいている。

「私達だって必要とされて闇の中に沈んでいたっていうのに。ドクトリンが変わったらそれでお払い箱？　いいえ、無理に歯車を抜いても学園都市っていう仕組み全体が壊れていくだけよ」

「チッ!!　風紀委員《ジャッジメント》ですの。碧海華麗《あおうみかれい》、そこを動くな!!」

「はいはい」

テレビを観《み》たまま、女は立ち上がりも振り返りもしなかった。

ただ肩をすくめただけだった。

直後。


ドッ!!　と。

緑に茶色、灰色に黒。様々な色の奔流が、真横から白井黒子《しらいくろこ》の脇腹へ襲いかかってきた。

意味が分からなかった。

一匹一匹が少女の掌《てのひら》に匹敵するサイズの虫、というのも十分以上に怖い。

だがそれ以上に数。重たいボウリング球でも叩《たた》き込《こ》まれたように白井《しらい》の呼吸が詰まり、思考が散らばる。柱の裏から吹っ飛ばされ、目を白黒させたままコンクリートの床を引きずられる少女に、テレビを観《み》たまま『ペットブリーダー』が囁《ささや》く。

「害虫にもトレンドってあるのよ」

素っ気ない調子で。

「今はヒアリよりも、イナゴかな。知っている？　虫って状況によって生態が変わるの。数がまとまって外敵から身を隠す必要がなくなると、草葉の陰に隠れるための緑系の体色をかなぐり捨てて茶色っぽくなるのもそう。普段は大人しく草を食《は》んでいても、気が大きくなると邪魔な生き物に体当たりしたり血肉に噛《か》みついて攻撃してくるのよ」

「が、あ……っ⁉」

「つまりそれって、群れの密度を変えてストレスを制御したり、何なら直接コラゾニンを注入したり、とにかく外から環境を整えれば調教もできるって事よね？　例えば、率先して人を襲うように本能の部分を作り変えるとか」

「チッ‼」

薙《な》ぎ倒《たお》されたまま、白井《しらい》黒子《くろこ》は自分の太股《ふともも》に掌《てのひら》をやる。厳密にはベルトを巻いてストックしてある金属矢へ。

しかし『空間移動《テレポート》』で飛ばした途端だった。

テレビの前で椅子に腰掛けるシルエットが、空気を抜いたように崩れた。いいや、その正体は茶褐色の塊、ガラガラヘビの群れだ。数百、あるいは数千？　膨大な蛇達が末端にある発音器官を揺さぶり、人の声に似た何かを作り出す。

『言っておくけど、童話の魔女じゃないわよ』

「……っ⁉」

こつんという硬い足音は、全然違った方角から響き渡った。しかし押し倒された白井《しらい》には振り返る余裕すらない。

『この程度なら、そこらの科学で説明がつく。つけられる。覚えておきなさい、これが「暗部」。半端《はんぱ》な覚悟で首を突っ込んでもろくな事にならないわ。まあ、もう手遅れかもしれないけど』

このままでは逃げられる。

『ペットブリーダー』はいびつな世界を形作る凶悪犯だが、材料だけならどこからでも手に入れられそうだ。こんなラボはとっとと捨てて身一つで逃げてもすぐに商売を再開できる。

そうなれば、また犠牲が生まれる。

「わっ」

その時だった。

あまりにも存在感が薄かった。だから逆に敵も味方も、全員忘れていたかもしれない。

「ぬぐわあぁーっ‼」

誰かがいきなり叫んだ。メガネにバーコード頭のおっさんだ。レンズの奥で両目をぎゅっと瞑《つむ》ったまま両手を前に突き出し、そのまま突進したのだ。大量のイナゴに押し倒される白井黒《しらいくろ》子《こ》を迂回《うかい》して、壁際《かべぎわ》を歩いて安全にフロアの出口を目指す『ペットブリーダー』に向けて。

虚をつかれたのかもしれない。

「えっ？」

この時、白井黒子《しらいくろこ》は初めて本当に碧海華麗《あおうみかれい》の生の声を耳にした。

それでも危なげなく『ペットブリーダー』が横にかわした直後、おじさんは青いビニールシートを突き破って窓の外へ飛び出してしまった。

しかしホッとしている暇もなかっただろう。考えなしに勢い良く体を振ったのが間違いだったのか。碧海華麗《あおうみかれい》の肩が分厚いアクリルで囲われた野菜工場……いいや、害虫を育てるための人工環境・ビオトープに激突したのだ。

ぱこりという音が聞こえた。

相場は不明だが、どうやら分厚いアクリルは大きな一枚板ではなかったらしい。『暗部』とやらも経費削減は考えるのか。女がぶつかった途端、ドアくらいの大きさの細長い板が外れてそのまま向こうへ倒れ込んでしまった。板と板の接着面が外れたのだ。

ことここまできて、白井《しらい》は初めて碧海華麗《あおうみかれい》の素顔を捉えていた。その奇妙な出《い》で立《た》ちには合理的な理由があるのか、単なるふざけたセンスか。派手な露出の黒光りするボンデージを着た大学生くらいの女だ。

そんな『ペットブリーダー』が自分で作った一辺二メートル大の箱庭の中へと転がり込む。

虫かごのようだが底の方には透き通る水が張ってあった。

ぬめぬめと蠢《うごめ》いているのは、デンキウナギか。

「ぎゃぎゃぎゃぎゃぎゃぎゃぎゃーあ!!⁉??」

意味不明な絶叫があった。

詳しい仕組みは知らない。だがコントロールできている『商売道具』である以上は、『ペットブリーダー』は自分で育てた生き物には襲われないのではなかったのか。あるいはあのデンキウナギ達は調教とやらが完了していない準備段階だったのかもしれない。

「ぐっ……」

白井黒子《しらいくろこ》が何とか身を起こし、そちらを見た時にはもう素顔も埋もれていた。水中で感電、という致命的な条件以前の話として、もう弾《はじ》けて破けた肌から体内へ直接潜り込んでいるようにも見える。びくびくと手足の痙攣《けいれん》は続いているが、おそらく本人は絶命しているだろう。

「はあ、はあ……」

ツインテールの少女は倒れたまま金属矢を『空間移動《テレポート》』で一本飛ばし、天井からぶら下がっていたペットボトルを撃ち抜いた。紅茶よりも濃い色をした液体がばら撒《ま》かれると、脅《おび》えたようにイナゴ達が下がっていく。睨《にら》んだ通り、どうやらあれが非常時の『スプリンクラー』らしい。同じものをいくつも貫き、人間には嗅ぎ取れない忌避剤でフロアを満たしていく。

震える足で完全に立ち上がって、白井黒子《しらいくろこ》はアクリルの箱の方に近づいた。

破られた二メートルの結界。

壊れた壁からデンキウナギが外に出ようとする様子もない。全てが内向きだった。水辺から離れない、というよりは哀れな犠牲者の体内を好んで居座っているようにすら見える。

散々な結果だった。人が死んだのだ。

ビニールやプラスチックを良く噛《か》んでから飲み込んだように、言葉を思い浮かべても頭の中で吸収できない。ごろごろした違和感だけが頭蓋骨の内側を転がっている。そのまましばらく白井黒子《しらいくろこ》はぼーっと突っ立っていた。予期せぬ事故だったとはいえ、適切な対応だったの一言で受け止めるにはあまりにも重たい結果だ。とはいえ、白井《しらい》には不器用な警備員《アンチスキル》を責めるつもりもなかった。もしも味方の援護がなければ、こうなっていたのは少女の方だっただろう。

これが『暗部』。最善を尽くしても真っ黒な結果が押し寄せてくる、救いなき世界。

「……、」

粘ついた洗礼から、一体何分が経過しただろうか。

やがて、白井《しらい》はふらふらと窓の方に近づいた。そこだけ青いビニールシートが破れていたため、四角く切り抜かれた日光が射《さ》し込《こ》んできている。

窓辺から下を覗《のぞ》き込《こ》むと、予想外が待っていた。

勢い余って落っこちたおじさんだったが、外には建築用の足場があり、楽丘豊富《らくおかほうふ》が引っかかっていたのだ。向こうも向こうで腰が抜けているらしい。長い間不格好な体勢でいたのだろう、脂汗にまみれながらバーコードにメガネのおじさんは笑いかけてきた。

おそらく彼は、まだ結果を知らない。

「お、お役に立てました？」

「そういうのは、始末書と遺族への報告を済ませてからおっしゃってくださいまし」


そしてある男は一人コンクリートの壁に背中を押し付けて、息を殺していた。

浜面仕上《はまづらしあげ》だった。

「嘘《うそ》だろ……おい……」

『ペットブリーダー』は確かに善人ではない。裏で様々な仕事を請け負っていた。だけど暗殺はカードとしてちらつかせるだけで、実際にはほとんど使わない事を浜面《はまづら》は知っていた。

グロテスクな害虫や害獣を好んで使う碧海華麗《あおうみかれい》の本性は、コストカット要員だ。

知らずに『暗部』のテリトリーを踏んで余計なものを見た人間を処理するのもそれなり以上にコストがかかる。だから、浅い層にグロテスクな底を作り、それ以上奥には何もないと見せかける偽装職。そのため分かりやすい恐怖が必要で、しかも一般人を生きて帰す以上は碧海《あおうみ》本人が素顔を出さなくても済むリモートが望ましい。だからこその『ペットブリーダー』だ。派手な露出のボンデージだって、ようは耐久性が高くて汚れや小さな卵から身を守るため。Ｔバックのルーツには危険な生物の侵入を防ぐためという説もあるらしい。どれだけ奇抜であっても、話をして理由を聞ければ納得できる人柄なのだ。

そうでもなければ、付き合うか。

bC-96/R。浜面《はまづら》としては、様々な動物を扱う関係で、恋人の滝壺理后《たきつぼりこう》に必要な治療薬を工面してくれる大事な取引先でもあった。

『体晶』。

暴走能力者の体内から直接抽出した成分を凝縮・結晶化したというその薬品の影響は、今も恋人の体から完全には抜け切れていない。そもそも暴走前提、ごく稀《まれ》に適合した使用者の能力を強烈な副作用と引き換えにブーストする事がある……というのだから、これはほとんど毒物といった方が正しい。

毒を抜くためには、人の手を借りる必要がある。

『気温や湿度については冷蔵庫に入れておけば問題ないけど、一応漏電には気をつけて。電気分解で簡単に成分が壊れてしまうから』

お医者さん気取りの声が今でも脳裏に浮かぶ。だけどもう二度と聞く事はないのだ。

学園都市の『暗部』。

ついさっき別れたばかりの絹旗最愛《きぬはたさいあい》やマンションで待つ恋人の滝壺理后《たきつぼりこう》など、一口に言っても色々いる。もちろんお茶の間やＳＮＳは暗がりに例外なんて認めてくれないだろう。だけど実際に身を浸していた浜面《はまづら》には分かる。『暗部』は様々な階層に分かれており、碧海華麗《あおうみかれい》は絹旗《はた》や滝壺《たきつぼ》と同様に、かなり浅い層、明るい場所に属していたはずだ、と。

ここにいなければ生きていく事ができず。

『暗部』にいながらも自分で一線を設けて己を律する事ができる人間。

それを……。

（……碧海《あおうみ》のヤツ、今だってやっていたのは警告だけだった。見た目は怖いガラガラヘビは牙を抜いてあるし、イナゴを使ったのだって危険な感染症を媒介する蚊やハエを避けて『非殺傷の制圧』を選んだからだ。警備員《アンチスキル》だか風紀委員《ジャッジメント》だか知らねえが、連中がビビって怯《ひる》めばその隙に逃げられたんだ。そもそも本気で殺す気だったら、最初から上の階で飼っているハイエナやワニ……とにかく感染症を武器にした大型の獣《キリングベクター》を檻《おり》から出していただろうし）

大量のイナゴに襲われていたツインテールの少女は、近すぎてかえって違和感に気づかなかったかもしれない。だけど離れた場所から客観的に眺めていた不良少年には引っかかりがあった。

（あいつ、わざとやってた。事故なんかじゃない）

浜面《はまづら》はごくりと喉を鳴らす。

観客席の外から眺めても仕掛けは見つけられなかった。だけどあたりはつけられる。

（デンキウナギ用の忌避剤が通じないなんて話があるか。あのオヤジ、こっそり何かして碧海《あおうみ》のセーフティを中和してからビオトープに突っ込ませやがった！　……事故じゃない。あのオヤジ、なよなよしたふりして最初から全部計画的だったんだ‼）

証拠が残らない、殺人。書類の上では逮捕時の事故で、しかも直接の死因は被疑者が不法に開発した殺人生物だ。あんなもの、自業自得《じごうじとく》だったでまとめられてしまう。警備員《アンチスキル》や風紀委員《ジャッジメント》だって人の子だ。世界中の警察が警官殺しの犯人を追い詰める時には躍起になるのと同じく、身内の危機には内部調査を行う監察官の裁定だって甘くなるだろう。

かなり手慣れている……のではないだろうか？

現場での足運びどころか、それを判定する者の心理傾向や、どうすれば書類の中から浮かばないかまできちんとした計算が見て取れる。ここまでクリーンな条件が揃《そろ》ったら、かえって真っ黒なビンゴが一列並んではいないかと疑いたくなるほどに。

フロアに残されていた六〇インチ以上の大きな薄型テレビだけがいつも通りだった。

午後のワイドショーを取り仕切る女性アナウンサーはハキハキとした声でこう言っていた。

『統括理事長の代替わりによって、学園都市を取り巻く環境もまた激変していくようです。今回のスキャンダルがどこまで膿《うみ》を出すのか、各界が注目している状態です。恐ろしい反面、ここで全部出し切ってほしいものですね』

スマートフォンがぶるぶると振動していた。マナーモードなので着信音は鳴らないが、小さなモーター音だけでも十分だ。心臓に悪い、寿命が縮んでいく。

『半蔵《はんぞう》Ｖ浜面《はまづら》お前今どこにいる？　敵対チームのアタマがやられたらしくてこっちにまでパニックが波及している。この調子だと誰が狙われるか分からん！』

『郭《くるわ》Ｖ一応「暗部」と手を結び運び屋の真似事《まねごと》した連中らしいですが、どこで線引きされているかは謎ですね……。浜面氏《はまづらし》、こちらは水面下に潜ります。すみませんもう時間がないんです！』

緊迫したＳＮＳのメッセージは不良時代の悪友からだった。

しかしテレビの声が明るく切り替わった。

『さて続いては特集、クリスマス最前線！　可愛《かわい》いサンタ衣装を着たわんちゃんネコちゃん、さらにはあんな珍獣まで⁉　人気動画一〇〇連発をお楽しみください』

不自然なくらい。

不吉な事件なんて起こっていないと話題を塗り潰していくように。

そして同じフロアで、まだ人の気配はしていた。見つかる訳にはいかない。浜面《はまづら》はそろそろとコンクリの壁から背中を離し、音を立てないよう注意しながら階段を目指す。

硬くて冷たい階段は、どうやったって音が鳴る。もう我慢していられなかった。駆け下りているのか飛び降りているのか、自分で区別もつけられないくらいがむしゃらに足を動かす。

正面の出口に向かおうとして、壁に張り付く。

特殊車両のサイレンが聞こえた。慌てて裏口に回るが、

「うっ⁉」

開かない。錆《さ》びついたドアの内鍵を指で摘《つま》んで回しても、金属のドアはびくともしなかった。長年の錆《さ》びが隙間を埋めてしまったのか、建てつけの悪さか、ドアの向こうに廃材や木箱でも積み上げられているのか。原因不明だし、いつまでも考えていられない。

『本当に聞こえたんですの？』

『えっ、ええ。確かに物音が。「ペットブリーダー」の動物がビオトープから逃げ出したのかもしれません。そうなったら大問題ですよ……』

心臓が縮んだ。階上の声はまだ半信半疑といった感じだが、少なくとも音は聞かれている。こちらに近づいてくるのも分かる。

もう涙目だった。がちゃがちゃと浜面《はまづら》は同じ事を繰り返した。

「ちっ、ちくしょ……」

ここを離れて別の出口を探せ。頭の芯ではそんな意見も出ているのだが、目の前にある『とりあえず』から抜け出せない。砂漠の真ん中にある空井戸へ延々と桶《おけ》を投げ込むような愚行でも、今から地平線の向こうまで根拠もなく水を探しに歩くほどの心の余裕がない。

来る。

鉄扉は開かない。

もう来る。

ダメだ、逃げ場なんかない。

（ええい……っ）

カチカチと歯を鳴らし、限界まで追い詰められた浜面《はまづら》は自分のポケットに手を突っ込んだ。何かを取り出し、硬い感触を握り込んだまま、彼は叫ぶ。

「このドアを開けろよっ、『ニ、コ、ラ、ウ、ス、の、金、貨、』!!」

驚くほど、だった。

音もなく滑らかに鉄扉が開いて、全体重を預けていた浜面仕上《はまづらしあげ》はそのまま奥へと倒れ込んでしまった。体中が痛い。あれだけ願っていたのに、いざ開いてしまうとそれはそれでトラブルを招く。倒れた拍子に手放したのか、手の中の感触が消えていた。雪のせいで湿った地面に倒れ込んだまま、浜面《はまづら》は首を動かす。

地面に金色の輝きがあった。大きさは五〇〇円玉よりちょっと大きいくらいか。ひげの老人の横顔が刻印されているが、人物に心当たりはない。少なくとも日本のお金ではなさそうだ。ややくすんだ色合いの金貨の縁の一点に、輝きが帯びる。頂点から時計回りにゆっくりと幅が広がっていく。まるでドーナツ状の円グラフか導火線のように。

これが、『ニコラウスの金貨』。

本来あるべき確率や統計の計算シートを無視して、指定した事象の成功確率を一〇〇・〇%で固定する霊装。

『やっぱり何か聞こえましたわよ……?』

『ち、注意してください、「ペットブリーダー」の武器はただの動物じゃありません。感染症のキャリアとしても機能したはず!!』

『こいつっ、か弱い女子中学生を盾にしてぐいぐい前に押しながら良く言う……ッ!!』

「っ!」

拘泥《こうでい》している暇はなさそうだった。とにかく『ニコラウスの金貨』だけ拾い上げると、浜面《はまづら》は痛む体を酷使して身を起こす。そこから全力疾走に移る。

オペレーションネーム・ハンドカフス。

『暗部』の一掃作戦。

(冗談じゃやねえ……)

思い浮かべるのは決して表には出せない何人もの知り合い。

そして恋人の滝壺《たきつぼ》理后《こう》。

これと同じ流れが学園都市中で起きているとしたら、もう安全な場所なんてどこにもない。

記録の上では真っ白なジェノサイドが始まる。

「冗談じゃねえぞ!!　こんな『流れ』に巻き込まれてたまるか、ちくしょう!!」

学園都市の中にはいられない。

ハイテク技術の漏洩《ろうえい》を防ぐために外周をぐるりと壁で囲まれた難攻不落の学園都市。だけど街の中で安全を保てないのなら、もうどうにかして外にまで逃げ出す以外に選択肢はない。

絶対に失いたくない大切な人と一緒に。

たった一枚の金貨を手に、最悪のクリスマスが始まった。

第一章　抉《えぐ》られたかさぶた　City_Warfare.

1

『ニコラウスの金貨』について知っている事は少ない。

クリスマスの朝、目が覚めたら大きな金貨が浜面仕上《はまづらしあげ》の手の中にあった。不思議な現象だが、掲示板やSNSなどに似たような書き込みがいくつもあった。質屋に持っていったら本物の純金だった、なんていう報告まである。

つまり、麦野沈利《むぎのしずり》や滝壺理后《たきつぼりこう》のサプライズではない。

その後『R&Cオカルティクス』の公式サイトに詳しい使用方法が紹介され、それがネットのあちこちに転載されて広まる。ああ、そっち方向かと遅れて感心したくらいだった。

もちろん科学の街学園都市で暮らす浜面《はまづら》だって半信半疑。だけど実際に、金貨は錆《さ》びて動かない鉄扉を開け放った。長年の錆《さ》びがドアの隙間を塞いでいたにしろ、ドア自体が歪んでいたにせよ……鉄扉が動かない理由は物理的に存在したはずなのに、全部無視して人の望みが優先された。

そう、彼は半信半疑ながら、実際に試してみた事があったのだ。

少年が金貨を握り込んで祈ってみたところ、同居人である麦野沈利《むぎのしずり》のブラのホックは確かに外れた。実験の結果、何故《なぜ》か麦野《むぎの》ではなく恋人の滝壺理后《たきつぼりこう》の手で半殺しにされかけたが。

ちなみに同じく同居人である絹旗最愛《きぬはたさいあい》のホックは外せなかった。いかに不思議な金貨であっても、元々ブラを着けていない子には干渉できないらしい。こちらはこちらで絹旗《きぬはた》当人からぶっ殺されかけたが。つまり何をどうしたところで、できない事はやれないのだ。

分かっているルールはこうだ。

＊『ニコラウスの金貨』は行動の成功確率を一〇〇・〇％で固定する。
＊一回使うとチャージに一時間かかる。目的の質や量は問わず、期間は一律である。
この辺は『R&Cオカルティクス』にあった特設マニュアルに書かれている通りだ。

さらに無能力《レベル0》扱いとはいえ学園都市の浜面《はまづら》が見た限りだと、こちらも加えられる。

＊能力者が使っても、副作用のようなペナルティは起きない。

（……何でこんな便利な代物がタダでばら撒《ま》かれてんのかは気になるけど。まさか魔術とかいう連中からのクリスマスプレゼントだってのか？　R&C……そういや昼に会った変なガキもそんな事を言ってたような）

「っ⁉」

ファウ‼　という派手なサイレンにびくつき、茶髪の不良少年・浜面仕上《はまづらしあげ》は思考を断ち切る。思わず路上駐車してあった乗用車の陰に身を隠していた。自分で自分が気持ち悪い。真冬の外だというのに、抱えた薬の紙袋が汗でぶよぶよしてきた気がする。

（一部の暴走なんかじゃない……）

浜面《はまづら》は通り過ぎた警備員《アンチスキル》の特殊車両の中まで覗《のぞ》いていた。後部座席には特徴的な機材が置いてあるのも確かに見た。

（NB20、近距離捕獲銃。確か事故率が高くて回収騒ぎが起きたネットライフルだったはず……。拳銃で子供を撃ったら大事件だけど、網を広げるために使うオモリが急所に当たれば事故死で済ませられる。やっぱり警備員《アンチスキル》の連中、本気なんだ。ほんとに俺達を皆殺しにしてでも『暗部』を解体するつもりなんだ‼）

『おいっ、赤色灯だぞエツァリ！』

『……「顔」を変えているんだから問題ありません。それよりもショチトル、あまり不自然にびくつかないように。病院まで行ってトチトリを拾わないと』

通りを歩く男女ごと浜面《はまづら》はやり過ごしつつ、

（一時間……）

ポケットの中から『ニコラウスの金貨』を取り出す。輝きのくすんだコインの縁は、さっきより光り輝く帯が太くなった気がする。見た目のイメージは時計回りでドーナツ状の円グラフが満たされていくのが近い。だけどそれでも四分の一よりも小さかった。

チャージ完了まで、かなりある。

（これから一時間は外付けの大技には頼れない。自分の力だけで生き残らないと……。つか一番厄介なんじゃねえのかっ、勢いをつけるまでのこの『最初の一時間』ってヤツが!!　くそっ、いきなり使いどころを間違えたか⁉）

とにかくだ。混乱する頭をどうにかこうにか動かして、浜面《はまづら》は考える。悔しい。憤《いきどお》りはある。だけど警備員《アンチスキル》や風紀委員《ジャッジメント》相手に真っ向勝負を挑んだところで何も守れない。たとえ反則技の『ニコラウスの金貨』を駆使してもここは変えようがない。それくらい分かる。

今の自分が『暗部』かどうかなんて、いちいち説明している暇もない。

オールオアナッシング。

しくじったら頭に一発もらう状況でわざわざ正面に立って対話なんかできるか。自分もいっしょくたにされている、と悲観的に見るべきだ。そうじゃないと生き残れない。

目的は、無事に逃げ切る事だ。それも学園都市の外周を越えて、外へ。

もちろん立ち止まってもいられないが、闇雲に走り回ったって自分の命を危険にさらすだけだ。選択を一つ誤ればどうなるかは、嫌というほど見せつけられた。限られたスペースを大量のカメラが睨《にら》む学園都市の中に留《とど》まっていても生き残れない。たった一度のミスを取り返す事もできずに追い詰められてしまう。

恋人のジャージ少女・滝壺《たきつぼ》理后《こう》と合流する。

全てはそれからだ。

浜面《はまづら》は反射で安物のスマートフォンを取り出して、しかしそこで動きが止まった。

ほとんど何も考えず指先を動かしたのに、何故《なぜ》かロック画面でエラーが出たのだ。

「アネリっ？」

無機質なエラー画面を見てから、ハッと浜面《はまづら》は気づいた。

そのサポートAIに、『本体』はおそらく存在しない。一時は巨大なデータベース『書庫《バンク》』と同化していた事もあるが、基本的には英国の友人と橋渡しをしてくれたり、浜面《はまづら》の周辺にあるデバイス間を自由に飛び回っているらしい。そんなアネリから明確な拒否があった。

（そうか。ダメだっ、こんなもの……ッ!!）

自分の迂闊《うかつ》さに気づいた不良少年は慌てて側面のスイッチを長押しする。電源を落とすまでの数秒間がひどくもどかしい。今時、闇金業者だってスマホの位置情報を盗み出したりSNSの顔認識機能を駆使して夜逃げした標的を追い回す。まして相手は学園都市の治安を守る警備員《アンチスキル》や風紀委員《ジャッジメント》。街中に何百万台あるかも分からない防犯カメラや清掃・警備ロボットに巨大データベース『書庫《バンク》』など、街の情報インフラは使いたい放題だ。

薄っぺらな画面が真っ黒になると浜面《はまづら》はようやくホッとするが、直後に別の重圧が全方向から襲いかかってくる。寸断、圧倒的な孤独。大勢の人で溢《あふ》れた遊園地で親とはぐれた子供だってこんなに押し潰されたりはしないだろう。

電話が使えないとしたら、どうやって少女に危機を伝える？　というか、今どこにいるかも分からない、合流しようにも待ち合わせ場所も決められない。

アネリは何も言ってくれない。アネリが電源を切れと迫ったのだから当然だ。

(くそ、こんな電話一つでこうも振り回されるだなんて)

浜面《はまづら》は己自身の弱さに毒づく。まずは分かる所からだと彼は考える。自宅のマンション。同じようなトラブルが起きていない限り、恋人の少女はのんびり浜面《はまづら》の帰宅を待っているはず。

それが幸か不幸かは浜面《はまづら》にも判断できない。

迅速かつ確実に。悲劇が起きる前に浜面《はまづら》が追い着けば無傷で済ませられる。絶対にそうなる。ほとんど念じるようにして繰り返しながら、浜面《はまづら》は乗用車の陰から一歩表に踏み出す。

ぁぁぁぁ、という奇妙な音が頭上から聞こえてくる。

ズドンッッッ!!!!!!　と。

直後にビルの上から落ちてきた人影が路上駐車してある車の高さを半分まで押し潰した。

「うわっ、うわあ!!　うわあああああああああああああああっっっ!!!?⁇」

先ほどの奇妙な音は人の声だったのだ。絶叫してへたり込む浜面《はまづら》。車のガラスは軒並み砕けていた。大の字で鋼鉄の屋根に埋まった人影は起き上がる気力もないようで、仰向けになったまま首だけ浜面《はまづら》の方に回してくる。

血が流れ込んでいるのか、片目は開ける事もできないようだった。

「……ハッ……」

浜面《はまづら》よりは年上の、青年だった。

分厚いコートに高そうなスラックス。中がどうなっているかは知らないが、クラシカルな服装に反して足回りは機能性重視のスニーカーだったし、コートの上から合成繊維のボディバッグを無理に掛けていた。何ともチグハグで、まるで夜逃げのようだ。

弱々しくも皮肉げな笑みは、果たして誰に向けられたものだろう？

「わたしは、こう見えて……あなたみたいなのを電話いっぽんでさしずする立場にいたはずなんですけどね……」

（こいつ……）

浜面《はまづら》は尻餅をついたまま、ごくりと喉を鳴らす。直接の知り合いではない。だが『似たようなヤツ』なら『暗部』の下《した》っ端《ぱ》として働いていた頃に接触した事があった。もっとも、『見た事がある』というのは流石《さすが》に語弊がある。暗部組織『アイテム』を顎で使っていたあの女は、常に通信の向こうで自分の安全を守ってきた。素顔や本名すら徹底して隠していたほどだ。

つまりは、

「『電話の声』……？　嘘《うそ》だろ、こんなレベルの大物まで⁉」

例外なんかない。浜面《はまづら》が叫んでも大の字で潰れている青年は首を縦にも横にも振らなかった。もうそんな力もないのかもしれない。

「……お、まも……」

「何だ……？」

「あの子に、街の外……いもうとに、返し……」

「おいやめろよ。こっちもいっぱいいっぱいだ‼　これ以上背負わせるんじゃあねえよ⁉　おいって……っ‼」

向こうはこちらの言葉など聞いていなかった。がくがくっ、と一際《ひときわ》大きく痙攣《けいれん》すると、もうそれ以上は動かない。ドラマや映画のように瞼《まぶた》は閉じたりしなかった。ただ瞬《まばた》きがなくなり、焦点の合わない瞳にどろりとした血が流れ込んでいく。

ビルの方からざわざわとした人の気配が膨らんできた。

おまもり。

街の外、妹に返して。

「ちくしょう!!」

浜面《はまづら》は吐き捨てると、危険を承知で青年に手を伸ばした。上半身に巻きつけていた財布とスマホくらいしか入らなそうな小さなボディバッグの留め具を外して手前に引っ張り出し、余計な手荷物と一緒に建物と建物の間にある細い路地へ飛び込む。

いよいよ表が騒がしくなってきたが、闇雲に走る前に確かめるものがある。

小さなボディバッグの中を漁《あさ》ると、いくつかの道具が出てきた。パスポートらしき身分証、スマートフォン、輪ゴムで雑に丸めた紙幣の束、不自然に浮いている神社のお守り、それからプラスチックっぽい質感の拳銃。どこに注目したってツッコミ待ちだ。ひとまずスマホの電源を切り、それからパスポートを開いた。学園太郎。どう考えても偽名だった、この街の銀行や役所のお手本書類にしょっちゅう出てくるアレである。

『ニコラウスの金貨』はなかった。

ランダムに配られているので持っている人と持っていない人がいるのか、あるいは単純に効果を信じておらず逃亡準備の段階で捨て置いたのか。複数あれば、三段構えの信長《のぶなが》の鉄砲隊みたいに使用ラグを縮められたかもしれなかったのだが。

（お守りは……これか？）

朱色の生地に金刺繍《きんししゅう》で神社の名前と効果について記されていた。心願成就《しんがんじょうじゅ》。そんなカテゴリがあったのかと逆に浜面《はまづら》は感心してしまった。というか『心から願った事が成就《じょうじゅ》する』だったらオールマイティのジョーカーではないか。学業成就《がくぎょうじょうじゅ》も商売繁盛《しょうばいはんじょう》もいらない気がする。

……『ニコラウスの金貨』の効果を目の当《ま》《あ》たりにした後だからちょっと過敏になるが、どうもこのお守りに特別な機能はなさそうだった。キーホルダーやストラップと同じ、ご当地系のお土産以上の価値はない。

（こういうのって工場生産なのかな？　それとも手作業？　神社ごとに一つ一つ個性があるなら、ここから妹さんとやらの生活範囲とか個人情報とかの探りに使えそうだけど……）

何にしても、警備員《アンチスキル》の手に回らなくて良かった。

もちろんまずは自分の命だ。どこまでケアできるかは浜面《はまづら》自身断言できないが、預かってしまった以上は学園都市の外にいるらしい妹とかいうのも捜さないといけない。

拳銃は最低限の護身用らしく、フルオート機能がある割に予備のマガジンが二本しかない。人差し指を引きっ放しにしたら一〇秒と保たない構成だ。……こんなものを持っていたらいよいよ街に溢《あふ》れ返《かえ》った警備員達《アンチスキルたち》に殺しの言い訳を与えそうだが、ここからは『暗部』のど真ん中。ビタミン系のサプリや銀イオンの除菌スプレーのように、下手に手放すとしっぺ返しを受けそうな気がしてくるのだ。

特にこんな日は。

正義を司《つかさど》る警備員《アンチスキル》の暴走。その恐怖はゾンビの大発生以上だった。

(他に防犯ブザーとかモバイルルーターとか、発信機代わりになるものはねえな。よしっ)

今度はサイレンなんてなかった。

すぐそこ、表の方でギュリギュリというタイヤが地面を擦る音だけがいくつも続く。おそらく電気駆動の特殊車両だろうが、まるで音もなく背後から近づく暗殺兵器だ。

『まただ……。午後四時一〇分、被疑者死亡。送検準備だけ求む』

『予想外の連続だ、流石《さすが》は「暗部」だな。こりゃ一筋縄じゃいかないぞ……』

浜面《はまづら》は汚れたコンクリートの壁に背中を押し付け、呼吸すら止めていた。

彼らの言葉が信じられない。どうも、口振りからして皮肉で言っている感じがしないのだ。

(警備員《アンチスキル》の連中、自覚すらない……？　お前達が追い詰めて殺しているんだろうが⁉)

廃ビルのアレはどうだったろう。

忌避剤に守られた碧海華麗《あおうみかれい》が死んだ仕掛けは見抜けなかったが……まさか何もなかった？

しかしそっちだったとしても、安心材料にならない。自覚的な悪意を膨らませて斧《おの》やチェーンソーを振り回す殺人鬼とは違った恐ろしさだった。必要な歯車が抜け落ちているというか、間違ったまま突っ走るオートメーションというか……。浜面《はまづら》は、不良品の介護用電動ベッドがオルゴール調のメロディを流しながら寝たきりの老人を無慈悲に折り畳んでいく場面を想像してしまう。当事者が間違いに気づかなければ、同じ事を繰り返す。言ってみれば、彼らはコンベアで運ばれてきた人間を一つ一つ丁寧に折って箱に詰める殺人工場だ。

やはり今日の学園都市に、いつものルールは通じない。

警備員《アンチスキル》は少年達を守ってくれない。

『アイテム』だろうが『電話の声』だろうが、死ぬ時は死ぬ。

ボディバッグを斜めに掛けた少年は、大人達の集う大通りから背を向け路地の奥へ向かう。

滝壺理后《たきつぼりこう》だ。

彼女を『暗部』なんて地獄へ再び呑《の》み込《こ》ませる訳にはいかない。絶対に。

2

「どういう事ですの⁉」

白井黒子《しらいくろこ》は叫んで、大型バスほどの後方支援車両に戻ってきた。

「ただこのまま捜査続行とは⁉　わたくしは確かに内部監察を要請したはずですわよね。現場において、わたくし自身の行動に不備がなかったか‼　相手がどのような人間であれ、実際に現場で命を落としているんですのよ？　調査を徹底してくれないようでは、かえって自分達の活動に対して後ろめたさを認めるようなものですわ!!」

「しっ、白井《しらい》さあん……」

おどおどしながら後ろからバーコード頭のメガネが声を掛けてきたが、小心者のコンプラ系男性教師には勢いで女子中学生の肩を強く掴《つか》むほどの度胸はないらしい。

薄暗い車内では、大きなコンピュータに向かうオペレーター達が機械より冷たい声を放つ。

誰も白井《しらい》黒子《くろこ》の方など見ていなかった。

「フェイズ1、隠れ家や行動半径を中心とした奇襲作戦は1700までに終結します。『暗部』無力化数は『壊滅手配《アウトランク》』にある全体の四割ほどで、当初の予定を下回っております。対応B、フローチャートを修正し遅れを取り戻すよう努めてください」

「フェイズ2への準備を。隠れ家を捨てた標的が逃げ惑う事を想定し、予想される逃亡先をピンポイントで押さえます。個々の標的を狙うフェイズ1と違って複数のスポットに多くの標的が殺到するフェイズ2では集団戦が予想されますが、『暗部』は一枚岩ではありません」

「『個の数が増えている』だけであれば、一枚の板切れを巡って彼らが勝手に争奪戦を始めるチャンスもあります。見た目の数に警戒する必要はありません。高度に組織化された我々の力を見せつけ、スケジュールを正常な軌道に乗せましょう」

……同じ事が学園都市のそこらじゅうで起きている。

死のオペレーションは滞りなく行き来して、目には見えない巨大な網が蜘蛛《くも》の巣《す》のように学園都市を覆い尽くそうとしている。

「ほんとに事故だったんですのよね……？」

「？」

白井《しらい》が低い声で言っても、ハンカチで額の汗を拭うおじさんは首を傾《かし》げるばかりだ。中年らしからぬ大きなひよこ柄で妙に可愛《かわい》らしいのは、家族に買ってもらった品だからだろうか？

「どうも、『暗部』には好普性《こうふせい》と嫌普性《けんふせい》があるようです。比較的温和で社会のためになる必要悪の好普性《こうふせい》と、根っからの悪党で手の施しようがない嫌普性《けんふせい》……」

楽丘豊富《らくおかほうふ》は、聞かれもしない事を説明し始めた。

ひょっとしたら、自分に言い聞かせているのかもしれない。

「ただしこの考え方自体が『暗部』の罠《わな》だと私は思います。優先は嫌普性《けんふせい》、好普性《こうふせい》は後回しで構わない。こんな風に考えていると、背中を刺される。不測の事態は起きましたけど、目的自体は間違っていません。ここを履き違えると呑《の》み込《こ》まれてしまいますよ」

（……初春《ういはる》が別の仕事に回されているのがやりづらいですわね）

「楽丘先生《らくおかせんせい》、わたくしは自身の内部監察を要請します。あの捕り物が適正だったかどうかを調べてもらえるなら、今後も協力いたしますわ」

白井《しらい》がそんな風に考えていると、ぐらりと揺れた。

どうやら大型バスほどの後方支援車両が動き出したらしい。『ペットブリーダー』の件は被疑者死亡で片が付いたのだから、いつまでも現場周辺に車を置いておく理由もないのだろう。

「行き先は？」

オペレーター達は誰も何も答えなかった。

この音声は認識できませんでした、もっとはっきりと分かりやすく発音してください。薄型モニタの光に照らされた冷たい横顔の群れにはそう書いてあるようだった。

中年のおじさんが脅《おび》えたような感じで、

「あっ、警備員《アンチスキル》の大きな詰め所に向かうんじゃないですか。屋上にヘリポートがありますからね。ひとまずフェイズ1が終わる一七時まで待機して、フェイズ2で必要があれば指定された現場まで急行するって感じになると思います……」

「……、」

何か大きな歯車が動いているのは、少女にも分かる。だけどその中心はどこにある？　歯車が抜けて空回りしているのか、あるいは悪意の歯車が取りつけられているのか……。

白井《しらい》黒子《くろこ》を助けるため、とっさに飛び出した中年のおじさんを責め立てれば済む話か？　見た目は状況を掌握した気になって人を鼻で笑うオペレーター達を憎めば取り除ける話か？

（お姉様……。一体どこにおられる事やら）

「第八学区、備前《びぜん》より報告。被疑者死亡で書類送検の準備を求む。要請を受諾し本部から検察へ通達いたします」

冷たい報告の中で、また現実の命が散った。

矛を向ける方向を誤れば無駄に時間を空転させ、より多くの命が失われるだけだ。

3

浜面仕上《はまづらしあげ》は普段寝泊まりしているマンションの前まで戻ってきた。

いまいち自宅の感じがしないのは、やはり自分には不釣り合いだからだろう。恋人の滝壺理后《たきつぼりこう》の他、大能力者《レベル4》の絹旗最愛《きぬはたさいあい》や超能力者《レベル5》の麦野沈利《むぎのしずり》がついてきたせいでやたらと豪華なマンションを使う事になってしまった。あそこには新生『アイテム』が集まっている。当然、浜面《はまづら》一人で払えるような家賃ではない。八割九割は少女達がどこから手に入れたのか想像もつかない大金をぽんと出していたはずだ。

つまりは、

（……正義の警備員《アンチスキル》からすれば、黒い金で支えられたにっくき隠れ家の一つって訳か）

正面のオートロックを抜けて癖でエレベーターホールに向かい、上に向かうボタンを押す手前で人差し指が止まった。考え、浜面《はまづら》は非常階段に足を向ける。目的階はかなり上。よほどの根拠がない限りエレベーターを選ぶはずだが、それでも浜面《はまづら》は不自然な選択肢を選び取る。逸《はや》る気持ちを抑え、一段一段丁寧に踏んでいく。感覚的には短距離走というより登山に近い。目的階に到着した時、両足が肉離れで動きませんでは話にならない。

何の話に？

もう何かが起きると分かっているような心の動きだった。

「……、」

目的階に辿《たど》り着《つ》く。

ゆっくりと息を吸って吐き、ポケットの中から金貨を取り出して確かめる。今までくすんでいた外周はぐるりと一周時計回りに完全な形で輝きを取り戻していた。『ニコラウスの金貨』、チャージ完了。同時にあれから一時間が経過した事を意味する。スマホの電源を切っていると、時間を知る事すら工夫が必要になってくるものだ。

一時間。それだけあれば、何でもできる。

浜面《はまづら》は長い通路を歩いて自宅のドアの前へ向かう。ノブを掴《つか》もうとして、やはりその手が止まった。公共スペースのテーブルの上に置かれた花瓶を手に取り、中の水をかける。

金属のドアの表面が濡《ぬ》れた途端だった。

ズヴァヂィ!!　という青白い火花が不自然に散らばった。

直後にドアが内側から勢い良く開いた。

奇襲に失敗したと認識したのだろう、頭のヘルメットから足の鉄板入りブーツまで、全てを黒で固めたガタイの良《い》い男が飛び出してくる。

自分でも不思議だった。浜面《はまづら》は躊躇《ちゅうちょ》しなかった。その頭に花瓶を叩《たた》き付《つ》け、へ、ルメ、ット、のおかげで油断した警備員《アンチスキル》へ至近距離から拳銃を突き付ける。

素人《しろうと》の不良少年なんてこんなものだろう。

そんな風に勝手に処理した警備員《アンチスキル》の胸の真ん中に向け、立て続けに引き金を引く。派手な音を立て、完全武装の警備員《アンチスキル》が奥へと吹っ飛んでいった。力が抜けたのか、いびつな形のサブマシンガンが床に落ちる。

「滝壺《たきつぼ》!!」

ここまでやっても顔の見えない警備員《アンチスキル》は尻餅をついて咳《せ》き込《こ》んでいた。まあ人なんか殺したくないが。ヘルメットの顎を横から蹴飛ばし、浜面《はまづら》は玄関からマンションの奥に向かう。

自宅とはテリトリー、一種の聖域。

その内側から完全武装の警備員《アンチスキル》が顔を出した時点で、すでに安全神話は壊れている。

玄関横の靴箱もリビングの戸棚も、何に使うんだか見当もつかない床の四角い蓋も全部開け放たれていた。これが正義のヒーローのやる事か、完全に泥棒の動きだ。拳銃を手にしたまま一つ一つ部屋を調べていっても、他に人影らしい人影は見つからない。

本来ここにいなければならないはずの少女達が、誰一人。

「くそっ!!」

吐き捨て、地団駄まで踏んでしまう浜面《はまづら》。

冷静になれと強く念じるほど心は追い詰められてしまう。

(……組織の力を使う大人の警備員《アンチスキル》が一人きりで部屋に踏み込むとは思えない。おそらくこの野郎は最後の一人、襲撃が終わった後に最後の確認をする下《した》っ端《ぱ》だ。部屋が変に荒らされているのは、警備員《アンチスキル》自身も情報を求めているから。つまり裏を返せば、連中も獲物の正確な居場所は摑んでいないんだ)

部屋の惨状を見回す。一つでも情報を手に入れようと努める。非常時の『伝言板』は始めから取り決めていた。こういう技術があるから暗闇の匂いがまとわりついて離れないんだと呆《あき》れながらも、浜面《はまづら》がバスルームの天井の裏や洗面所の鏡の裏まで調べてみる。

畳んだメモがいくつか出てきた。

『特殊メイクの業者に頼ってみます。整形まで行くと超怖いし　　　　きぬはた』

『勝手に逃げる、追うな殺すぞ　　麦野《むぎの》』

元気がありすぎた。

多分こいつらは大丈夫だ。問題なのはもう一つの名前がない事だった。

彼の恋人の。

(……麦野《むぎの》や絹旗《きぬはた》は部屋にいなかった。最終的な勝敗はどうあれ、銃を手にして押し入ってきた警備員達《アンチスキルたち》とまともにかち合ったら部屋の壁や天井なんか簡単に抜けてる。大能力《レベル4》や超能力《レベル5》っていうのはそういうもんだ。だから、まだ何も起きちゃいない。警備員《アンチスキル》は部屋に突入したけど空振りで、だから少しでも遅れを取り戻すためにあっちこっちの引き出しを引っこ抜いてデータをかき集めようとした。大丈夫、大丈夫。だからまだ何も起きちゃいな、)

ざざっ、というノイズが聞こえたのはその時だった。浜面《はまづら》が首を巡らせると、玄関でのびている警備員《アンチスキル》だった。厳密には肩の辺りについている無線機だ。

『予定のスケジュールを押している。初岡《はつおか》、そこはもう良《い》い。早く切り上げて本隊と合流しろ。確かに「原子崩し《メルトダウナー》」や「窒素装甲《オフエンスアーマー》」は名札付きの大物ではあるが、その分情報管理は徹底しているだろう。隠れ家や逃走手段に関するデータが簡単に転がっているとは思えない』

浜面《はまづら》はそっと安堵《あんど》の息を吐いていた。やはり新生『アイテム』、名札があると違う。そう簡単に捕まるようなタマではないらしい。あの分なら麦野《むぎの》と絹旗《きぬはた》の二人は大丈夫だ。

まさか獲物の側が耳にしているとは思っていないのだろう。

無線機はあっさりと言った。

『よって「壊滅手配《アウトランク》」の中から一人でも確保できた時点で成功とみなす。「能力追跡《AIMストーカー》」、滝壺理《たきつぼり》后《こう》。こいつを詰め所まで連行して必要な情報を全て搾り出す。だから初岡《はつおか》、もう戻ってこい』

「ちくしょう……」

目の前が真っ暗になる。銃で撃たれた訳でもなければ高圧電流を浴びた訳でもない。なのに言葉だけで浜面《はまづら》は危うく意識を手放しそうになる。

「ちくしょうッッッ!!!!!!」

でもダメだ。現実から逃げるのはまだ早い。

本当に滝壺理《たきつぼり》后《こう》が警備員《アンチスキル》に捕まったとしたら、どうにかして助け出さないといけない。表でこれだけやらかしているのだ、完全な密室と化した詰め所の中で何が起きるかなんて予測がつかない。それこそ『取り調べ中の事故や自殺』なんていくらでも発生しそうだ。

……何しろ今の警備員《アンチスキル》は自分の怖さに気づいていない。まるで捕まえた昆虫の耐久力を知らない小さな子供のように。血まみれの滝壺理《たきつぼり》后《こう》を見て首を傾《かし》げられてはたまらない。

(でもどうする……?)

浜面《はまづら》はぐったりしている警備員《アンチスキル》を見下ろす。

護送中らしいが、流石《さすが》に今から表を走って車に追い着けるとは思えない。数百人単位で完全武装の警備員《アンチスキル》が待ち構えている詰め所へ真正面から突撃したって恋人は助けられない。こいつの装備を奪って警備員《アンチスキル》になりすます？　流石《さすが》に無理だ、出入りの時には顔認識や指紋なんかを使った生体認証くらいはするだろう。

浜面《はまづら》は警備員《アンチスキル》の持ち物を確かめた。

（九ミリサブマシンガン、四五口径拳銃、何で口径を合わせないんだっ。それから防弾ジャケット、無線機、ドローン、このタブレット端末で操るのか？　他には応急手当てのキット）

とにかく時間がない。玄関の攻防ではサプレッサーもつけずに拳銃を連射している。派手な銃声は他の住人に聞かれているだろう。単純に初岡《はつおか》とかいう男がいつまで経《た》っても返事を返さなければ不審に思うだろうし、追加の警備員《アンチスキル》が駆けつけてくるのも時間の問題だ。

そんな中、浜面《はまづら》が特に注目したのは手帳だった。

とはいえ、大昔の刑事ドラマと違ってメモを取る機能はない。治安維持を司《つかさど》る者だけが持っている、公的な身分を証明するための記号的な手帳だ。

（……第七学区の南側。だとすると担当の詰め所はあそこか）

初めてではない。武装無能力者集団《スキルアウト》時代は車の盗難や路上のケンカのせいで、しょっちゅう留置場にぶち込まれてきた。

場所さえ分かればやりようはある。

浜面仕上《はまづらしあげ》はタブレット端末を取り出すと、初岡《はつおか》の手袋を外して親指の指紋を押し付ける。

実力なんか足りていない。

不足は自分の命を上乗せするしかない。

4

「レジ袋ありありっと。キャッシュレスですねー、じゃあレジ横でチャキーンしてくださーい。お弁当のお箸《はし》とおしぼりはいくつになさいますかあ？」

「あっ、じゃあ二つで……」

「二つっすね、うぃーっす」

どこにでもあるコンビニの店内では、不思議なものを見るような目で白井黒子《しらいくろこ》がおじさんの丸めた背中を眺めていた。

「本来なら感謝の一つでもするべきなんでしょうけど。せこい習性していますわね」

「し、白井《しらい》さんには分かりませんよ。お箸一つ《はしひと》＝寂しい独り身って言えないおじさんの苦労なんて。まして今日はクリスマスなんですよ！」

「というか、学校の委員会と違ってそちらは仕事なんですから、経費で落ちるのでは？」

「ふざッけんな領収書なんかもらえる訳ないでしょ!!　このお弁当で凶悪犯を捕まえられるん

SALE
30円
100円

ですか、割《わ》り箸《ばし》と爪楊枝《つまようじ》で複雑な時限爆弾を解除できるとでも⁉」

「社畜」

「そのう、私は一応学校の先生なので公僕と美化していただきたいものなんですが……」

おじさんは口元をもにょもにょさせていた。修行僧とかもそうだが、決まった言葉で古くからの伝統があると自分の待遇に気づきにくくなるものらしい。

「ていうかあの、『感謝』って何なんですか？」

「はあ、うちのお得意様に対して妥当な感情だとは思いますけれど」

「えっ、白井《しらい》……ホワイトスプリング……。うっ、嘘《うそ》でしょう、ここのホールディングス全体の⁉ 改めて考えるととんでもないお嬢様ですねあなた‼」

レジ袋にある名前を見てメガネのおじさんが飛び上がっていたが、名門常盤台中学《ときわだいちゅうがく》の制服を纏《まと》う少女は何を今さらといった顔だった。普通じゃない事が普通な学校なのだ、あそこは。

（……お姉様の家とかも結構ナゾなんですのよね）

「ああ、でもクリスマスのコンビニって和みますよね……。こうしてレジに人がいるって事は、ははは、聖なる夜にお一人様は私だけじゃないんだなあって。あはははうふふ」

「（どうしましょう、こうしている今もコンビニの無人店舗化実験が着々と進められている話はしない方がよろしいでしょうか……）」

気遣いの心でどんよりしながらツインテールの女子中学生は後方支援車両に戻っていく。

ちなみに消防車や救急車だってコンビニやガソリンスタンドは使う。珍しいようだが意外と良く見る光景の中に収まってしまうものだ。

観光バスほどもある大きな車は窓が塞がれているので、縦長の自動ドアが閉まってしまうと自分が街のどこにいるかも分からなくなってしまう。

ゆっくりと車が動き出す。

ツインテールの少女はスカートのポケットに手を差し入れた。

せめて携帯電話の地図でどこを移動しているのか確かめようとしたのだ。

直後だった。


ズドンッッッ!!!!!!　と。


天から地へ貫くような、鈍い衝撃が炸裂《さくれつ》した。

屋根に何か落ちた。

よほどの衝撃だったのだろう。観光バス級の大型特殊車両が派手にS字のカーブを描き、急ブレーキを掛ける。白井《しらい》黒子《くろこ》の体が投げ出される。誰かに抱き留められたと思ったら、細いのに脂ぎった例のおじさんだった。渋面いっぱいにしながらも白井《しらい》黒子《くろこ》は叫ぶ。

「何事ですの⁉」

当然のようにオペレーター達は答えない。

舌打ちした白井《しらい》がその場から消える。空間移動《テレポート》で急停止した後方支援車両の外へ飛び出すと、平べったい屋根の真ん中辺りがべっこりとへこみ、赤色灯が砕けていた。そこから何かがぼてっとアスファルトの上へ転がり落ちるところだった。

人間だった。

「ちょ、!?」

慌てて駆け寄ると、茶色い髪の少年だった。歳《とし》は高校生くらいか。状況から考えて、おそらく高所から落ちたのだろう。反射で見上げようとして、しかし白井《しらい》の動きがぎょっと固まる。

その右手。

無造作に投げ出された手が何かを握り込んでいる。プラスチックのような質感だが、オモチャには見えない。

本物の拳銃だ。

(彼も……『暗部』?)

「……被疑者確保。銃刀法違反の現行犯ですわ。誰か『壊滅手配《アウトランク》』と照合を!!」

ごくりと喉を鳴らして、白井黒子《しらいくろこ》は改めて向き合う。

拳銃を横に蹴って、

「それと、今度はもう死なせたりしませんわよ!　誰か早く救急車の手配を、」

叫びかけた時だった。一体どこに力が残っていたのか、硬い雪の残る路面に倒れていたはずの少年が、突然摑《つか》みかかってきた。

「しっ!!」

反射で顎に肘を叩《たた》き込《こ》む。

地面に転がり、それでも不良少年は地面で暴れていた。立ち上がる力もないくせに。

(……クリーンヒットですわよ。なっ、何なんですのこの異常な耐久力、いえ執念は。変なクスリにでも染まっているんじゃありませんわよね……?)

「しっ、白井《しらい》さあん」

大型特殊車両のドアの辺りで、おろおろしながらおじさんが話しかけてきた。

彼は持ち歩くには不便そうなタブレット端末を両手で縦に横にとしながら、

「こっ、これで良《い》いのかな、うわっ、勝手にカメラが動いた!?　白井《しらい》さん、あっ、『壊滅手配《アウトランク》』と照らし合わせました。その人『暗部』ですよっ、浜面仕上《はまづらしあげ》!!　要注意人物です!」

「そう、ですか……」

「それから、レスキュー規格のストレッチャーでは無理です、抑え込めない。車の中にベルト付きの拘束用担架がありますから、そちらに乗せましょう」

「分かりましたわ!!　とにかく早く!!」

これしかなかった。

5

担当エリア内の犯罪者は皆同じ詰め所へ連れていかれる。

(し、死ぬかと思った……)

そのためには、病院ではダメなのだ。ぐわんぐわんと頭が揺れているが、何としても意識を繋《つな》いで暴れないといけない。緊急確保してもらわないと困る。

ここを逆手に取れば、無力な浜面仕上《はまづらしあげ》は捕まった滝壺理后《たきつぼりこう》と再び会う事ができるのだから。

恋人を助けるためなら、ビルの窓からだって飛べる。

6

「フェイズ1の終結を確認。終結作業に遅れがあります。各員は中央からの指示に従い、人員を再配置してフェイズ2に備えてください。ここからが本番です」

「状況をフェイズ2へ移行します。『暗部』の各標的は自らのテリトリーを抜け出し、逃走に移るはずです。確度の高いルートへ容疑者が集中するところを待ち伏せし、一斉確保します。

スケジュールの遅延はここで取り戻しましょう」

　ぐわんぐわんと揺れる意識が、そんな言葉の切れ端を捉えていた。

　浜面仕上《はまづらしあげ》が放り込まれたのは、金網のフェンスで覆われた小部屋だった。似たような部屋が多数区切られた一角。昔良く世話になった、詰め所の中の留置場だ。

　額の肌が引っ張られるような感覚があった。鏡はないが、指先で触ってみると止血用のテープらしきものが貼ってあるのが分かる。となると一応、本当に最低限の検査や手当てくらいはしてくれたらしい。

　とはいえ感謝の気持ちは湧いてこなかった。大人達の善意もあんまり感じない。まるで寿司《すし》屋《や》の生《い》け簀《す》だ。まな板へ載せる前に鮮度が落ちては困るとでも言われたような気分だった。

「お久しぶり」

　隣の金網部屋から声を掛けられた。

　複雑に盛った金髪頭にスパンコールでギラギラになった『ドレスの少女』だった。

「おっ、おまえは……」

「名乗らないわよ。『ドレスの少女』で十分」

　壁際《かべぎわ》のベッドに腰掛けて細い脚を組み、華奢《きゃしゃ》でゴージャスな少女はくすくすと笑っていた。

「あなたは好普性《こうふせい》、嫌普性《けんふせい》……まあ、どっちでも良《い》いか。表の人間が勝手に決めた枠組みに意味なんかないでしょうし。あなたも楽して生き残る道を選んだのかしら」

「？」

「わざと捕まってしまえばドンパチに巻き込まれる心配はないでしょ。ま、こっちでも対応を誤ると可視化制度を無視して密室尋問パーティが始まりそうな雰囲気だけれど」

（滝壺《たきつぼ》は……いないか。やっぱり特別待遇なのかな）

当然ながら持ち物は没収された。特にスマートフォンなんて追う側にとっては垂涎《すいぜん》の品だろう。素人《しろうと》がやればストーカーでも公務員がやれば張り込みなのだ。正義を守る側にとって、個人情報やプライバシーなんて概念はない。

ただし、

「よっと」

一通り財布やスマホを奪って警備員達《アンチスキルたち》はご満悦なのだろう。浜面《はまづら》は痛む体を引きずって起き上がると、見覚えのある鉄格子《てつごうし》付きの窓から外へ手を伸ばした。

軽く振って、呟《つぶや》く。

「無事入った。荷物を持ってこい、アネリ」

ヴィウ!!　という電気シェーバーみたいな音が響き渡る。

窓際《まどぎわ》に寄ってきたのは、でっかいカトンボみたいなシルエットのマルチコプター型ドローンだ。初岡《はつおか》とかいう警備員《アンチスキル》が持っていた監視目的のオモチャだった。貨物用のツメに引っ掛けていた小さなボディバッグを摑《つか》んで、鉄格子《てつごうし》の内側へ引っ張り込む。

中身は他人の偽造パスポート、お守り、『電話の男』のスマホ、応急キット、輪ゴムで雑に丸めた紙幣の束。

それから浜面《はまづら》自前の持ち物として、『ニコラウスの金貨』。

ここに潜り込むために拳銃をわざと『証拠品』として預けてしまったのは苦しいが、代わりに得体の知れない魔術の霊装が残っている。

浜面《はまづら》はまず人様のスマートフォンを摑《つか》み取《と》ると、電源を入れてサポートＡＩにこう囁《ささや》いた。

「アネリ、こいつのロックを解除して乗っ取れ。あと没収された自前のスマホについては完全消去、ただの文鎮にしろ。警備員側《アンチスキルがわ》に情報を流すな。あっ、でもできればアドレスと写真はこっちに引っ越しさせて……ソシャゲのセーブデータは、ＳＮＳの二段階認証の確認先ってどうなってたっけえ……っ⁉」

金属フェンスでできたドアは固く施錠《せじょう》されていたが、浜面《はまづら》がスマホを近づけるだけでパイロットランプが赤から緑に切り替わった。通常は開閉時に必ず鳴るはずのブザーも完全に黙らせ、不良少年は留置場の外に出る。当然、部屋の隅にあるカメラなど以下略だ。

「あらあら。哀《かな》しいわね、見ない間にたくましくなっちゃって。日和見《ひよりみ》な好普性《こうふせい》ではなさそうだわ」

「アンタどうする？　外に出るか？」

浜面《はまづら》の問いかけにドレスの少女は首を横に振った。あくまでも自分で見つけた安全地帯を信じる、という事か。自他の心の距離を強制的に設定する『心理定規《メジャーハート》』があれば、専門の器具を使った尋問だって怖くないのかもしれないが。

当然、滝壺《たきつぼ》にはそんな便利な能力はない。そして今の警備員《アンチスキル》は全く信用ならなかった。たった一人の恋人なのだ、やり過ぎちゃいましたで心肺停止にされてはたまらない。

「アネリ、手を貸してくれ。滝壺《たきつぼ》はどこにいる？」

一秒かからなかった。

六インチの画面に部外秘の見取り図が大きく表示され、さらにその一点が赤く点滅する。

7

ここまでする必要があるのか。常々白井《しらい》黒子《くろこ》はそう思っていた。

「ふうー……」

（……お姉様）

第七学区南部方面警備員《アンチスキル》総合詰め所での話だった。職員達がデータ整理のために働くフロアについては、あくまでも会社のオフィスに似た造りだ。仰々しい巨大モニタやベタベタ写真を貼り付けて矢印だらけになったホワイトボードなどはない。

　両手で顔を覆い、細く長い息を吐き続けるツインテールの少女に、バーコード頭にメガネの警備員《アンチスキル》が恐る恐るといった感じで話しかけてくる。

「あっあのう、大丈夫ですか」

「……あなた、帰還報告は？」

「えっ？　そんなの記録したら定時で帰らなくちゃいけなくなるじゃないですか」

　またもや社畜丸出しだが、少なくとも彼はまだ仕事を続ける気のようだった。

　いつものリズムを保っていないと心の安定が崩れると思っているのかもしれないが。

「何が『暗部』ですか、まったく……」

　呪いのような声を吐いて両手をどける白井《しらい》。

　この胃袋が重たい中、よりにもよっておじさんは紙コップに入った雑なコーヒーをオススメしてきた。眠気覚まし以外の効果が何も期待できないような、ざらついたブラックだ。

「形があるんだかどうだかもはっきりしない引き出しに多くの人を投げ込んで、人死にも辞さない乱暴な処理で強制的に事件へ終止符を打つ。これではどちらが犯罪者か分かったものではありませんわよ」

「『暗部』はありますよ」

　ふと、白井《しらい》は顔を上げた。レジ袋の中からタコライスのお弁当とホットスナックの塩の焼き鳥を取り出したまま、バーコードにメガネの警備員《アンチスキル》は妙に真摯《しんし》な声を放っていたのだ。

ホットのコーヒーには合わないし、サラダなんかも買っていないくせに。

「校内での生徒間の諍《いさか》いを仲裁する風紀委員《ジャッジメント》と違って、警備員《アンチスキル》は学校の外での事件を担当する事が多いんです。つまり、実験場や研究施設についても警備員《アンチスキル》は覗《のぞ》き込《こ》む事が多い。だから我々なら知っています。『暗部』という定義のできないモノに対する、ぼんやりとした手触りを」

「……、」

白井《しらい》は無言で紙コップを受け取った。おじさんは自分の分を一口含みながら、

「……確かに『暗部』の定義は結構ふわふわしていると思います。特定の企業や業界を指し示すものではありませんし。好普性《こうふせい》、嫌普性《けんふせい》という振り分けだって、本当に正しいかどうか」

妙な重みがあった。貧相なおじさんなのに。

「職業的な暗殺者から仕事の域を逸脱した研究者まで、多種多様な裏稼業《うらかぎょう》が密集した学園都市の闇。『暗部』というのは本質を射貫《いぬ》いていると思いますよ。あれは、高層ビルが立ち並ぶ街に光が差せば必ず生まれる影のようなものです。ある程度の誘導はあるかもしれませんが、根本的には自然発生したセカイだと思います」

「あなたは、実際に見た事があると？」

ツインテールの中学生はそう尋ねた。

イエスともノーとも返事はなかった。それでもしつこく少女は質問した。

「そんなあなたから見て、どうなのです。今のこの異常な状況は？」

おじさんはしばらく黙っていた。

そのまま三回くらい紙コップを傾けただろうか。

「私は……賛成です。確かに予想外の連続ではありますが、それでも『オペレーションネーム・ハンドカフス』は今まで輪郭も摑《つか》めなかった『暗部』を浮き彫りにしている。街の子供達を守るなら今しかないと思います」

やがて、彼はこう答えた。はっきりと。

「それでも生ぬるい。こんな程度の茶番劇では『暗部』に勝てません」


ばづんっ!! と。

直後にフロア全体が真っ暗闇に包まれた。天井の蛍光灯どころか、ずらりと並べられたパソコンの方も全滅だ。さらに言えば非常電源や避難誘導灯が作動する様子もない。

時刻は夕方の五時過ぎ。普通に考えれば停電になっても真っ暗になる時間帯ではないが、この辺はデパートや家電量販店のビルと一緒だ。分厚いシートで窓を全部塞いでしまっているので、電気が落ちると映画館やプラネタリウムのように時間帯に関係なく真っ暗になってしまう。

(襲撃⁉　こんな場所に正気ですの‼)

白井《しらい》はとっさに携帯電話を出して小さな光源に感覚を預けながら、

「窓を割って‼　外から光を取り込めば視界は確保できますわ‼」

「そういう目的じゃありませんよ」

おじさんの顔が下からスマホのバックライトに照らし出されていた。彼がこちらに画面を向けてくると、隅にある表示は『圏外』と出ていた。

「地上の通信系をやられた……っ⁉」

「……これでもう、我々の悲鳴はどこにも聞こえません。少なくとも、生きて外に出ない限り」

何かを知る警備員《アンチスキル》は言った。

遠い昔の失敗でも思い出すような顔で。

「優先は凶悪な嫌普性《けんふせい》、憎まれながらも社会から必要とされている温厚な好普性《こうふせい》は放っておいても構わない。そんな考えは、きっと一瞬で吹き飛ばされますよ。粘つく闇を見たら」

つまりは。

まるで予言のように楽丘豊富《らくおかほうふ》は断言したのだ。

「来たんですよ、『本物《かれら》』が」

8

闇が人の形を取っていた。

それは一〇歳くらいの双子の姉妹の形を練り上げていた。

「ふん、ふん、ふん、ふふん」

「ふん、ふん、ふん、ふふん」

即興の鼻歌のはずなのに、二人の息はぴったりと合っている。

年齢や背丈の割に胸の大きな少女達だった。両方とも、足首まである長い黒髪を揺らしている。頭頂部で一度結ってから垂らしてこの長さなのだから、破格も破格である。医者や研究者のような白衣を着ているものの、前をしっかりと閉じ、腰の辺りに分厚い医療用コルセットを巻いているせいか、どこか和服のような印象を見る者に与えてくる。

あるいは浴衣《ゆかた》か。

あるいは死に装束か。

アクセサリーについては、まるで縁日のお面のようだった。双子はそれぞれ頭の横にいっそユーモラスに見えるガスマスクを引っ掛けているのだ。当然ながら極彩色の染みで彩られた白衣に防寒性はない。一二月下旬、切り裂くような雪の街から抜き取られた、不自然な心霊写真に見えてもおかしくなかった。人の目を気にするような感性がそもそも存在しないのだ。

いざとなればいくらでも隠蔽できる。

攻撃はされない。

そんな傲岸さの裏返しとして、服装一つを見ても身を守る事を意識しない。

彼女達は真正面から詰め所の正門に近づいた。ひょっとしたら『暗部』一掃を公言して憚《はばか》らない完全武装の門番達は、幼い少女達を見ても警戒なんてしなかったかもしれない。

その時。

正面を守る警備員《アンチスキル》は笑顔で、腰を折って目の高さすら合わせていた。

「迷子かい？　用がないなら早く帰りなさい。今日は怖い人達が街を歩いているから」

己の敵を正しく認識できない者は生き残れない。

じゅわっ、という不気味な音は硫酸でも浴びせたものに似ていた。

だが違う。

「あっ？」

鼓膜を刺激する不気味な音にヘルメットの中で怪訝《けげん》な顔をした警備員《アンチスキル》は、それが自分の体から響いているものだと気づくのに遅れた。

その時にはもう、防弾防刃のグローブと一緒に五本の指が溶け落ちていた。有機物と無機物が絡《から》み合《あ》っていたおかげで、彼は『傷』というものに脅《おび》える暇さえなかったかもしれない。

「なばっ⁉　ぎゃあ、何だ‼　熱い、熱い熱い熱い待って取れる取れないで……っっっ⁉」

無理に振り回した右手がすっぽ抜け、しかし、変化はそこに留《とど》まらない。体をくの字に折り曲げたまま助けを求めると、もう一人の門番は壁と一体化していた。

倒れる事も許されず、肉と同じ色をした粘液となって壁に張り付いていた。

「「ふんふん」」

ぐずぐずになった二つのオブジェの間を、分厚い医療用コルセットの上に大きな胸をのっけた双子はゆっくりと歩いていく。長い長い黒髪を柱時計の振り子のように左右へ振り、大きな袖からカラフルな液体の入った試験管をいくつも取り出しながら。

大型トラックすら食い止める耐爆仕様の大扉は、小さな掌《てのひら》をかざすまでもなく黒く変色し、ぼろぼろと溶けて汚れた地面の染《し》みに変じていく。彼女達が進むと、そんな黒い染《し》みすら季節外れのビーチサンダルを避けるように広がりを変えていく。

広いロビーだった。

ずらりと並ぶベンチや番号で区切られた長い受付カウンターは、銀行や市役所を彷彿《ほうふつ》とさせる。武闘派の警備員《アンチスキル》と言っても、やはり公務員のお役所という部分はあまり変わらないのか。落とし物や違反切符の支払いなど、さほどシリアスでない部署もたくさんあるのだ。

そんな中へ、正面から双子は踏み込んでいく。

警備員《アンチスキル》の詰め所なのだ。だが毒々しくペイントしたガスマスクがあるのに、顔を隠す素振りすら見せない。

「どうするのかしら、過愛《かあい》」

「どうしよっかな、妖宴《ようえん》」

この時、まだ時間は止まっていた。これが拳銃や爆弾を手にした凶悪犯なら話は違ったかもしれない。しかし、あまりにもシュールな光景に見ている者達は理解が追い着かないらしい。明確な殺戮者《さつりくしゃ》を前にしていながら、手出しもできずに誰もがただぽかんと見送ってしまった。

「『ペットブリーダー』は浅い層の末端とはいえ、一応のお得意さんだもん」

「私達もただ黙ってやられっ放しっていうのは面白くないわよね」

だから。

蜂の巣をつついたような騒ぎになるのは、ここから五秒後だ。

「ねえ、『分解者』」

「ねー、『媒介者』」

『分解者』の過愛《かあい》に『媒介者』の妖宴《ようえん》。双子はそれぞれ片目を瞑《つむ》って言ったのだ。

はっきりと。


「「やっぱり制裁はミナゴロシ、かな？」」

バジュウワッッッ!!!!!!　と。

人肉も金属もプラスチックも、あらゆる物質を急速に崩していく異音が炸裂《さくれつ》する。

9

ぎゃあ!!　わあ!?　という絶叫が階下から響き渡ってきた。

遅れて銃声らしきものが連続するが、こちらはいつまで経《た》っても鳴りやまない。つまり、プロの警備員達《アンチスキルたち》が束になって集中砲火を浴びせても、異変が終わらない。

「なっ、何が起きていますの、一体!?」

「白井《しらい》さん!!」

反射でそちらへ向かおうとした少女の手を、誰かが強く摑《つか》んだ。今の今まで温めてもらったお弁当と格闘していたはずの、例のおじさんだった。メガネの奥から今まで見た事もない強い眼光で、彼は言う。

「『選択』するなら慎重に。命は補充できません。ここから先は、たった一度の選択で誰もが平等に死ぬ世界が待っています。『空間移動《テレポート》』はあなたのもの。外へ逃げるのも助けを求めて保護してもらうのもあなたの権利です。何を選んだところで誰も責めたりはしません」

「なにを、」

「『暗部』はそういうモノなんですよ、おそらく今回は嫌普性だ。七人しかいない超能力者だから大丈夫とか、子供や老人は見逃してもらえるとか、そういう聖域はありません。ここはもう『暗部』のテリトリーです。私達から踏み込んだのか、向こうから呑み込みに来たのか、それは重要じゃありません。テリトリーに立ってしまった以上、誰もが平等に命を落とすんです‼　本当に、嫌っていうほど平等にね‼」

過去、一体何を見たのだろう？　心が折れて価値観が丸ごと変わるほどの極彩色だったのかもしれない。白井黒子《しらいくろこ》は細い手首を摑《つか》まれたまま、首を横に振った。

そして『経験者』の目を見て言った。

「それでも戦いますわ‼」

空間移動《テレポート》。

三次元の制約を飛び越えた白井黒子《しらいくろこ》の拘束が解ける。そのまま一人、下のフロアに飛ぶ。彼女の能力なら一度の跳躍で八〇メートル以上移動できる。いきなり地上の一階まで飛び込む事も難しくない。

しかし、それがいけなかったのかもしれない。

「っ⁉」

ぐわんと、視界が歪《ゆが》んだ。

目や鼻がおかしい。猛烈な刺激臭が物理的に白井黒子《しらいくろこ》の精神を削り取りにかかる。

(これはっ、ガス……ッ!?)

停電して真っ暗になったフロアは、あちこち歪《ゆが》んでいた。一瞬、得体の知れない異臭のせいで五感にブレが生じるのかと思ったツインテールの少女だったが、やがて違うと気づかされる。

壁は腐っていた。

天井は弓なりにたわんでいた。ネズミ達が走り回っている床も廃屋のように抜けている。あれだけ近代的な鉄筋コンクリートのビルが、まるでダムの底に沈んでたっぷりと水気を含んだ廃屋のようにぶよぶよになっている。

「あははははははは」

「あははははははは」

奥の方から笑い声があった。いかにも作り物な、下手くそな舞台演劇のような棒読み。そこにどんな感情が込められているのか、かえって振り回されそうになる。

奥に見える影は、小学生くらいの双子の姉妹だった。

それ自体に悪性はない。だが屋上に揃《そろ》えて置いてある小さなマスコットサンダルやどぶ川を漂うぬいぐるみのように、場所との食い合わせが悪すぎる。

眩暈《めまい》を振り切るようにして、白井黒子《しらいくろこ》は叫ぶ。

「ッ、風紀委員《ジャッジメント》ですの!! あなた達は⁉」

聞いていなかった。人を人として認識しない。そんな危うさで、双子の世界は閉じている。互いが互いを抱き寄せ、背丈と比べてアンバランスなくらい大きな胸を押し潰しながら、幼げな少女達は歌う。

「ねえ過愛《かあい》、まだ誰か残っているわよ?」

「あら妖宴《ようえん》、大丈夫だよ。放っておいても勝手にくたばるもん。数を数えるのも億劫《おっくう》だし、そろそろ着火して上の階に進んじゃおうよ」

「初撃で死なないなんて、『裏』のお作法を知っているのかしら。どこの階層、汚職系とか?」

「『暗部』だとしても日和見《ひよりみ》の好普性《こうふせい》でしょ、期待なんかできないもん」

着火。

未《いま》だに彼女達が何をしているかは不明だが、ろくでもない事になるのは明白だ。ライターやマッチの類《たぐい》が出てきたら即座に金属矢を叩《たた》き込《こ》もうと意識を集中する白井《しらい》だったが、

「だって、みんながみんなぐずぐずに腐っちゃったから死体なんて数えられないし」

縫い止める。

物理的には何の力も持たない言葉が、白井《しらい》黒子《くろこ》の魂を。

「だって、これだけ腐り果てて隅々までメタンが充満していればフロアのどこに生存者が隠れていたって万遍なく爆破で吹き飛ばせるもん」

ぐずぐず、腐る、死体、メタン、爆破。

白井《しらい》はそれで気づく。口や鼻から入り込み、気管を伝って二つの肺を満たすこの刺激臭の出処と正体に。壁、天井、床。ぼろぼろにされていたのは建物の構造だけではない。キィキィと鳴くネズミは何を踏んづけているのか。本来ここにいるべき警備員達《アンチスキルたち》がいないのは何故《なぜ》なのか。あちこちにこびりついている黒っぽいでろでろの正体が何なのか。全てがいっぺんに襲いかかってきたのだ。

こいつら、人間を生きたまま腐らせていった。

白井黒子は今まで内側から死体を膨らませる可燃性ガスをたっぷりと吸い込んでいたのだ。

「う……ッ!?」

効率や合理性ではなかった。思わず口元を押さえて体をくの字に折り曲げた途端、頬を寄せ合い互いの胸を押し潰す双子の姉妹は甘くにたりと笑った。

『分解者』と『媒介者』。そのまま二人は手品のように何かを取り出す。新郎新婦のキャンドルサービスのように双子が握り込んでいるのは、ペンシル大のトリガー式電子ライターだ。

引き金に小さな指がかかる。かちん、という固い音と同時だった。

死臭とガスが充満し、巨大な一個の爆弾となった一階フロアがまとめて爆発した。

10

ズズン!! という低い震動が鉄筋コンクリートのビル全体を揺さぶった。

「ちくしょ、何だってんだ⁉」

スマホを手にしたまま浜面仕上《はまづらしあげ》は毒づいていた。

暗闇の中、バタバタという足音がいくつも鳴り響く。頼みの綱のアネリは先ほどから沈黙していた。表示を見ると圏外。どうやら停電のタイミングで通信経路が途切れてしまったらしい。

ここから先は一人きりだ。

自分の記憶を頼りに、見取り図にあった赤い光点の部屋を目指す。

……いくら暗がりで防犯カメラやセンサーが軒並み死んでいると言っても、やっぱり異常だった。辺りを行き交う警備員達《アンチスキルたち》がもう少し周囲に気を配っていれば、部屋の隅で丸まって息を止めている浜面《はまづら》なんてすぐに見つかっているはずだ。

よほどの『何か』が起きている。

浜面《はまづら》自身が最初に否定した『正面突破』のカードを難なく引いた誰かがいる。チャンスだが、この怪物はきっと浜面達《はまづらたち》の仲間にはなってくれない。勘違いをしてはいけない、状況的には暴動が起きた大都市で火事場泥棒に挑むようなものでしかないのだ。

大人達の足音が途切れたタイミングで浜面《はまづら》は暗い廊下を進んだ。

目的の部屋のドアはすぐそこだ。

「滝壺《たきつぼ》!!」

ドアを開けて押し入った直後、右手の手首に強い衝撃が走った。思わず呻《うめ》いた直後、襟首を掴《つか》まれて壁に背中から叩《たた》きつけられる。床に落ちたスマホの画面が光を放つ。

プロの警備員《アンチスキル》だった。

呼吸が詰まる。

向こうもこの真っ暗な停電下、今の今まで懐中電灯やスマホなんかの明かりも点《つ》けずにじっと様子を窺《うかが》っていたのだろうか。

短く刈った黒髪に鎧《よろい》のような筋肉。絵に描いたような『強権的な体育教師』そのものだ。不良少年からすれば、こんな時でなければ近づきたいと思わない。

「がっ⁉」

「はまづら!!」

すでに両足は床から浮いている。両手をどう動かしても首を押さえる太い腕を外せそうにない。それでも浜面《はまづら》は、自分の名を呼ぶ少女の声を耳にしただけで世界がどこまでも拡張されていく気分になった。

「だいっ、じょうぶ……」

着た少女。

滝壺理后《たきつぼりこう》。

肩で切り揃《そろ》えた黒い髪にぼんやりとした瞳。ずっとずっと捜してきた、ピンクのジャージを着た少女。

業務的にはセキュリティの不安定な状況で容疑者を動かしたくなかったってだけの話かもしれないけど。でもこのくそったれな世界の中で、まだ恋人は生きていてくれた!!

「かはっ!! かならず、俺が必ず助ける。だから心配すんなっ、滝壺《たきつぼ》!!」

「また『暗部』か？」

真正面から低い声が響く。

感動を分かち合う前に、まずこいつを何とかしないといけない。一瞬、『ニコラウスの金貨』に意識が集まるが、ここで使って良いものか迷う。そもそも『ドアを開ける』『ルーレットを当てる』といった要求ならともかく『誰かに勝つ』といった事までできるのかは謎だ。無駄撃ちで一時間チャージ、はできれば避けたい。

「たとえどのような相手であれ、警備員《アンチスキル》は絶対に屈しない。芋づる式に全部引きずり出してやるぞ、『暗部』。ハンドカフスはお前達に例外を許さない」

その時だった。

ヤツの腕に何かが留《と》まっていた。

この暗がりでもキラキラと光っているのは、ハサミムシの表面か？

しかも一匹ではなかった。

というか気がつけば男の右腕が見えなくなるくらい、びっしりと覆われている。

「ぐおっ⁉」

今さらのように気づいて浜面《はまづら》の首から手を離し、右腕をばたつかせる警備員《アンチスキル》。だがハサミムシは離れない。それどころか、ざあっ、という砂の塊をこぼすような音と共に、天井から滝のように追加がやってきた。上半身が全部呑《の》み込《こ》まれるばかりか、防弾ジャケットや手袋などの狭い隙間を潜って装備の中まで蹂躙《じゅうりん》していく。

「ぐぎゃぎゃぎゃぎゃぎゃぎゃああァッッッ‼⁉⁇」

もう、見ていられなかった。頭の上から足の先までびっちり覆っていたはずの黒いシルエットが、内側から崩れていく。千切られているのか、喰《く》われているのか、溶かされているのか。それさえはっきりとしない。ただ、保たないという事実が分かるだけ。人間を生きたまま詰め込んだドラム缶を外からぐしゃぐしゃに押し潰していくような、死体や傷口の見えない『死』を突き付けられる。

駆け寄る事もできなかった。

これはただのハサミムシじゃない。化学薬品か病原菌か、とにかく何かを上乗せしている。

「早く離れて、はまづらっ‼」

その場でへたり込んだ浜面《はまづら》に、ジャージ少女の滝壺《たきつぼ》が叫ぶ。これではどっちが助けに来たのやら。彼女が抱き寄せてくれなかったら、体より先に心の方が壊れていたかもしれない。

目に沁《し》みるような悪臭があった。何かが腐ったような、でも生ゴミとも違う……。

がづんっ、という小さな音が響いた。

見れば部屋の中に誰かいる。瞬《まばた》きすらしなかったはずなのに。それはツインテールの少女だった。いつの間にか現れた中学生くらいの女の子は、しかし何をするでもなく壁に寄りかかる。

そのままずるずると床に座り込んでいく。

浜面仕上《はまづらしあげ》に手錠を掛けた少女だった。

右腕の腕章を見る限り、能力頼みの風紀委員《ジャッジメント》か。

「ぐっ……」

よくよく見ればあちこちにアザがあり、どこかの学校のものらしき制服にも焦げがある。

火傷《やけど》に打撲。

火事か、あるいは爆発にでも巻き込まれたような顔だ。浜面《はまづら》もそれなりにケンカ慣れはしていたが、流石《さすが》に体の中がどうなっているかまでは予測もできない。

「……てれぽーと、かいひは間にあいませんでした、か……」

「おいっ、何だ……？」

恐る恐る尋ねても、少女は何も答えない。意識を失ったようだ。

「いきなり現れていきなり死ぬなって！　何なんだ⁉　アンタはこういう時に俺達を守る風紀《ジャッジ》

委員《メント》だろ。おい!?」

小さな足音があった。

何が何だか分からない。だが突然の闖入者《ちんにゅうしゃ》は新たな危難を引きずり回してきたらしい。回避と言っていた。どこでも良《い》いならこんな部屋を選ばないでほしかった。

くすくすという笑い声があった。誰かが気軽にドアの外から覗《のぞ》き込《こ》んできた。

背丈は小さいのに、妙に胸の大きな双子だった。

「過愛《かあい》、ここにいるわよ。全部嚙ませて感染させたら？」

「ダメだよ妖宴《ようえん》、ここって取調室でしょ？　やるなら正確にね。そっちのお兄さんはバカっぽい顔してるし、警備員《アンチスキル》でも風紀委員《ジャッジメント》でもなさそうだもん」

「ねえ『分解者』。現場まで出て、いちいち仕分けをするの？」

「ねー『媒介者』。犠牲は正確だから逃げ切れないと絶望するんだもん、誰もがね」

迂闊《うかつ》に呼吸すらできなかった。

命を握られている。それが分かる。ライターガスと同じメタン系のガスが充満しているとしたら、彼女達が火花一つ散らしただけで部屋は全部爆風で埋め尽くされてしまう。

目的は気絶したツインテールの少女らしいが、今のままではどうなるかは読めない。

向こうが浜面《はまづら》や滝壺《たきつぼ》を誤って殺害してしまったとして、だから何なのだ？　自分ルールのスコアを傷つける以外にペナルティらしいペナルティもない。小さな石を蹴って学校まで行く、くらいの気持ちで人の命がかかっている。

足元でネズミを遊ばせ、双子の内の片方がにたりと笑ってこう言った。

「助けてほしい？」

「欲しい」

ばしゃりと。

床に広がった黒い汚れの上で両膝をついて、浜面《はまづら》は顔の前で両手を組んだ。後頭部に銃口を突き付けられる負け犬のような顔に双子はニタニタと満足げな顔を浮かべるが、

「頼む、風紀委員の子を殺さないでやってくれ。……もう死体を見るのは嫌だよ……」

ちょっと、きょとんとされた。

時間の流れが止まった。

「ぷっ」

頬を寄せ合う双子の片方が吹き出した。

「あっはっはっは‼　いいわ。お兄さん、あなたすごく面白い‼」

「いいの、過愛《かあい》？　狙いは正確にという話は？」

「いいよ妖宴《ようえん》。どっちみち恐怖を伝えるには証言者を何人か残しておく必要があるし」

そこで一転して。

甘く蕩《とろ》けるような笑みを浮かべ、過愛《かあい》と呼ばれた少女は無様な男に投げキッスをした。

「自分から汚れたがるヒト、私は嫌いじゃないもん」

そっと息を吐いたのは妖宴《ようえん》だ。

姉妹に振り回されるのはいつもの事なのかもしれない。そんな空気を漂わせつつ、

「語り継いで、この恐怖を」

命令形だった。一年の学年差に絶対の上下関係を持つ学校社会からすれば、絶対にありえない上から目線でモンスターは言い放つ。

生き残るための唯一の条件を。

「……『暗部』は決してなくならない。愚行に挑めばどうなるか、この暗がりを光で照らすという行為が一体何を招いてしまうのか。愚か者の末路という伝説を、しっかりとね？」

頷《うなず》く事さえできなかった。しかし何かしら満足げに目を細めると少女は首を引っ込め、二人して外の廊下を歩き去るつもりのようだ。ぺたりぺたんというビーチサンダルの気軽な足音と一緒に、時々断続的にけたたましい絶叫や悲鳴が炸裂《さくれつ》する。

生物。

それから感染症。

『分解者』の過愛《かあい》に『媒介者』の妖宴《ようえん》。双子の操る濃密な闇は、規格外だ。

11

「どこか折れている訳じゃなさそうだな、よし……」

「はまづら、こっち押さえるよ。早くそこ縛って」

スマホの明かりの下、ぎゅっと包帯を巻き付け、それから金属製の留め具で固定した。

逃亡者は医者の世話になれない。簡単な応急キットでも貴重品になるのだが、それでもツインテールの少女を放っておく選択肢はなかった。

傷口に消毒薬をかけても風紀委員《ジャッジメント》らしき少女は目を覚まさなかったのだ、よほど深く意識が落ちているのだろう。目に見える位置は大体傷を覆ったが、浜面《はまづら》には体の中までは分からない。とりあえず息はしているようだから、後は警備員《アンチスキル》にでも任せるしかないだろう。

……他に、誰かが生き残っていればの話だが。

「これ以上は何もできない。俺達も脱出しよう」

「むー」

こんな所でも予想外があった。

無表情なまま、滝壺《たきつぼ》理后《りこう》のほっぺたが膨らんでいたのだ。

「そう言えばはまづら、あの双子から何かされてた」

もしや何か背中に得体の知れないカビや虫でもついているのだろうか。あれだけ強烈なら感染とやらに気づかない事はないはずだけど。急に不安になってきた浜面《はまづら》だったが、

「投げキッス」

「ぶっ⁉︎　事故です、辻斬《つじぎ》り、ふかこーりょく‼︎」

慌てて叫んでも恋人は不機嫌な猫みたいになったままだ。

ともあれ、スマホのライトを消して取調室からそっと廊下に出る。いくつか立て続けに爆発があった。謎の双子がもたらした計画的な被害ではない。安全地帯を確保するため、浜面《はまづら》が暗がりに向けて紙をよって作った火種を放り投げ、わざと誘爆している音だ。

メタン系のガスは凶悪だが、空間で遮れる。ドアやシャッターで小分けにしてから爆破すれば小さな爆発に留《とど》め、安全にガスを『消費』してしまえる。

的確だが、それだけだ。

浜面仕上《はまづらしあげ》は奥歯を噛《か》み締《し》めていた。油断すると足が止まってしまいそうだった。

「はまづら……」

「こんなに。誰も残っていないのか……」

フロア全体が糸を引いていた。

天井から垂れているのは納豆のようにも見えるが、そんな尋常な菌類ではないだろう。ここにはもう、まともな人影なんて存在しない。あれだけ完全武装の警備員達《アンチスキルたち》がひしめいていたの

に。通信のオペレーターや事務員は一体どこに立っていたんだろう？

誰も彼も。

不気味なくらい粘ついたどす黒い粘液が、床や壁を汚しているだけだ。

助けてほしい、と言ったのは浜面《はまづら》自身だ。結果、あの双子はレールを切り替えたのかもしれない。気紛《きまぐ》れにツインテールの少女を見逃し、代わりに他の誰かを殺しているとしたら？　詮ない話とはいえ、不良少年の胃袋に重たいものがのしかかる。

……当然、これで終わりという訳ではないだろう。『暗部』は強烈な力を見せつけた。だけど警備員《アンチスキル》も警備員《アンチスキル》で、二三の全ての学区を武力で支配している。タガが外れればエスカレートする。ここから先は、警備員側《アンチスキルがわ》だってさらなるゲテモノを取り出すはずだ。

「これからどうするの、はまづら？」

「外に逃げ出す。学園都市の外に」

「……、」

「今日の警備員《アンチスキル》は本気だ。直接見ただけで二人死んでる。見てないトコでは多分もっとだ。つまり、大人達はマジで『暗部』をぶっ潰そうとしてやがるんだ。連中がナニ基準で街を浄化しようとしてるかは知らねえが、どうやら俺もお前も『壊滅手配《アウトランク》』とかいうのに収まってるって事で間違いはないらしい。だから外に出ないと、やられる。今日だけは、暗い所、深い所に潜れば安全に振り切れるって訳じゃない」

暗がりの中、それでも恋人の眉が困ったように寄ったのが分かった。

「でも、あの外壁はそう簡単に乗り越えられるとは思えない。四つあるゲートだって最高警備だから、無理に突破しようとしても殺されちゃうよ」

「分かってる。でも何も考えがない訳じゃ……」

言いかけた時だった。

長い通路の真ん中で、誰かが立ち塞がった。

「浜面《はまづら》……」

奥から声があった。難を逃れた人がまだいたのだろうか。

ほっとする反面、安心もしていられない。浜面仕上《はまづらしあげ》は今ここにいてはいけない人間なのだ。今日の警備員《アンチスキル》の対応を見るに、彼らは何か一つ言い訳できれば躊躇《ちゆうちよ》なく容疑者の射殺に踏み切ろうとするかもしれない。

でも違った。

その人物は確かにこう話しかけてきたのだ。

「浜面《はまづら》か!? お前どうしてこんな所にいるじゃんよ!!」

聞き覚えのある声だった。

ここは初めて来る場所ではない。武装無能力者集団《スキルアウト》時代は車の盗難や道端のケンカでしょっちゅう留置場にぶち込まれた事もあったのだ。

当然、その時に世話になった警備員《アンチスキル》だって。

(黄泉川《よみかわ》、愛穂《あいほ》……)

長い黒髪を一つに縛って後ろに垂らした女教師。普段は緑のジャージを雑に着こなしているだけだが、今日は禍々《まがまが》しい黒の防弾ジャケットだ。

怖い。

怖いけど、致命的に馬が合わないだけ。悪いヤツではない事は分かっている。

一瞬、全てを投げ出して恋人を助けてほしいと願いそうになる浜面《はまづら》。だけど直後に、彼は現実を思い出す。いいや、これは現在進行形で体験している少年自身、ジンクスや思い込みとどう違うのかきちんと定義ができていない問題ではあるのだが。

とにかくだ。

わずかに遅れて浜面《はまづら》は片腕を水平に上げた。自分の体で恋人を庇《かば》うようにしながら叫び返す。

「そこをどけ。アンタは信用できない!!」

「それじゃただの犯罪者だよ、浜面《はまづら》。ここにいる理由をまず説明し、そして必要なら大人に預けるじゃんよ!! それが正しい道ってもんだ!!」

「アンタ一人の資質じゃない!」

叫び返す。

言葉で押し返せてしまう事自体が異質であった。この大人はいつだって正しい事を言って、正しいから小さな犯罪でも許さずに取り締まってきたはずだ。

それなのに。

この押しの弱さには、内心の迷いが透けて見えるようだった。

「……なあ黄泉川《よみかわ》、アンタだって自分でも分かってんだろ？　今日は、何かがおかしい。正義って言葉が正しく回らなくなる『何か』がある。そいつの正体を見極められない限り、ただ正義の側に立つ人間に状況を預けたって死を振り撒《ふま》くだけだ!!　俺は！　そいつをこの目で見てきた!!　最低でも二回はなッ!!」

「だとしたら、お前はどうするじゃんよ？」

ややあって、切り返しがきた。

やはり切れ味は鈍い。だがナマクラでなければ出せない痛みというのも存在する。

「また銃を握って、悪いと分かっていても罪を犯して、大切な人を守るためだから仕方がなかったで納得するつもりか？　そんな『納得』は、お前一人のものじゃんよ。世間は絶対に納得なんかしない。ただ書類と照らし合わせて有罪判決を求めるだけだ！」

「……、」

「『オペレーションネーム・ハンドカフス』は真っ黒なものじゃない。世界の頂点に立った馬鹿野郎が自分の人生を食い潰してでも成し遂げようとしているんだ、私が絶対に真っ黒にはさせない‼」

上辺、ではない。

同じ領域に立っている人間の言葉は、簡単に無視できない。

「ビジョンがあるんだろう、こんな所まで助けに来るくらいなら」

黄泉川《よみかわ》が、踏み込む。

たった一歩だけど、だけどその一歩はやっぱり重たい。

「だったらそんな理想の未来を、お前が自分の手で壊すな‼　『暗部』だか何だか知らないが、そういう自分勝手な納得がのさばらせるんだ、『例外』を！　面倒なドンパチなんか大人に押し付けろ、悪いようにはしないいじゃんよ‼」

言葉にはほだされない。

そういう『当たり前』が崩れている事を、浜面《はまづら》はもう知っている。

しかし一方で、言葉で語りかけてくる黄泉川《よみかわ》を力で押しのけて良いのか、迷う。ポケットの中にある金貨を強く意識する。こちらの大技はこれだけだ。たった一回きりの、確定一〇〇・〇%。これをどう使えば、黄泉川《よみかわ》を傷つけずに遠ざけられる……ッ⁉

浜面仕上《はまづらしあげ》は考え、俯《うつむ》いていた顔を上げた。

口を開く。

「よみ、

ビスッッツ!!!!!!　と。

浜面仕上《はまづらしあげ》の胸の真ん中に、何か熱くて硬いものが撃ち込まれた。

意味が分からなかった。

タァン!!　というド派手な銃声は落雷のように、わずかに遅れて炸裂《さくれつ》した。しかし何が起きたか整理して考えるだけの余裕すらもない。そのまま凄《すさ》まじい衝撃で真後ろに吹っ飛ばされた浜面《はまづら》の体が分厚いシートで保護されたガラスに突っ込んだのだ。

甲高い音と共に、少年は窓の外へと投げ出される。

「はまづらっ!!」

12

「ぐっ……」

鋭い銃声で白井黒子《しらいくろこ》は目を覚ました。

どうやら一階のロビーではなく、どこか小さな部屋にいるらしい。ここは取調室か。一瞬、自分がどうしてこんな所にいるか思い出せずにいる白井《しらい》黒子《くろこ》の顔を誰かが覗《のぞ》き込《こ》んだ。

　圧の強いおじさんだった。

「だっ、大丈夫ですか白井《しらい》さん？」

「……おかげさまで」

　寝起きにバーコード頭とメガネはキツかった。白井《しらい》黒子《くろこ》は床から身を起こしてから、自分が寝かされていた事に気づく。肌に引っ張られるような違和感があった。取調室の大きな鏡に目をやってみれば、あちこちに包帯やガーゼがある。

「一応、お礼は言っておきますわ。手当ての方、ありがとうございます」

「あっ、いいえ。私じゃありません、それ」

「？」

　では誰が。白井《しらい》の疑問に楽丘豊富《らくおかほうふ》が答えられる感じでもなかった。望み薄ではあるが、隣、モニター室のカメラは生きているだろうか？

　廊下に出ると、異臭と黒いねばねばがひどかった。

　警備員《アンチスキル》が二人ほど生き残っているようだが、彼らは何故《なぜ》か割れた窓の方を眺めている。ギザギザのガラスにピンク色の布切れが引っかかっていた。ジャージなどに使われる合成繊維だ。

「連れの女も一緒に落ちた……？」

　遠近どちらでも使えるバトルライフルを持った若い男の警備員《アンチスキル》が呆然《ぼうぜん》と呟《つぶや》いていた。

「ともあれこれで安全は確保できましたね、黄泉川《よみかわ》さん。お怪我《けが》はありまs

「……も、に……」

震える唇が、動く。

気がつけば黄泉川《よみかわ》は部下の胸ぐらを掴《つか》み上《あ》げていた。

「子供に銃を向けたのか、波野《なみの》⁉ 一体何を考えているじゃんよ‼」

茶色い髪の優男は、訳が分からないといった顔だった。

「どっ、どうせ『暗部』です。総合詰め所まで潜り込んでくるなんて、凶悪な嫌普性《けんふせい》でしょう？」

「保護者から預かっている子供の命を『どうせ』と言ったかキサマ‼‼‼」

暖簾《のれん》に腕押し。見た目は小さくなっているが、心の底から反省する感じでもない。何故《なぜ》怒られているかは興味ナシ、とにかく嵐が過ぎ去るまで大人しくしていようというのが近いか。

常識が、壊れていく。見ているだけでも分かる。

とにかく白井黒子《しらいくろこ》はそちらに近づく事にした。ちょっと歩くだけで、肩で荒い息を吐いている事に気づく。すぐ近くで貧相なバーコードメガネがおろおろしていた。肩を貸したいが、女子中学生へ迂闊《うかつ》に触れて良いものかで無駄に懊悩《おうのう》しているのかもしれない。はっきり言ってコンプライアンスの徹底とやらが過剰反応している。

「……立っているのはこれだけ？　他の皆さんはどうしましたの？？？」

誰も答えなかった。

正確な被害数について、口に出すのも憚《はばか》られたためだ。だから、数字については無線機から報告が来た。バトルライフルを手にしたままの若い警備員《アンチスキル》が、胸ぐらを掴《つか》まれたまま首を横に振っていた。

ぱつりと、来た。

「第七学区南部、第八学区、第一七学区……それから第一学区も、だそうです」

「第一……」

あれだけぎゃんぎゃん噛《か》みついていた黄泉川《よみかわ》が絶句していた。

無理もない。第一学区と言えば行政機能が集中する官庁街だ。同地域の治安を守る総合詰め所は他の全てを繋《つな》ぐ中央部署的な側面があったはずだった。『外』の警察組織で言えば警察庁本庁のようなものだ。

それを、こうもあっさり。

被害の確認ができただけでもマシな方だ。ピラミッド構造のてっぺんが折れた。組織を再編してネットワークを回復しないと警備員《アンチスキル》という組織そのものが機能停止してしまいかねない。

「だから言ったじゃないですか」

ぽつりと、声があった。

バーコード頭にメガネの警備員《アンチスキル》、楽丘豊富《らくおかほうふ》だ。

「これでは生ぬるい。本気で『暗部』を一掃するつもりがあるなら、戦争をする覚悟がないとダメなんですよ」


何がねじれた。

オペレーションネーム・ハンドカフス。

新しい統括理事長と共に駒を進めた一人として、黄泉川愛穂《よみかわあいほ》は唇を噛《か》んでいるようだった。

13

意識が明滅する。

どうやら道路の雪を集めて山積みにしていた場所に落ちてショックが分散されたらしい。そうでもなければ墜落の衝撃だけで死んでいただろう。映画やドラマと違って、高所からの落下は例外状況の少ない死因だ。

そう、浜面仕上《はまづらしあげ》は生きていた。

「はまづら……」

すぐ近くで恋人の呼ぶ声が聞こえる。自分自身、同じ窓から飛び降りたはずなのに。彼女は自分の傷を確かめるより早く、倒れた恋人へすがりついてきた。

「だいじょうぶ？　ねえはまづら、怖いよ。起きて、置いていっちゃやだ……」

浜面《はまづら》は震える指先を動かし、上着のボタンを外した。

つるりとした金属板があった。その正体はマンションで倒した警備員《アンチスキル》から奪った防弾ジャケットのプレート部分だ。絶対に良くない事が起きる。確定でそうなる。ネガティブな予測であっても『確定』が取れていれば、立派な行動指針になる。

これで結論が出た。

学園都市の中にいたら誰に助けを求めても殺される。個人個人の性質に関係なく、大人は怖い。裏路地とか、『暗部』の奥とか、そういう抜け穴もきっと潰されている。生き残りたいなら壁の外を目指すしかない。いつ警備員《アンチスキル》が正常化するかは読めないが、少なくとも今は。

自由な世界へ。

仰向けに転がったまま、すがりついてくる恋人の頭を撫《な》でて浜面《はまづら》はこう提案した。

「空港に向かおう……」

「？」

「外壁をよじ登ったりゲートを馬鹿正直に潜るのはナシだ。管理が厳し過ぎて近づく事もできねえし。そういうストレートなアイデアに取りつかれた『暗部』の下《した》っ端《ぱ》どもは、きっと無人のヘリだか壁の上のロボットだかに機銃掃射で挽肉《ひきにく》にされている頃だと思う。頭をひねったたって、ここは無理だ。選択肢が何百あろうが全部行き止まりになってる。壁を越える、ゲートを誤魔化す、長距離トラックの荷台に隠れる。そういう陸路は挑むだけ無駄って事」

「けど」

滝壺《たきつぼ》は否定的だった。首を横に振って言う。

「第二三学区の空港も、警備の厳重さで言ったら格別だよ？　審査は何重もあるし、顔を隠して飛行機に乗れるとは思えない」

「顔を隠さなくても怪しまれない方法があれば良い」

言って、浜面《はまづら》は小さなボディバッグの中からキーアイテムを取り出した。

学園太郎。

明らかに偽名が印字されたパスポートだ。

どこがすごいのかパッと見ても分からないが、逆に言えば素人《しろうと》が見ても説明できないくらいすごいのだろう。あの『電話の声』がすがりつくくらいなのだから、よっぽどの高品質という点は確約が取れている。

浜面《はまづら》はぐったりしたまま震える手でスマホの電源を落とすと、パスポートをかざした。信号機とセットで取り付けられた、速度違反メーターのカバー領域に。

紙の表面で何かがギラギラと輝いた。

赤外線に反応して浮かび上がる七色の光は最新の不完全性結晶印刷によるものだ。簡単なように見えるが、薄膜として配置された人工水晶内部で不規則に空いた格子《こうし》欠陥《けつかん》については誰にも再現不能な偽造防止技術。……の、はずだった。

神話は崩れた。

「……どうも『暗部』の中には身分証を完璧に偽造してくれる職人もいるらしい。こいつと話をつければ用意してもらえるさ。安全に飛行機に乗るための、フリーパスを」

List of OP."Hand_Cuffs"

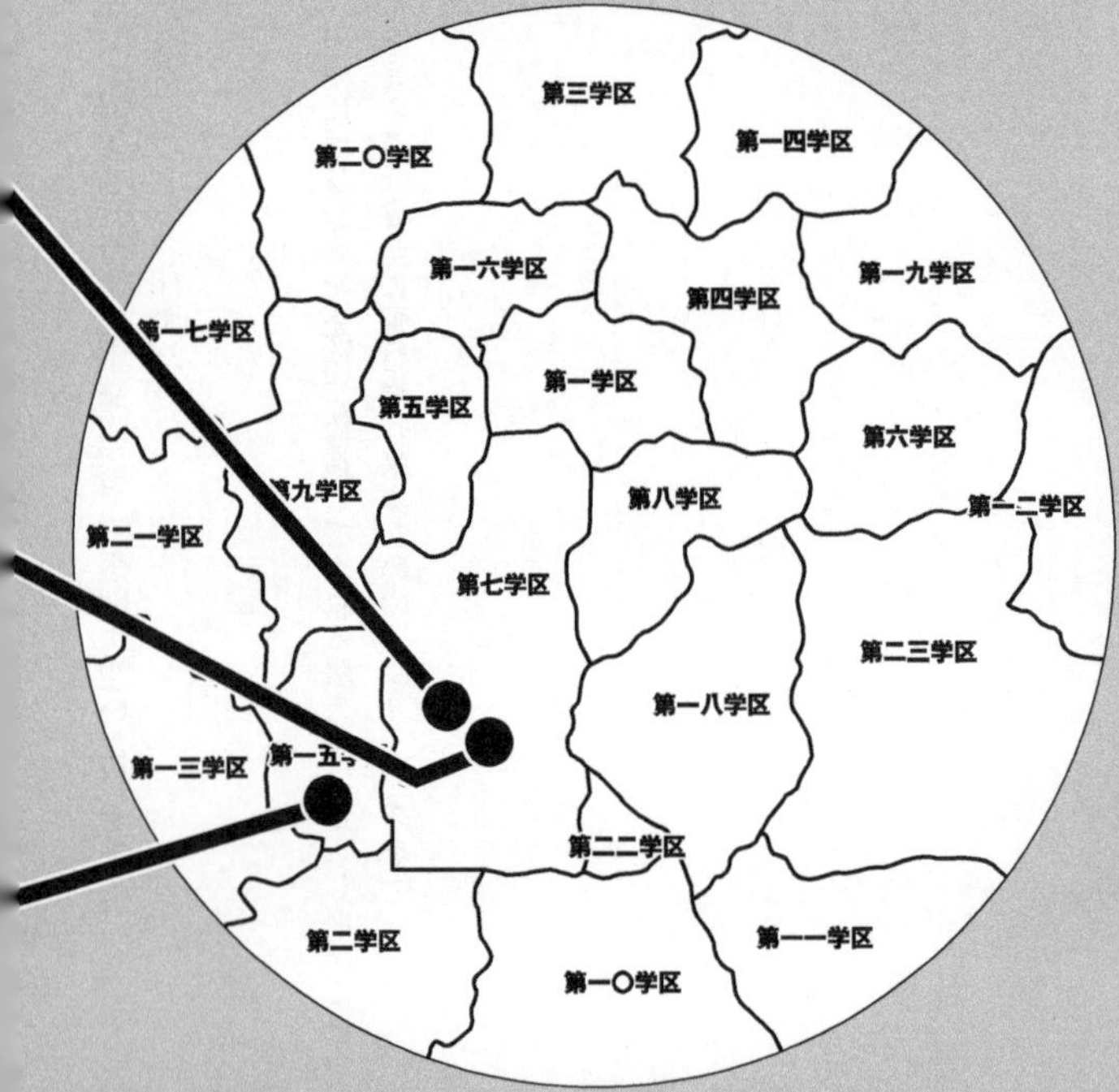

第七学区南部方面警備員総合詰め所

楽丘豊富

警備員《アンチスキル》

白井黒子

風紀委員《ジャッジメント》

第七学区南部方面警備員総合詰め所前

滝壺理后

好普性

浜面仕上

好普性

第一五学区高級ホテル

花露妖宴

嫌普性

花露過愛

嫌普性

行間　一

「こんなはずじゃなかった、って沈黙ね」

まともに服も着ていなかった。

ベッドシーツよりも薄い真紅の布を薄い胸元にかき寄せているのは、見た目だけなら一〇歳くらいの少女だ。ストロベリーブロンドの長い髪はいくつものエビフライに分かれており、あちこちに薔薇《ばら》の飾りが絡《から》みついている。

少女は立ったまま硬く冷たい拘置所の鉄格子《てつごうし》に身を預けていた。

隣の房では白い髪に赤い瞳の超能力者《レベル5》が静かに床に座っている。

間もなく裁判を控えている学園都市第一位にして新統括理事長、一方通行《アクセラレータ》が。

『R&Cオカルティクス』のCEO、アンナ＝シュプレンゲルはにたにたと笑う。

共に世界を掌握する資格を持った者達の対話が続く。

「なら一体どうなるつもりだったのかを是非ともお聞きしておきたいところだけれど、まあ、今となっては意味がないのかしら。ふふ、保護した子達のためにこっそり用意しておいた基金は無駄になりそうね。彼らの新しい生活も」

「……そンな事を言うために」

底冷え、であった。声に温度があれば、真っ当な人間は凍えて命を落としたかもしれない。

「わざわざボロ負けして、自分から檻《おり》に入ったと？」

「前にも言ったでしょう。もう『メインの実験』は終わっているのよ。今回のこれは、空いた時間を使ってデータを蒐集《しゅうしゅう》しているに過ぎないわ」

一方のアンナは気軽なものだった。瑞々《みずみず》しい肌が水の珠《たま》を弾《はじ》くように、言葉の冷気は彼女の中までは入り込めない。

「巨大ITらしいでしょう？　ビッグデータに無駄という考え方はないからね。昨日の天気予報を熱心に読み込んでいる人間は愚か者かしら？　そんな事をしても何の意味もないと？　いいえ違うわ、過去一〇〇年間の気象図をみっちり読み込む事で見えてくるものはたくさんある。努力もしないで一面的に嘲笑《あざわら》う者こそが真の愚者なのよ」

「……、」

「うふふ、さあてあなたはどうかしら。努力を笑う者は努力の価値に気づかない事が多いのだけど。あなたは『暗部』の切り捨てに舵《かじ》を切った、でも本当に価値を理解していたのかしら」

沈黙した新統括理事長に、最高経営責任者は変わらず笑いかける。

いっそ不気味なくらい均一に。

「……ええ、もちろん『こう』なったのには理由がある」

長い髪から薔薇《ばら》の香りを振り撒《ま》き、アンナは鉄格子《てつごうし》の隙間からひらひらと小さな手を振る。

「早い内に特定しないと、どんどん崩れていくわよ？　今ここに広がる最悪の惨状が、あれでもまだマシだったと思えるくらいにね。……それにしても統括理事長になっても名前は明かさないのね、あなた。いっそカメラの前に立つ時はナゾの仮面でも被《かぶ》ってみたら？」

第二章　『暗部』　Ghost,Android,and…

1

　ぎゃりぎゃりぎゃりぎゃりぎゃり!!　というタイヤの横滑りする音が響き渡る。

　学園都市の第一学区だった。

　理路整然とした、いっそ人間味を感じられないほど冷たい官庁街の街並みにはあまりに似合わない騒音。そこに悲鳴や破砕音が入り混じる。

『おい、ありゃウチの護送車だろ⁉』

『雪道のスリップじゃない、中で何か起きてるッ！　どけっ、伏せろお!!』

　S字に大きく蛇行を続ける二〇トンの鉄塊は即席のバリケードを突き破り、待機していた特殊車両を撥《は》ね飛《と》ばして、総合詰め所の正面ゲートに叩《たた》き込《こ》んでいた。建物前に停《と》まった護送車は不気味な沈黙を守るが、それも長くはない。

　ゴキュンッッッ!!　と。

火花の音は、側面のドアが切り落とされたのだと誰もが思った。

実際にはその一センチ外側。防弾耐爆装甲を無視して枠のように切り取った訳だが。

ぱたんと外側に倒れたドアの向こうから出てきたのは異質な少女だった。歳《とし》は一三、四歳くらいだろうか。赤い、赤い、生身の人間ではありえないほど鮮やかな真紅のロングヘアをなびかせる少女は、季節感というものをまるで無視している。まだまだ未成熟な体を覆う色彩は、オレンジと黒。毒々しい害虫のような組み合わせの競泳水着に似た装束を纏《まと》っているだけなのだ。驚くべき事に、足など裸足《はだし》である。

前髪を奇麗に切《き》り揃《そろ》えた少女の両肩にはそれぞれスマホが、太股《ふともも》のベルトには細長い円筒がいくつも挿してあった。丸めたシリコンキーボードの他に、どろりとした液体が入った透明なボトルは何だろう……とても飲み物には見えないが。

眉一つ動かさずに瞳孔を機械的に拡大縮小させる少女の手にあるのは、刃渡り六〇センチはある、ナイフと呼ぶにはあまりに大きな分厚い刃物。ジャングルを切り開きながら進むための山刀に似ているが、そもそも分類なんて存在しないのかもしれない。

あれで、斬った。

防弾や耐爆まで意識して設計された護送車の壁を、ゼリーか何かのように。

空気が固まっていた。みんながみんな、ルールの読み込みに失敗してエラーでも起こしたような棒立ちだった。まさかこんな中央まで踏み込んでくるとは思わなかったのだろう。

誰かが叫んだ。

「『暗部』ッ!?」

「やれ、やれ」

遅れて出てきたのは濃い青のつなぎの上から白衣を羽織った、痩せ細った老人だった。研究者にもメカニックにも見える。断言できないのは、ギラつく瞳はそのどちらにも当てはまりそうにないからか。

火花が散ると、両手を戒めていた手錠が断ち切られていた。鎖ではなく二つの輪が。

「レディバード君、もう少し優しい方法はなかったものかね」

『車両をジャックするより先生が捕まった方が早い。警備員《アンチスキル》の護送車を利用する事で、戦闘を回避して検問所を三ヵ所越えられた。時間にして二五〇秒の短縮が見込まれている』

「こちらは君と違って生身なんじゃ、内臓が一つ潰れてしまえば死んでしまうんだよ」

『安全基準は満たしていた。これ以上の安全性を求める場合、先生は事前に全身をカーボンの筋肉と重金属の骨格フレームに換装すべき。オススメは劣化ウラン』

「わしは君の安全基準とやらが心配になってきたよ。むしろ生きていた自分に驚きたい」

レディバードと呼ばれた少女は唇の動きと実際の肉声が噛《か》み合《あ》っていなかった。まるで腹話術の人形のようだ。

今さらのように周囲の職員達の金縛りが解ける。何人かが腰から抜いた拳銃を構えた。

「何しに来た、『暗部』!?　この嫌普性《けんふせい》が!!」

「おや」

本当に不思議そうな顔だった。

「まだ連絡はないのかね、外で何が起きているか。混乱しているのかな。しかし、だとすればわざわざわしが出向いて『寸断』するまでもなかったかもしれん。もしそうなら申し訳ない」

パンッ!!　という乾いた音と共に警備員《アンチスキル》の一人が後ろに仰《の》け反《ぞ》った。

そのまま倒れる。誰もがそう思ったが、違う。

半分恐慌状態《きょうこうじょうたい》に陥った何人かが無計画に引き金を引いたが、そのたびに頭や胸などの急所に風穴を空けて倒れていくのは何故《なぜ》か警備員側《アンチスキルがわ》だった。

レディバードは無表情で山刀を構えている。右手一本で。

それだけだった。空気を切り裂いて向かってくる鉛弾を正確に捕捉して分厚い刃物を構え、弾《はじ》いた弾丸を利用して逆に警備員《アンチスキル》を攻撃していたのだ。

それも、撃った本人ではなく別の人間に向けて。

ざわりと。一個の集団だったはずの警備員達《アンチスキルたち》の中で、互いを探るような視線が蠢《うごめ》く。

自分の手袋をいじくりながら、気にせず老人は言った。

「レディバード君」

『はい先生』

「全部殺せ。それ以外に選択肢はない」

ひいい!! わあ!? という悲鳴が連続した。

先生と呼ばれた老人はいつもの散歩道をそぞろ歩くくらいの速度でビルの奥へと進んでいく。そんな彼の周囲で、赤と黒とオレンジの嵐が乱れ咲く。もはや自滅を覚悟で拳銃やサブマシンガンを連射しても、ろくに物陰にも入らない老人には一発も当たらない。そもそも不可能なのだ。力業で銃弾をねじ伏せ、逆に利用するレベルの世界で生きているレディバードを食い止める事など。それは気球に乗ってステルス戦闘機と戦うようなものだ。

最新の防弾耐爆装備など何の意味もなかった。

銃弾どころか砲弾サイズの重火器を持ち出しても分厚い山刀は折れない。

「セインティウムじゃよ。金属結合の強さは劣化ウランの五六倍だから、艦砲サイズの装甲貫徹弾くらいまでなら問題なく受け止められる。まあ、レディバード君でもなければ持ち上げる事もできないが。そうそう、君達の装備ね。馬力のある護送車で助かったよ」

気兼ねなく老人は言った。

「もちろん化学の教科書を開いても出てこないよ、自然界には存在しない人工元素じゃ。目に見える一粒で表を走っている車より高いかな。いやあ、加速器をフル稼働《かどう》してそれだけまとめるには苦労させられたんじゃ。要求しただけの効果がなければ逆に困る」

また一つタガが外れたのか、曲がり角から手榴弾《しゅりゅうだん》が投げ込まれた。

レディバードは宙を舞う爆発物を的確に捉えて山刀を水平に振るう。まるで野球のバットのように手榴弾《しゅりゅうだん》を打ち返し、爆風と鋭い破片に叩《たた》かれた警備員《アンチスキル》がすり潰されていく。

しかしそこで、少女のすぐ足元で硬い音が響いた。

手榴弾《しゅりゅうだん》は念入りに二つ投げ込まれていたのだ。

「……、」

首を傾《かし》げ、赤い髪をざらつかせて、そしてレディバードは迷わなかった。

手榴弾《しゅりゅうだん》の上に覆《おお》い被《かぶ》さり、自分の肉体を使って無理矢理に爆風を押さえ込む。

ズム!!　というくぐもった音が響き渡る。

それだけだった。

何事もなかったようにレディバードは老人の隣でゆっくりと起き上がる。血の赤はない。競泳水着も柔肌も傷らしい傷は一つもない。ただの耐爆装備、では説明がつかなかった。

「きっ、機械……」

一つ目の手榴弾《しゅりゅうだん》に巻き込まれて瀕死《ひんし》の重傷を負った警備員《アンチスキル》が、倒れ伏したまま唇を動かす。

「……きさま、話に聞くサイボーグか何かか……」

「一周は古いな。その程度の発想で、わしら『木原』を語れるとでも？」

機械的に瞳孔を拡大縮小させ、レディバードが裸足《はだし》のまま正面から通路をぺたぺた進む。震える手で拳銃を摑《つか》もうとした警備員《アンチスキル》の息の根を確実に止める。

少女は太股《ふともも》のベルトからボトルを抜き取ると口に含み、それでも足りなかったのか頭から被《かぶ》った。どろりとした透明な液体が真紅の髪から肌へ伝い、競泳水着にある種独特の光沢を生み出す。常温超伝導液体を利用して余剰エネルギーを安全に逃がし、同時に各部の摩擦消耗を抑える放電機械油だ。簡単に言っているが、これ一つを宇宙原子炉と組み合わせれば有人外宇宙探査すら手が届く一品である。

が、老人はそんな事よりもっと手前で困った顔になっていた。

「レディバード君、君はもう少しデリカシーというものをじゃな……」

『透けたり浮かび上がると不利益を被《こうむ》るパーツを実装した理由を開示してほしい』

眉一つ動かさず鉤状《かぎじょう》に曲げた指先でお尻の食い込みを直す競泳水着の少女に、老人は額に手をやっていた。エレベーターや非常階段に用はない。ここの人間を皆殺しにするだけなら、そもそも外からビルを薙《な》ぎ倒《たお》してしまえば良い。劣化ウランの五六倍もの強度を持つ『防御の剣《レフトアーム》』をライフル弾対応速度で精密に振るうレディバードのスペックを考えれば、むしろ何でそうしないのか不思議なくらいだろう。

用があるのは奥だ。そこで丸っきり時代遅れのPHSに着信が入った。エンジニア用の分厚い手袋をはめた指先で小さなボタンを押す。ケガや寒さ対策、なおかつ精密作業を可能とするモデル。簡単なようでもプロのスナイパーでもお気に入りを見つけるのに難儀するジャンルだ。

『やってくれたな、木原《きはら》君』

「おやまあ、そのままお返ししたいお言葉ですが。あなた方のつまらない裏切りで木原《きはら》が三人ほど損耗している」

『あれは新しく就任した統括理事長一人の暴走だ。「我々」一二人の総意ではないよ』

「傲慢ですなあ、そんな言葉で納得しろとでも？　こちらも自分の命がかかっている。それから、根丘則斗《ねおかのりと》が失脚した事を隠す必要もありますまい。大局に影響は出ませんが、信用は揺らいでおりますな、統括理事」

奥の奥にある鉄扉を競泳水着の少女が蹴破り、下り階段に向けて老人をエスコートする。打って変わっての薄暗いコンクリートだった。ボイラーや上下水道などとセットで、冷蔵庫より大きな金属製のボックスがあった。光ファイバーの通信制御盤だ。

『嫌普性に、なりたいのか？』

「現場ではもう呼ばれておりますが。とはいえ、表の人間が決めた区分にどれだけ『暗部』の本質を抉《えぐ》れるものやら……」

『「木原《きはら》」なら、逃げ切れると？』

「もしも考えなしであれば、それ以上は口を開かない方がよろしい。せっかくの死刑宣告が空回りしておりますぞ。それでは間抜けな質問コーナーとなっております」

『外は極楽だとでも考えているのか、君達はここでしか生きられないよ。どのような形になったとしてもね』

「どうでしょうなあ。そもそも『我々』が今まで一つの街に留《とど》まっていた事の方が不自然にも思えますが。旧統括理事長のアレイスターは街を去った。『原型制御《アーキタイプコントローラ》』を使った外からの補強がなくなれば、『木原《きはら》』は自然と世界に拡散していくのでは？」

老人はビジネスバッグからタブレット端末より大きなフロッピーディスクを取り出した。専用の読み取り機に差し込んでから、わざわざ光ファイバーで施設の大型装置と連結する。

レディバードは無表情で首を傾《かし》げていた。

『先生、もっと高効率な方法があるのでは？』

「あんまり世の中が便利になると一バイトの価値を忘れてしまうからね。人間は、一メガあれば何でもできる。この気持ちを忘れると創意工夫の感性が死んでしまうんじゃ」

『はあ。不明な評価だと思う』

「ああ、ああ。0と1でフローチャートを構築する君にはちょっと難しい話かもしれない。だけど縛りがあるから活性化するんじゃよ、人の脳は。容量無制限なんてただの麻酔漬けだ」

実際、だ。

ガリガリガリガリガリガリ!! という異音と共に、恐るべき変化が生じていた。通信制御盤を通じて警備員総合詰め所《アンチスキルそうごうつめしょ》のネットワークが冒され、さらにオンラインで二三の学区全体に悪影響を広げているのだ。

外からアタックするのは難しくても、中からであれば違う。

さらに大型機材の中へざらざらと目の細かい粉末を流し込みながら、老人は小さく笑った。

「『信号寄生《パラサイトハードウェア》』」

また一つ、悪夢が形を得る。

「光ファイバー内を流れる信号に直接張り付いて移動するナノデバイスじゃよ。光もまた物体を押す力を持つからの、これくらいのサイズになれば運搬もできる。そしてソフトウェアを検索するだけのワクチンソフトでは、目の前にあるハードウェアを検出できず素通りさせてしまう事しかできない」

『悪意あるプログラムの検索排除からファイアウォール、挙動推定検知、データ送受信量管理等を含むサイバー攻撃全体に対する総合防御ソフトウェアならセキュリティソフトでは？』

「……やれやれ。おじさんがインターネットの基礎を作っていた頃はまだそんな細分化はされていなかったんじゃけどなあ」

『不明なエラーです』

「レディバード君。これでもわしはおじさんで十分譲歩しているんじゃから、そこでいちいち首を傾《かし》げないように。いきなり敬語モードの圧力なんかぶつけられたってお兄さんは訂正なんてしないからね。近い近い、顔が近いって。レディバードくうーん」

ともあれこれで行政ネットワークはズタズタだ。

警備員《アンチスキル》同士の通信や情報共有、街中にあるカメラやセンサーなどの類《たぐい》も。

（……ま、こんなイタズラで外壁を乗り越えられるほど甘くはないじゃろうが）

もちろんたった一種の攻撃で全オンラインサービスがダウンするとは思えないが、疑惑を払《ふっ》拭《しょく》するためにはプログラム的な自動検索ではなく、ハードウェア全体を電子顕微鏡レベルで総点検しなくてはならない。毒液は一滴で構わないが、安全を保つ側はダムを底まで全部さらう必要が出てくるのだ。一メガバイトのフロッピーとは真逆。なまじ大容量を極めているからこそ、点検作業は困難を極める。

次の手を考えるための時間は稼いだ。

地下から出るとＰＨＳからこう来た。

『増援は間に合わなかったか』

「諦めてください」

『では無駄死ににになるが、プレゼントを楽しんでくれ。嫌、普、性』

通話が途切れた。舌を出してＰＨＳを白衣のポケットに戻す痩せぎすの老人に、オレンジと黒の競泳水着を纏《まと》う少女がこう囁《ささや》いてきた。

『先生』

壁と天井が同時に切り裂かれた。

踏み込んできたのは全身を黒い装甲で覆った、複眼のシルエットだった。これまでの警備員《アンチスキル》とは装備の質が違う。生身の人間があんな巨砲を連射したら射撃の反動で背骨をへし折るかもしれない。そんな重火器を軽々と掴《つか》んでいる。

彼らは一言もない。ただその右腕に沿う形で、他と区別するための表示があった。

アンチスキル＝アグレッサー。

本来であれば訓練中に敵側――つまり『暗部』に身を浸した極彩色の凶悪犯――の動きを再現する事で、身内の練度を底上げするための特殊要員だ。選ばれた警備員《アンチスキル》が極限の鍛錬と表に出せない装備で身を固める事でようやく成し遂げた、精鋭の中の精鋭。正義の側でありながら、ギリギリまで自身を形もはっきり見えていない『暗部』に近づけた……作為的なボーダーラインの存在である。

これが統括理事の切り札。

目の当《ま》たりにして、『木原《きはら》』と呼ばれた老人はごくりと喉を鳴らす。

「なんて事じゃ……」

老人は驚いていた。本気で予想外といった顔つきで、神妙に呟《つぶや》いていた。

「どんな秘密兵器か楽しみにしておったのに、こりゃウチで作った装備じゃないか。一般に卸したものだと最低でも二世代以上は遅れておるぞ」

っ⁉　と周囲がざわついた。

気圧《けお》して潰すための敵意や殺意が、逆にさざ波のように老人から遠のくのが分かる。

いいや違う。みし、ぺき、という鈍い音と共に、複数のアグレッサー達が強引に押しのけられていくのだ。まるで見えない分厚い壁に押し潰されていくように。

ギィン‼　という空間そのものの悲鳴と共に、仰《の》け反《ぞ》る。重装甲の最新装備の群れが。

『こ、こいつ……』

沈黙が破れた。

常に場を支配してきたアンチスキル＝アグレッサーのルールが崩れた瞬間であった。

『このガラクタ、機械のくせに念動能力《テレキネシス》まで振り回すのか⁉』

「レディバード君」

老人は気にしなかった。

布のズレが気になるのか水着の肩紐をいじくっている少女に『木原《きはら》』は言った。

「二分やる。彼らに一バイトの価値を教えてあげたまえ」


少し前から、雪は止《や》んでいた。

キンキンに冷えた空気を汚すように、ごぷっ、という粘ついた音があった。多くの無人工場が稼働《かどう》する第一七学区の、まだシャーベット状の雪が残る大通りだ。

防弾耐爆のフルフェイスヘルメットで守られた警備員《アンチスキル》が、むしろ自分から分厚いヘルメットに両手の爪を立てる。がりがりと、かりかりと。しかし焦《あせ》りが空回りを誘っているのか、単純な作業が終わらない。いつまで経ってもヘルメットは取れない。

体をくの字に折り曲げ、雪で濡《ぬ》れた路面に倒れ、手足の先がびくびくと痙攣《けいれん》していく。

まるで防弾装備の中で溺れているようだった。

「各自、密閉を確認しろ‼」

「ガスも細菌も警報なんか出てないぞ……」

「目には見えないだけで、嫌普性《けんふせい》は必ず何かしらのテクノロジーが使われているはずだ。シールドさえ徹底すれば、があっ⁉」

ぼこぼこぼこっ、と利き手《きて》の先から肩にかけて泡立つような感覚が襲いかかり、警備員《アンチスキル》の一人がまた道路に倒れ込んでいく。

『無駄なのに』

女が立っていた。ツインテールにした長い金髪に薄い青のふわふわしたシルエット。ボディラインのくっきりしたドレスの上から絵本のお姫様のスカートのようにふんわりした薄布を重ねているので、垂れ下がった花にも似ている。全体的に見れば洋風の人形のような女だが、スタイルが妙に肉感的なのでアンバランスでもあった。

フリルサンド#G。

開発コードの名前を知る立場にいる者は、この中にはいない。

『あなた達が向かってこなければ、こちらから振り払う理由もなくなるというのに』

たった一人だった。

そして一時間以上も膠着状態《こうちゃくじょうたい》が続いていた。相手は片側三車線の広い道路の真ん中に佇《たたず》んでおり、銃弾から身を隠す遮蔽物一つ確保していないというのに、だ。

『わたしが何かしているとか、きちんと避ければ生き残れるとか、そういう次元じゃないわ』

いっそ哀《かな》しげな声だった。

フリルサンド#Gは銃火に身をさらしたままこう囁《ささや》いたのだ。

『わたしが見えている。もうその時点で、あなた達は命を握られているのよ』

「狙いが……」

まだ生き残っている警備員《アンチスキル》がヘルメットの中で歯噛《はが》みした。

「狙いが逸《そ》れるっ！　定まらん!!」

標的が激しく動き回っている訳ではない。あくまでもフリルサンド#Gは棒立ちのままだ。なのに、当たらない。銃を構えているだけでがくがくと両腕が震え、盾の代わりに使っている特殊車両のボンネットなどで無理矢理固定してもブレを押さえ込めない。

ごごんっ！　という鈍い音と共にアスファルトの道路に太い亀裂が走った。

頭上を通り過ぎた輸送用のヘリから切り離された無人兵器が地上に着地したのだ。並のワンボックスを超える大きさの、四足の塊。デンジャラスブル。

ガスも細菌も、牛形の無人兵器なら関係ない。

誰もがそう思った。

しかし、

「うぎゃあーっ!?」

派手な爆発音と共に絶叫したのは、当の警備員《アンチスキル》の方だった。胴体が左右に開き、攻撃ヘリの武装のように並べられたロケット砲やミサイルは、しかし発射されない。無人兵器は何故《なぜ》か棒立ちの女を素通りした上で、あちこちに散開していた警備員《アンチスキル》を無造作に踏み潰してしまう。赤が弾《はじ》け、盾にしていた車まで横滑りして、即死できなかった警備員《アンチスキル》の呻《うめ》きだけが長々と響き渡っていく。

「止めろっ、止めろ!!」

「俺達が、見えて……いない？　対人識別はどうなっている、顔認識は!?」

薄い青のスカートを揺らし、フリルサンド#Gはそっと呟《つぶや》いていた。

『無駄なのに……』

パン!!　という乾いた音が響いた。おそらく本当にたまたまだったのだろう。雪で濡《ぬ》れた路面から這《は》い上《あ》がり、震える手でサブマシンガンを摑《つか》んだ警備員《アンチスキル》の一発が、今度の今度こそ洋風の人形みたいな女の眉間に吸い込まれたのだ。

クリーンヒット。

ヘルメットの奥で笑みを浮かべる警備員《アンチスキル》だったが、次の瞬間に絶望する。

フリルサンド#Gの額には傷一つなかった。一滴の出血もない。体が極端に頑丈な訳でも、手前でバリアのようなものに弾《はじ》かれた訳でもない。

そう、吸い込まれたのだ。

い、い、

すり抜けた。

絵本のお姫様に似たシルエットの女の後ろで工場の壁に火花が散るのを警備員《アンチスキル》は見てしまった。知りたくもない真実、それは物理的に彼の神経を蝕《むしば》んでいく毒素のようだった。

そして気づく。

デンジャラスブル。味方に気づかず踏み潰してしまった無人機からの映像をタブレット端末で見ると、様子がおかしい。オートフォーカスがおかしな位置でピントを合わせ、オーブと呼ばれる発光物体で埋め尽くされているのだ。

正面に女は立っているはずなのに、顔認識のカーソルがずれた場所で点灯している。

先に倒れた同僚は、画面の中では顔や手が奇妙にかき消えていた。まるでロックオンの印か何かのように。

レンズを通して自分の全身を改めて確認する勇気は、なかった。

「ま、さか」

ありえない。

この科学の街で絶対にありえない仮定を、思わず彼は否定していた。

「いや違う、そんなはずない。こいつは蜃気楼《しんきろう》でも使った立体えいぞうでっ」

『違うわね』

「なら可聴域外の超音波を使った脳の疲弊と誤作動が、‼」

『違うわ』

「立体感を混乱させて壁の模様が浮か」

『違う』

いやいやするように、ヘルメットの警備員《アンチスキル》が首を横に振っていた。

あらゆる科学的アプローチは否定された。

彼はもう、認めるしかない。

「ゆうれ、い、」

『さわらぬ神にたたりなし』

二重のロングスカートのせいで足が見えない、人形のような女はそっと囁《ささや》いた。

『ここで帰る、という選択肢もあると思うけれど。あなたから踏み込んでこなければ、こちらも火の粉を振り払う必要もなくなる訳だし』

未知、であった。しかし蓋をする事ができず、反射的にその未知へ挑みかかってしまったのはやはりここが科学信仰の蔓延《はびこ》る学園都市だからか。

「けっ」

とっさに銃口を上げた男を見て、その女は静かに息を吐く素振りを見せた。

「嫌《けん》普《ふ》性《せい》があああああッ!!」

『もしもし、わたしフリルサンドちゃん……』

不自然に、銃を握る手がピタリと止まる。生命を持たぬ者の奇怪な歌が、その末路を決める。

『……次はひきにく、ひきにくでございます』

嫌な音が響いた。

女は指先一本触れなかった。ただ防弾装備の中で人間のシルエットが崩れていく。

ゆっくりと。

『「子供達」の搬送が終わるまで時間を稼ぐ約束だったけれど、これだと警備員《アンチスキル》の方が保ちそうにないわね』

もう悲鳴の自由すらない。粘ついた音と共に自分の血で溺れる警備員《アンチスキル》を眺めながら、フリルサンド#Gは風向きとは関係なく長い長いツインテールをなびかせ、口の中で呟《つぶや》く。

『そちらは無事かしら、あなた。ドレンチャー＝木原《きはら》＝レパトリ』

幽霊に物は摑《つか》めない。故に通信装置を耳に引っ掛ける事もできない。

だからこれは、意味のない独り言だった。

含まれているのは、とある研究者一族の名前。『暗部』の研究に少しでも触れた事のある者であれば、その名は誰もが知っている。


「ひい、ひい」

第八学区。

クリスマスでも輝きの足りない、すすけた街並みだった。いくつもの古書店が並ぶ狭い路地では、長くてクセの強い銀髪に袴姿《はかますがた》の女子学生が追い詰められていた。ただでさえ狭い道が続くのに、スコップで道路脇に無理矢理寄せた雪の山が邪魔過ぎたのだ。汚い壁に背中を押し付けたままずるずると尻餅をつき、雪で濡《ぬ》れた地面も気にせず両手で頭を守るような仕草をしている。

黙っていたら勝手に失禁しそうな尻餅少女は言った。

「なっ、何もしてません助けてっプリーズ、殺さないでーッ‼　ひっ、ひっ。何であたしってこう人生フルボッコな訳え⁉」

取り囲んでいるのは完全武装の警備員《アンチスキル》が二人。彼らも彼らで拍子抜けといった調子で、

「おい、こいつは?」

「一応『壊滅手配《アウトランク》』にある。ヴィヴァーナ＝オニグマ、『暗部』の研究者」

「そうじゃない、どっちなんだ? 温厚な好普性《こうふせい》なのか、凶悪な嫌普性《けんふせい》なのか」

ちょっとライトを向けただけで、レーザー攻撃でも浴びたように袴《はかま》の少女は飛び跳ねた。やかんを使って頭から熱湯を掛けられたと思ったら普通の水だったと気づいたように、後になってから、前髪を固めて二本角みたいな飾りを作った銀髪少女の方がきょとんとしている。

警備員《アンチスキル》はヘルメットの中でため息をついて、

「一体何やった、あんた?」

「ちっ、違うんです、ぜんぶ誤解だってばあ……」

ぐずぐずと鼻を鳴らしながらヴィヴァーナは素直に答える。よくよく見れば和装の柄はマスコットっぽいが、特注ならそれはそれで高そうだ。漆塗りのギターやスマホケースの親戚だろうか。

「コーフだかケンフだかは知らないけど……『暗部』って一口に言っても、ほんとにイロイロあって……。あたしの研究している分野は、えへへ、ちょっと教育関係者様から白い眼《め》を向けられているものだから気がついたらこんな所まで転げ落ちてしまったけど、別にやましい事なんかしていないし」

最後まで抵抗を続ける凶悪犯には容赦しない警備員達《アンチスキルたち》も、尻餅をついて全部白状する人間には手の出しようがない。何とも間の抜けた空気が漂い、彼らは互いの顔を見合わせていた。

黒と桃色、少女の近くには大きな荷物が二つも転がっていた。それもスーツケースやスポーツバッグではなく、膨らみ切った風呂敷《ふろしき》だ。

警備員《アンチスキル》の一人が何気なく桃色の方を拾い上げ、

「とにかく車の方で話を聞こう。ほら、これはあんたの荷物だろう？」

「あっ」

「それにしても、随分と重たいな……。何だこりゃ、和綴《わと》じの本ばかり。ええと、春g《しゅん》」

「ぎ、ぎゃあーっ!!」

慌てて摑《つか》みかかり、うっかり表紙を開こうとした警備員《アンチスキル》から分厚い本を取り上げた。

脇で見ていた別の警備員《アンチスキル》の方が色めき立つ。

「おいっ!!」

「よせ馬鹿、大丈夫だ！　銃は出すな!!」

なんか揉《も》め始《はじ》めた。ヴィヴァーナは和綴《わと》じの本を抱えたまま動けない。というか湿った地面に尻餅をついてしまっている。

完全に腰が抜けている中、流れがおかしくなってきた。

「もういい、やっぱり『暗部』は『暗部』だ。こいつは嫌普性《けんふせい》だ、やらなきゃやられる!!」

「何を言っているんだ、好普性《こうふせい》だろ。彼女に抵抗の意思なんかない!!」

「嫌普性《けんふせい》はどこにどんな凶器を隠しているか分からない」

「好普性《こうふせい》なら隠してなんかいない！」

「そこをどけ!!」

「何を!?」


パンパパン!!　という乾いた音が連続した。


「あ、」

しばしぎゅっと両目を瞑《つむ》って二本角を掴むような格好で頭を庇う銀髪の袴少女《はかましょうじょ》だったが、

「……あれ？」

恐る恐る目を開けてみると、もう終わっていた。

警備員《アンチスキル》が二人。拳銃を巡って揉《も》み合《あ》いでもしている内に引き金を引いてしまったのか、どっちも赤黒い穴を空けてぶっ倒れている。不思議なもので、生きている人間と死んでいる人間は全く違った。一目で分かる。風景の中からそこだけ色がなくなっていくように、明確に切り分けられていくのだ。

地面に広がる赤い染《し》みが自分の風呂敷《ふろしき》の方にまで迫っているのを見て、慌ててヴィヴァーナは自分の荷物を抱え込んだ。その途端に二つの風呂敷《ふろしき》の結び目がほどけ、レアものの春画本の山はもちろん荒縄にロウソクに先割れ竹刀《しない》に畳針に線香に組み立て式の水車や三角木馬まで顔を出しそうになったが、それらを全部強引に風呂敷《ふろしき》の中へと押し込んだ。

（……ううー）

肩の辺りからずり落ちた上衣の奥からチラリと覗《のぞ》いているのは、安っぽい赤のビニールテープだ。言うに及ばず、縄や革より身近な拘束材料。スポーツ医学で発達したテーピング技術は、不謹慎に悪用するとこういう方向にも花開いてしまう訳だ。

（何でこう、こっちの分野って何でもかんでもイロモノで見られるんだろう。拷問とか処刑の歴史とか、大抵の国は研究に邪魔が入るのよね。多分過去の冤罪事件《えんざいじけん》とか引っかき回してほしくないからなんだろうけど。こっちは真面目に健全な研究がしたいだけなのに、気がついたらこんな隅の隅にある『暗部』落ちだなんてえー……）

涙目で唇を尖《とが》らせるヴィヴァーナ＝オニグマは、お気に入りの一冊を両手で抱き締めながら子供みたいに唇を尖《とが》らせていた。

「……えっちじゃないもん」

「おまえー。一体どこまで行っていたんだよ」

「ええー？　お兄ちゃんが迷子になったんでしょーっ！」

クリスマスの街でそんな声が響いていた。迷路のように入り組んだ路地から顔を出した妹の方が、自分よりも重たそうな大型犬の首っ玉に抱き着いた。そのまま言う。

「この子についていったら大通りに出られたの。わんちゃん!!」

そして薄っぺらなリュックを背負ったゴールデンレトリバーはそっと寒空を見上げる。

先ほどまでの雪は止《や》んでいた。

煙草《タバコ》が恋しいが、今は子供の前だ。我慢する。

(……あれだけ甘い汁をすすってきた統括理事達も、表の顔を優先して我々を切り捨てる方針を固めたか。いくら騒ぎを起こしても結局上層部はびくともしない。まあ、道理ではあるが)

小さな手で為《な》すがままにわしゃわしゃされながら、だ。

『彼』は確かに、頭の中に人語を浮かべていた。

(それでも、もしも『暗部』側に勝算があるとすれば……)

『路面の雪なら明日の朝まで残る。雪だるまや雪合戦はそれからでも良《い》いだろう。今日は帰りなさい、子供達』

「「しゃべった⁉」」

両目をまん丸にする幼い兄妹《きょうだい》の方は見ないで、その大型犬はこう続けた。

木原脳幹《きはらのうかん》。

『木原《きはら》』の中でも異端も異端。その存在自体が一つの伝説に近い『研究者』は、合理性と同時にロマンを愛する心を持っている。彼は正義のヒーローではない。自ら進んで暗がりに手を突っ込んで利益を貪ろうとする者は老若男女《ろうにゃくなんにょ》を問わず容赦なくモルモットとして使い倒すが、一方でこちらから平穏な家庭に土足で踏み込む事もない、くらいのものだ。

温厚な好普性《こうふせい》だと？　笑わせるな。

こちらも木原《きはら》の一角。非合理と分かっていても自分で勝手に線を引くのは悪人の考えだという事くらいは理解している。

『夜空の月まで分厚い闇に呑《の》まれるよりも、早く』

2

暗くなっていく街の片隅で、がちゃりという音があった。

カプセルホテルの脇に置いてある古いコインロッカーだ。寂れた場所にあるので、赤ちゃんや位牌《いはい》が見つかる事がある……というもっともらしいウワサ話にも事欠かない。

「よし……」

取り出したのは医薬品用の小さな紙袋。

わざと捕まって警備員《アンチスキル》の総合詰め所に潜り込んだが、全部が全部没収されてしまっては困る。

特に滝壺《たきつぼ》の薬については、絶対に安全を確保しておきたかった。

（……しかしすごいな。アネリのドローンに任せておくだけで、今はもうロッカーの中に荷物を詰めて鍵まで掛けておけるのか）

『クリスマスの夜はみんなでカラオケ‼　スタジオエンジョイソングはクリスマスソングだけでも七〇万曲以上を集めています。それから軽食も充実。せっかくの二五日はチキンではない、本物の七面鳥にしませんか？　オーブンでじっくり焼いた丸々一羽、ＳＮＳでも映えるお食事を楽しみたい方はスタジオエンジョイソングに迷わずゴーです‼』

カプセルホテルの屋上に広がる液晶看板がやかましかった。だけど睨《にら》みつけてやる訳にもいかない。あんな能天気な広告でも、好感度調査の顔認識カメラくらいはついているのだ。

陽の沈む街は今でも平和らしかった。

『事故』の目撃情報などは流れているだろうが、多くの人にとっては日々の生活に彩《いろど》りを与えるくらいでしかない。そう、他人の不幸なんてスマホのレンズを向けてＳＮＳや動画サイトの材料にする程度の事なのだ。

ヴィンヴィン、とポケットの中から変な音が聞こえた。

浜面《はまづら》が怪訝《けげん》な顔をして手を突っ込むと、スマートフォンの画面が光っている。

ついさっき消したはずの電源が点《つ》いているのだ。

「アネリ？」

確か、位置情報を警備員《アンチスキル》や風紀委員側《ジャッジメントがわ》に辿《たど》られるのを避けるため、サポートAIのアネリの側から電源を切れと迫ってきたはずだ。浜面は借り物の二台目もそう扱った。そのアネリが電源を点《つ》けた……という事は、何かしらの対策ができたのだろうか？

ハッキングとか逆探防止プログラムとか、浜面仕上《はまづらしあげ》には分からない理屈をこねて。

「良かった……」

派手な動きではなかった。

でも、じわじわと来た。たった六インチの四角い画面が光っているだけなのに、まるで夜の雪山で遭難している時に遠くの方で山小屋の明かりでも見つけたような気分になる。

……もちろん彼は知らない。

アネリがオンラインリスクが低下したと判断したのは、『暗部』の有力者が警備員《アンチスキル》の詰め所を立て続けに襲った挙げ句、捜査機関を結ぶネットワーク内に極悪なプログラムやナノデバイスを流し込んだからなのだが。

「アネリがいれば大丈夫だ。アネリ、お前に調べてほしい事が山ほどある！　お願いアネリい!!」

「はまづらが心配」

口を小さな三角にした滝壺理后《たきつぼりこう》が何やら隣からジト目を向けてきていた。

ともあれ、『電話の声』だ。ヤツもヤツでスマートフォンを持っていたが、浜面《はまづら》では最初のロック画面を突破する事さえ難しい。まして表に四角いアイコンの形で出ていないデータやアプリなんてどう呼び出せば良いのやら。

アネリは三秒で全てに答えた。

『電話の声』は知っているはずだ。本物より高級な偽造パスポートを持っていた以上、金を支払って商品を受け取るために調べ上げた、腕の良《い》い偽造職人のアドレスを。

通称は『工場否定《パーフェクトフィルム》』。

パスポートは下手すると紙幣よりも複雑な偽造防止機構が織り込まれた特殊な印刷物だ。普通だったら偽造できると言われてもすぐには信じない方が良《い》いだろうが、あの『電話の声』が頼ったとなると話は別。クオリティについては担保されている。

ちなみに国内線ならパスポートはいらないじゃないか、と思うかもしれない。その通りだが、そっちはむしろ何が必要でどんなハードルがあるかケースバイケースになりがちだ。確定がほしいなら、むしろパスポートがあれば一律で安心してくれる国際線の方が反応を読みやすい。

「金、足りるかな……？」

浜面《はまづら》は呻《うめ》く。

『電話の声』の小さなボディバッグには輪ゴムで雑に丸めた紙幣の束もあった。表に出せない活動をするならお金だってそれなり以上に必要になる。偽造パスポートの相場は知らないが、この辺りはフリーマーケットと一緒だ。言い値の通りに支払おうとしても得する事はない。

手の中にある黄金の輝きに目を落とす。『ニコラウスの金貨』の縁は輝きが満たされ、影の部分は消えている。ドーナツ状の円グラフは一周チャージしたままキープしている。これ自体も純金らしいが、金のために使ってしまうのは危険な気がする。

（……冷静になってみりゃ、『コレ』が何なのかなんて誰にも説明できねえんだよな）

怖い。

不気味だけど、それだけで手放せるほどぬるい状況でもない。

金の他にも問題はあった。本来なら直接会う前にネットで連絡を取り合うのが筋だろうが、今はこの状況だ。下手にコンタクトを取ろうとすると、それがきっかけで職人が逃げ出してしまう恐れもある。不躾《ぶしつけ》であっても、いきなり出向いて交渉に挑んだ方が確実だろう。

アドレスさえ分かれば住所を調べるのは容易《たやす》い。

その上で、外壁で囲まれているとはいえ学園都市は広い。街の仕組みそのものからノンストップで命を狙われている以上、ちんたら歩いて端から端まで横断するのは得策ではない。というか、いつまで偽造職人『工場否定《パーフェクトフィルム》』が自前の隠れ家に留《とど》まっているかも読めないのだ。

動くなら早い方が良《い》い。

『間もなく列車が到着いたします。ご乗車になる皆様はホームドアに寄りかからないようお気をつけください……』

「電車なの、はまづら？」

あちこち見回すジャージ少女の滝壺理后《たきつぼりこう》に、浜面《はまづら》は前を見たまま小さな声で答えた。

「車を盗む手もあるけど、『ガラス張りの密室』なんて外からいくらでも覗《のぞ》き込《こ》まれるよ。だったら電車なりバスなり、ぎゅうぎゅう詰めの公共交通機関の方が良《い》い。自然に振る舞っていれば周りの人が俺達を隠してくれる」

「いつも通りにしている事が一番難しいと思うけど……」

ホームにやってきた電車から多くの人が吐き出され、逆に待っていた人達を呑《の》み込《こ》んでいく。やはり二五日だからか、平日よりも混んでいる気がした。先ほどまでの雪のせいでダイヤが遅延しているといった心配もなさそうだ。きゅっと浜面《はまづら》の上着を小さく摑《つか》む手があった。滝壺《たきつぼ》は人の流れに押されて離れ離れになるのが怖いのかもしれない。

「押さないでっ、押さないでくださーい！　本日はクリスマス特別ダイヤにつき、最終下校時刻以降も列車は運行しております。無理なご乗車は避けて次の列車をご利用くださーい!!」

ホームで子犬系の駅員が叫びながら乗客の背中を押して車両の中に詰め込んでいた。見たところ、気づかれている様子はない。もっとも半公共であっても会社の社員である駅の人間には、命を懸けて犯罪撲滅に協力する義理もないだろうが。おかげで、警備員《アンチスキル》ほど歯車が壊れていないのかもしれない。

「むぎゅう」

「まあな」

「我慢だ滝壺《たきつぼ》」

意味があるのかは謎だが、混雑の中でとりあえず恋人を抱き寄せてみる浜面《はまづら》。

滝壺《たきつぼ》は為《な》すがままの状態で、

「それにしてもすごいね……。やっぱりみんな行き先は同じなのかな」

分厚い自動ドアが左右から閉じていく。ひとまず列車は動く。この混雑なら各車両の端から端まで警備員《アンチスキル》が歩いて目を光らせる事もできないだろう。

がこん、と列車が大きく揺れて、動き出した時だった。

向かいのホームのアナウンスが聞こえてきた。

元々列車や駅のアナウンスは平坦《へいたん》で特徴的だが、それとも違う。まるでコンピュータに一文字一文字入力してから波線の揺らぎで抑揚を指定した、楽曲ソフトの合成音声のようだ。

こうあった。

『次の列車は通勤快速かたす駅行き、かたす駅行きでございます。ご乗車のお客様は黄色い線の内側まで下がってお待ちください』

「？」

この駅はとっくの昔に全線ホームドアを完備しているのではなかったか。浜面《はまづら》が奇妙に思って眉をひそめた直後だった。

べだんっ!!　と。

強い衝撃と共に、浜面《はまづら》が寄りかかっているドアのガラスがまとめて真っ赤に染まった。

併走している反対路線に列車が飛び込んだ直後の出来事だった。ぎゃあ!!　ひぃ⁉　という叫び声が向かいのホームで連続し、鋼と鋼を擦り合わせたような急ブレーキの音が炸裂《さくれつ》するが、こちらの列車は滞りなく加速を続けて駅のホームを抜けてしまう。

『なにあれー、人身?』

『なまくび飛んでった。ガラスに当たったボールみたいなのそうでしょ?』

ろくに身動きも取れない密集した車内で、虫の羽音に似た囁《ささや》き声《ごえ》が浜面《はまづら》と滝壺《たきつぼ》をじんわりと取り囲んできた。

人混みの意味合いが変わる。

『見たよ。あれ氷神《ひかみ》じゃん、SNSで闇金やってる』

『え、リョーゴ君?　動画サイトで札束の扇に火を点《つ》けたり質屋に変な金貨を売り飛ばしてる動画を上げて大炎上してたパツキンの……』

『自業自得《じごうじとく》じゃん、つかどうやって落ちたの?　ホームドア完備じゃなかったっけ???』

はまづら、という小さな呻《うめ》きがあった。また『暗部』の誰かが死んだ、らしい。だが周囲のざわざわはあまりにも他人事《ひとごと》で薄っぺらだった。

『高利貸し、テケテケのお仲間になったの？』

『もっとひどい死に方なんかいくらでもあるよ。放課後、電車の中で居眠りしているとゴリラの電車に乗せられる夢を見てさあ……』

『でっかい駅の拡張工事がいつまで経《た》っても終わらないの、やっぱり幻の地下鉄一三番ホームの改装で手こずっているかららしいよー。考えなしに掘り進めたせいで湧水が止まらなくなっちゃってもう何年も底なし沼状態でさ、死体だろうが拳銃だろうが何を捨てても絶対見つからないから夜中にこっそり忍び込んでくる人が後を絶たないんだってー』

現実にどうこう、なんてお構いなしだった。彼らも直《ちょく》で『その瞬間』を目撃しているはずなのに、早くも根も葉もないウワサ話と同列に扱われてリアリティが溶けていく。暇潰しの三〇秒動画を観《み》ているのと同じなのだ。やっぱり、同じ場所に立っていても『世界』が違うのか。自分達が死んでもこの程度なのかと思うと浜面《はまづら》は心にぽっかりと空いた小さな穴がじわじわ広がっていくような感覚に襲われる。

(……て、たまるか)

思わず、だ。

腕の中の恋人を強く抱き締めながら、浜面《はまづら》は奥歯を噛《か》んだ。

(人前に出せないような人生だったとしても、それでも俺達は精一杯生きているんだ。安全な場所でスナック菓子を食べながらスマホをいじってるような連中に消費されてたまるか……)

ドアの上に取り付けられた広告用のモニタでは、ネットニュースをそのまま引っ張ってきたような雑なヘッドラインがいくつか切り替わっていった。

いっそ明日の犠牲者でもずらずら並べられていれば良かったものを、トップニュースにはモンブランがショートケーキの売り上げを追い抜いた件が掲げられていた。まるで楽しい二五日には事件らしい事件なんて何も起きていません、と塗り固められているように。

『間もなく駅に到着します』

車内で男性ののっぺりしたアナウンスが響いた。

今度はやみ駅だのかたす駅だの、おかしな合成音声ではないらしい。

『ご乗車の皆様は不意の揺れにお気をつけください。次は終点、第六学区・遊園地正面ゲート前駅。駅構内では混雑が予想されますので、チケットを事前購入されている方は早めのご準備をオススメします』

3

とにかくここにはいられない。

白井《しらい》黒子《くろこ》は腐臭まみれの空気を割り裂いて地下の駐車場に向かいながら、

「あなた、運転はできますの？」

「えっ？　私サポート副次免許しかありませんよ。運転席に腰掛けるだけ腰掛けて、実際には自動運転車にハンドルを全部任せておくっていうアレ」

バーコード頭にメガネの警備員《アンチスキル》・楽丘豊富《らくおかほうふ》の言葉に、ツインテールの女子中学生は唇をもにょもにょさせた。大人に対するイメージがまた一つ崩れる。

「……それって原付と同じ即日交付の免許でしたわよね。でも身分証としては使い物にならなかったような……。なら普段は保険証でも使っているんですの？」

「はあ、保険料ってどこに払うんですか？」

「あなたの未来が心配ッ!!」

中学一年生がおじさんに向けて叫んでいた。ちなみに公務員なら給料から自動で差っ引かれているはずだが、自覚がないならこいつの保険証は一体どこに行った。これでパスポートかマイナンバーカードでもなければいよいよ身分証なしだ。単純に不都合は生じないのだろうか？

同じく生き残り、黄泉川愛穂《よみかわあいほ》が身振りで白井達《しらいたち》を呼びつけながら、

「お前達！　こっちに来るじゃんよ、どうせ四人程度なら相乗りでも変わらん!!」

「助かりますわ」

肩にかかる髪を片手で払いのけながら白井黒子《しらいくろこ》はそれだけ答えた。

「それからわたくし自身に対する内部監察。非常事態のどさくさで後回しはナシですわよ!!」

空間移動《テレポート》があれば並みの自動車以上の速度で移動もできるが、先ほど奇襲を受けた直後だ。

敵がまだ近くに潜んでいたり、置き土産としてｗｅｂカメラやドローンを仕掛けていった可能性もある。できるだけこちらの手の内は明かしたくないというのが本音だった。

ほとんど装甲車といった方が近い、巨大で分厚い四駆の後部座席に乗り込む。ジャングルか砂漠でないと逆に不便そうな大型車だ。

当然のように楽丘《らくおか》は白井《しらい》の隣の席だった。

「どちらに向かいますの？」

「ここからだと第七学区北よりも、南に下って学区をまたいでしまった方が近い。特に火器や車両専門の第二学区まで行けば、詰め所でかなり潤沢な装備の支援を受けられるはずだ」

波野《なみの》だったか、助手席にいる茶髪の警備員《アンチスキル》がそんな風に答えた。雪は止《や》んだ後の方が怖い。しかし大人達はカチカチに固まったアイスバーンを怖がっている素振りもなさそうだ。

（お姉様、どちらにいらっしゃいますの……？）

日没になっていた。

巨大な四駆が地下駐車場から表に出る。思わず携帯電話を意識してしまうが、美琴《みこと》は本当に危ない事があった時はむしろ連絡を断つ人間だ。発電系では最強の能力者なので、出し抜く事なんて考えない方が良《い》い。

他にも白井《しらい》には気になる事があった。

「『暗部』を網羅した『壊滅手配《アウトランク》』とやらはどうなっていますの？」

「別口からデータリンクに未知のサイバー攻撃だ。攻撃があったという事実に気づけただけでもめっけものらしい」

思ったよりも大事になっているようだ。被害は第七学区だけではないとは聞いていたが。そもそも、『壊滅手配《アウトランク》』がなければ検挙のしようがなくなってしまうのだ。

「だから今は建物にある固定のサーバーはあてにならない。緊急手段として、作戦指揮車両や航空機を使った臨時のネットワークを再編している。細い細い線だが、」

ドグワッ!! という爆音が声を遮る。

見れば市街地のどこかに航空機が落ちたらしい。ティルトローター機だっ、という叫び声が分厚い防弾ガラスを貫いて白井《しらい》の耳まで届いた。

ハンドルを握る黄泉川愛穂《よみかわあいほ》が呻《うめ》くように言った。

「あと一つ……」

「……無線でデータリンクを支えている以上、常に強い電波を撒《ま》き散《ち》らすんだ。貴重だからと言って、電波の届かない地下深くには隠しておけない。現場に置かないとネットワークが途切れてしまうし、何より機材があれば居場所はバレる」

「じゃあ、今ティルトローター機を落とされたから、後は地上を走る作戦指揮車両だけ……？いざとなれば、わ、我々で移動式のサーバーを守るしかなくなるって訳ですね」

波野《なみの》の呟《つぶや》きに楽丘豊富《らくおかほうふ》がごくりと喉を鳴らしていた。総合詰め所の惨事は脳裏から離れない。

白井《しらい》は想像する。あれを、人の体で押《お》し留《とど》めるとなったらどれだけ被害が増える事か……。

白井《しらい》黒子《くろこ》は前の座席の背もたれ、そのポケットに差さっていたノートパソコンを抜き取ると、隣のおじさんの膝に放り投げて、

「あの双子の勝ち逃げなんて許しません。楽丘先生《らくおかせんせい》はわたくしの口述を文書に整理してくださいませ、とにかく今見てきた全てをまとめましょう。『暗部』だか何だか知りませんが、使っているのはテクノロジーか能力の二択ですわ。あの双子だって情報を積み上げていく事で丸裸にできるはず。こちらは手ぶらで助けを求める身です、せめて土産くらいは持参しなくては」

「はあ。でも私、パソコンなんて使えませんよ？」

……警備員《アンチスキル》は学校の教師の中から志願して編制されるはずなのだが、こいつはどうやって授業に使う資料をまとめているのだろう。もしやこんな時代になってもまだ万年筆と原稿用紙でも使っているのだろうか。

「なら手書きでも何でも良《い》いから報告書をまとめなさい！　命を削ってまで手に入れたナマのデータが頭の中でぼやけてしまうより前に!!」

「うっぷ、そうしたいのはヤマヤマなんですが……私、車の揺れと芳香剤の匂いが組み合わさるとダメな体質でして、うぇえ……」

「一体何をどうやって教員免許を手に入れたんですのあなたはッ!?」

ついに目を剝《む》いて白井《しらい》が叫んだ。

青い顔をするおじさんに呆《あき》れ返《かえ》った顔でエチケット袋を手渡しながら、

「大丈夫ですの、まったく……」

「いやほんとに、申し訳ないです。うっ、もうダメだ」

「勤務中の嘔吐《おうと》なら立派な労災ですわね。わたくしが電子で書類をまとめておきますから、」

「耐えるッッッ!!!!!!」

我慢の人がいた。

白井《しらい》の視線を浴びて、おじさんはこの状況でも自嘲気味に笑っていた。

「……ふう、ふう、はあー。いやあ、教職を選んだのって大した理由はないんですよ」

「はあ」

「学校を卒業しても、学校って枠組みから離れられなかった。就職活動で弾《はじ》かれた時に教員免許があったから助かったんですけど、そのせいでいつまでも学校に縛られているのかもしれません。いびつだと分かっていても、私は『卒業』できない」

「……、」

「この歳《とし》になっても独身なんですよ、私」

返答に困るカミングアウトがあった。

楽丘豊富《らくおかほうふ》本人から言ってしまったので白井《しらい》の方からその口を塞ぐ訳にもいかない。

「お見合いもマッチングアプリもどうにもしっくりこない。いつまで経《た》っても、あるかどうかも分からない純愛とやらを求めてしまう。ははっ、やっぱり根っこにあるのは『学校』ですよね。会社に入っていたらまた違ったのかなあ……」

会社なんて枠組みには一度も入れなかった。結婚なんて本気で努力しているとも思えない。貯金は五万円以下で、今でも実家暮らし。

全世界に広がるインターネットなのに、SNSで繋《つな》がってくれる人なんて一〇人いない。

「ははっ」

洗いざらいを話して、おじさんは小さく笑っていた。

「それでも母や妹が胸を張って自慢できる誰かになれたら、なんて思ってしまうんですよね。おかげでこんな場所にいます。ただの先生じゃなくて、警備員《アンチスキル》に。不純ですよね、こんな理由で戦っているなんて……」

「……別に」

白井黒子《しらいくろこ》はそっと息を吐いた。

びっくりしたような顔をするバーコードメガネの方を見ないで、白井黒子《しらいくろこ》はこう呟《つぶや》いたのだ。

ふりふり、と自分の携帯電話を小さく振って。

別に減るものではあるまいし、SNSくらい繋《つな》がってやると示しながら。

「理由はどうあれ、あなたは自分の意志で外の世界を歩いてその力を役立てようとしているのでしょう？　だとすればそれはその時点で立派な公共に対する奉仕ですわ。そもそもわたくしや初春《ういはる》だって御大層な理由を掲げて風紀委員《ジャッジメント》をやっている訳ではありませんし」

ルームミラーを通して、運転席の黄泉川《よみかわ》や助手席の警備員《アンチスキル》も小さく笑っていた。

彼らは英傑や猛将ではない。

一騎当千で全てを解決なんて夢のまた夢、組織の力を使って大が小を追い詰めるような戦い方をしなくては秩序を守る事もままならない。

だけど。

それでも、だ。

自分が特別だと思い込んでいる『暗部』なんぞにすり潰されてたまるか。

「いやあー、それにしてもありがたい話です。私の辺鄙《へんぴ》なアカウントに新しいお友達なんて何ヶ月ぶりだろう……あれ？　いやちょっとそうだ待っ」

と、何かを思い出したようにおじさんが呟《つぶや》いた直後、白井《しらい》の指先が数字だらけのリンクに触れた。『お友達になりますか？』。多機能な携帯電話の小さなモニタにそれが目一杯表示される。

覚悟のスク水昇天先生@クソゲークソドラマは全部墓場に送ります

白井黒子《しらいくろこ》は隣のメガネの頭にエチケット袋を被《かぶ》せて拳で殴打《おうだ》した。

「この汚物ッッッ!!!!!!　なんかこうっ、返せ!!　わたくしの胸から放出された様々な感情的なものを!!」

「ぼがぶがぶぐっ。ほふっ、死ぶ……」

「『ニコラウスの金貨』、どうかこいつ他の誰かとチェンジしてくださいまし……ッ!!」

「ちょっと！　ナニ得体の知れない儀式を始めているんですか。それ超自然的な力が働いて実現しちゃったらここで私は消滅っていうかエルフや踊り子やエルフの踊り子で溢《あふ》れ返《かえ》った異世界に飛ばされっあっ、そんな心の準備が、でもついに私の番っ、勇者殲滅《せんめつ》を成し遂げた転生魔王はしょっぱいスキルを極めて田舎で静かに薄幸娘を拾いたい、来たれやれやれ系無双どぅはァあああああーッ!?」

特に何も起きなかった。

白井《しらい》は失望のため息をついた。胡散臭《うさんくさ》いおまじないいなんてこんなものか。できない事はできない。流行《はや》りのドーナツの行列で先頭に立てたとしても、お店が休みなら意味はないのだ。

「うっうっ、やっぱり異世界の門なんかどこにもなかったんだ……」

そしてビニール袋を頭から被《かぶ》せられたまま、斜めに傾いたおじさんが暗い顔で呟《つぶや》いていた。己のヘキを全てさらし、何かを否定されたバーコードメガネが（袋の中で）雄叫《おたけ》びを上げる。

「ちくしょうがあああッ!!　冴《さ》えないおじさんにだって、深夜に『凍結』の強い呑《の》みながらハリウッドエリートが大枚はたいて作ったクソな配信ドラマや洋ゲーの辛口レビューで無双するくらいの楽しみがあっても良いじゃないですかあーっ!!」

「これレビュー用だったんですの⁉　じゃあこのおぞましいハンドルネームはッ⁉」
「こういうのはインパクトが命、せめてネットでくらいハメを外させてくださいよ‼」

4

学園都市の第六学区は学区全体が巨大な遊園地と化した特別エリアだ。サービス業やアミューズメント分野を徹底して研究、実験するための区画であり、遊園地、プール、ホテル、劇場と、そのために必要な施設が全て盛り込まれている。実は地下に秘密のカジノがある、見慣れないマスコットは誘拐犯がひっそり紛れ込んでいる証、などなど怪しいウワサも絶えない学区ではあるのだが。

何しろ一二月二五日、クリスマスだ。

午後六時半ともなればすでに夜。人混みの密集率なんてそれこそ学区の外まで長蛇の列が繋《つな》がっているかもしれない。そんな風に思って（いざとなれば抜け穴でも見つけてこっそり潜り込もうとしていた）浜面《はまづら》だったが、実際に横一列に並んだ改札のすぐ向こうに広がるチケットカウンターはそこまでひどい事にはなっていなかった。

ディープなファンはチケットをネット購入したり年間パスを確保しているので、わざわざ二五日当日にカウンターへ駆け込む客は少ないらしい。さらに飲食店や喫茶店と違って席に居座るようなサービスでもないので、客の回転も早い。

「はいどうぞ。カップル割りですから当日料金から二割ほど引かせていただきますね。それではお二人とも、楽しい思い出を」

分厚いアクリル越しに受付嬢から笑顔で言われて、浜面《はまづら》はちょっと照れた。改めて人の口から言われるとまた感じが違うものだ。

「それにしても」

銀色の回転扉を潜ると、(浜面《はまづら》が)迷子にならないよう横から滝壺《たきつぼ》が引っつきながら、

「みんなに夢を与える奇跡の国でしょ? こんな所に偽造職人が身を潜めているとか……」

「逆に、かもな。不良だから路地裏、なんてテンプレと違ってこういう場所に隠れていれば捜査の手が及びにくいって考えているとか」

ゲートを越えると、世界が変わった。

電球にLED、夜光塗料に花火まで。とにかく陽が落ちて真っ暗になった夜の遊園地を無数の光の海が埋め尽くしていた。ライトアップされたメリーゴーラウンドやコーヒーカップは子供達の夢にそのまま形を与えたようで、大きな観覧車やジェットコースターのレールは浜面達《はまづらたち》の頭上から覆《おお》い被《かぶ》さるようだった。学区全体が私有地扱いなのか、公道では扱えない電動のスティックボードやカートを乗り回して広い敷地《しきち》を横断している子供も珍しくない。歩いて回るだけでは到底間に合わないほど大量のアトラクションで溢《あふ》れ返《かえ》っているのだ。

　これだけの敷地《しきち》だと雪かきも大変だろう。

　しかし雪は邪魔にならない一ヶ所で山のようにまとめられ、そちらでも子供達がはしゃいでいた。思い思いに雪だるまやかまくらを作って遊んでいる。係員達には、突発的な天候アクシデントに対してもそれだけの『余裕』があった。

「……せっかくのクリスマスなのに」

　白い息を吐き、滝壺《たきつぼ》が何か言っていた。

　見れば、浜面《はまづら》の上着をちょこんと摑《つか》んだままジャージ少女が唇を尖《とが》らせている。

「本当は、こんな事情抜きで来たかったな……」

　一体何のマスコットなのか、紳士なカエルと宇宙人っぽいウサギのケンカを止めようとしたピエロが両方から叩《たた》かれて派手に転がっている。正義の心に目覚めたのか、元気いっぱいの子供がタックルしていった。くの字に折れたカエルから低い声が洩《も》れる。

『(……うぐふっ!? こ、このガキ。人が下手に出ていれば調子づきおってだけど)』

『(姉よ我慢はできんのかね。今夜は世界で一番小さな密室に籠ってやり過ごすんだろう？)』

「？」

　滝壺《たきつぼ》は不思議そうに着ぐるみ達を見たまま尋ねてきた。

「はまづら、場所は？」

「こっち」

定番のクリスマスソングをブラスバンド風にアレンジした音楽が派手に鳴り響き、大通りを複数の山車《だし》がゆっくりと進んでいた。角の生えた熊が手を振っている。大勢の見物客が手にした夜光塗料を塗った風船の列の横を素通りしながら、浜面《はまづら》は恋人を連れ添って暗がりを進む。

向かった先はリゾートホテルとはまた違ったエリアだ。

シークレットレジデンス。

度が過ぎたファンが園内の高級ホテルに長期滞在を申し込む話は良く聞くが、こちらはそこからさらにエスカレートしている。ようは魔法が解けるのを嫌った生粋のファンに向けて、年間パスと一緒に園内で別荘や邸宅をオススメする特別サービスだ。当然、その辺の自販機に近づいてジュース一本の値段を見れば分かる通り、こんなエリアで家を買えばどれだけ値が釣り上がるかは言うに及ばず、ではあるのだが。

浜面達《はまづらたち》が向かったのは、『電話の声』のスマホに登録されていた連絡先から辿《たど》れる住所だ。たとえ広大な遊園地の中でも明確に住居としての建物が区分けされているものは少ない。なので彼らは間接照明で下からライトアップされた超高級住宅街へ足を運ぶ。邸宅は和洋中と様々だが、こちらは映画のモチーフとなった童話の舞台でも再現しているのだろう。中でも狙いは赤レンガのド派手な洋館だ。

厳密には。

そのすぐ脇、庭園を区切る鉄柵に寄り添う格好で並べられたいくつかのテントだが。

「……にしても意外だな。ああいう職人って温度とか湿度とかメチャクチャ気にする性分だと思っていたんだけど」

「いざという時に畳んですぐ逃げられるようにしているのかも」

「雪山仕様のテントやシュラフかもしんないけどさ、単純に辛《つら》くねえのか？　もしも一晩中雪が止《や》まなかったらどうするつもりだったんだ」

「人間は何事も耐えられる生き物だよ。……もっと怖いものを頭に浮かべている限り」

住居にラボ、他にもいくつか。あれが偽造職人『工場否定《パーフェクトフィルム》』の巣だ。連絡先については大邸宅の敷地横《しきちよこ》にある金属ボックスに手を加えて光ファイバー網に相乗りでもしているのだろう。いざ逆探されてもスケープゴートに疑惑を押し付けている間に逃げられるし、しかもその囮《おとり》が巨大な遊園地や特別待遇のＶＩＰ様だとしたら追う側だって手出しもしにくくなる。

ただし、この防御はアミメカゲロウやムラサキシャチホコのガードだ。

誰にも見つからないからダメージを受けないのであって、一人でも見つかってしまえば被弾を避けられない。鉄壁の防御も期待できない。何しろ相手の隠れ家はやわな合成繊維のテントだ。『工場否定《パーフェクトフィルム》』が協力を拒んで閉じこもったところで、外から崩してしまう事だってできる。

ついてる。

浜面《はまづら》は無理にでもそう思う事にした。同じ『暗部』関係者でも、警備員《アンチスキル》の詰め所で見た双子のような殺傷力の権化《ごんげ》ではない。交渉に手こずってトラブッた場合でも周りの客に迷惑を掛ける事態にはならない。

「行くぞ滝壺《たきつぼ》、目的は二人分のパスポートだ」

浜面《はまづら》は正面の標的を見据えて小さく呟《つぶや》いた。

返事はなかった。

怪訝《けげん》に思ってすぐ横を見てみれば、ジャージ少女が雪で濡《ぬ》れた地面に倒れ伏していた。

名前を叫ぶ暇もなかった。

ごんっ!!　という鈍い音と共に浜面《はまづら》の景色が一回転以上ド派手に回る。

「……、――――ッ!?」

何が起きたのか理解できなかった。

理解不能の現象が起きているにも拘《かかわ》らず、息が詰まって叫び声を放つ事すらできない。

奇怪な無重力が解けた途端、少年の体が硬い地面に叩《たた》きつけられる。喉の詰まりが消え去るより早く、その口を掌《てのひら》で塞がれる。誰かが馬乗りになってきたのだ。理解し、恐怖が追い着いても、もう体重は完全に押さえられている。相手は若い女のはずなのに、体格では勝っているはずの浜面《はまづら》がどれだけ体を動かそうとしてもびくともしない。嫌な予感がした。たまに路地裏でも見かける、『心得のある』動きだ。

　相手は二〇代前半くらいのグラマラスな美女だった。それ自体がヘルメットみたいにぴっちりしたお堅い黒髪おかっぱをド派手なテンガロンハットで彩《いろど》っている一方で、身に纏《まと》っているのは肉抜きしてレース素材をあてがい、おへそまで透けて見える真っ赤なチャイナドレス。たった一人で和洋中揃《そろ》い踏《ぶ》みであった。それから一体何が入っているのか、斜めに掛けたベルトでジュラルミンの四角いケースを下げている。

　スリット全開、恥ずかしげもなく少年の腰にまたがったまま、ブーツの女は気軽に言った。

「どう、どう、どう。やめてよね、せっかくスタンバってる狩り場を土足で踏み荒らすとかさ。こっちは幸せなクリスマスの予定を全部蹴飛ばして張り込んでいたのよ。だからここは野鳥研究会に譲ってよー？」

　狩り場。それから張り込み。

　短い暗喩だけで、浜面《はまづら》の背筋に嫌なものが伝う。

「なん……だっ⁉　テメェ、警備員《アンチスキル》か？　それとも『暗部』⁉」

「はあん？　やめてよね、警備員《アンチスキル》なんてポスターの懸賞金だけはでっかく表示したって、結局イロイロ難癖つけて支払い額を小さくまとめようとするだけでしょ。はっきり言って、安定したショーバイにならない。『暗部』なんてもっと以下略よ、ああいう連中は欲しい情報を手に入れたら平気で口を封じに来るし！」

にたにたと笑いながら、黒髪女は的確に腰の位置を変えて浜面《はまづら》の抵抗を封殺してくる。傍《はた》から見れば暗がりで不自然にもぞもぞ蠢《うごめ》きながら彼女はこう続けた。

「やっぱりさ、太いのは昔ながらのパイプだよ。週刊心眼《しゅうかんしんがん》でも光明《こうみょう》でも良《い》いけどさ、手に入れた一枚は雑誌に売り込むのが一番カタいって。奥様向けの残虐ショーのネタにするのがね」

「……？」

そろそろ、違和感が頭をもたげてきた。

帽子にクラゲか何かの飾りをつけたこの女、大事な歯車がいくつも抜け落ちて殺人マシンと化した警備員達《アンチスキルたち》やたった二人で詰め所を丸ごと壊滅させた双子の『暗部』とは何かが違う。

ごくりと喉を鳴らして、浜面《はまづら》は恐る恐る尋ねてみた。予測が外れていれば彼は生き残れない。恋人も助からない。そう思うと、たったこれだけで心臓が破裂してしまいそうだった。

「……アンタ、何しに来た？」

「写真を撮りに」

テンガロンハットの鍔《つば》の奥でぱちりと片目を瞑《つむ》って、グラマラスな美女はあっさりと言う。

それだけ聞けば夜の遊園地に溶けてしまいそうな理由だが、

「何しろ『暗部』でも階層が全然違う、奥も奥だよ？　やめてよね、二週間もしない内に食い尽くされるアホ臭い不倫話とは訳が違う、激写すれば一生を左右する一枚になるわ。でもって、そいつは警備員《アンチスキル》の無線を盗み聞きして現場に走るだけじゃ間に合わない。後追いじゃダメなのよ。やっぱりスクープっていうのはさ、あらかじめヤマを張って待ち伏せしないと」

「スクープ……？」

「例の偽造職人はあまりにも美味《おい》しい餌ってコト。やめてよね、あいつ個人をファインダーに収めても大した額にならないわ。だけど今ってそっちはなりふり構っていられない状況なんでしょ？　カルネアデスの板を求めて吸い寄せられてくる『暗部』はきっと大物揃いになる」

「……、」

「あれ？　カルネアデスの板、まさか知らないなんて話じゃないよね？？？　ほら、海に浮かんだ一枚の板を二人で取り合いして相手を死なせてしまっても罪には問われないってアレよ。だから泳がせているの、たった一枚で歴史を変えるスクープを確定で押さえるために、ね？」

「つ、つまり」

ここだ。

地雷の信管を取り外すくらいの慎重さで浜面《はまづら》は綱引きする。

「アンタ、『暗部』狙いのパパラッチ……なのか？」

「やめてよね。そういう呼び方は好みじゃない」

そっと息を吐いて、真っ赤なチャイナドレスの美女は腰を浮かした。

少年を解放しつつも、顔を近づけて彼女は告げる。

「ベニゾメ＝ゼリーフィッシュ。君達はまだまだ小者みたいだしさ。奇跡の一枚の邪魔をしな

いって約束するなら、見逃してアゲル☆」

5

花露過愛《はなつゆかあい》と花露妖宴《はなつゆようえん》。

『分解者』に『媒介者』、凶悪なる双子の姉妹だった。

その片割れが白衣や医療用コルセットを脱ぎ捨てて、裸のまま大きな浴槽に目を落としていた。こちらは『分解者』の過愛《かあい》だ。結ってても足首近くまである黒髪は、もう完全に床を引きずる形になっていた。

なんかカブトムシの匂いがする。それもそのはず、ジェットバスの中はお湯ではなく大量のおがくずで満たされていたからだ。当然、ホテルの支配人には何も断っていない。

「さて、と」

試験管からゴムのキャップを外して中身を撒《ま》く。

ぼこぼこぼこっ!!　と、泡立つようであった。冗談抜きに湯気が溢《あふ》れている。『反応』が安定するまでの間、小さな少女はスイートルームの浴室にある大きな鏡に目をやっていた。

小さな右手を使って、ちょっと下から胸を持ち上げてみる。

背格好の割にはアンバランスに大きな胸。しかし過愛《かあい》は、食べたものが胸にだけ集まる体質などという都市伝説は信じていなかった。体に行き渡る脂肪は平等に蓄積する。全身が太れば胸も大きくなるし、痩せれば胸まで小さくなってしまう。であれば『胸だけ大きくするにはどうすれば良いか』は明白だ。

いったん全身に脂肪を行き渡らせてから、邪魔な部分だけ集中的に削《そ》ぎ落《お》とす。

ゲテモノ科学があれば、それができる。

ぼこぼこが収まった。

「できたー☆」

とはいえ得体の知れない生物兵器の培養ではない。過愛《かあい》はほっそりした足の先からおがくずの中へと差し入れ、浴槽の中に身を沈めていったのだ。浜辺の砂粒よりきめ細かいとはいえお湯のようにいかないので、自分で自分の体の上に被《かぶ》せていく必要がある。

発酵の力で湯気を出すおがくずの塊。

酵素《こうそ》風呂《ぶろ》だった。

「ふん、ふん、ふふん」

かつんという硬い感触に過愛《かあい》は眉をひそめる。

「おっと、変な金貨が残ってた」

湯船に浸《つ》かったまま、指先で弾《はじ》く。離れた場所に置いてある樹脂製の汚物入れに投じる。

ハンガリーの有名な伯爵夫人は血のバスタブで美肌を保っていたらしいが、効率の面で言えば『分解者』の方が優れているだろう。文字通り、骨の髄まで使わせてもらっている。

「……今なら一緒に逃がしてあげるーなんて言われてもね。マッシブな男の正義って嫌いだなあ。上から目線で言われたってこっちに逃げるつもりはないんだし、ありがた迷惑だもん」

どうやっても指先に細かいおがくずがまとわりつくが、『分解者』は気に留《と》めない。カブトムシの幼虫ごっこをしながら湯船のへりに置いた大きなタブレット端末を掴《つか》むと電源を入れ、各種の設定を進めていく。タブレット本体のレンズでは画角が広すぎてつまらないので、アングラ感強化のために敢《あ》えて安物のｗｅｂカメラとのリンクも忘れずに。

肩まで大量のおがくずに浸《つ》かって体を隠したまま、花露過愛《はなつゆかあい》は笑顔で呟《つぶや》いた。

「それじゃ、今から配信すたーと☆　さあてせっかくのクリスマスまで寂しい思いをしているスルメの匂いがするみんなー……？　画面の前には集まってくれたかにゃん」

こういうのは、狭い画角を調整して目元は隠しておいた方が注目を集めるらしい。

当然ながら、彼女は人には言えない『暗部』の人間だ。それもガチガチの嫌普性《けんふせい》。であるからして素顔をさらすのはリスクにしかならない。

だが一方で、こういう考え方もある。表であれ裏であれ、言われた通りにルールをきちんと守れる人間なら『暗部』になんぞ転がり落ちてはいない、と。

「ではでは全員注目っ、カラダのどこから洗って欲しいか言ってごらん。さあさあ年に一度のクリスマスが始まりました。ふふふ、見事に私の意見とシンクロした子のリクエストに応えちやうぞ？」

しかしそんな時間も長くは続かなかった。何か始める前にいきなり画面が固まった。

通信が切れたのだ。少女が訝《いぶか》しげな顔でタブレット端末の画面を指先でいじくっていると、がたがたっ、バターン‼　と間近の落雷よりも凄《すさ》まじいドアの開閉音が響き渡ってくる。

全く同じ顔をした少女が顔を真っ赤にしたまま隠れ家として使っている高級ホテルのスイートルーム、その広大な浴室に踏み込んできた。

「そこで何しているのっ、過愛《かあい》‼」

「えぇー？　何って妖宴《ようえん》、見ての通りこんな日でも寂しい皆さんにカメラを通してちょっとした人生の刺激物を、」

「……もうやめるって誓ったわよね？」

お風呂場で無防備に広がりきった髪を結ってやりながらも、妖宴《ようえん》からの念押しがあった。

「服を全部脱いで深夜の公園を一周お散歩するとか服を全部脱いでエレベーターに乗り込んで途中階で誰か入ってこないか一人で勝手にチキンレースしたり服を全部脱いで列車のトイレに閉じこもった上でカギは外しておいてうっかり誰かががらりと開けてしまわないか試したり服を脱いだり脱いだり全部脱いだりするのはやめるって私の目を見てはっきりと誓ってくれたわよね‼　ねえっ⁉」

「ケガレが足りないと思うの……」

「汚されたいモードとかヒトとして絶対におかしいと思う!!」

「大丈夫だよー妖宴《ようえん》、そこは難しい方の穢《けが》れと書くと歴史と風格が滲《にじ》んでくるよ？」

人間としての常識について話をしているのに、何故《なぜ》か『分解者』や過愛《かあい》と呼ばれる少女はうっとりと目を細めて両手で自分のほっぺたを押さえていた。

風邪でもないのにハァハァしながら、カブトムシの匂いを振《ふ》り撒《ま》く過愛《かあい》は先を続ける。

「あれこれ色々試しても……結局見つからない、バレない、ひどい事は起きない、最後は何ともない。意外と世界は秩序で満ちている。ダメだと思うんだもん。大きな街の汚れをかき集めて体の中で浄化する。憎まれながらも不可欠な存在たる『分解者』としては、そんな事では!!」

そう。

分解者とはハエ、ゴキブリ、ネズミなど都市部の残飯喰《ざんぱんく》らいの事だ。人々から嫌われながらも、彼らがいなければ食物連鎖のピラミッドは『ループ』せず、ただ上位が下位から吸い上げるだけの一方通行に陥り、先細りしてしまう。必要なのは循環で、野垂れ死んだライオンやサメを分解して土壌や水の中に返す存在もまた不可欠となる。少女はそういう研究者だった。

しかしそんな事はどうでも良《い》い。

『媒介者』──こちらはこちらで、あらゆる病原菌を効果的に運搬するために小動物を使う少女──にとって一番の問題は、花露過愛《はなつゆかあい》と花露妖宴《はなつゆようえん》が瓜二《うりふた》つの双子である点だ。

つまり、『分解者』過愛《かあい》が公衆の面前で勝手をすると『媒介者』妖宴《ようえん》まで巻き込まれる。

……あの子前にブティックで見たよ。ええー、ぺらっぺらのカーテン一枚しかない試着室に一時間もこもって一体ナニしていたんだろうね？　言ってやるなよ、あっはっは。

思い出すだけで頭の芯から沸騰する、全く身に覚えのないあんな評価やこんな評価が!!

自前の脳内物質でどっぷり溺れている人は気にせず言った。

「だから考えたんだもん。いっぱいいっぱい考えたの。webカメラで中継中に大失態なんて、いかにもって感じでそそらない？　へへえへへ、こういうのはちょっと上から施しって感じで始めてからカメラの連動ミスとかガラスの反射とかちょっとした事でがっつり素顔がバレて転落するとみんな一番がっついてくると思うの。きっと動画が拡散に次ぐ拡散で世界中に広まってどこを歩いてもくすくす後ろ指を差されて、裏サイトではストーカーさん達がわんさか集まって情報交換を重ねて個人情報丸見えになっていつかどこかで窓を全部塞いだワンボックスにさらわれちゃうんだ。うふうふふ」

「いいっ加減にしろお!!」

反射でついうっかり首を絞めてしまう妖宴《ようえん》だが、頭がぐらぐら揺れてる過愛《かあい》はうっとりしたままだ。それも悪くないらしい。

「……ああ、もっと穢《けが》れにまみれたい」

自前の酵素風呂《こうそぶろ》に浸《つ》かりながら、幼虫モードの過愛《かあい》が笑う。

「もっと腐臭を、もっと粘性を、もっと汚泥《おでい》を、もっと言葉にできないでろでろを。ああ、ああ。世界に秩序なんていらないもん、秩序は一方的な吸い上げによって先細りと硬化を招くだけ。頂点が転んで地の底へ転げ落ちる、予定の中に組み込まれた揺らぎは絶対に必要なものなの。そういう意味では……今の学園都市は、とても息苦しい」

「じゃあやっぱり、かしら？」

「ええ。もっともっと、かき回してあげようよ。キラキラと光り輝く熱帯魚の皆さんが酸素不足で死んでしまわないように」

にたりと笑う『分解者』は、最初からブレなかった。

この街で思う存分遊び倒す。よって、他の連中のように逃げるという選択肢はハナからない。

「学園都市最大の禁忌、だったっけ？　ああいうモノには、興味がない」

6

マッチ棒のように痩せ細った老人だった。青いつなぎの上から白衣を羽織っただけの木原《きはら》端数《はすう》の枯れ枝みたいな腕に、しかし髪を金色に染めた屈強な若者は逆らえない。

「ひい、ひい」

普通であれば、彼は狩る側だった。

彼は彼で、『観光喰い《バキユームピース》』と呼ばれるいっぱしの凶悪犯でもある。

クリスマスの夜に遊園地なんて場所にいるのは、金目のものを持っている人間がそれだけ多いからだ。金を払ってゲートを潜れば安全を保証してもらえる、なんて浮かれた事を考えているバカップルを集団で取り囲み、カメラの死角に引きずっていくほど面白い話はない。

そのはずだったのだが、

「もう許してくれよ。頼むよ、頼む。何でもするから」

彼は一人だった。理由は決まっている、誰よりも詳しいはずのカメラの死角で、残りの仲間達はバラバラにされてしまったからだ。不思議なもので、眼前で分厚い山刀が暴れ回っている間、彼らは悲鳴一つ出せなかった。それ自体が人を金縛りにする呪いか何かのようだった。あっという間に作業は終わっていて、生ゴミの自動処理《オートメーション》の箱にミンチ肉が詰め込まれていた。

「ここがその場所かね？」

必死の命乞いに興味を示した風でもなく、老人はぐるりと辺りを見回した。

若者は何度も首を縦に振った。ぐずぐずに泣くその顔は涙どころか鼻水で汚れきっている。

「そうだよ、そうだ。ナントカっつー偽造職人についてならその先のテントにいるから」

決まったルールなんてない、というくらいは若者も気づいているだろう。

全ては老人の気紛《きまぐ》れ。だからこそ、素直に従っていれば解放してもらえるかもしれないという淡い期待にすがるしかなかった。

「それにしても、ライバルチームを蹴落とすための捏造証拠《ねつぞうしょうこ》の足跡、か。優れた技術には敬意を払うべきだ、まったく、あれだけの腕を持つ職人を何だと思っておるのかね」

「すみません、すみません、ほんとすみません……」

「いいよ、君の無知に助けられたのは事実なんだ」

優しい声がかえって怖かった。

ころころと論調は変わり、感情の波も不規則。いつ爆発するか分かったものではない。生き残るためには細心の注意を払わないといけない。

すでに後ろからの一撃で首を切り飛ばされていた。

生き残る事に必死だった若者は、自分が殺された瞬間さえ気づく事はできなかっただろう。

「レディバード君」

『はい先生』

オレンジと黒だった。常人には持ち上げる事もできない山刀を手にした競泳水着の少女が後ろから追い着き、並んで、隣から顔を出したのだ。裸足《はだし》のまま冷たい雪を踏んでいるが、本当に眉一つ動かさない。

老人は両手でキャッチした生首をしげしげと眺めて、

「ふむ、これは『う』系の口で止まっているな。彼はなんて言いたかったと思う？」

『無意味な思考としか』

　競泳水着の胸元を指で摘《つま》んで前に引っ張り、首回りに空いた空洞へどろりとした放電機械油をどばどば注ぎながら、少女は無機質に応答した。皮膚から吸収されなかった分は普通にそのまま重力で落ちていくので、内腿《うちもも》の辺りはタイヘンな事になっている。

　木原《きはら》端数《はすう》はとても難しい顔をしながら、

「……あのなあレディバード君、何か言う事は？」

『質問への回答を出力。ジジィちらちら横目で盗み見るくらいならちゃんと見たいって言えよ、というか自作のボディの細部を熱心に眺めて何が楽しいんだお盛んだな』

「ねえ誰！　今、人の心を無遠慮に抉《えぐ》った子⁉　自分は歳《とし》を取らない機械じゃからってそんな何重にもザクザクと‼」

『機械部品は経年劣化で摩耗する。電子データも定期的なデフラグが必要』

　両手で摑《つか》んだべとべとの生首なんぞもはや意識にないようなやり取りであった。

「まあ良《い》いか。死体は砕いて例のゴミ箱にでも詰めておいて、こんなものでも肥料になる」

『骨や髪が土壌の細菌で分解されるとは思えない。特に太い骨の骨髄が危険』

「間に合わせで良《い》いよ。終わったら全方位を警戒」

　白い息を吐いて、老人はどこか遠くに目をやっていた。

「他にも何組か来ておるな。見かけたら全て殺せ」

7

自分は何をやっているんだろう?

茂みの奥で浜面仕上《はまづらしあげ》は自問自答するが、実力的に言えば完全にベニゾメが上だ。こんな事をしている場合ではないのだが、『彼女の計画』を崩せばどうなるかは言うに及ばず。ここは『暗部』、力が全てに勝る世界なのだ。

「用が済んだら好きにして良いよ」

あちこち肉抜きされておへそまで透けて見える赤いチャイナドレスの美女はジュラルミンのケースの蓋を開け、手慣れた様子で一眼レフにバズーカ砲みたいなレンズや三脚を取り付けていた。身を屈《かが》めるとただでさえ危ういスリットの自己主張が限界を超えてしまう。


それから太股から取り出した一枚の金貨に口づけしていた。


『ニコラウスの金貨』。彼女もまた持っていたのか。

「だからそれまでじっとして。『暗部』のスーパースター様は必ずこいつで押さえる。警備員《アンチスキル》だか風紀委員《ジャッジメント》だか知らないけど、あんな連中を利用して闇から闇に葬《ほうむ》られてたまるかっての。やめてよね、それが世に出すべき情報か否《いな》かを決めるのは善悪じゃないわ。値札と話題性よ」

「……アンタ、連中の暴走については気づいていたのか？　だったら、」

「事故よ」

ぴしゃりと遮るようにベニゾメは言った。

「あれは事故。どこからどう深掘りしてもそういう風にしか見えないように細部まで調整されている。言ったでしょ、値札と話題性って。戦ったって利益が出そうにない写真なんか誰も買ってくれないって、追うだけ無駄」

「に、逃げたいって思わねえのかよ？」

「どこに？　やめてよね、生き残りたいなら挑むしかないじゃない。時間は限られているってくらい分かってる。だから追い着かれる前に破滅不可避の一枚を撮って、顔も見えない上の人間とかいうのをキョーハクしてやるわ」

「……、」

「こういう、撮ったネタで当事者に直接交渉を迫るビジネスもあるの。ブラックジャーナリズムって言うのよ。出版社に売る売らないの判断なんてこっちで決める、自分の身の危険と天秤《てんびん》に掛けてさ。普通に犯罪だし、後ろ暗い人に脅しをかけると死のリスクが跳ね上がるからよい子は真似《まね》しないでね☆」

呆気《あっけ》に取《と》られてしまった。いびつな研究者、人の命を何とも思わない高位能力者、上層部の兵隊。『暗部』と言っても色々あるが、これまで見てきた人間とは明らかに違う。

大人だから能力者ではない。でもゲテモノな凶器をちらつかせる訳でもない。武器はカメラだなんて、いかにも文明人だ。久しぶりに理性のある大人と出会った気がした。

これが双子の口から出てきた、好普性《こうふせい》の『暗部』……？　あるいはまだ一般人の域にいる人かもしれない。

戦う必要なんかない。

戦うにしたって暴力以外にも方法がある。

本当に久しぶりに、人の理性を見たような気分にさせてくれる女の人だ。

「……利用して」

ぼそっとジャージ少女の滝壺《たきつぼ》が割り込んできた。

「あんな連中を利用して、って言っていた。あなた、暴発のカ、カ、カラクリを理解しているの？」

「はあん？」

小馬鹿にしたような相槌《あいづち》だった。

ただし頭ごなしの否定ではない。むしろ、何でそんな分かりきった事をという口振りだ。

「やめてよね、ひょっとして何か試しているの？　そんなの言うまでもなく、」

答えかけて、ベニゾメが自分のテンガロンハットのてっぺんを片手で押さえた。息を止めてただでさえ低くしていた頭をさらに下げる。

浜面《はまづら》も目を白黒させて、

「(誰か来たっ?)」

「(やめてよね。分かりきっている事をいちいち口に出さないっ、邪魔!)」

そもそも大邸宅の裏手だ。普通の観覧客はシークレットレジデンスなんて区画自体に用はないし、大枚をはたいて園内に邸宅を構えた大富豪なら裏手の暗がりに足を運ぶ理由がない。

つまり、ピンポイントでテントの存在を知っていない限りそんな所は歩かない。

……改めて外から見てみれば、なんて目立つルートなのだろうと浜面《はまづら》は絶句していた。待ち伏せしていたのが浅い層にいるパパラッチだったから良かったものの、これがプロのスナイパーだったら浜面《はまづら》と滝壺《たきつぼ》は二人揃《そろ》って急所を撃ち抜かれていたはずだ。そんな可能性を、荒唐無稽と笑っていられない状況に立たされているのだといい加減に気づくべきだった。

実際に歩いているのは老人だった。マッチ棒みたいに痩せこけたじいさん。つなぎや白衣は針金のような体を覆い隠し、人間らしいシルエットを偽装するためにも見えてくる。

「あれは……?」

「木原《きはら》だ」

質問しようとして、浜面《はまづら》は面食らった。

あのベニゾメ＝ゼリーフィッシュが、わずかに震えていたのだ。

「そういう研究者一族がいるの。ヤバいっ。『暗部』狙いでやってきたけど、やめてよね……木原端数《きはらはすう》はちょっと大物過ぎるかも!!」

「……はまづら」

くいくいと、少年の上着を小さく摑《つか》んだ滝壺《たきつぼ》が何か呟《つぶや》いていた。

名前を呼んでいるのに、彼女は浜面《はまづら》の方を見ていない。

金属の軋《きし》むような音があった。

きい、ぎいと。

「はまづら」

「……、」

もう一度、先ほどより強く名前を呼ばれて、浜面仕上《はまづらしあげ》は滝壺《たきつぼ》の視線の先を目で追いかけた。

その先。防犯というより装飾の意味合いが強いのだろう。背の高い鉄柵の先は鋭い返しのついた弓矢や槍《やり》のようになっていた。人間はおろか、身軽で体重の軽い野良猫《のらねこ》や野鳥だって留《と》まる事のできない鋭い棘《とげ》の先に。

裸足《はだし》のまま二本の足を揃《そろ》えて。

身を屈《かが》めた体勢で首を傾《かし》げ、静かに浜面達《はまづらたち》を見下ろす少女の影が待っていた。

いびつだった。

あれが真っ当な人間であれば、歳《とし》は一三歳か一四歳くらいだろうか。ロングヘアで、前髪を奇麗に切《き》り揃《そろ》えた小柄な少女。ただし浜面《はまづら》は、そんな当たり前のところでもう即答ができなくなっていた。だって、おかしい。

瞬《まばた》きも白い息も規則的すぎる。

無音の世界に小さく伸びていく音は、真夜中の冷蔵庫のようだ。

着ているのも冬の夜にはあまりに不釣り合いな、オレンジと黒の害虫みたいに毒々しい色合いの競泳水着にも似た装束。明らかに浜面《はまづら》や滝壺《たきつぼ》の衣服とは扱う技術や求める目的が違う。両肩のバンドにはスマホ、太股《ふともも》のベルトには丸めたシリコンキーボードや何かしらの液体が入ったボトル。大きく広がった長い髪もまた、人間の地毛ではありえない真紅。そして大きく見開かれた両目の中では、瞳孔が防犯カメラのレンズよりも機械的に拡大と縮小を繰り返していた。

空気が変わる。

テクノロジーの詳細なんて分からなくても、心臓が凍る。小振りなお尻に乗せる格好で横に倒して固定された凶悪な山刀を見るまでもなく、本能でもう理解できる。

あれは、『暗部』だ。それもおそらく嫌普性《けんふせい》。罠《わな》を張って待ち構えていたのはパパラッチ側だけではなかったのだ。『木原《きはら》』とかいうあの老人は自分を餌にして、安全を脅《おびや》かす存在を炙《あぶ》り出《だ》そうとした。そのために放たれたのが正体不明の少女だ。

相手は自分を偽るつもりもないらしい。

こちらを見下ろす機械的な瞳の中では、中指を立てるマークが表示されていた。

ぎっ!! という奇怪な音が鳴り響く。

情動を持たない少女がその口で何かを言った訳ではない。不安定を極めた足場を蹴って跳躍したため、鉄柵自体が軋《きし》んだ音を立てたのだ。

どこへ？

一眼レフを覗《のぞ》き込《こ》んでいたベニゾメ＝ゼリーフィッシュの反応が遅れた。

「わっ」

柔らかい体と専門的な光学機材がまとめて地面に薙《な》ぎ倒《たお》される派手な音が炸裂《さくれつ》する。

浜面《はまづら》には、とっさに手を差し伸べる事もできなかった。

「わあ!! やあ！ ああああああああああああああああああああああああっ!?」

とにかく滝壺《たきつぼ》の細い手首だけ掴《つか》むと、浜面《はまづら》はほとんど尻餅をつくようにして距離を取る。一センチでも遠くへ。ベニゾメの実力は本物だった。そんなパパラッチを難なく叩《たた》き潰《つぶ》したという事は、あいつには絶対勝てない。捕まったらもう終わりだ。

しかし、むしろだ。

襲いかかったはずのアンドロイドが怪訝《けげん》な顔をしていた。腰の後ろから抜いた山刀がすっぽ抜けている。ずしんっ、という大岩でも落ちたような音や震動が響き渡る。

「強磁性速乾塗料、二五六倍濃縮」

パパラッチが摑《つか》んでいるのはスプレー缶だ。ただし催涙ではなさそうだった。

「アナログフィルムは絶滅寸前だけど、そういうメーカーって薬品や化粧品に首を突っ込んで莫大《ばくだい》な富を生んでいるのよね。知らない？　フィルム会社製の健康サプリとか。世の中にはそういうハイパワーのマシン系だけを問答無用で腐食させる薬液だって存在するのよ‼」

『炭素系の肌には傷をつけずに合成繊維の服や下着だけ溶かす夢の薬品って事？　先生が喜びそうな話だけど』

可憐《かれん》な声は、はっきりと聞こえた。

だが唇の動きと実際の音声が一致しない。わざわざそうする理由も思い浮かばない。

『でもやる事やる。先生の言った通り、邪魔する者は必ず現れる。だから私がここで待っていた。話はそれだけ』

「ツッツ‼⁉⁇」

浜面《はまづら》はとっさに滝壺理后《たきつぼりこう》を突き飛ばした。

ぶんっ、という金属バットを振り回すような鈍い空気の唸《うな》りは遅れて浜面《はまづら》の耳に入ってきた。

ベニゾメだった。

裸足《はだし》で雪を踏み締め、正体不明の少女が片手で摑《つか》んで振り回した重量は、四〇キロか五〇キロか。女の子の体重と聞けば軽くて柔らかい印象を持つかもしれない。

だけど戦闘用にカスタムされた斧《おの》でもせいぜい二キロ、鎖に繋《つな》いだ棘付《とげつ》き鉄球だって三キロあれば良い方だ。四〇キロという重量は女性としては軽いかもしれないが、打撃武器という観点から考えれば『破格』と呼べる。

「があっ⁉」

避けきれずまともに胴体へ喰《く》らい、チャイナドレスのパパラッチといっしょくたになって吹っ飛ばされる浜面《はまづら》。呼吸が詰まり、まともに手足を動かす余裕もないまま冷たい地面を何回も転がっていく。限界だ。たった一発で限界を超えてしまった。視界の端をじわじわと黒い闇が侵食していく。もうこのまま意識を手放せという誘惑が滲《にじ》み出《で》てくる。

だけど、

「……ぶっ……」

意図せず、浜面《はまづら》はベニゾメと一緒に『暗部』から距離を開けてしまった。

そうなると。

ヤツから見て一番近くにいる次の獲物は、たった一人で取り残された滝壺《たきつぼ》理后《こう》しか

「っく、あがはァ!!!!!!」

ぐったりしたまま上に乗っかっていたベニゾメ＝ゼリーフィッシュを横に押しのけるようにして、浜面《はまづら》は無理矢理にでも身を起こした。

手近な獲物に飛びかかろうとした直前で無機質な少女の首がぐりりとこちらに向けられる。

ゆっくりと首が動いているのは本人の意思というより、正確に浜面《はまづら》を捉え続けているためか。

注意は引いた。

ならここからどうする？　どうすれば正体不明の敵から生き延びられる⁉

「まったく、やめてよね。この考えなしが……」

声が聞こえた。押しのけられたはずのベニゾメ＝ゼリーフィッシュ。彼女が不自然な横倒しのままスリットの奥、チャイナドレスの太股《ふともも》から何かを引き抜いていたところだった。

拳銃、とは違うと思う。

圧縮ガスで電極を飛ばすスタンショットだ。

「……生物的な反射なし、異常な腕力、暗闇での視力補正。ど、どうにも中ま、で、ぎっしり、機械っぽいじゃん、あいつ。だったらむしろ鉛弾よりこっちの方がキクかもね……？」

九死に一生を得た。浜面《はまづら》仕上《しあげ》はそう思った。

だが彼は忘れていた。今ここが『暗部』と呼ばれるセカイに呑《の》み込《こ》まれている事実に。


ぷしっ‼　と。

躊躇《ちゅうちょ》のない引き金と共に、電極は滝壺《たきつぼ》理后《りこう》に突き刺さったのだ。

「えっ……？」

ジャージ少女は驚いた顔をして、それから視線を下げた。胸の真ん中に引っかかっている電極やケーブルを見ても、まだ何が起きたか理解できないようだった。

そしてベニゾメ＝ゼリーフィッシュは笑っていた。

ばぢぢぢぢぢぢぢぢぢぢぢぢぢぢぢぢぢぢぢっ!!　という乾いたものが弾《はじ》けるような音の連続と同時に、恋人の背中が弓なりに反り返った。

「滝壺《たきつぼ》ッ!?」

「はっはは!!」

どこにそんな力が残っていたのか。

横倒しの状態から大きく弾《はじ》かれたようにベニゾメの体が跳ねる。スイッチを入れたままのスタンショットを手放しながら体を滑らせて距離を取り、彼女は豊かな胸元から金属製の太いペンを取り出す。グリップの上の方に二ミリの穴があった。おそらくは隠しカメラ、専門的な一眼レフと比べれば見劣りするがそれでもスマホ並みの画素数はキープしているはずだ。

そう、彼女の目的は最初から最後まで一貫していた。

いっそ清々《すがすが》しいほどに。

「機械的に考えるだけなら一番弱った獲物から狙うよねえ!?　だったら私は逃げられる。安全な場所から撮影できる。『暗部』も『暗部』、木原《きはら》一族《いちぞく》の拵《こしら》えた秘密兵器よ。絶対にこいつは歴史をひっくり返す一枚になる!!　安心して、挽肉《ひきにく》になったあなた達には世界を動かす力が必ず宿るから……ッ!!」

（クソもクソだ！　こいつも嫌《けん》普《ふ》性《せい》かよ……っ!?）

念じて命を奪えるなら呪い殺してやろうかという想《おも》いで睨《にら》みつける浜面《はまづら》だが、そもそもベニゾメが仲間だなんて話は誰もしていない。浜面達《はまづらたち》は、見逃されていたのだ。上から目線で一方的に。ベニゾメが切り捨てようとした場合、浜面達《はまづらたち》には止める材料がない。

そして浜面《はまづら》にはもっと確実な力がある。使えば一時間は丸腰だ。よほどの事がない限りストックは継続しておくべきだし、使うにしてももっと他にやり方はあったかもしれない。例えば高圧電流で苦しめられている恋人を助けるために、とか。

だけど、これはもう反射だった。

冷静に考えているだけの余裕がない。頭は沸騰していた。どうしても浜面《はまづら》には許せなかった。一人で勝手に滝壺《たきつぼ》理后《こう》を消費して自分だけ得しようとするベニゾメ＝ゼリーフィッシュを、このまま逃がしてしまう事が。

ポケットの中に手を突っ込み、硬くて冷たい金貨を強く握り締める。人間など、意志を持つ存在の行動までねじ曲げられるかは未知数。よってひとまず無機物に標的を定める。

だとすると、こうか。

叫ぶ。

「ベ、ニゾ、メの靴、を滑ら、せろ、『ニ、コラ、ウス、の金、貨』‼」

「絶対私の靴、を滑らせるな、『ニコラウスの金、貨』‼」

叫んだ瞬間、浜面《はまづら》は思わず顔をしかめていた。

まさかの不発。

いいや、
笑みが。

「あはは!! やめてよね、視線が見え見えだよ。カメラのプロをナメてるの!?」

邪悪な元凶が、今度こそ悠々と茂みを飛び越していく。ショットガンに大型拳銃、摑《つか》んだ銀色のケースからバラバラと大小無数の銃器をこぼしながら。

何が理性のある大人だ、あんなの一瞬でも信じた自分を浜面《はまづら》は呪いたい。

暗がりの奥から捨《す》て台詞《ゼリフ》を投げかけられる。

「でもってこんなもんがばら撒《ま》かれているって知った時から、絶対こうなるんじゃないかって思ってた! やめてよね、私は私の力だけで生き残れる。だとしたら使い道は一択、相殺しかないってねえ!!」

「くそっ!!」

確かに浜面《はまづら》は細かい検証などしていない。一つの事象に対し二人の人間が真っ向から金貨の力をぶつけたらどうなるかなんて試した事もなかった。だがこれは、あまりにも無様だ。

全く意味のない一時間のチャージ。

もう恨みも晴らせない。

後に残されたのは無力な浜面《はまづら》と今も高圧電流にさらされる滝壺《たきつぼ》。それからこの寒さの中でも淡々と動く建設重機のような少女だけだ。片手だけで四、五〇キロの人間を難なく振り回せるとしたら、全体重を乗せた拳を放てばコンクリ塀くらい突き崩せるかもしれない。

（どうする？）

滝壺《たきつぼ》を置いて逃げる、という選択肢はない。

彼女を殺人ムービーの素材として消費させるだなんて、そんな選択肢は絶対に許さない。

だけどそれは『目的』だ。

叶《かな》えるためには、現実に実行可能なレベルの具体的な『手段』がいる。

（どうするッ⁉）

その時だった。


すい……と。

扇風機のようにゆっくり首を動かす重機少女の瞳が、目の前の浜面《はまづら》を素通りしていった。

意味が分からなかった。厳密には右から左へ視線を振って素通りしたのとは少し事情が違った。一度横に向けられた視線が再び切り返されてくる。首を左右に振っているところを見ると……まさか、見失っているのか？

正面で荒い息を吐く浜面《はまづら》には何が起きているのか理解できない。

これだけ実力差があるならわざわざブラフやフェイントを挟む必要はないと思うのだが、原因不明のチャンスに喜ぶのはもうやめた。そういうのはベニゾメ＝ゼリーフィッシュの件で散々しっぺ返しをもらっている。

『拾って』

聞こえた女性の声に、ほとんど反射で浜面《はまづら》は地面に手を伸ばしていた。

ベニゾメがばら撒《ま》いていった銃器の中から、ポンプアクション式のショットガンを。

『一発』

爆音と共に、むしろ浜面《はまづら》の方が後ろへひっくり返る。明らかに火薬の量が多過ぎる。自前のカスタムらしいが、こんなの使っていたらいつ暴発に巻き込まれるか分かったものではない。

競泳水着の少女もまた、裸足《はだし》のまま後ろに尻餅をついていた。

ありきたりな罪悪感なんぞ追い着く暇もない。

無機質な少女の額に小さな傷ができていた。申し訳程度に赤い液体を垂らしているが、たった数ミリの小さな傷の向こうに見えるのは銀色の束だ。明らかに人間の傷ではない。

「じっ、冗談だろ……。強装弾で、しかも当たった感じを見る限りスラッグ弾だぞ⁉」

『今の内に』

「っ？」

耳元でそっと囁《ささや》くような声に、今さらのように浜面仕上《はまづらしあげ》は慌てて振り返った。

一体いつからそこにいたのか。一人の女性が佇《たたず》んでいた。薄い青のぴったりしたドレスとふわふわした半透明のロングスカートを組み合わせた衣装にツインテールにした長い金髪。ただし歳《とし》は二〇歳くらいで体型もグラマラスなので、着せ替え人形じみたドレスはひどくアンバランスにも見える。

機械的に目玉を拡大縮小させる少女とはまた違った意味で、人間味がなかった。

実体がない、というか。

迂闊《うかつ》に指先を伸ばして、素通りしてしまったらどうしよう、というか。

そう。

この科学万能の学園都市らしからぬ事に、浜面《はまづら》の脳裏にはこの単語が浮かんだ。

（……ゆう、れい……？）

ぴったりとふんわり、二重のロングスカートで足を隠した……両足の見えない女。

そいつは浜面《はまづら》ではなく目標を見失った怪物を眺めていた。もちろんだ。助けてくれたからって好普性《こうふせい》とは限らない。銃で撃てと躊躇《ちゆうちょ》なく命じたのもこの女だ。その思い切りの良さが、いつこちらに向けられるか読めないのだ。

『スタンショットを拾いなさい、恋人を助けたければ。わたしはその性質上、カメラやセンサーなど機械的な五感を逸《そ》らす事ができるわ。これだけフリーで画像編集アプリが氾濫している時代になっても心霊写真や動画が絶滅しないのと同じく、怪異の目撃談では手始めにスマホのアンテナが圏外に陥り位置情報や顔認識機能が誤作動を起こしていくのと同じくね』

弾《はじ》かれたように浜面《はまづら》は動いた。

幽霊女の言い分なんて一つ一つ精査している場合ではない。とにかく雪で濡《ぬ》れた地面に転がっていたスタンショットを拾い上げ、ケーブルで繋《つな》がった本体にあるスイッチを切った。

かくんっ、と。

それこそ電源が落ちたように、弓なりに反っていた滝壺《たきつぼ》の体が膝から落ちた。

だけど滝壺《たきつぼ》の異変が収まらない。そもそも安全基準なんか何もないイリーガルな高圧電流。それに頬が赤く、額から珠《たま》のような汗を噴き出すこの症状を浜面《はまづら》は見た事がある。暴走能力者の体液を利用して抽出された薬効成分……『体晶』に苦しめられていた頃とそっくりだ。

（しまった……）

浜面《はまづら》は自分が後生大事に抱えていた紙袋を思い出す。bC-96/R。こいつを渡してくれた『ペットブリーダー』碧海華麗《あおうみかれい》はこう言っていたはずだ。

『気温や湿度については冷蔵庫に入れておけば問題ないけど、一応漏電には気をつけて。電気分解で簡単に成分が壊れてしまうから』

壊れた。

滝壺理后《たきつぼりこう》が経口摂取して体の中を循環していた成分が、今の一撃で。

「冗談だろ、おい!!」

浜面《はまづら》は思わず叫んで、その唇に人差し指を当てられた。当の滝壺理后《たきつぼりこう》だった。全身を高熱に蝕《むしば》まれながらも、彼女はなけなしの力を振り絞って警告してきたのだ。

そう、そうだ。

例の襲撃者はどうした？

「……、」

とっさの事で頭が空白で埋まっていた。正面の敵から目を離していた時間は、たっぷり二〇秒はあっただろう。それだけであればいくらでも殺戮《さつりく》できたはずだ。

なのに何故《なぜ》？　のたのたと起き上がった裸足《はだし》の襲撃者、オレンジと黒の競泳水着に似た装束を纏《まと》う重機少女は、どういう訳か間近にいる標的を捕捉できないでいるらしい。

右へ左へ、何度かゆっくりと首を振って周囲を観察した後、太股《ふともも》からボトルを抜いて口に含む。ちゅぽんと音を鳴らして飲み口から唇を離すと、さらには頭から透明な粘液を被《かぶ》っている。

ばぢっ、と。

頭のてっぺんから足の先に向けて、紫電の逃げていく音があった。何かが起きているのだ。

「あれは……？」

『人間から部品を抜いて機械を詰め直していったサイボーグとは違うモノ』

囁《ささや》かれて、もう一人いる事を思い出した。

正体不明の幽霊女。

滝壺《たきつぼ》を抱き寄せていなかったら浜面《はまづら》はそのままひっくり返っていただろう。

『あの「木原《きはら》」が関わるくらいなんだから当然、そんなレベルの極彩色《グロテスク》に留《とど》まらない』

「……、」

『人工の部品を一つ一つ積み上げ、膨らませていって、人間の形に整えた存在でしょうね。外から見れば人間と全く見分けがつかなくなるクオリティで』

つまりは。

全体でお姫様みたいなシルエットの幽霊女は確かに言った。

『アンドロイド。ひとまずこれが最も適切かしら。ロボットと言ってしまうと、印象としては街に溢《あふ》れ返《かえ》るドラム缶型を連想してしまうでしょうしね』

金属の擦れる音があった。

アンドロイドと呼ばれた少女が離れた地面に刺さっていた分厚い山刀を片手で引っこ抜いたのだ。小さなお尻の上へ乗せるように、横に寝かせた状態で水着に直接固定されている鞘《さや》へ収めていく。だんっ！　と未成熟な少女は裸足《はだし》で雪を蹴って後ろへ跳び、闇の中へ消えていった。

何かから逃げたというより、見失った標的を捜すために走り出したといった方が近い。何かが起きていた事に、競泳水着の少女自身が気づいていなかったようだ。

助かった、という気持ちなんかいつまで経《た》ってもやってこなかった。

想像以上だ。

『暗部』絡《がら》みだと生身の体と見分けのつかないサイボーグがいる事くらいは浜面《はまづら》も知っていたが、ここまで来るとタブーのレベルが違う。幽霊女の話が正しければ、その『木原《きはら》』とやらは機械いじりの果てに想いや感情らしきものを組み立てた事になるではないか。

そして。

それを言うなら……。

『恋人を連れて、早く立ち去りなさい』

そういう幻覚か映像と言われてしまえばそのまま納得してしまいそうなほど希薄な幽霊女は確かに言った。

『あれは見失っているだけ。多少は演算回路に負荷を掛けたようだけど、基板が破損するほどではないでしょうし。いつまた戻ってくるかは未知数。どこを捜すかはわたしからコントロールできないし、見えていなくてもぶつかっただけで生身の体なんて粉々にされるわよ』

風向きとは関係なく金のツインテールをなびかせて。

『暗部』の深さを改めて突き付けられる格好になった浜面《はまづら》に、幽霊女はこう続ける。

『脱出手段は一つじゃない。ここはすでに、複数の「暗部」が目をつけている超危険地帯よ。カルネアデスの板を巡って殺し合いを続ける自信がないなら、速やかに別の抜け穴を探すべきね。全てを失ってから後悔するより前に』

8

巨大な四駆が第二学区の警備員総合詰め所《アンチスキルそうごうつしょ》までやってきた。

車が駐車場に回っている間に、白井《しらい》は送信ボタンをクリックして自分でまとめた報告書を送り出そうとしたのだが、

「……送信エラー？」

「へえ、最近の若い子でも失敗する事ってあるんですね」

バーコード頭にメガネのおじさんは皮肉ではなく、本気で茶柱でも見たような声を出していた。オンライン上で何かしらトラブルでも起きているようだが、どうせもう詰め所に着いた。ノートパソコンごと職員に押し付ければ事足りる。

白井《しらい》は必要以上に馬鹿デカい車の外に降りながら、

「『近頃の若者』なんて言葉を得意げに使うようになったら人生曲がり角ですわよ。そういう風に線を引いていると、教え子からも嫌われるのではなくて？」

「えっ、私まだ童貞なんですけど」

「今そこカミングアウトする必要ありまして⁉　中一女子に向けてテッ‼」

あと何でいきなりその宣言が出たのだ？　あんまり教え子という言葉からリンクしてほしくない流れではあるのだが。個人情報保護法が全く無意味に少女へのしかかってくる。こんなしょうもない事を死ぬまで胸に抱えていかなくてはならないのか。

第二学区。

火薬や車両について専門的に研究するこの学区なら、警備員《アンチスキル》の装備もかなり拡充されている。ここが新たな本拠地であった。

拠点を一つ失ったとして、それで事件を丸投げにする訳にはいかない。

白井《しらい》としても足取りは重たかった。単純に『暗部』がもたらした極彩色の被害規模もそうだし、対抗する警備員側《アンチスキルがわ》にも諸手《もろて》を挙げて賛同はできない。自分は異端者かもしれない。そんな風に思っていた白井《しらい》だが、警備員達《アンチスキルたち》の拠点に到着すると様子が違った。

そもそも人の数が少ない。

歯抜けの櫛《くし》みたいに残った大人達も覇気がなかった。壁にもたれたり、床に座り込んだりしている。会話がないせいか、空気も重たく沈んでいた。

「これは……」

「半分は応答がないんだ」

詰め所で待っていた警備員《アンチスキル》はそんな風に答えた。

彼はまだ戦う意志を保っているようだが、

「全部が全部『暗部』にやられたとは思いたくないが。それでも『暗部』のゲテモノ達の力は絶大だった。サーバーの内側に細工でもされたのか、正しい被害の数をカウントできていないのも余計に想像を膨らませているのかもしれん」

「つまり、逃げたと……？」

「情けない事に。『暗部』を掘り返したのは間違いだったと考え始める警備員《アンチスキル》も少なくないよ」

総力戦の玉砕なんて誰も求めていなかった。

追う側が犯罪者を一方的に確保するだけだと信じてきた警備員《アンチスキル》もたくさんいたはずだ。

改めて突き付けられた現実。

いくら飛び抜けた『暗部』でも二三〇万人を皆殺しにして王座を守れるとは思えない。だけど双方真っ向からの削り合いの最中に自分の命を奪われたら元も子もない。たとえ世界が救われたところで自分や家族が殺されてしまったら意味がない、と考える人間だっているだろう。

問題なのは、比率だ。ごく少数なら大きな問題にはならない。だがこんな臆病風が警備員《アンチスキル》の過半数を超えてしまったり、『暗部』に媚《こ》びを売って自分だけ助かろうとする者が仲間の背中を狙うようになったら、戦う前に組織が崩れる。そして現実に、拠点は歯抜けになっている。

気運。

そこを折られてしまえば、実際の人数差とは違ったところから彼我のバランスが崩壊しかねない。そしていかにも犯罪者が好んでやりそうな話ではあった。

「想像以上ですわね……」

白井《しらい》は重たい息を吐いた。『攻撃』はもう始まっている。少女の肩にも知らない間に重くのしかかる何かがある。だけど彼女だって今さら後には引けないのだ。

腐り果てた世界で笑う幼い双子。

あれを、見た後では。

他の警備員達《アンチスキルたち》と合流すると、彼らはツインテールの少女を屋上のヘリポートへと案内する。

「フェイズ1の戦果は予想よりも下回ったが、それでも『暗部』の隠れ家やラボへ一定のダメージを与える事には成功した」

メインローターが生み出す人工的な暴風に負けないように、完全武装の警備員《アンチスキル》・波野《なみの》はそう説明してきた。

「フェイズ2では逃走段階に入った『暗部』の残党を一気に叩《たた》く。学園都市全体をぐるりと囲む外壁やゲートはもちろん、空港やヘリポート、長距離トラックの積み下ろし基地なんかも怪しいな。優先は凶悪な嫌普性《けんふせい》だが、比較的温厚な好普性《こうふせい》であってもチャンスがあれば積極的に狩り出したい。とにかく、残党は『人気のスポット』に集中するはずだから、ここを攻撃すれば一網打尽にできるはずだ」

「……攻撃、ね」

「何か不満でも？」

職務から逸脱した過剰な暴力をちらつかせている割に、その警備員《アンチスキル》は随分と強気だった。

こちらはさっさと自分自身への内部監察をお願いしたいくらいなのに。

バーコード頭にメガネのおじさんが白井《しらい》の後ろからちょいちょいと制服を引っ張る。

「(しっ、白井《しらい》さん。今は従っておきましょうよ。現場に出られなくなったら何にもできなくなってしまいますよ)」

「……、」

「(あの詰め所の惨状を見たら、容疑者を庇《かば》うのは誰だって難しくなります。結局は現場で示すしかないんです、容疑者をきちんと捕まえる事で彼らの命を守りたかったら……)」

「分かりましたわ。あと近いっ!! 野郎バリアー、加齢臭ディスタンス!!」

そうこうしている内にヘリの準備は済んだらしい。

しっかりとエンジンを温めたヘリコプターに乗り込みながら、白井《しらい》は情報を整理していく。

波野《なみの》を始めとした警備員達《アンチスキルたち》の意見はこんな感じだった。

「基本的に空中待機で応援要請があり次第そちらに急行する形になるが、ある程度は予測を立てておいた方が良《い》いだろう。特に第二三学区は一〇分間で五機以上の飛行機が交差する超過密空域だ。緊急事態であっても調整に難航すると……」

「あのう」

白井《しらい》は律儀《りちぎ》に手を挙げて発言した。

「フェイズ2は、基本的に『暗部』とやらの退路を断つ作戦なんですのよね？」

「ああ。それが？」

「では、こちらは何なんです」

ツインテールの少女が指差したのは、学園都市の北東だった。ただし外壁に面した学区ではないし、空港やヘリポートもない。

自身、眉をひそめながら白井《しらい》黒子《くろこ》はこう質問を重ねる。

「第六学区。遊園地で銃声らしき音が聞こえたという、この騒動は？」

9

浜面《はまづら》仕上《しあげ》はしばしば呆然《ぼうぜん》としていた。

実力は完全に不足していた。自分がどうして生き残れたのかも理解できなかった。

ただし。

その上で。

「……、」

「はまづら？」

その問いかけの中に、すでにはあはあという不自然に熱い吐息が混ざっていた。

こちらを見上げる少女は頬が紅潮し、瞳もどこかぼんやりしている。

不安でたまらなかった。これなら浜面《はまづら》の首筋に猛毒でも注入してくれた方がまだマシだ。

「くっ、薬は？　『ペットブリーダー』のヤツからもらったのがまだ一週間分はあったはずだ。そいつを呑《の》めば……ッ！」

「一日一回って処方は決まっているよ。つまり逆に言えば、効果が強い薬なんだと思う。素人《しろうと》判断《はんだん》でスパンを早めても、きっと毒にしかならない」

ではどうにもならない。

素人判断《しろうとはんだん》は全部アウトだとしたら、医者に診てもらう以外に選択肢はないのだ。だけどそれは、追われる側にとっては致命的と言える。彼も不良少年だからお作法くらいは心得ている。病院とホテルなんて、事件が起きたらまず始めに手配書が回る施設だ。

「闇医者を頼ろう……」

「はまづら」

「金ならあるんだ、ボディバッグの中に丸めた札束が！　『体晶』絡《がら》みの問題なら学園都市の中じゃなけりゃ対処できねえ。無理して壁の外に出たってお前が治らないんじゃ……ッ!!」

「はまづら」

もう一度、強く呼ばれた。熱で朦朧《もうろう》としていても、全身から噴き出す汗と一緒に体力を奪われていっても、彼女ははっきりと言ったのだ。

「逃げるのは良《い》い、でもそれは何のため？　希望から目を背けるためじゃないでしょう」

「……、」

「確かに、街の中と外では二、三〇年くらい科学技術の開きがある。でも患者である私の体と、通常治療に使うお薬がセットで揃《そろ》っているんだもの。外の世界でも、この二つがあれば空欄を埋められるかもしれない。可能性はゼロじゃない」

滝壺《たきつぼ》は、折れてしまいそうな体の芯にどれだけの力を込めているだろう。

「だけど、ここでもたもたして捕まったら、もうチャンスはない。その場合はゼロになる。はまづらはどっちが良《い》いの。何のために、逃げるの？」

普通、病人なんて気が弱くなってわがままになるものだ。まして病名も治療法もはっきりしない、では。なのに彼女は変わらず浜面《はまづら》を励ましてくれた。

報いろ、その勇気に。

浜面仕上《はまづらしあげ》はがむしゃらに進みたいのを堪え、迷わず来た道を引き返した。

それが唯一の正解だ。

「待って、はまづら。どこへ行くの？」

「あの幽霊女は俺達を助けてくれた」

まずは事実の確認だ。土台を固めてから、推測に移る。

「……でもどうして？　無償のボランティアや善意の施しなんて都合の良《い》いモノはどこにもな

いって事くらい、ベニゾメの件ではっきりしたろ。俺達を助けた以上は助けた方が得する事がある。だから幽霊女は俺達を見逃したんだ、上から目線で一方的にな」

というか、だ。

アンドロイドはともかくとして、幽霊女はいつからここにいた？　随分と都合の良《い》いタイミングで助けてくれたものじゃないか。ひょっとしたら、滝壺がスタンショットで撃たれるまでじっくり待ってから横槍を入れた可能性だってある。本来だったらもっと早く助けられたかもしれなかったのに、善人のふりして主導権を奪うために。

「じゃあ……」

「幽霊女のおかげで、俺達とアンドロイドは痛み分けに終わった。アンドロイドを護衛につけてた『木原《きはら》』とかいうジジィは異変にすぐ気づく。罠《わな》を張ったのに相手を取り逃がしたのなら、今度は自分が狩られる番だ。ヤバいと思って逃げ出す。一方で俺達は幽霊女のありがたい助言を聞いて身を退く。だとしたら？　……今、一番価値ある偽造職人は誰が押さえているんだ」

「あ」

「そういう事。争奪戦をしていた二つの陣営が、同時に身を退いたんだ。空白のコマに落ちている『工場否定《パーフェクトフィルム》』は、今だけフリーだ。幽霊女は横槍《よこやり》を入れられる心配もなく、安心して仕事の依頼ができる」

……あれだけ人間味のない幽霊女が警備員《アンチスキル》の使う真っ当な鉛弾なんて恐れるとも思えないが、

ひょっとしたら幽霊女も幽霊女で何か守りたいものがあるのかもしれない。自分を開発した研究者とか、幽体離脱で離れ離れになっている自分の本体とか。

ともあれ。

確定した場所から推測を重ね、空欄を埋めてクロスワードパズルを解いていくと、だ。

「幽霊女も邪魔はされたくない」

歩を進める。

歩調を早めていく。

「一対一の真っ向勝負ならともかく、自分達の戦いに巻き込みたくない人が舞台の上に出てくるはずなんだ。だから、そうならないように人を遠ざけた。それならやりようはあるはずだ、負け犬の俺達にだって」

もうテントはすぐそこだった。いくつか並んでいるテントの中から明かりの漏れているものを選び、浜面《はまづら》はノックもしないで強引に押し入った。

偽造職人らしき岩石みたいな頑固オヤジと、見覚えのない青年が向き合っていた。

こちらが幽霊女の知り合いか。

地味な色の作業服……とは微妙に違う。半袖にハーフパンツのそれは、確かサファリジャケットだったか。何度も何度もリバイバルされる古いテレビ番組の探検家を彷彿《ほうふつ》とさせた。季節感に合わせるためか、下に長袖の黒いラッシュガードなどはつけているが。額に巻いているのはハチマキ……ではなく、頭の横にあるアウトドア用のwebカメラを固定しているようだ。

このテントは住居ではなくラボのようだった。誰かが何かを言うより前に、浜面《はまづら》は工具箱の中に手を突っ込んで釘打ち機を抜き取った。

青年は気に留《と》めなかった。

「やれやれ。フリルサンド君は何をやっているんですか」

「黙れ」

「一つ質問しましょう。一本二円の鉄釘で科学的に作られた幽霊を除霊できると思いますか？」

そんな所で勝負はしない。

浜面仕上《はまづらしあげ》が躊躇《ちゆうちよ》なく釘打ち機を突き付けたのは、『工場否定《パーフェクトフィルム》』の方だった。

「おいっ……」

目を剝《む》いた頑固オヤジだが、いちいち文句を受け付けている余裕はない。ここは『暗部』、誰もが生き残るために限界まで考え抜き、自分の命を預けて選択肢を選んでいる。

確約の取れないお約束やご都合に身を委ねるのは、もうやめた。

「そこの脂っぽいオヤジは俺にとってもアンタにとっても絶対必要な人間だ。目の前で殺されたら困るだろ？　だから落ち着いて、冷静に話をしようか。学園都市脱出。すぐそこにあるカルネアデスの板をみすみす叩き割りたくなかったら!!」

「分かった、分かった。分かりましたよ」

青年は軽く両手を挙げた。

こちらが優位に立っているはずなのに、ヤツの余裕は崩れない。自分で立てた作戦なのに、ぐらつく。これで正解なのかと浜面《はまづら》は不安になってくる。

「どうせ、求めるものは一緒でしょう？」

「本物よりも出来の良《い》いパスポート」

「いかにも。だがお互い時間はありません。何しろ見たところ、そっちは二人分必要なようですし。ちなみに私は一枚の板切れのために五〇〇も積まされました」

「……、」

五〇〇万。一体どれくらいの厚さになるのだろう？　『電話の声』のボディバッグには輪ゴムで雑に丸めた紙幣の束もあったが、どう考えても足りない。

にたにたと笑いながら青年は告げる。

切り込んでくる。

「まだまだ学生の坊や、君は浮き輪代わりの板切れにいくら積めます？　ああ、こいつはもちろん一人頭の話です。ちなみに指先の感覚が命の職人は、命を握られた状態では指が震えて万全の仕事などできないでしょうね。その武器を下ろした時まで果たして協力を求められ、」

その言葉は最後まで続かなかった。次の動きはもう始まっていた。

どギュバッッッ!!!!!!　と。


何かが風を切ったと思ったら、偽造職人の岩石みたいな顔がいきなり砕け散ったのだ。

テントの内側が全部真っ赤に染め上がり、浜面《はまづら》は思わず尻餅をつく。もちろん彼がやったのではない。釘打ち機はどこまで行っても木の板に釘を打つための道具だ。たとえ誤射で引き金を引いてしまったとしても、頭蓋骨が砕けて飛び散るほどの破壊力は生まれない。

だとすると、

「ああ。フリルサンド君は本当に何をしているんですか……」

青年が嘆く。

買ってきたばかりの電球がいきなり切れてしまったような声だった。

そう、幽霊女は失念していた。

浜面《はまづら》・滝壺《たきつぼ》と木原《きはら》・アンドロイド陣営をそれぞれ遠ざければ『工場否定《パーフェクトフィルム》』はフリーになるから、自分達だけが安全に取引できる。そう思ったのかもしれないが、一人忘れているではないか。

気づけば浜面仕上《はまづらしあげ》は一つの名前をこぼしていた。

「……ッシュ……」

電子線やテラヘルツ波など特殊な撮影機材を使ってテントの布越しでも標的を正確に狙う事ができて、強力な武器を携行し、スナイパーと全く同じ技術を使って目的のためならいくらでも待ち伏せを続けられる女が。

『暗部』、中でもくそったれの嫌普性《けんふせい》。

「ベニゾメ＝ゼリーフィッシュ!!!!!!」

世界全体の運命も、人間個人の人生も知った事ではない。

完全に倫理の壊れたフリーカメラマン。テンガロンハットにチャイナドレスの美女は最高の一枚を撮るためなら、いくらでも場を引っかき回す。

List of OP.“Hand_Cuffs”

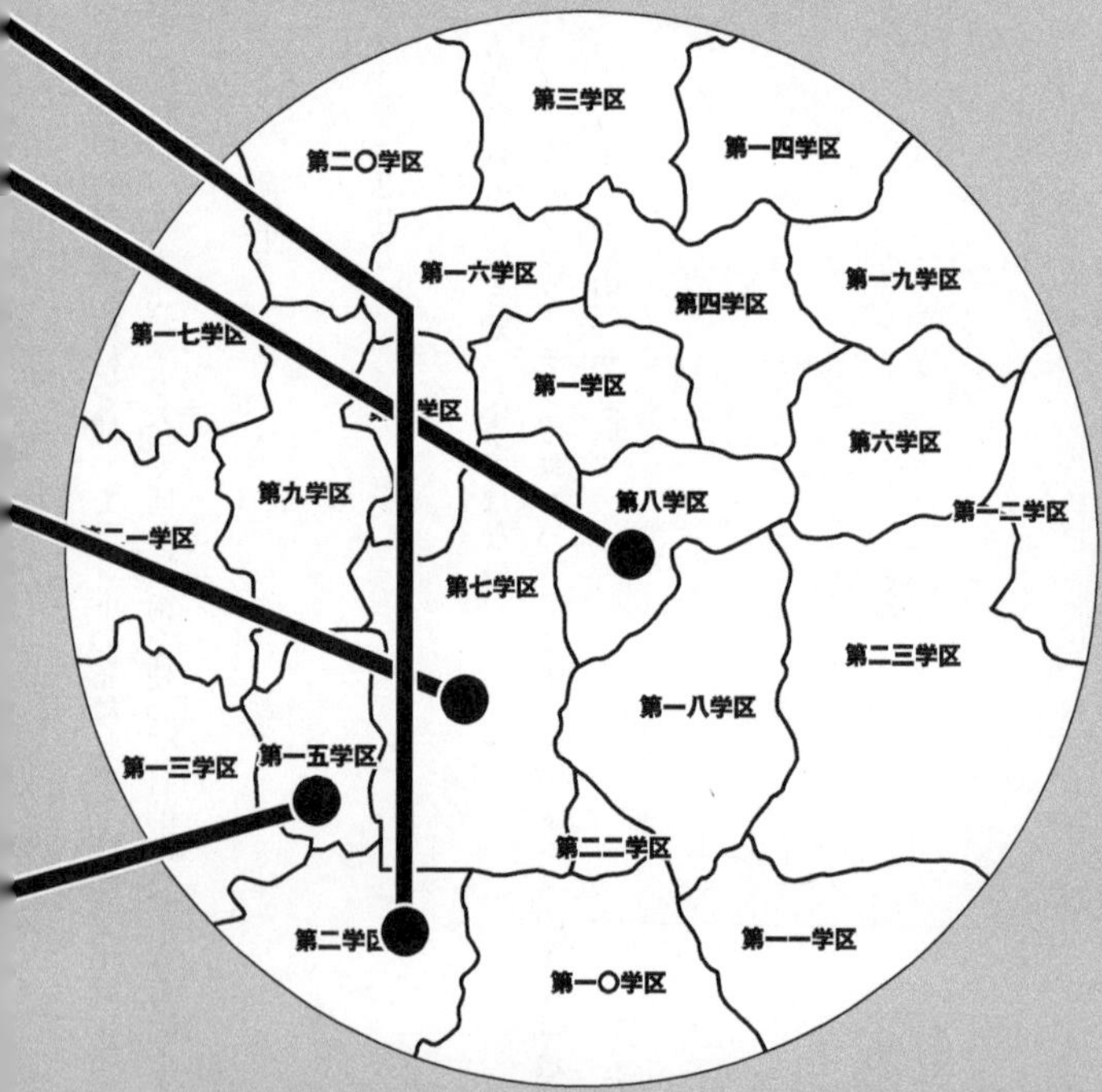

第二学区警備員総合詰め所
楽丘豊富
警備員《アンチスキル》
白井黒子
風紀委員《ジャッジメント》
第七学区某所
木原脳幹
好普性
第八学区某所
ヴィヴァーナ＝オニグマ
好普性
第一五学区高級ホテル
花露妖宴
嫌普性
花露過愛
嫌普性

List of OP."Hand_Cuffs"

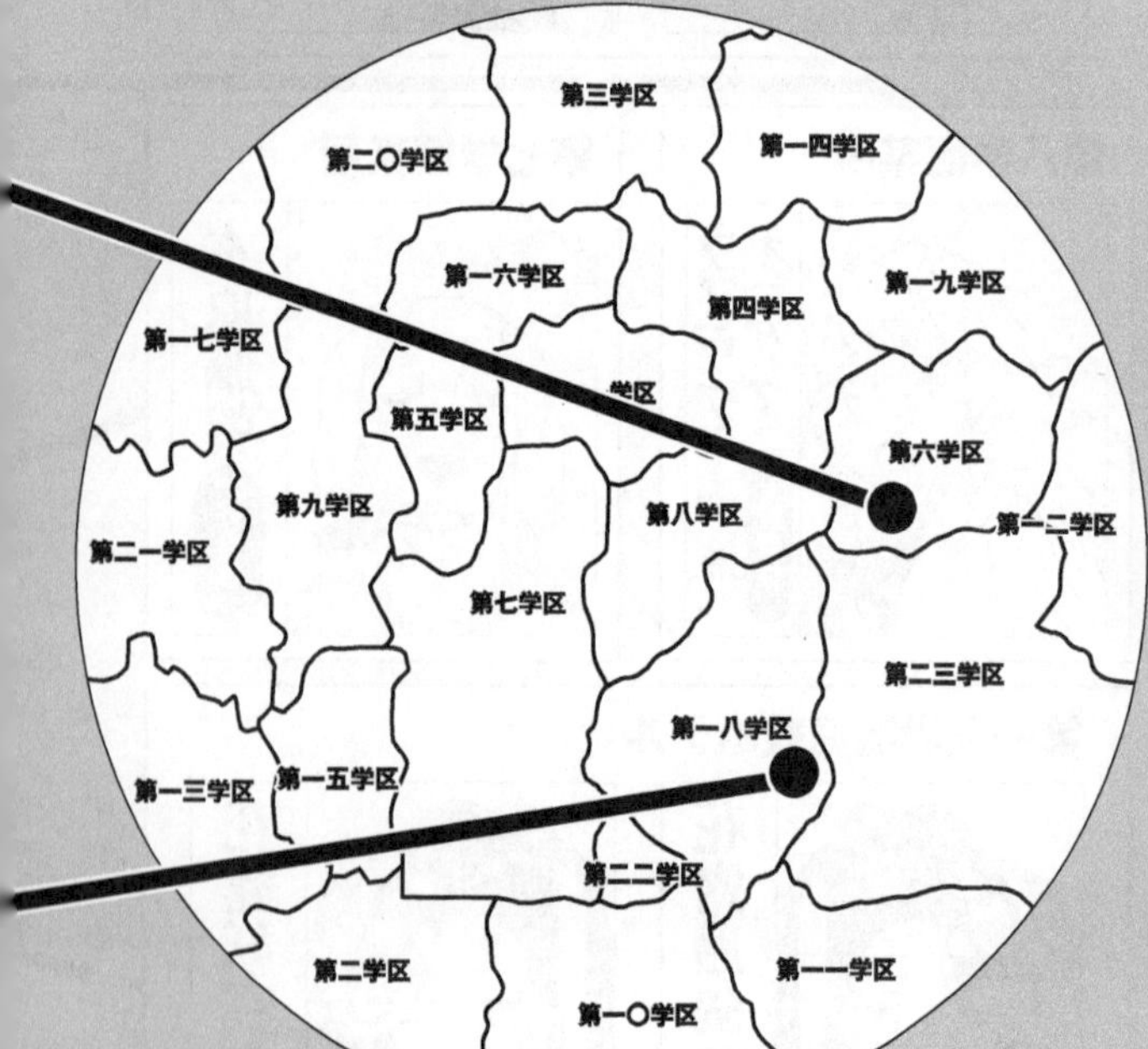

第六学区遊園地

浜面仕上

好普性

滝壺理后

好普性

ドレンチャー＝木原＝レパトリ

好普性

フリルサンド#G

好普性

ベニゾメ＝ゼリーフィッシュ

嫌普性

第一八区某所

木原端数

嫌普性

レディバード

嫌普性

行間　二

「いろんな機能があって便利よね」

寒々しい鉄格子《てつごうし》に身を預けて、見た目だけなら一〇歳くらいの幼女がそっと囁《ささや》いた。

長い長い髪から薔薇《ばら》の香りを振り撒《ふま》きながら、隣の房へと。

「何って、スマホの話よ。そりゃあパソコンだって家電量販店に並んでいるのは最初からかなりの数のソフトが入っているでしょう。鬱陶しいくらいにね。そう。スマホとパソコンの明暗って結局そこだと思うのよ。一つ一つ、マニュアルをきちんと読み込まないと使い方も分からないパソコンに比べて、スマホは何となく触ってみるだけで簡単に操作ができてしまう。これって当たり前なようだけど、実際にはすごく難しい事なのよ？　苦労を見せないのがサービスを普及させるコツなんだけど」

向こうからの返事はない。

しかしアンナ＝シュプレンゲル側に気分を害した素振りはなかった。

彼女は静かに拝聴する聴衆については歓迎する。我慢がならないのは、理解もしていないくせに訳知り顔で遮って質問を重ねる愚者だ。

自称だけの有識者は、世界全体にとってのがん細胞だ。自らが壊れているのは仕方がないが、それを周囲に拡散していく分だけたちが悪い。

「あら。あなたにとっても他人事《ひとごと》ではないと思うけれど。だって、あなたは受け継いだんでしょう、学園都市を。出涸《でが》らしみたいに力を使い尽くした旧統括理事長から『コード』の束を受け取る格好で。それは、どんなハードウェアの形を取っていたのかしら。ふふふ、スマートフォンではなくて？」

ゆっくりと、息を吸って吐く。そしてアンナはこう切り出した。

「でも人間の心理って不思議なものよね」

おそらくアンナ＝シュプレンゲル自身、ここだけは答えが出ていない。

人の心。

非合理で不可解な動きを完全に掌握できていれば、そもそもこんな事はしていない。

「便利で快適なものに触れると、つい下に見てしまう事ってないかしら？　ノーとは言わせないわよ。これは統計が実証している、『R&Cオカルティクス』がどうしてこれだけ爆発的な流行を形作ったか、とかね？」

群衆としての塊をコントロールする事はできても。

『怪物』という枠に収め認識さえできればいくらでも手綱を握る事ができたとしても。

アンナは酷薄に嗤《わら》う。

「ただそれって正解かしら。あなた、自分の手の中にあるスマートフォンの仕組みをどれくらい理解してる？　どうして電話代と違ってインターネットって定額なのかしら。海でも山でも普通に繋《つな》がる仕組みは？　昔の電話は混信があったようだけど、今は起こらないのはどうして？　カードサイズのケースの中で何が起きているのか、おそらく全部が全部解説できる人なんかいない。ネットの中には自称有識者がわんさかひしめいているでしょう。だけど本当の本当に『それ』ができたら巨万の富を独占できるはずよ。むしろそういう人間は、決して金のなる木を表にさらしたりはしない」

何故《なぜ》かスマホの辞書にいつの間にか登録されているという、雲母坂《きららざか》。

ＡＩアシスタントに質問をすると宇宙人まわりの返答に出てくる、ゾルタクスゼイアン。

ただの入力ミスなのか、開発者のちょっとした遊び心なのか、あるいは明確な目的に従ってひっそりと埋め込まれた機能なのか。身近なデバイスの中にも理解不能な死角は存在する。

「あなたはスマホの形で、この街の全てを継承した。だけど、機能は何割くらい掌握できているのかしら。まあ普通のユーザーだったら、三割使っていれば褒められたものだけれど」

改めての問いかけだった。

そこにどんな意味があるだろう。

聞く者を悪夢の世界に引きずり込む、真っ黒な子守唄。

　そっと、アンナ＝シュプレンゲルはこう切り込んできたのだ。

「油断していると足をすくわれる、なんて事もあるかもしれないわ。案外、あなたも知らない『未発見の脆弱性《ぜいじやくせい》』なんてゴロゴロ転がっているかもしれないんだし」

第三章　学園都市最大の禁忌　Safety_Zero,Control_Free.

1

撮る。

どんな手段を使ってでも、必ず世紀の一枚をこの手で撮影する。

そのためには冬眠中の熊が眠ったままでは面白くない。蜂の巣が静かなままではつまらない。熊を起こして蜂の巣を地面に落とし、双方が力いっぱい暴れてくれないと刺激的な一枚になってはくれない。

それだけだが、あまりにも知り過ぎている。

警備員《アンチスキル》や風紀委員《ジャッジメント》では探る事のできないサインや儀礼までも、正確に。

同じ匂いを纏《まと》って、誰にも疑問を抱かれなくなるほどに。

ベニゾメ＝ゼリーフィッシュが極めて優れたカメラの技術を持っていても、どれだけコンスタントにスクープ写真を提供しても、それでも出版社のお抱えになれない理由がここにあった。

　どこまでいっても表に出せない才能なのだ。そしてそんな世界での生き方を覚えていく内に、彼女自身もこう呼ばれるようになった。すなわち、『暗部』と。

（……こういう生き方しかできないのよね、残念ながら）

　硬い雪のこびりついた茂みの裏に隠れて組み立て式の狙撃銃を覗《のぞ》き込《こ》みながらも、意識を集中させているのはそれとは別に摑《つか》んでいるペン型の隠しカメラだ。仕事道具の一眼レフを潰されたのは痛恨だが、使っている技術はスマホのカメラと一緒なので雑誌掲載に耐えられる程度の画素数は確保できる。何しろ地上波のテレビが動画サイトに転がっている動物映像をそのまま引っ張り出して繫《つな》ぎ合《あ》わせ、二時間の特番を作れる時代なのだから。

　これが最も効率的な稼ぎ方とは思わない。

　芸能人、スポーツ選手、政治家、起業家。表舞台の頂点に立つセレブ達なら、これまでも散々餌食《えじき》にしてきた。金を稼ぐだけならカメラ以外にもいくらでも方法はあるだろう。

（どっちかっていうと万引きお嬢様って感じかなあ？　人の人生を転落させるっていうスリルが、たまらない。向こうもそうなりたくないから、気づかれたらなりふり構わず抵抗してくるかもっていうリスクもぞくぞくするんだよね……）

　無線の傍受、尾行、地図の上で描く標的の行動半径推測、そして現場での待ち伏せ。フリーカメラマンが使う技術は都市型のスナイパーと似通ったものがある。カメラか銃か。道具を持ち替えるだけで簡単に転職できる。

ベニゾメがスナイパーにならない理由は明白だ。

経験が語っている。一発の弾丸なんかよりも、一枚の写真の方が世界は震えるからだ。上層部が脅《おび》える一枚を撮影すれば、道は開ける。今は闇雲に外壁をよじ登ったり偽造パスポートを手に入れるよりも、街の中心をじっくり狙うべきだ。そこに唯一安全な『出口』はある。

「……だから心配しないで、学生カップルのお二人さん」

お膳立ては整えた。テントに集まった二組は他人同士だ。それも、後ろ暗い理由を抱えて偽造パスポートを欲《ほっ》するような連中である。頼みの綱の偽造職人が死んでしまえば仮初めの均衡なんて途切れる。そうなれば突発的な『暴発』の可能性はぐんと上がる。

ペン型カメラと連動したスマホの画面を横に倒し、安全地帯から舌なめずりして、

「君達の悲劇は、私がフレームに収める。特別に、編集長との取引は粘ってあげるよ。最大価格できちんと売り抜けられるようにね☆」

あらゆる出版社がフリー枠として遠ざけておきたい、それでいて決して排斥のできない技術を持ったカメラマンはその瞬間を待つ。

「あら。これだけ派手に硝煙の匂いを撒《ま》き散《ち》らしておいて、身を隠すも何もあったものじゃないと思いますけれど」

真後ろからの声。

クラゲに似た飾りをつけたテンガロンハットの奥で、音もなく眉をひそめる。

ベニゾメ＝ゼリーフィッシュの技術は確かなものだ。そんな彼女が手元のペン型隠しカメラに意識を集中していたとはいえ、そうそう後ろを取られるとは思えない。真っ当な手段で近づいてくれれば、こうなる前に草葉や雪を踏むわずかな音を聞き取っていたはずだ。

それがなかったという事は、相手はそもそも真っ当な移動手段を使っていないという事だ。

連動したスマホの小さな画面を覗《のぞ》き込《こ》んだまま、ベニゾメは背後に向けて囁《ささや》いた。

「……やめてよね。『空間移動《テレポート》』、か」

「風紀委員《ジャッジメント》ですの」

切り裂くように涼やかな声が冬の夜気を支配する。あらゆる犯罪者にとって、致命的な宣告が。

「超電磁砲《レールガン》と違ってエレガンスさに欠けますわね、火薬の凶器は。辺りに漂う硝煙の匂いの件で、詳しい話をお聞きしてても？　特に、そこに組み立てたまま放置してある高度で専門的な銃器との関連性についてですわ」

2

ぱん!! ドパンッ!! という派手な銃声がテントの外から響き渡った。

意外なほど近い。

「うわあっ!!」

「はまづら、逃げよう」

ぐいとジャージ少女の滝壺《たきつぼ》が腕を掴《つか》んだが、情けない事に浜面《はまづら》は尻餅をついたまま腰が抜けていた。むしろ逆に、浜面《はまづら》を引っ張ろうとしていた滝壺《たきつぼ》の方が引っ張られて倒れ込んでしまう。

こんなにも軽い。

そしてジャージ越しでも分かるくらい、不自然に熱い。

「くそっ……」

浜面《はまづら》は、目尻に涙が浮かぶかと思った。

慌ててボディバッグを漁《あさ》る。『電話の声』は逃亡用に様々な道具をまとめていた。金に偽造パスポート、それから応急キットも。

「何か、なんか少しでも役立つものはねえのか!? 熱冷ましのシートでも痛み止めの薬でも良《い》いからっ!!」

「大丈夫。先は長いよ、お薬ははまづらのために取っておこう……？」

一方、だ。逃げるでも探るでもなく、サファリジャケットにラッシュガードなど防寒インナーを重ねた青年は、しばしそんな二人を眺めていた。『暗部』の人間が何を考えているかなんて浜面《はまづら》からは読み取れない。いちいち構ってもいられない。

と、

『あなた』

血まみれになった合成繊維の壁の奥から、何かがぬっと顔を出した。長い金髪をツインテールにした、ぴったりしたドレスとふわふわしたロングスカートのような薄布を組み合わせた幽霊女。やはり物理的な制約などないのか、耐水性のテントなど気にしている素振りすらない。

『早く出ましょう。ここはもう危険だわ』

「誰のせいだと思っているんですか、フリルサンド君……」

『少なくとも銃撃戦をやっているのはわたしではないわね』

ただ、幽霊女はともかく青年の方は物理的に出口を用意しないといけないらしい。一つしかないファスナーまわりは尻餅をついた浜面《はまづら》が塞いでしまっているので、彼はその場で屈《かが》んでテントを支える金属杭《きんぞくぐい》を一本地面から抜き取った。血まみれの布を強引にめくり上げ、青年はこちらに振り返る。

「学園都市最大の禁忌です」

「何だって……？」

「第二三学区の空港ルートが使い物にならないのなら、そちらを頼るしかないでしょうね。あるかどうかもはっきりしないふわふわしたウワサ話ですけど。当然、生き残った『暗部』はみんなそちらへ殺到します。学園都市を無事に脱出したければ、心してかかる事です」

質問しかできない浜面《はまづら》には、青年を引き止めるだけの魅力はなかったらしい。

彼がテントを抜け出し、幽霊女が血まみれの合成繊維の壁をすり抜けていく。

「はまづら……」

「……、」

『暗部』に限って、無償のボランティアや善意の施しはありえない。わざわざ情報を注《そそ》ぎ込《こ》んできた以上、ヤツは口先で浜面《はまづら》をコントロールしたいはずだ。

でもそれは何だ？　ものが分からなければ警戒もできない。

決断の時だった。

「ちくしょうっ」

「はまづら、どうしたの⁉」

不良少年は敢《あ》えて安全な道に背を向ける。逃げ出すのではなく、テントの方に戻ったのだ。

考えてみれば不思議だった。偽造職人の『工場否定《パーフェクトフィルム》』は何でここに留《とど》まっていたのだろう？

浜面達《はまづらたち》にとっては天からの恵みのような存在だったが、彼は彼で自分のパスポートを作ってさっさと飛行機で街を出てしまえば良かったではないか。

そうしなかった理由は？

焦《あせ》って行動しないで済むだけの『保険』でもあるというのか？

学園都市最大の禁忌。

ヒト、モノ、コト、何もかも不明。ただし無視はできない。分からないのは情報の確度が低いからではなく、浜面側《はまづらがわ》の調べが足りないせいだ。

警備員《アンチスキル》と『暗部』が衝突する中で、どうにも浜面達《はまづらたち》にはまだ見えていない特殊ルールの存在が匂ってきた。これは、大富豪で革命の存在を知らないようなものだ。利用するか利用されるか以前の話として、知らないだけで致命的になりかねない。そんな気がする。

リスクを負ってでも、最初にルールをコンプリートするべきだ。

欲しいのは情報。

頭の砕けた死体の転がる血染めのテント。多くの工具があるのでこちらは『仕事場』のようだが、あちこち調べても革の手帳や口紅より小さなメモリのようなものは見当たらなかった。

顔をしかめて死体と向き合おうとするが、どうしてもえずいてしまう。

すっと横からジャージ少女が前に出た。

滝壺理后《たきつぼりこう》は屈《かが》み込《こ》むとテキパキと衣服のポケットを調べていく。

この辺りは、無害であっても『暗部』としての空気が染《し》みついているのか。

「ポケットは財布くらいしかないみたい。どうするの、はまづら？」

「あっ、ああ……」

当然、『体晶』関係に効く特効薬なんかない。

あったら『ペットブリーダー』に頼ったりなんかしていない。

改めて黒い不安が浜面《はまづら》の胸に渦巻く。気になる。確かに気になるけど、これは恋人の寿命を削ってまで調べる事か？　もっと他にやるべき事があるんじゃないのか。

（……ダメだ。決めただろ、滝壺《たきつぼ》の勇気を無駄にはしないって。逃げるのはいい、でも逃げる理由を見失うな！　幸せになるために挑む。方針は一つだ。あれもこれもで行ったり来たりして全てを失うなんてのはナシだ!!）

不良少年は首を横に振って得体の知れない眩暈《めまい》を振り払いながら、何とか言う。

「テントはこれだけじゃない。他の場所も調べてみよう」

そのままテントの出口を目指した。合理的である一方、鉄錆《てつさび》の匂いがきつい密閉空間に長くいたくないという気分の問題も絶対にあったと思う。

と、

「ぶっ!?」

出口を潜ろうと浜面《はまづら》が頭を下げたところで、何か柔らかいものにぶつかった。

それは女性の胸だった。

不良少年が尻餅をついて見上げると、長い銀髪に袴の少女が何故《なぜ》か両手を腰に当てていた。

「たのもうっ‼」

クセっ毛は普通に日本語だった。

「キミが有名な偽造職人？　ラボの場所は前から押さえていたのよ。こっちは『工場否定《パーフェクトフイルム》』が細工した偽書を掴《つか》まされて大損したんだからね。言ってみれば先払い、あたしにはパスポートを作ってもらう正当な権利がある‼」

「馬鹿野郎、そこらでガンガン鳴ってる銃声が聞こえねえのか⁉　そこのオヤジならとっくの昔に死んでるよ‼」

「えっ、あ、きゃあああ⁉　のーみそっ、頭ぐっしゃぐしゃ。何でえ脈絡もなくあたしってこうホラーでスプラッタな時空に放り込まれる訳ええ⁉」

脈絡もなくやってきたのはお前の方だ。浜面《はまづら》は喉まで出かかったが抑えておいた。バカなのに意外とたゆんたゆんなもったいないおっぱいがご馳走様《ちそうさま》だったから、だけではない。

……このタイミングで超高精度の偽造パスポートが欲しくてここまでやってきた人間。

マスコット柄の和装に身を包むこの女、どう考えても『暗部』側だ。周回遅れで間が抜けていたとしても、迂闊《うかつ》に掴《つか》みかかったりはしない方が良《い》い。

「はまづら」

「あっ、ああ。そうだな。誰が来たってやる事は変わんねえ。とにかく学園都市最大の禁忌とかいう言葉について調べねえと」

むー？　と、何やら前髪を固めて作った角を指先でいじくり、袴少女《はかましょうじょ》が妙な声を出していた。というか滝壺《たきつぼ》の顔を凝視している。

「……えっと、大丈夫？　顔は赤いし、汗もかいているし……そっちのキミ、様子がおかしくない？」

「いや、それは」

「ちょこっと失礼。いやあー一度気になっちゃうとダメなんだよなああたし」

言うや否《いな》や、であった。

止める暇もなかった。最初、プロレス技かと浜面《はまづら》は勘違いした。びたんと倒れた滝壺《たきつぼ》の足にまとわりついた袴少女《はかましょうじょ》は靴を脱がすと、足の裏を親指でグリグリし始めたのだ。

「あぎゃがががががっ⁉」

「ふうん。肝臓や腎臓じゃないな。胸まわり？　呼吸器というより循環器系かなー？？？」

適当な調子で言ったクセっ毛銀髪の少女が懐《ふところ》から何か取り出す。

聴診器だった。浜面《はまづら》は驚いた顔で、

「分かるのかっ？」

「一体何が。それから前を開いておっぱい見るけどそっちの彼は居合わせてオーケーな人なの？　ダメな人なの？」

「もちろんオーケーなヒトっ、痛ってえ⁉」

びくんびくんと震える滝壺《たきつぼ》から蹴られてテントの外へと追い出された。

出入口がシャッと閉じられる。

『じゃあひとまず上着を脱いで胸を見せてちょうだいね。おっと意外とセクシー系』

『そ、そこ関係ないでしょ……』

『専門家の前で変に強がっている場合か。はい息を吸ってー、吐きましてー』

『はあ、ふう』

『はい当てちゃうよー、聴診器。冷たかったらごめんなさい』

『ひんっ⁉』

……かき立てられる。テントの中では一体何が展開されているのだ⁉　中は血まみれで頭のないジジィの死体が転がっているはずなのだが、もうピンク色にしか思えない！　あれやこれが頭の中で合成されて、変な性癖に化けてしまわないか不安になってくるほどに、だ‼

あの袴《はかま》少女《しょうじょ》は『暗部』の中でも好普性《こうふせい》なんだろうか。

いやいや、と浜面《はまづら》は首を横に振る。ちょっと優しくされたからってほだされるな、不良の悪い所だ。ついさっき、ベニゾメや幽霊女に何をされたかもう忘れたｋ
『ひん。あっ、つぅい……っ‼』

「一体何をどうしたら聴診器であっついリアクションが出るんだドスケベ医しゃぶえ⁉」

目を剝《む》いてテントの中に踏み込んだら滝壺《たきつぼ》から工具箱を投げつけられた。

(お、)

浜面《はまづら》の視界がひっくり返る中、ジャージを脱いで背中を見せた恋人の背中に何か乗っているのが見えた。ぶすぶすと、煙草《タバコ》とは似て非なる炎が燻《くすぶ》っているのも。

(……灸《きゅう》？？？)

ややあって、

「うー」

外に出てきた滝壺《たきつぼ》は無表情だったけど、柔らかそうなほっぺたはカッカと熱を持っているようだった。口をもにょもにょさせる恋人は何も言わない。浜面《はまづら》とは目も合わせてくれなかった。

ただ、自分の感情で寄り道をするだけの『余裕』を感じさせる挙措だ。

「たっ、たすかった、のか？」

例の袴《はかま》少女《しょうじょ》は膨らんだ黒い風呂敷に道具を詰め込みながらそっと息を吐いて、

「熱で血流を促進して、神経の過剰な昂《たか》ぶりを遮断しているだけだよ。根本的に原因を治療している訳じゃない。気分は楽になったかもしれないけど、危険のシグナルを遮断しているので無理はしないように。限界を誤れば体は壊れていく一方だから」

「アンタは、一体……？」

「拷問の専門家だけど。あっ、和の方ね。なのでお灸《きゅう》を据える他に鍼《はり》や漢方もイケちゃうよ？」

しれっととんでもないフレーズが出てきた。医者じゃねえのかよ⁉　浜面《はまづら》は言葉も出なかった。しかも全部終わった後になってから、だ。この辺りはどこまでいっても『暗部』か。

「お灸《きゅう》は熱を使って血管や筋肉を刺激して、外から臓器の動きをコントロールする学問だからね。血の中にある毒素を直接取り除けるようなものじゃないの。助かりたいなら、そうだなあ。ひとまず人工透析でもオススメするよ」

透析。体の外にあるろ過装置で血液を奇麗にして、再び戻す治療法だ。精度はさておいて、治療法自体なら街の外でも普通にある技術だ。

学園都市にもある技術だけど、セキュリティが厳しいので表の病院には頼れない。かと言って、闇医者に恋人の体まで預けるのも気が引ける。ちょうど良かった。学園都市の中と外では二、三〇年ほど技術レベルに差があるのだ。街の外なら、誤魔化しで表の病院を頼れる。

見つかった。

拙い糸だけど、恋人が助かるための道筋が。

「はまづら。まだ調べる事が残っているんでしょう？　その、さっきは、ええとイレギュラーなせいで中断されちゃったけど」

「あっ、ああ」

「女同士でおっぱいさらした程度で何言っているんだか。あたしより大きいくせに」

「次言ったら思い切りぶつよ？」

そう、偽造職人のテントは他にもいくつかあった。住居や物置などカテゴリごとに分けているのだろうが、外から見ても素人目《しろうとめ》には基準が読めない。手当たり次第に開けていくと、丸めた寝袋の横に鍵付きの戸棚みたいなものを見つけた。ちょっと豪華な釣り具ケース、といった感じだが、樹脂製の引き出しは意外と頑丈だ。同じテントにあった金属製のケトルで殴った程度では壊れない。

鍵はどこだ、なんて悠長な事は言っていられなかった。銃声は今も続いている。誰と誰が戦っているかは確証がないし、薄いテントに流れ弾が一発でも飛んでくれば命が危ない。

浜面《はまづら》仕上《しあげ》は金属クリップを二本ほど鍵穴に挿し込んでみたが、そこで顔をしかめる。ピンを捉えたという手応えがない。見た目の安っぽさと違ってかなり特殊なアナログの錠前だ。

（くそっ、『ニコラウスの金貨』でもあれば……）

例のパパラッチと『相殺《そうさい》』で無駄撃ちしたのが悔やまれる。やはり考えなしに使うべきではなかったのだ。

と、そこで気づいた。

「おいおっぱいある人」

「『なに？』」

何故《なぜ》か居合わせた少女が二人とも振り返ってしまったが、今は妙に張り合っている滝壺《たきつぼ》には抑えてもらうしかない。浜面《はまづら》が聞きたかったのは袴《はかましょうじょ》少女の方だ。

「アンタ、『金貨』は持ってるか？」

「はあ、まあ」

話をしていると、浜面《はまづら》の横からジャージ少女がぐいぐい体を寄せてきた。無言でほっぺが膨らんでいる。対抗するでない、そっち選ばなかった訳じゃないから！　浜面《はまづら》は危うく集中が途切れるところだった。袴《はかましょうじょ》少女より大きいらしいジャージ少女の破壊力は凄《すさ》まじい。

シントーメッキャクの心で浜面《はまづら》は謎の袴《はかましょうじょ》少女との命懸けの駆け引きに専念する。

「それは使える状態で？」

「へっへっへ、あたしはこつこつ節約する几帳面なA型だからご覧の通り……ひゃあぁ!?　ちょっと待って奪い取らないであたしの『ニコラウスの金貨』……ッ!!」

「この鍵を開けろ、『ニコラウスの金貨』!!」

なんかどったんばったんしている間にイロイロはだけた袴《はかましょうじょ》少女を押しのけて、浜面仕上《はまづらしあげ》は声高に叫んでいた。

かちりという音と共に浜面《はまづら》は引き出しを勢い良く開ける。

中にあったのはカードサイズのハードディスクだ。もちろんこれだけでは中身は見られない。

案外、ネットで拾ったエロ動画やリンクの詰め合わせかもしれない。ただし浜面《はまづら》はプラスチックの表面に貼り付けてあった文字テープのインパクトを信じる事にした。文字はたった二つだ。

『命綱』。

「これか……ッ!!」

何もないよりマシだ。ひとまず摑《つか》み取《と》る。どぱんっ!! という銃声が先ほどより近くから響いてきた。

この辺りが限界だ。

「はまづら、逃げよう」

「ああ!!」

と。

何故《なぜ》か和服の奥から赤いビニールテープ？ の光沢をちらつかせながら、二本角なのにちっとも迫力のない銀髪少女がめそめそしていた。

「ふええっ……。あたしは今までこんなに我慢してきたのに、どうして奪われる時っていっつも一瞬な訳え……？？？」

うっ、と浜面《はまづら》の動きがわずかに詰まる。超気まずい。彼女には滝壺《たきつぼ》の苦しみを緩和してもらった恩もある。『暗部』なら、見捨てて逃げるのが定説なんだろう。だけどそれで良《い》いのか、ベニゾメや幽霊女を見ても『人の事は言えない』位置まで自分を落とすのが本当に正解か。

隣に立つ恋人に、顔向けできるのか？

「はまづら」

「ええい!!　仕方がねえだろハードディスクも込みで二回も『借り』を作っちまったんだから!!　おいアンタ、早くこっち来い！　死にたくなければ!!」

「なーにい？　今度はどんな茂みに連れ込まれるのあたしいい!?」

見当違いな泣き言を言う少女と滝壺《たきつぼ》理后《りこう》の無言の視線で板挟みにされながらも、浜面《はまづら》はテントの群れからおっかなびっくり離れていく。

偽造パスポートや第二三学区の空港の線は途切れた。

最後の望みは一つ。

学園都市最大の禁忌とやらだけだ。

3

白井《しらい》黒子《くろこ》は小刻みに空間移動《テレポート》を繰り返す。

とはいえ、攻めの精神ではなく牽制《けんせい》のために。今でも目がチカチカしていた。

（まさか、振り向きざまにカメラのストロボを使ってくるとは……）

忸怩《じくじ》たる思いだが、顔に出して得する事はない。冷静に回復するまでの時間を計る。

（あと五秒‼）

視界が元に戻る。

連続的に空間移動《テレポート》を使う白井黒子《しらいくろこ》は、じゃりっ、という音で足元の感触が変わった事に気づいていた。半分固まった雪だけでこの音は出ない。

元々エリア全域が巨大な遊園地になった第六学区の中でも、シークレットレジデンスといういびつな高級住宅街だ。ずらりと並ぶ大邸宅はどれもこれも映画や童話の舞台をそのまま再現しているらしく、敷地《しきち》をまたぐごとに景色はがらりと変わっていく。

玉砂利に竹林、茶屋の長椅子に大きな赤い傘。しかしどうやら単純な和風邸宅という訳でもなさそうだ。一番目立つのは、ボロボロの鳥居と屋根もない無人駅。砂利や雑草で錆《さ》びた線路が埋まってしまった駅のホームには、錆《さ》びついた看板が立っている。そこにはこうあった。

京異界駅。

（一体どんな映画の舞台なのやら）

マスコット系の３Ｄ映画だと案外美琴《みこと》が詳しそうだが。白井黒子《しらいくろこ》が別の座標に飛んだ直後、べこんっ‼　という金属質の異音が響き渡った。錆《さ》びた看板に親指より太い風穴ができる。そもそも三次元的な制約を無視して自由自在に飛び道具を放つ白井《しらい》が、こうまで長時間戦っている事自体が異質ではあった。白井黒子《しらいくろこ》は相手がどんな物陰に隠れて直線的な射線を遮っても空間を割って直接金属矢を叩《たた》き込《こ》み、しかも必殺の一撃はあらゆる装甲の強度を無視して確実なダメージを与える。

にも拘《かかわ》らず、だ。

「ははっ」

聞こえる。テンガロンハットにチャイナドレス。カメラを狙撃銃に持ち替えた、闇に呑《の》み込《こ》まれた報道人の暗い笑みが。

「ははあはは!!　すごいすごい、必殺っていうのは距離と角度とタイミングで確定する。やめてよね。もう三回はセッティングが完了しているっていうのにこの私が未《いま》だに決定的な瞬間を捉え損ねるだなんて、君、才能があるわ。だけど気をつけて、逃げる獲物を見ると追いかけたくなるのは野良犬《のらいぬ》だけじゃないのよ!!」

「あなた……ッ!!」

「残念ね。私が追う側で、君が追われる側。その優れた才能とやらは、結局この構図を崩すほどじゃない」

細かく空間移動《テレポート》を繰り返す白井黒子《しらいくろこ》と一定の距離を取って、その影は併走していた。

ツインテールの少女はきわどいスリットから飛び出した細い脚を狙って複数の金属矢をまとめて解き放つのだが、

「甘い」

「くっ!!」

ばちちちちちっ!! と落雷みたいな閃光《せんこう》が一秒間に数十回も連続した。五感を乱され、正しい座標を見失う。

カメラのストロボ装置だ。

あちこち肉抜きされておへそまで透けて見えるチャイナドレスだが、意外なほど道具を隠している。これだってボルトアクション式の狙撃銃と組み合わされると馬鹿にできない。フェイントでタイミングを外されたら最後、空間移動《テレポート》する暇もなく空気を切り裂く弾丸で急所を撃ち抜かれてしまう。それに光源に向かって反撃すれば当たる訳でもない。ヤツは畳んでいたレフ板をあちこちに投げて光の反射すら利用している。

自然と及び腰になる白井《しらい》だが、理由はそれだけではなかった。

(どうにかして……)

歯噛《はが》みする。この焦《あせ》りは、絶対に容疑者側に知られてはならない感情だ。

(どうにかして、歯車が壊れる前にこいつを取り押さえなくては。『暗部』だか何だか知りませんが、このままではまた被疑者死亡で書類送検なんて事になりかねませんわ! それではお姉様に顔向けできません!!)

派手な赤のチャイナドレスが古めかしい木の街灯に針金でくくりつけられた、『行方不明者を捜しています』という縦長の金属看板の裏へ飛び込んだ。

自然と白井《しらい》の視線はヤツが出てくるであろう、看板の逆の端へとスライドしていくが、

（しまっ……）

気づいた直後、派手な銃声が炸裂《さくれつ》した。

薄っぺらな看板を裏から貫通して、ライフル弾が突っ込んできたのだ。

とっさに身をひねってかわそうとした白井《しらい》だが、タイミングを外された以上は間に合わない。

制服の布地が弾《はじ》け、脇腹に焼けたような痛みが突き抜ける。

「ぐううっ⁉」

「ちえっ。やめてよね、膨らんだ制服を引っ掛けた程度か。七・六二ミリだし、直撃なら肌に掠《かす》っただけで内臓くらいまとめて引き千切ったはずなんだけどな」

看板の裏からテンガロンハットの女がゆらりと出てきた。遮蔽物の裏からの一撃だったのに、やけに正確で容赦がなかった。どうやらマイクロ波かテラヘルツ波か、とにかく普通の光とは違った方法で被写体を捉えるレンズや装置を併用していたらしい。倒れ込んだまま金属矢を飛ばそうとする白井黒子《しらいくろこ》に向け、女は油断なく測距用のレーザーで目を潰しながら、

「君と一緒☆　風紀委員《ジャッジメント》が手錠を使って正義の心を満たすのと同じく、私はカメラの魅力に衝《つ》き動《うご》かされている」

「あなた……」

「たった一枚の写真が、世界を変えた」

当たらない。

まっすぐこちらに歩いてきているはずなのに、ストロボやレーザーのせいで白井《しらい》の網膜にいくつも強烈な残像が張り付いている。そのせいで金属矢の狙いが外れてしまう。

「SNSの捨《す》て垢《あか》にちょっと貼り付けたくらいでね、目の前に広がる間違いは浄化されたのよ。今の今まで中心に立って訳の分からない事を喚《わめ》いてどんな暴力でも許されるってツラをしていた誰かさんは、世界中から叩《たた》かれて首を吊《つ》っちゃった。のめり込むよね、そんなの。殴っても蹴ってもびくともしない壁を壊す方法があるなんて分かったら、シャッターボタンから指を離せなくなるに決まっているじゃない」

がちん、という金属音があった。テンガロンハットにチャイナドレスの女は倒れ込んだ白井《しらい》黒子《くろこ》の鼻先に狙撃銃の銃口を突き付けていた。

「……あなたのそれは、正義の心を満たすとは言えませんわ」

「へえ」

「ネットでバズってSNSで顔も見えない仲間に囲まれればそれが正義だと？　そんなもの、小さないじめの輪を大きないじめの輪に組み替えただけですわ。思ったよりも都合良く仕返しが成功してしまった事で、いらない多幸感にでも包まれましたか？　だけどあなたの愉悦は、あなたが憎んだ者と同じ愉悦でしかありません……」

「君、つまらないわ。やめてよね、どこから切っても清廉潔白なんてそんなの人間じゃない。マネキン以下の無機物よ」

だからリアリティを感じないのか。

引き金にかかった指に躊躇《ちゅうちょ》があるようには見えなかった。

みしりという音が響く。

ただ怪訝《けげん》な顔をしたのはテンガロンハットのおかっぱ女だった。みしり。どう考えたって今のは引き金を引く音ではない。そもそも女はまだ引き金を引いていない。

「？」

では今の小さな音の正体は何だったのか。

狙撃銃を突き付けたまま女が目玉だけ横に動かすと、だ。

すぐ横の土壁が勢い良くぶち抜かれた。

肩から突っ込んできたのは、優に重量一〇〇キロを超える筋肉の塊だった。

軽く八頭身を超えていた。

あちこちに深々と溝が刻まれた分厚い筋肉の塊は、それ自体が重たい鎧《よろい》のようだった。

顔だけバーコード頭にメガネだった。

「お、」

カメラマンとスナイパーは、使っている技術は同じものだ。

風景を利用して溶け込むために最適化された極悪パパラッチは、だからこそ地形全体を壊して襲いかかる敵対者には無防備だったのかもしれない。

「おお!!!!!!」

おじさんの機関車みたいな雄叫《おたけ》びと共に、何かがひしゃげる音が炸裂《さくれつ》した。

女がとっさに狙撃銃を跳ね上げたのは、ライフル弾で迎撃するつもりだったのか。あるいは単純に硬い金属で自分の身を守ろうとしたのか。

くの字に折れ曲がった狙撃銃が内側から爆発したが、楽丘豊富は気《き》に留《と》めなかった。

そのまま肩からねじ込む。

大型のダンプにでも撥《は》ね飛《と》ばされたようだった。テンガロンハットにチャイナドレスの女は五メートル以上宙に投げ出される。飾り物の壁に背中から激突して、そのまま動かなくなった。

「だっ、大丈夫ですか白井《しらい》さん!?　この人『暗部』ですよっ、ベニゾメ＝ゼリーフィッシュ。本人に自覚はなく、正義の側から『暗部』を追っているつもりのようですけど」

「つか誰!?　何ですのこれ、赤色の鬼!!!???」

「あ、これですか？」

一瞬、和風のホラー駅に設置されている電気駆動のハリボテかとまで疑った白井《しらい》黒子《くろこ》だったが、頭の部分はどう見ても例のおじさんだ。

と、見ている前でムキムキの体が萎《しぼ》んでいった。風船の口を開けたようだった。みるみる内にいつものおじさんに戻っていく。服はビリビリに破れていたけど全く嬉《うれ》しくはなかった。

「ある種の消化酵素を利用して筋繊維の束を増やしているんです。まあ見かけ上の問題であって、実際には今ある束を縦に裂いているに過ぎないんですけど。筋肉の総量は変わらないはずなんですが、細かく動かせる分だけ無駄がなくなるようですね」

「……、」

「学園都市の技術なら、人工的な脂肪を注入して自由に体型を変えるところまでは実用化されていましたから。ここのところは筋フィラメントの研究まで踏み込んだようで。ああでも、これやるたびに防弾服が破れてしまうんですよね。また備品管理のおばさんに叱られる……」

「その社畜ぶり……。ほ、本当に楽丘先生《らくおかせんせい》のようですわね。しかしこれは一体……」

白井《しらい》は自分の傷の具合を確認する事さえ忘れていた。筋フィラメントの分割管理技術。どう考えたって普通の警備員《アンチスキル》に支給される装備とは思えない。対しておじさんは照れ臭そうに自分の頭を掻《か》いてから、慌ててバーコード頭の手入れに移っていた。

「アンチスキル＝アグレッサー」

戦闘のエリート。

誰にも憧れられる事のなかった中年男は、誰でもなれる訳ではない場所に立っていたのだ。

「ええと……本来なら『凶悪犯役』として訓練所を走り回る役なんです、私」

4

毒々しい化学薬品の染みに彩られた白衣を着てから分厚い医療用コルセットで腰を締めると、花露過愛《はなつゆかあい》の幼女にしてはアンバランスに大きな胸がコルセットの上にのっかった。そして頭の横に引っ掛けたガスマスク。全体で縁日を楽しむ浴衣姿《ゆかたすがた》のようなシルエットを作る少女は両手を上に上げて背筋を伸ばしていた。豊かな塊がたゆんたゆんと揺れる。

「んうーう……ッ!!」

双子は告げる。

「全身くまなく目一杯汚れたいのに、酵素風呂《こうそぶろ》でお肌はつやつやになっちゃうんだもんなあー。ああ、世の中ってままならない」

「頭が痛いわ……」

『媒介者』が自分の指先でこめかみをぐりぐりする中、『分解者』は気ままに提案する。

「じゃあそろそろ始めよっか、妖宴《ようえん》」

「そうね、過愛《かあい》」

『媒介者』もまた、最初から学園都市最大の禁忌とやらには興味がない。

向かってくる者は全て潰す。

『暗部』という澱《よど》みの中に身を置きながら、全てを流転《るてん》させるために行動する。警備員《アンチスキル》や風紀委員《ジャッジメント》が闇の底へと飛び込んでくるというのであれば、すり潰して肥料に変えるまで。

紛れもない嫌普性《けんふせい》は、逃げるのではなく居場所を守る。学園都市を破壊し、ズタボロの亀裂だらけにしてでも自分が潜り込むべき闇を創る。

「どこからやるう？」

「目についた所から」

5

とにかく第六学区を出よう。

そういう話になっていたが、浜面仕上《はまづらしあげ》はいい加減に荒い息を吐いていた。走るために動かしていた足が、ついに止まってしまう。

息が切れているくせに、叫ぶ元気はあるようだ。

「ひい、はあ。ひ、広すぎだ、第六学区!!」

「何しろ小さな街くらいはあるからね、この遊園地。やっぱりカートでも借りた方が良かったかなあ？」

半分固まった雪のせいでいつもの調子が出ないのかも、とも思った。ただ浜面《はまづら》や滝壺《たきつぼ》よりずっと走りにくそうな格好をしている袴《はかましょうじょ》少女の方が飄々《ひょうひょう》としている。

「はまづら」

恋人からそう呼びかけられて、浜面《はまづら》はとっさに端の方に寄った。すぐ近くを数人の警備員《アンチスキル》が横切ったところだった。クリスマスの人混みがなければ目と目が合っていたかもしれない。

ジャージ越しでも分かるくらい、滝壺《たきつぼ》の体温は高い。高過ぎる。痛みや苦しみについてはお灸《きゆう》である程度は抑えてもらっているとは言っても、やはり根本治療にはなっていないのだ。

と、彼らが身を隠した先は通りの左右に並ぶ屋台のようだった。

営業スマイルが怪訝《けげん》に切り替わりかけている店員さんから通報されないよう、浜面《はまづら》は何が売っているかも見ないで財布を取り出してしまう。出てきたのは紙皿の上に倒した浮き輪みたいなドーナツの上に、生クリームを山盛りにしたお菓子。例の流行だった。しかも遊園地価格。できるだけ出費は抑えたかった浜面《はまづら》だが、三人組でドーナツが一つだけではあまりに不自然だ。

結局泣く泣く三つも購入させられる羽目に。

「ああー、体に染《し》み込《こ》むう……。確実にカラダに悪い事しているんだろうけど、疲れた体にゃたまらんたまらん☆」

袴《はかましょうじょ》少女がスプーンを使って生クリームの山を崩しながらそんな風に笑っていた。

やっぱりこいつは好普性《こうふせい》なんだろうか？

浜面《はまづら》としては、登山家がコンデンスミルクのチューブを好んで持っていくのと同じ感覚だと思い込む事にした。でないと甘ったるさの極みみたいなお菓子に立ち向かえない。

「ふう……」

時折重たい息を吐いているが、滝壺《たきつぼ》も食欲自体はあるらしい。人工透析。外の病院でもできる技術で緩和させられるかもしれないのだ。ここで諦める訳にはいかない。

『えぇー、うそだあ？　そんなマスコット見た事ねーぞ』

『う、嘘《うそ》じゃないよ。だってあたし、白いカブトムシに乗った金髪の女の子見たんだもん！　絶対クリスマスだけのシークレットがあるんだよ‼』

微妙に気になる言葉もあったが、浜面《はまづら》が首を振ってても声の主は雑踏に紛れてしまってもう見えない。

「しっかしこれからどうするよ……？」

「逃げるけど」

きっぱりと言い切ったマスコット柄の和装少女は楽天家なのかもしれない。

浜面《はまづら》はそっと息を吐いて、

「だから具体的にどこまで？　学園都市最大の禁忌だっけ。それだって具体的に何の事なのか分かっちゃいねえだろ」

ポケットの中には『工場否定《パーフェクトフィルム》』のテントにあったカードサイズのハードディスクがある。

『命綱』という文字テープが貼りつけられたものだ。ただしデータの読み込みや暗号解読について、サポートAIのアネリの意見は否定的だった。スマホの画面にすげぇーニッチな工作サイトを表示させてくる。

「特殊なネジ回し？？？」

改めてハードディスクをひっくり返すと、確かに。分かりにくい側面にいくつか小さなネジが締めてある。プラスやマイナスではない、雪の結晶を歪《ゆが》めたようなかなり特殊なデザインだ。しかも手回しではなく、微細な超音波振動を浴びせてネジを緩める方式らしい。

流石《さすが》にこれは見た事もない。

「……市販のスマホくらいなら路地裏でも開けているヤツがいたけど、そんなレベルじゃないぞ、こいつは……」

解読には、まずこれを開けなくてはならないようだ。基板に特殊な物理スイッチがあって、切り替えずに解析作業を始めると中身のデータが復旧不能な形で丸ごと消去されてしまうらしいのだ。当然、工具は普通に売っているものでもない。簡単に手に入らないという事は、持っている人にとっても宝物だろう。忍び込んで拝借しようとすれば間違いなく揉《も》め事《ごと》になる。

「第二三学区に行ってみては？」

と、メープルシロップ漬けにされたドーナツ本体をスプーンのエッジで切り分けながらクセっ毛銀髪の袴《はかま》少女《しょうじょ》は難なく言った。

　信じられない顔で浜面《はまづら》は銀髪少女の顔を二度見した。

「さっきのあれ、見てなかったのかよ……？　偽造職人はベニゾメとかいうパパラッチに一発もらって頭を吹っ飛ばされてたろ⁉　もうパスポートは手に入らない、旅客機なんか近づいただけで警備員《アンチスキル》の大軍団に取り押さえられちまうよ‼」

「別に飛行機目当てじゃないってば」

　前髪を固めて作った二本角を揺らすようにして袴《はかま》少女《しょうじょ》は肩をすくめて、

「学園都市は大量消費型のコミュニティだよ。リサイクルについてもかなり力を入れているけど、それでも一〇〇・〇％とはいかない。じゃあ、使い物にならない部分については？　まさか壁で囲まれた限られた土地の中で埋め立てているとは思わないよねぇ」

「あ」

「空路の第二三学区と陸路の第一一学区、二つの玄関は隣接しているの。その境をまたぐように、巨大な一時保管庫があるんだよ。つまりゴミの山。都市鉱山だっけ？　とにかく電子系のゴミの山狙いで拾ってお金に換える人達が結構出入りしているみたいなんだよね。聞いた話じゃ捨てられたコンピュータからデータを吸い上げる連中も珍しくないようで。ハードウェアをこじ開けるための、特殊な工具についても詳しいと思うけど」

「……、」

「ええ、ええ。ご想像の通り、もちろん十中八九揉《も》め事《ごと》になるよ。『ゴミ拾い』からすれば、そんな商売をやっている事が知られてしまっただけでデメリットだからね。ただ、彼らはビジネスなんだから軍資金次第では穏便に済ませられるかも。ありがたいお客様としてね？」

6

灰色の鉄の山だった。

同じ目線の高さにある窓は、実際には三階以上にあるはずだ。本来の工事用鉄板でできた仕切りは崩され、アスファルトの道路にまで大量のスクラップが雪崩《なだ》れ込《こ》んでいる。なのに膨大な障害物は撤去されないばかりか、次から次へとダンプカーはやってくる。

なれの果て、であった。

学園都市で生まれたゴミは主に第二三学区の空港か第一一学区のトラック基地から外へ流れていくように仕組みはできているが、当然ながらテクノロジーの流出を避けるために『措置』を施さなければならない。使いどころのないゴミを捨てるために、さらに莫大《ばくだい》な費用を投じる賢者がどれだけいる？　保留中という事にして延々と放置されるゴミは日に日に増えていた。

だからこそ、だ。

『先生』

砂漠のように大きくうねるゴミの山の中で、そんな少女の声があった。

長い長い真紅の髪に、オレンジと黒という害虫みたいな色合いをした競泳水着に似た装束。両肩にはスマホ、太股《ふともも》のベルトにも丸めたシリコンキーボードや放電機械油のボトルが挿してあった。鈍く、鋭く、様々な金属が飛び出したゴミの山の中でも彼女は裸足《はだし》のままだ。

レディバードと呼ばれるアンドロイドだった。

額には小さな傷があった。数ミリ程度のものだが、人間と違って自然治癒はしない。

『こっちのルートを通れば山は崩れない。でも、今日は雪があるから注意して』

「やれやれ、自分の隠れ家なのに行き来するだけで命懸けじゃな。それにしても今日は冷えるね。老体にはキツい」

『冷却効率は上がっている』

太股《ふともも》からボトルを抜いて口に含みながら、少女は無表情で呟《つぶや》いた。

レディバードの衣類は空気抵抗や耐爆性能など二の次だ。逆に言えば、二の次であれだけやるという事でもあるのだが。一番の役割は機体の放熱性能を助ける事だ。着て冷やす、という考え方自体そもそも人間が衣服を求めるものとは大きく違う。

マッチ棒みたいに痩せぎすな老人が、自分の腰の後ろを叩《たた》きながら言った。

「君はもう少しだけ愛想《あいそう》を学んだ方が良《い》いなあ」

『愛想《あいそう》』

ぱちっとレディバードの機械的な瞳の中で星が躍った。老人はそっと息を吐いて、

「目の中に星はいい。でも口の端からよだれを垂らすのはやめなさい」

『不可解な評価、不要な機能なら最初から実装しなければ良い。んーう……』

機械にしては珍しく声が間延びしたのは、耳に不調でもあるからか。まるでプールで遊んだ女の子のように首を横に倒して耳に手を当て、片足でとんとんと跳ねる。

どろり、と。耳の穴から黒い粘液がこぼれてきた。

「レディバード君、メンテナンスはラボに帰ってからにしよう」

『了解した』

「人工的な幽霊、か。思った以上に相性問題が出てきたなあ……」

自陣のダメージを理解しつつも、老人はどこか楽しそうだ。

レディバードはどこか遠くに目をやり、ガスマスクにレインコートの男達を眺める。横に寝かせて小振りなお尻の上へ固定した山刀を鞘《さや》から抜くほどではないようで、

『また「ゴミ拾い」が来ている』

ことここにきて、彼らは好普性《こうふせい》か嫌普性《けんふせい》かといった話は出ない。

い、い、い、い、い。

そもそもそんな分類に意味はない。

木原《きはら》は木原《きはら》で完成している。そんな事も知らない表の人間が勝手に決めたカテゴリから得られるものは何もない。

ここ最近は『暗部』界隈《かいわい》までこんな用語が浸透しているようだが、おそらく危険ドラッグや

振り込め詐欺と同じく、追う側が次々と変えていく名前に追われる側まで律儀《りちぎ》に改名へ付き合っていく現象と似たり寄ったりなのだろう。

「冷蔵庫にしろ洗濯機にしろ、彼らは山の中から必要な物だけ手に入れれば危害は加えてこないよ。変に大事件が起きてしまうとかえって見回りが強化されてしまうからね。自分のビジネスを守るために、テリトリーの世話もしてくれる」

『……、』

アンドロイドは難しい顔をして周囲を見回した。山が一つ崩れただけで人間くらい丸呑《まるの》みしかねないスクラップの集合体。とてもではないが、ケアされているようには見えない。一体どこから引っこ抜いてきたのか、黄色い菱形《ひしがた》に『！』の道路標識が斜めに突き刺さっているくらいだった。いわく、その他の危険があるので注意。

だがそこに価値がある。一見すれば、たとえ隙間があっても無暗《むやみ》に体をねじ込みたいとは思わないだろう。ゴミの山はカムフラージュとして機能しているのだ。レディバードは固まった雪を払うと、近くにあった取っ手を摑《つか》んで乱暴に開け放った。

それは扉だった。

厳密に言えば金属コンテナの。家電ゴミの山に埋まっているため、外から見ても四角い箱がある事に気づく者はいない。奥には下りの階段があり、下っていくと複雑に入り組んだ秘密基地が待っている。

「レディバード君、足」

『足拭きマット程度では有効な洗浄効果を得られるとは思えない』

文句はあったが、少女は裸足《はだし》の足の裏を分厚い布に擦《こす》りつけていった。

さて。

ピラミッドのように多数のコンテナを積み上げた上で金属の壁をくり貫《ぬ》いて巨大なラボを構築しているなどと、誰に分かるだろう？　ゴミの山を掘り進めてコンテナを一つ一つ埋め込んでいく内に、いつしか広大な迷路ができてしまったものだ。まるで鉄でできたアリの巣だ。

「レディバード君」

『これ』

少女が片手で奇麗に切《き》り揃《そろ》えた前髪を上げて額の傷を見せると、老人はチューブをひねって指先に盛った。それで肌の傷を塗り潰してから、開かないよう細い紙テープを貼り付ける。

山刀を腰の後ろの鞘ごと取り外すと分厚い刃を専用のスタンドに差し込み、中身の減った放電機械油のボトルをサイドテーブルに置くと、レディバードは調整用の診察台でうつ伏せに寝そべる。鉄錆臭《てつさびくさ》い空気を大きく吸う。

本来なら呼吸も瞬《まばた》きも必要ないのだが、そのまま目を閉じる。

『……落ち着く』

「ここは電波が遮断されているからね。テレビにラジオ、携帯電話に電子レンジ、得体の知れない盗聴器やリモコン式のオモチャまで。街は多種多様な電波が飛び交っているから、君にとっては息苦しいじゃろう」

老人は適当に言いながら少女の競泳水着の背中に手を掛けた。

X字に交差するバンドの中央に金具があった。しわくちゃの指一本で留め具が外れて華奢《きゃしゃ》な少女の背中一面が露《あら》わになるが、レディバードは身じろぎ一つしない。

「よいしょ」

室内に入ったからか、エンジニア用の特殊な手袋を外した老人は眩《まばゆ》い肌《はだ》に無線の電極をいくつか貼り付け、さらに枯れ枝のような手が両腋《りょうわき》から無遠慮に水着のような繊維の中へと潜り込み、お腹《なか》や薄い胸の方にまで伸びる。顔色一つ変えずにメンテナンスを続けながらも、木原《きはら》と呼ばれる老人の方がそっと息を吐いた。

ドロドロの嫌普性《けんふせい》のくせに。

いいや、表の人間が外から眺めて決めた区分に意味などないか。

『木原《きはら》』は告げる。

「……自分でやっておいて何じゃが、やっぱり女性職員を雇うべきなんじゃあ」

『意味がない』

早口で遮られた。

そっちの流れに引き込まれたくない。そんな拒絶を感じられるレディバードの言葉だ。

「イロイロ指先に当たってしまって落ち着かないんじゃけど」

『不要な部品なら実装しなければ良いのに』

　初めての議論ではなかった。

『機械製品を人間のように扱われてもパフォーマンスが下がるだけ。私はゼロから組み立てられたアンドロイドなのだから、メンテナンス要員は機械として扱ってもらえる人材の方がありがたい。そして現状、開発者である先生以上の人材は存在しないと判断できる』

「良《い》いけどさ」

『偽造パスポートは手に入らなかった。だとすると、次は長丁場になる。先生、念入りに保守点検を』

　老人は少女の水着から両手を引っこ抜くと、右肩のバンドに装着していたスマートフォンを引っこ抜いて小さな画面を操作し、室内の大きな液晶モニタに転送する。少女の太股《ふともも》のベルトに挿さっていた円筒を摑《つか》むと、シリコンキーボードを広げてデータの検証に入る。

　的確に、老人は機械製品として最適な扱いをしながらも、だ。

「じゃがね、レディバード君。そもそもアンドロイドというのは工学的アプローチによって構築された人工的な人間を指す」

『今さら何を？』

「授業じゃよ。つまりわしとしては、出来上がったアンドロイドは人間として振る舞っても構わないと思うのだけどね。天然か人工かはさておいて、駆動しているのは『普通の人間』な事に違いはないのだから」

レディバードはわずかに黙っていた。

診察台にうつ伏せで寝そべったまま、少女はやがて首を傾《かし》げた。

『不明なエラーです』

「……そうかい」

『私は、先生以外には触れてほしくない』

罰当たりかな、と老人は思った。

たとえ正しい答えだとしても、この信頼を突っぱねてしまうのは。

『愛情表現』

「レディバード君、瞳をキラキラさせるのはいい。だが口の端のよだれはやめておきなさい」

組み立てられた少女は精巧も精巧だった。

ただしお利口過ぎるが故に、少女の世界はあまりに狭い。

7

いくつかの大型トレーラーだった。非常用の運搬手段ではない、自動運転で動く大型車両の群れは普段から寝起きしている『小さな村』として機能している。

「あー、やっぱりソダテちゃんがボール取ったんだあ」

「知らないし！　俺じゃないし!!」

スラム街としても知られる第一〇学区の、潰れたスタジアムだった。今ではグラウンドの中は所狭しと段ボールや廃材の小屋が敷き詰められていて足の踏み場もないジャンク街と化しているが、意外と外周部分についてはそのまま放置されている。

例えば、楽器やトレーニング機材を持ち込むための業務用駐車場など。こういうのは出待ちのファンが入ってこられないよう、奥まった場所にひっそりと隠してある事が多い。

複数のトレーラーが停《と》まると、早速コンテナの中から騒がしい声が聞こえてきた。

扉を開けて出てきたのは一〇歳程度の子供達だ。

俗に『置き去り《チャイルドエラー》』と呼ばれる枠に収まっている。何かしらの理由で学園都市に捨てられ、養育されている子供達。それだけなら特に珍しくもないが、そこに『暗部』が絡《から》むと大体ろくな事にならない。特に、表に出せない研究機関の影がちらつくと。

彼らは何の疑問も抱いていなかった。自分達が半袖の体操服を着ている事も、その手足や首回りにモーションキャプチャー用の実験器具が取り付けられている事も。

『ほらほら、あなた達』

ゆらりと重さを感じられない女性が胸の前で二つの掌《てのひら》を叩《たた》いた。

音は鳴らなかった。

長い長い金髪のツインテールに、ぴったりとした薄い青のドレスの上から薄布のロングスカートを大きく膨ませた、人工的に作られた幽霊。フリルサンド#Gはそれ自体が魅力的な楽器のような声で囁《ささや》く。

ドイツの一地方から大量の子供が消えていった、伝説の笛吹きのように。

『せっかくのクリスマスにつまらない諍《いさか》いをしても仕方がないでしょう？　ボールはわたしが探しておきます。あなた達、手は洗いましたか？　用意ができたらご飯にしましょう』

「洗った!!　俺もうお腹《なか》ぺこぺこだし!!」

「あー、じゃあやっぱりソダテちゃんが薬用せっけん盗んだんだ！」

次々に手を挙げて子供達が大きな声を出した。

触れる事もできない幽霊女に違和感を覚える事すらなく。

命も体も持たない幽霊が子供達の世話をするというのも我ながら奇妙な状況だとフリルサンド#Gは思ったが、現実に可能かどうかはさておいて文化的には珍しくもない考え方らしい。

この国にも夜泣き石や子育て幽霊の伝承くらい転がっているものだし。

大型トレーラーはいくつもあったが、その内の一台が子供達から一番人気を独占していた。丸ごとキッチンカーに改造してあるのだ。

フリルサンド#Gがステンレス製の壁を直接すり抜けて中を覗《のぞ》くと、寸胴鍋をかき回している青年ドレンチャー＝木原《きはら》＝レパトリは汗だくだった。ここはまるでサウナだ。

洋風の人形のような幽霊女は眉をひそめて、

『不衛生』

「ひい、はあ。い、一体いくつコンロに火が点《つ》いていると思っているんです……。五〇人以上も食事の面倒を見るのは戦争です。私は給食のおばちゃんを表彰したい」

『手伝いが欲しければ、この手で物を摑《つか》めるようにするべきね』

しかしフリルサンド#Gは特に出ていこうともしなかった。

手で触れるだけが繋《つな》がりではないと言っているかのように。

やはりクリスマスだからか、メニューについては洋食が多い。パンとライスは好みで分かれるとして、寸胴鍋ではビーフシチュー、オーブンでは七面鳥にローストビーフ、他にも温野菜とマカロニを和《あ》えたサラダやフライドポテトまで用意があった。

ただし、面倒を見ている子供側の視点でフリルサンド#Gはこう評価する。

『やはりケーキがないと見劣りするわね。いくらか残しておくべきだったのではないかしら』

「子供っていうのは正直です、どっちみち余ったケーキをそのまま出したって飽きが回りますよ。それより二五日のための秘密兵器を用意してありますし」

『？』

「じゃーん!!　フォアグラです、こいつをフライパンでソテーにしてあげましょう」

あの幽霊女がコメントに困っていた。

フリルサンド#Gは淑女なので、当然ながらフォアグラがどんなものかは分かっている。

あらかじめ調達したガチョウを首まで土に埋めて身動きを封じた上で、限界までご馳走《ちそう》を食べさせて肝臓を膨らませていく珍味である。

表から聞こえる子供達のはしゃぐ声を耳にしながら、フリルサンド#Gはそっと息を吐く。

幽霊という分野にまでメスを入れた研究者、ドレンチャー＝木原《きはら》＝レパトリに向けて。

『……良くやるわね』

「まあ、必要ならどんな事でも」

邪魔が入ったせいで、偽造パスポートは手に入らなかった。『最善』のルートからは外れたが、それで『本命』全体が潰れた訳ではない。

最後に笑うのはこちらの方だ。

子供達に与える鍋の中身をゆっくりとかき混ぜながら、青年はうっすらと笑う。

「……好普性《こうふせい》か嫌普性《けんふせい》かで言ったら、私達はどっちかなあ？」

8

「ええ、ええ。被疑者確保、一応生きてはおりますが意識不明の重体なので話を聞ける状態ではありませんわね。救急車を一台よろしくお願いします」

指先で長いマフラーをいじくりつつ、白井黒子《しらいくろこ》は携帯電話に耳を傾けながら視線を振った。

(……それにしても、『暗部』は本当にどこにでも潜っていますのね。ゲコ太……だったかしら。こんな遊園地を血みどろにしたなんて知られたら、お姉様がブチ切れますわよ)

「それから同じ現場にテントがいくつか。雪の上には複数の濡《ぬ》れた足跡がある他、テントの一つに狙撃された遺体が一人前。現場の封鎖は警備員《アンチスキル》の方に任せますので、大至急鑑識を連れてきてくださいませ。十中八九わたくしが確保した被疑者の狙撃銃によるものでしょうが、どうしてこうなったのか過程の方に謎が残ります。話が聞ければ早かったのですけれど」

そこで白井《しらい》は眉をひそめて言葉を切った。

電話の向こうから容疑者に向け、小さな声が聞こえた気がしたからだ。

……死ねば良かったのに。

「……、」

ヒュンヒュンヒュンヒュン!!　という風を切る連続的な音が響いてきたのはその時だった。

深呼吸して意識を切り替えると、輸送用の大型ヘリが現場近くに降りてくるところだった。

猛烈な突風に地面の雪どころかテントまで毟《むし》り取《と》られそうになっていた。

両手で頭を抱えて白井《しらい》が叫ぶ。

「鑑識が調べる前ですのよ!?　片っ端から現場を薙《な》ぎ倒《たお》していくつもりですか!?」

「ま、まあまあ。それだけ頼りにされているって事じゃないですか」

少女自身人の死に慣れてきたのか、あるいはあまりのショックに麻痺しているのか。

地面はひどいものだ。大型拳銃にスナイパーライフル、ショットガンには発砲したらしき硝煙の匂いがこびりついている。もちろん顔や歯型がない程度で捜査が止まる事もないが。

「偽造職人『工場否定《パーフェクトフィルム》』。硬俵総太《こうたわらそうた》と九八％以上で一致、と。それにしても、まさか『壊滅《アウト》手配《ランク》』入りしていた『暗部』の犯罪者がこんなメルヘン丸出しの遊園地で見つかるだなんて」

「なまじ固定の住所がないからサーチが難しかったようですけれど、一体何があったのかしら……」

そしてもう一つ。誰が落としていったのだろう。血まみれのテントの中に落ちている応急手当て用の傷薬や包帯に見覚えがあった。

白井黒子《しらいくろこ》自身の体に巻きつけてあるものと同じだ。

ここの『住人』――頭の砕けたおっさん――のものと思《おぼ》しき救急箱は他にある。そちらには薬も包帯も一式揃《そろ》っていて、抜け落ちはなかった。それに散らばっている医薬品は、単一メーカーで統一された救急箱とも薬の会社が違う。

つまり、この救急箱以外の出処がある。

(……まさか、わたくしを手当てした人がここにも現れた？)

考え込むが、いつまでもここにはいられない。白井《しらい》や楽丘《らくおか》の役割は上空待機。そして『暗部』を確認次第、すぐさま現場に急行するアタッカーだ。

スライドドアを開け、メインローターの爆音に負けないように黄泉川愛穂《よみかわあいほ》が叫んできた。

「乗れ!! すでに事態は進行しているじゃんよ!!」

目的地がはっきりしている。すでにその時点で『次の事件』は起きている証だ。白井《しらい》と楽丘《らくおか》を乗せると大型ヘリはすぐにでも飛び立つ。

開口一番ツインテールの少女はこう尋ねた。

「場所は!?」

「第一八学区西部にある、警備員化学分析《アンチスキルかがくぶんせき》センター。指紋、血液、刃物傷、火災現場のガソリン痕。とにかく学園都市の科学捜査が全部ここに集約されている。目撃されているのは例の双子じゃん」

「大変だ、嫌普性《けんふせい》ですね」

おじさんの言葉に、黄泉川《よみかわ》はわずかに声を止めた。

教え子に向けるような言葉ではないと思っているのだろうか。

「とにかく、ここを叩《たた》かれたら近代的な捜査活動なんか継続不能になるじゃんよ」

すぐ隣でおじさんが呻《うめ》いた。

白井黒子《しらいくろこ》もまた重たい息を吐く。

「……今さら、襲撃自体は止められませんわよね」

「ああ。ラボへの攻撃は確定だし、やたらと重くて繊細な分析機材は今から退避させる事もできん。人を下がらせるので精一杯じゃんよ。だったらせめて、不幸中の幸いくらいはセッティングしないとな」

気が重いのはこういう事だった。第一八学区だと、陸路の第一一学区や空路の第二三学区と隣接している。つまり『外』へ抜け出されるリスクが高まる。そちらに『暗部』が雪崩《なだ》れ込まなかっただけでも良かった、という事なのだろうが……、

「こちらから犯罪のきっかけを作ってしまうのは業腹《ごうはら》ではありますが」

「あれだけのテクノロジーを市街地で振り回されるよりはマシじゃんよ」

開いたスライドドアの向こうに広がる夜景を見下ろしながら、黄泉川愛穂《よみかわあいほ》はこう呟《つぶや》いた。

この状況で、安易な銃ではなく律儀《りちぎ》に防弾樹脂の透明な盾を摑《つか》みながら。

「総攻撃だ。最低一人はここで必ずダウンを獲《と》るじゃんよ」

9

最初から警戒感はあった。腰の医療用コルセットに片手をやる花露妖宴《はなつゆようえん》は楽しくない。警備員《アンチスキル》化学分析《かがくぶんせき》センターはツインタワー構造だった。重要拠点を一つ襲って追っ手の大人達をガタガタにするつもりだったのに、標的が二つに分かれている事に気づいたのだ。

「どうするの、過愛《かあい》」

「わたしひーだりっ、先に取ったもん☆」

言うだけ言うと、双子の片割れ『分解者』はたゆんたゆんと背丈と比べてアンバランスに大きな胸を揺らしながら手ぶらで片方のビルへ向かってしまう。やや渋っていた『媒介者』だが、やがて花露妖宴《はなつゆようえん》も反対側のビルへと踏み出していったようだ。

(さて)

ビルに入るなり過愛《かあい》はそっと息を吐いた。

ざわり、と。

吹き抜けとなっている大きなロビーには、駅の改札のように探知機ゲートがずらりと並んでいた。そんなものは踏み越えてしまえば良い。今さら間の抜けた電子音の警報が鳴り響いたくらいで何だと言うのだ。

問題なのはその奥。企業のような受付カウンターや、横づけされた警備用のモニター室だけではない。空間全体が生きているかのように無数の殺気が突き刺さる。警備員側《アンチスキルがわ》も奇麗ごとを並べているだけの余裕は全て削《そ》がれているのだろう。しかし、それで『分解者』は自分の予測が当たっている事に気づいた。

ツインタワーの構造を利用して双子を分断した上で、片側に戦力を集中して一気に叩《たた》き潰《つぶ》す。予測が当たっていれば、『媒介者』が向かった反対側のビルはもぬけの殻だろう。

だから花露過愛《はなつゆかあい》はそっと息を吐いた。

安心したのだ。

その上で、白衣の袖からカラフルな液体の入った試験管をいくつも取り出す。

「それじゃあ『暗部』のグロテスク、思う存分見せびらかしちゃうもん!!」

まず自分が入ってきた出入口を封鎖するように、柱の陰から完全武装の警備員《アンチスキル》が二名顔を出した。

さらに正面のカウンターにずらりと兵隊が並び、上の階を囲む回廊からは四足の無人機が次々と現れる。

総数一〇〇以上の銃口がたった一人の少女に突き付けられた。

それがどうした。

嫌普《けんふ》性《せい》の『暗部』は逃げる事も投降も考えない。己の自由が最優先だ。

『分解者』の手には試験管があるものの、これ自体は武器ではない。彼女は警備員《アンチスキル》とは違って、武器や防具を抱えて移動している訳ではないのだ。

持ち歩くまでもない。

試験管のゴムキャップを親指で弾《はじ》き、中身を床に撒《ま》くだけで良《い》い。

ぞぞぞ!!　と。

闇が動いた。

この場合は数万単位のネズミの群れだ。

まず最初に強化ガラスでできた外壁が突き破られて出入口を塞ぐ警備員《アンチスキル》が薙《な》ぎ倒《たお》され、ネズミの海に沈んでいった。暴発気味にサブマシンガンが乱射されるがネズミ達は気にも留《と》めない。

ぎひい!!　うわあ!?　という叫びが海の中から響き渡る。

派手な爆発があった。手榴弾《しゅりゅうだん》のピンを抜いたのはネズミの小さな前脚か、あるいはヘルメットや防弾装備の隙間からネズミ達に潜り込まれる恐怖に耐えられず、一発逆転を狙った警備員《アンチスキル》自身か。

「誘引物質」

純粋な薬品。

そういう研究者。

カウンター側の警備員達《アンチスキルたち》も泡を食って銃撃を始めるが、花露過愛《はなつゆかあい》は身をすくめる素振りすら見せない。その場でくるりと回る彼女を鉛弾から守るように、大量のネズミ達が絡《から》み合《あ》って灰色の壁を作り出す。一匹一匹は小さくても、厚さがメートルを超えてしまえば血と肉と毛皮の壁が鉛弾を食い止める。

「『彼ら』はどこにでもいる。そして構造が単純な分だけコントロールも容易。こんなの殺虫剤メーカーだって日々研究しているもん、ネズミやゴキブリ用のふりかけなんかすごいんだから」

当然、単に集める『だけ』ではない。

胸の大きな幼い少女がさらに複数の試験管を傾けると、性質の異なる薬液が空気中に解放され混ざり合い、風に乗って、目には見えないマーブル模様の迷宮を構築する。まるで複雑なレールを切り替えて様々な仕分けを高速で行う、ジュース工場のようだった。人間には読み取る事のできないルールに従い、無数のネズミ達が世界を灰色に編み込んでいく。

あっという間だった。

カウンターの向こう側が毛皮の海に呑《の》み込《こ》まれ、別のルートを伝ってダクトから雪崩《なだれ》のように落ちてきたネズミの群れが階上の四足無人機を覆い尽くしていく。

くすくすと。

自分の華奢《きやしゃ》なカラダを抱き締めて、大きな胸を潰しながら過愛《かあい》は笑う。

「それから知っている？　昔々にあった冬の戦争では、想定外に戦車の故障が絶えなかったんだって。温かい寝床を求めたネズミ達によって、寄ってたかって電熱線を囓《か》み千切《ちぎ》られたせいでね？」

地上、一階のフロアを数万単位のネズミの絨毯《じゅうたん》で埋め尽くすと、過愛《かあい》はそっと視線を上げた。上の階に残された警備員達《アンチスキルたち》にとっては硫酸の海にでも見えているのかもしれない。逃げ場を失った残存勢力を叩《たた》くため、『分解者』の少女はゆっくりと歩いて階段を探す。

ネズミはここに置いていく。

万に一つも、事態に気づいた『媒介者』花露妖宴《はなつゆようえん》がこちらのビルに入ってこられないように。

別に『分解者』はこれしかできない訳ではない。ノミ、ダニ、ハエ、蚊、ヒル、ナメクジ、ムカデ、ゴキブリ、カラス、野良猫《のらねこ》。無責任な人々から忌《い》み嫌《きら》われながらも食物連鎖として不可欠な存在であれば、おおよそ何でも己の武器にできる。

（さて、どこまでやったらゴールにしようかな）

『分解者』は奥の方に狭い階段があるのを見つけつつ、

（皆殺しは意外と疲れるもん。コンプを目指すとなると、物陰を一つ一つ覗《のぞ》いていかなくちゃならないし……)

パパパン!!　という短い連射が頭の上から響き渡った。しかし弾丸は当たらない。途中で不自然に軌道が逸《そ》れていた。大量の羽虫が密集していた。その中を突っ切った弾丸は水の中に刺さったように不自然な抵抗力を受けて弾道を歪《ゆが》ませてしまったのだ。

笑いながら、少女は大きな胸元から新しい試験管を取り出し、親指でゴムキャップを弾《はじ》く。振《ふ》り撒《ま》く。絨毯《じゅうたん》という絨毯《じゅうたん》から湧き上がったダニの群れに獲物を襲わせる。それはもう人の形をした砂の塊のようだった。

中から喉を裂くような絶叫が響き渡った。

「ふっふふ。自分じゃお掃除しているつもりでも、意外とたくさんいるものでしょ?　でもこれは、あなた達自称清潔エリートが考えなしに資源を消費して世界を汚していった結果だもん」

阿鼻《あび》叫喚《きょうかん》の階段から黒い塊が転げ落ちてきたが、過愛《かあい》は一度結ってから垂らしても足首近くまで届く黒髪を片手で払い、端に寄って見送っただけだった。自分の細い顎に人差し指をやって、

(そうね……ここは『骨抜き』で良いかな。何だか向こうは私を閉じ込めておきたいようだし、逆手に取るって感じで。壁という壁、床という床、天井という天井。傷んでボロボロ、全部引っこ抜いてこのビルをジャングルジムみたいにしちゃおっか。どんなシェルターに閉じこもっ

ても絶対に助からない。一山いくらの命を奪っていくよりも、よっぽどお金持ち達の心に響くだろうしね？）

標的は設定された。具体的にこちらへ銃口を向けてくる屈強な男達よりも、建物の構造そのものに目が向く状況。だが、だからと言って人の命を奪わないとは限らない。

仕分けをして正確に殺した方が、動揺は分かりやすく広がる。そっちの方が得をする。

ただしそれは脇道の追加ボーナスであって、絶対遵守の最低条件ではない。『分解者』にとって命の価値なんてその程度だ。

恐怖は克服できる。絶望は乗り越えられる。

だけど、悪趣味だけはどうにもならない。そもそも『理解できない』という感情が先立つのだから、心の中で処理するための機構が働かない。言ってしまえば、破損ファイルを無理に読み込ませるようなものだ。これが一番効くと、花露過愛《はなつゆかあい》は経験から学んでいた。

「あはは」

こちらは破損している事に意味を見出《みいだ》している。

柔軟に読み込まれてしまっては、その時点で利点が消えてしまう。

「ははははは!!　あははっ！　わはははははハハあははははあははははははははははは!!」

大量のムカデに呑《の》み込《こ》まれていく手や足があった。カミツキガメの口で壁と一緒に齧《かじ》られていく警備員《アンチスキル》がいた。そこに人がいたんだかどうかもはっきりしない染《し》みだけが熱したチーズのように広がっていた。

（……うん、良《い》い感じ）

手応えがあった。

細い腰を折り、自分の膝に両手を置いて外側から大きな胸を押し潰し、前屈《まえかが》みになって観察を続ける過愛《かあい》が自分の勘を信じるところによれば、だ。

（自分でも何やっているんだか分からなくなってきた。よし、よし。こういう方向で膨らませていけば、すぐにでも場が臨界点を超えるはず。そうだよねえ。誰にも読み込めない破損ファイルまで行かなくちゃ意味がないもん。自分で利害を計算できて理解ができる程度の破壊じゃ『暗部』だなんて呼べないよねえ!!）

と、その時だった。ざざっという小さなノイズが走るようだった。汚れた濁流が部分的に切り取られた感覚に、『分解者』は眉をひそめる。

ついさっきまで、そこには誰もいなかった。だけど通路の真ん中に一人の少女が立っていた。

栗色《くりいろ》の髪をツインテールにした風紀委員《ジャッジメント》は確かに言った。

「その顔は、前にも見ましたわ……」

「覚えてないかな」

それが一番壊れていると思ったから、そう言った。

選択してから、過愛《かあい》の動きがわずかに止まった。

……思って選んだ程度の行動のどこに『暗部』が宿る？　そんなのは良くできた怪談と一緒で、きちんとした筋道を踏んで納得できるオチがついているからこそ、むしろ本物っぽくない。理解のできない恐怖に筋道などあるものか。心をへし折る絶望に結論などあるものか。悪趣味とは、だからこそ乱暴にぶつ切りであるべきなのに。

「あなた、何をした？」

自分のレベルを下げられた。まるで突沸を避けるため、鍋の中に素焼きの欠片《かけら》でも入れるように。であればドロドロの世界に放たれたこのツインテールは一体何だ？

疑問に、風紀委員《ジャッジメント》は笑って即答した。

「さあ？　覚えていませんわ」

そして二人の少女の激突が始まった。

10

きゃっきゃはしゃぐ声が大型トレーラーの外まで響いていた。この時間だと晩ご飯が終わって、みんなでお風呂《ふろ》に入っている時間だ。

そんな中、

「やっぱりソダテちゃんがボールを盗んだんだ……」

まだ固まった雪の残るスタジアムの駐車場ではそんな声がぽつりと聞こえていた。

他の子と変わらない体操服を着た女の子、リサコだ。お風呂《ふろ》の時間だがトレーラーを抜け出して、キャンディみたいに赤毛を縛った少女は車の下を覗《のぞ》き込《こ》んでいる。むしろお風呂《ふろ》に入った後では外出しにくいのだ。湯冷めするので冒険ができなくなってしまう。

今ある生活に不満はないけど、何でもかんでも頼めば買ってもらえるような暮らしでもない。夜中に起きてトイレへ向かう途中に、お兄ちゃんと幽霊のお姉ちゃんがこそこそ話し合っているのをリサコはたまに見かけた事があった。何となく、お金の話なんだろうなというのは想像がつく。リサコ達に聞かせたくない話なのだから、あんまり景気の良《い》い話でもないんだろう。だから一つ一つ一つの道具は大切に使わないといけないのだ。

なのに一緒に暮らしているソダテは何にも考えていないようで、よく物を盗んでしまう癖があった。後で返してくれれば構わないのだが、彼は秘密基地に物を隠したまま自分で忘れてしまうのが問題だった。トレーラーの車列はしょっちゅう移動するので、有耶無耶《うやむや》にされている間になくなってしまう事が多い。

女の子が車の下を覗《のぞ》き込《こ》んでいるのも、リサコなりの経験則が働いていた。

自分の勘を信じるならば、だ。

（……ソダテちゃんは秘密基地に戦利品を隠したがるはず）

パチッとLEDのライトを点《つ》ける。クリーム色っぽい電球とは違う、本当に真っ白で目に痛い光が暗闇を切り裂いた。子供達一人一人がスマホを持てるほど裕福な環境ではない。だけどお兄ちゃんは、必ず全員分の防犯ブザーは用意してくれた。そっちについているライト機能だ。豆粒みたいなLEDが一個ついているだけだけど、あるとないでは大違いだ。

大人達が入ってこられない場所。だけどウチには幽霊のお姉ちゃんがいるから、どんな壁や天井でも自在にすり抜けてしまう。つまり、秘密基地に必要な第一の条件は、分厚い壁や鍵のかかった扉ではなかった。いくらなんでもそこまでは。そういう、発想の段階からしてオトナ達が思いもつかない場所に廃材や段ボールを集めないと意味がない。

そうなると、だ。

リサコの嗅覚は告げていた。

「男の子の基地って言ったら地下だよね、ゼッタイ」

特大のトレーラーは車高が高い。リサコくらいの女の子なら這《は》いつくばるまでもなく、腰を曲げればそのまま潜り込めた。これだけで幽霊のお姉ちゃんにバレたら大目玉を食らってしまうが、だからこそだ。卵形のキーホルダーみたいな防犯ブザーのライトだけを頼りに、虎穴に入らずんば虎子を得ずの精神で突き進む。

収穫はあった。金属でできた丸いマンホールの蓋を見つけたのだ。

横に倒したオニオンリングみたいに並んでいる大きなタイヤの傍《そば》に座り込んで確かめる。

「うーん……」

小さな穴は空いているようだけど、指を引っ掛けて開くようなものではないようだ。バーベルみたいにびくともしなかった。何か専用の道具が必要なのかもしれない。

と。

普通ならここで終わりだっただろう。体操服の女の子が一人でマンホールの蓋を開けて中に潜り込む、なんて展開は絶対にありえない。リサコが重たい蓋を前に諦めてしまい、みんなの元へすごすご引き返すのが正しい道のはずだ。

しかし、

「道具……」

呟《つぶや》いて、何か思いついたらしい。

女の子は体操服の中に小さな手を突っ込むと、何か硬くて丸いものを取り出したのだ。

金色の輝きがあった。

「そうだっ、サンタさんからの贈り物!!　これがあれば」

連結が切り替わる。

絶対にありえない道が、繋がってしまう。

「お願い『ニコラウスの金貨』、そこの蓋を開けてちょうだいっ!!」

ずっ、という金属の擦れる低い音が聞こえた。バーベルみたいに重たいはずのマンホールの蓋が、釣り糸で結んで引っ張ったように真横へゆっくりとスライドしたのだ。音にびっくりしてライトを向けてみても、『何が』蓋を動かしたのかは見えなかった。

ぽっかりと開いた丸い穴。

LEDの白々しい光で照らし、リサコはしばし奥を覗《のぞ》き込《こ》んでいたが、

「ひみつきちの入口だ……」

ぽつりと呟《つぶや》く。梯子《はしご》の代わりなのか、湾曲したコンクリートの壁には鋼鉄製の横棒が等間隔に並んでいた。奥へ奥へ、底へ底へ。恐る恐る指先で横棒に触って、摑《つか》み、ぐいぐい引っ張ってみてもびくともしない。摑《つか》んだ途端に錆《さ》びた根元からぼっきり、といった事もなさそうだ。

怖い、という想《おも》いはあった。

だけど、

「あっ!」

手の中から何かが滑り落ちた。それは頼りない光源だった。マンホールの奥まで落ちたLEDライトは、ある一点で跳ねて動きを止める。どうやらそこが暗闇の底のようだった。

そう、この暗闇には底がある。別に地獄まで繫《つな》がっている訳じゃない。

ソダテの秘密基地を見つけ出して、彼が隠したボールや薬用石鹸も見つけないといけない。

このトレーラーが移動を始めてしまうよりも早く。

それに……。

お金がないのに、お兄ちゃんが無理して全員分集めてくれた防犯ブザーだった。なくしましたなんて絶対に言いたくない。『ニコラウスの金貨』はもう使ってしまったのだ、金貨に願ってブザーを拾ってもらう事もできない。

もう、小さな胸になけなしの勇気をかき集めるしかなかった。

「この先にソダテちゃんが隠したボールがあるんだ！」

おそらくリサコは知らない。

どうして幽霊のお姉ちゃんは、トレーラーの下に子供が潜り込むと烈火のように怒るのか。

そこに人が潜っている事に気づかなかった場合、大きな惨事に繋《つな》がるかもしれないからだと。

11

ぞっ、と。

蛍光っぽい染みをいくつも残す白衣を着た少女がゆるりと両手を広げると警備員《アンチスキル》化学分析《かがくぶんせき》センター、その場の空間全体が揺らいだような錯覚が白井《しらい》黒子《くろこ》の全身を包み込んだ。

空気、とは微妙に違う。

小奇麗なオフィスにも似た廊下の風景が崩れる。具体的には急激に風化していく格好で床が抜け落ち、壁が崩れて、たわんだ天井が落ちてきた。一応ここだって分類はラボだ。過剰なくらいガスや薬品に対するセンサーは実装されているはずだが、もはや反応もなかった。とっくの昔に傷んで機能を止めている。

「くす」

「チッ‼」

(これで無能力者《レベル0》⁉ 他人の個人情報で身を包んでいたり、『書庫《バンク》』のデータが改ざんされているなんて話はありませんわよね！)

能力ではなくテクノロジーの脅威。

思わず舌打ちして、白井黒子《しらいくろこ》は空間移動《テレポート》で跳躍する。三次元的な制約を無視して瞬間的に移動する彼女の能力は扱い方次第では『銃の時代』を覆《くつがえ》すほどの戦果を挙げる事もできるが、ルール無用という訳でもない。

一回狙いを定めて一回跳躍、が基本。

つまり自分の体を飛ばしての回避と、金属矢を叩《たた》き込《こ》んでの攻撃を同時に繰り出す事はできない。そういう意味では、自分の意思で決定するのではなく相手に圧《お》されて能力を使わ、さ、れ、るという状況はあまり面白くない。早くも悪い兆候だ。

崩落に巻き込まれないよう五〇メートルほど後ろに飛び、そこから改めて太股《ふともも》から金属矢を引き抜いて『分解者』花露過愛《はなつゆかあい》の肩へと叩《たた》き込《こ》む。回避を優先した分だけ、ワンテンポのズレがあった。それだけあれば、

「ふうん」

「⁉」

ぬるっとした奇妙な動きだった。二本の足の動きとは関係なく、過愛《かあい》の体が右手側へスライドしたのだ。弾丸より素早いなんて話ではない、決して速度は稼いでいない。だけど人間ではありえない予想外の動きに、白井《しらい》の目測がズレる。

たとえるなら、前後左右しか動けないはずの飛車《ひしゃ》がいきなり斜めに動いたような違和感。

遠方から撃ち込む限りミスをしても致命傷にはならない。それよりミスを重ねても良いから、まずは原因の究明を優先する。白井黒子《しらいくろこ》は『有意義な無駄弾』を立て続けに飛ばしていく。

得体の知れないうねりが連続した。

五本以上金属矢を放ったのに、手応えらしい手応えがない。水の中を躍る木の葉のように『分解者』はすり抜けていき、ただ空中に取り残された金属矢が床に落ちていく。

しかしそこで異変の端を摑《つか》んだ。

金属矢が床に落ちる音が柔らかく吸われたのだ。

「それは……っ」

「ネズミだもん。重量分散させないと私の重さで潰れちゃうから、かなりの数を揃《そろ》えないといけないけど。でも三万匹くらい集めると、もう絨毯《じゅうたん》と見分けがつかなくなっちゃうでしょ?」

(これはっ、いよいよお姉様には見せられませんわね……っ!!)

花露《はなつゆ》過愛《かあい》は白井《しらい》黒子《くろこ》と違って、いちいち武器を振り回す必要もない。

鈍い音と共に破壊が広がった。

近代建築の床がアリジゴクのように沈み込み、下の階へ傷んだ壁や天井が呑《の》まれていく。もう限界だった。ツインテールの少女は空間移動《テレポート》を使って上の階へ跳躍する。

飛んでから気づいた。

下から見上げてくる『分解者』の少女と直接目が合っている事に。

すでに上の階の床も抜けていた。壁や天井も風化して致死の地上へ叩《たた》きつけられている。後に残っているのは、十字に交差する太い鉄骨だけだった。まるで巨大なジャングルジムだ。

「早くした方が良《い》いよ」

大きな胸の谷間からとっておきらしき試験管を引き抜いて、小さな親指でゴムキャップを弾《はじ》いた途端であった。

ばさりという空気を叩《たた》く音があった。

白衣の少女の背中から、一対の真っ黒な翼が飛び出していた。

漆黒の羽毛が舞う。

「博愛主義を気取って警備員《アンチスキル》を助けたいなら。腐って崩れて下に落ちていくの、無機物だけだと思っている？　『暗部』の悪党がせっせとゴミの分別なんかするとでも？」

「こいつ!!」

「あはは!!」

戦場のルールがまた切り替わった。まるで流砂や巨大なアリジゴクのように、ビルの内装が次々と落下していく。音声解析機器、細胞の培養器《ばいようき》、電子顕微鏡まで。一つ一つが数千万から億単位もする分析機器が滝のように落ちていくのだ。時折聞こえる甲高い音の正体は、ガラスが割れる音だけではないだろう。もっと生々しく、鼓膜に残る叫びだ。

手を差し伸べようにも、あまりに大量の瓦礫《がれき》が雪崩《なだ》れ込むせいで人の位置なんて把握もできない。そうこうしている間に、リアルタイムで重力落下は進んでいく。

鋼鉄の骨組みから骨組みへ、次々に細かく跳躍して上層へ移動していく白井黒子《しらいくろこ》と併走する影があった。信じられない事に、それは花露過愛《はなつゆかあい》だ。コウモリというよりカラスに近い、巨大な鳥のような翼を羽ばたかせて重力を振り切っている。舌打ちしながら白井《しらい》が金属矢を放っても、例のぬめるような動きで回避されてしまう。

その内に白井黒子《しらいくろこ》も気づいた。

のような、ではない。『分解者』の少女の背中に、何か大きな生き物が張り付いていたのだ。

「今度はカラスですのッ⁉」

「ははは、寄生肥大って呼んでるけどね。ある種の虫は宿主の体の一部分を大きく膨らませる事がある。私はそれを利用しただけだもん」

垂直に走る鉄骨の側面に両足をつけ、我が物のように黒い翼を振るって一気に上を目指しながら過愛《かあい》は笑う。

「そして動物的な本能だけなら、ネズミにせよカラスにせよ私達人間なんかよりはるかに鋭敏だもん。あなたがどんな計算をしたって私には当たらない。文明にあてられて退化したあなたの思考では、彼らの本能にまでは肉薄できない」

ついに、追い抜いた。

連続的に空間移動《テレポート》を繰り返せば並みのスポーツカーを凌駕《りょうが》する速度を叩《たた》き出《だ》せる白井黒子《しらいくろこ》も、純粋な航空分野には追い着けなかったのだ。警備員化学分析《アンチスキルかがくぶんせき》センター、ツインタワーの屋上そのものが腐り落ちる。月を背にした『分解者』は、カラスの黒い羽根をいびつな雪のようにばら撒《ま》いていく。

「『暗部』は見る者によって色や形を変える」

空中で静止し、上から見下ろしながら犯罪者が語る。

「人によっては理想の研究環境だと考える人もいる。人によっては底なしの裏社会と考える人もいる。人によっては傷つけられた者の退避先だと考える人もいる。そもそも『暗部』にどっぷり浸《つ》かった私だって、『暗部』の全ての階層が見えている訳じゃないし。『暗部』の人間は同じ場所にいても交わらないし、『暗部』同士で対立したって疑問に思わない。そんな予測不能な支離滅裂こそが『暗部』だもん」

「……、」

「ただそれはあって、ただそれは守らなくてはならない。うふふ、無謀にもこんなオモチャ箱を善悪の二つだけで切り分けられると思った時点で、あなたは何も見えていないよ」

かくんっ、と白井《しらい》の膝から力が抜けた。空間移動《テレポート》の座標がわずかにズレる。彼女は過愛《かあい》と違って重力を克服した訳ではない。体重を乗せた右足がビルの鉄骨からほんの一〇センチ横に逸《そ》れただけで心臓が縮んだ。慌てて両手で縦に走る別の鉄骨を抱き締める。

異変に、遅れて気づいた。

「……これ、は……」

「カラスの羽根」

うっとりとした『分解者』は華奢《きゃしゃ》な両腕で自分の体を抱き締めて不規則に震えながら、

「ネズミの抜け毛とダニやノミの死骸もあるけど。他にも聞きたい？　もっとエグいものなんて、空気の中にいくらでも漂っていたけど。私は『分解者』、だけど別に動物を専門に扱うテイマーって訳じゃない。酵素であれ湿気であれ、カビ、薬品、細菌、とにかく的確に分解原因を届ける事さえできれば伝達経路は一つでなくても構わないもん」

そもそも、たとえネズミやゴキブリをいくらでもかき集める事ができたとしても、それで強化ガラスや鉄筋コンクリートでできた分厚い壁を瞬《また》く間《ま》に食い破れるかと言われたら怪しいところだった。つまり、花露《はなつゆ》過愛《かあい》の本領は、小さな牙や爪ではない。そこに宿っている、目には見えない何かだ。

「けど、それは」

ふらつく体を動かし、必死に自分の足を細い鉄骨の上に乗せ直しながら白井《しらい》は呟《つぶや》いた。額にはいくつも汗の珠《たま》が浮かんでいた。

「本来だったらもう一人の……『媒介者』とかいう女の子の役割ではなくて？」

『分解者』の少女は淡く笑っていた。

何でもかんでも返答するつもりもないらしい。

「あなたは死ぬ。死は始まっている」

「……かもしれませんわね」

(お姉様……)

「ブドウを塊のままぶちゅぶちゅ噛《か》み潰《つぶ》しているような感じが近いかな。細胞が弾《はじ》けていく音は聞こえている？　劇症型の殺人バクテリアはこうしている今も内側から細胞膜を食い破り続けているもん。あなたは助からない」

両目を限界まで見開いて、過愛《かあい》が言った。

「邪魔するものを殺すんじゃない。私達『暗部』の研究者にとって壁は乗り越えるもので、制約は刺激でしかないもん。ああ、そういう意味では、あなたは面白い刺激だった。骨の髄まで楽しめるほどに」

「だとしても、わたくしがあなたを倒す方が早い」

ガキュンッ!!　という異質な音が響き渡った。

白井黒子《しらいくろこ》が金属矢を空間移動《テレポート》で飛ばしたのだが、狙った先は『分解者』の少女ではない。貫いた先は、床も天井も抜け落ちて今や一個の筒となったビルの、ガラス窓の部分だった。

「あなたは別に動物や昆虫と言葉を交わす訳じゃない。犬や猫のような信頼もない。明よりは暗、乾よりは湿、塩よりは糖。そんな風に化学薬品を使って『好き・嫌い』、『イエス・ノー』の二択を外から操っているだけですわ」

そう、ビルの内装をぐずぐずに崩していった攻撃は確かに強烈だったが、何故《なぜ》そうしなければならなかった？　単純に白井黒子《しらいくろこ》一人を仕留めるだけなら、もっとピンポイントで集中攻撃する方法だってあったはずだ。

もしも、それが絶対に必要だとしたら？

しかもその理由は何があっても知られてはならないものだとしたら？

「風通し」

ビュオ!!　という切り裂くような音が追従した。

ツインテールの少女は片手で自分の髪を押さえ、そう宣告した。

「マーブル模様の迷路は人の目には見えないから不可解に思えますが、分かってしまえば容易《たやす》い。迷路を崩せば安全地帯はなくなる。あなたもまた、獲物の一つでしかなくなる!!」

景色が揺らいだ。

再び何かが崩れ、上から灰色の滝が降り注いできた。

いいや、花露過《はなつゆか》愛《あい》の右肩から顔の半分を覆ったものの正体は、大量のネズミだった。

「ぎっ」

叫ぼうとしたようだが、もう遅い。

そもそも『分解者』の体を持ち上げていた巨大なカラス自身、すでに彼女の制御から離れつつある。外も中も。体を埋め尽くすネズミ達は少女の袖口や胸元にまで容赦なく潜り込む。

「ぐぅあああ!!!?⁇」

少女には不釣り合いな太い雄叫《おたけ》びが炸裂《さくれつ》した。

赤いものが散らばる。

だけど警備員《アンチスキル》とは違って簡単に動きは止まらなかった。小動物をコントロールするのに使う薬品があるからか、カラフルな色の液体が入った試験管が抵抗するように何本も宙を舞う。

ネズミ達の毛皮の奥から、ぎょろりと何かが白井《しらい》を睨《にら》んだ。

ぎぃぎぃという鳴き声の洪水の中でも、その小さな声はツインテールの少女の鼓膜を叩《たた》いた。

『分解者』花露過愛《はなつゆかあい》は確かにこう言っていた。


ま・だ・お・わ・ら・な・い。


「っ‼」

最後の力を振り絞り、白井黒子《しらいくろこ》は一度に三本も金属矢を解き放った。

赤い血が散らばるが、ツインテールの少女は顔をしかめる。

数千数万ものネズミ達がばらけて塊が形を失っていく。抉《えぐ》り取《と》ったのはネズミ達だけだったようだ。そこにはもう白衣の少女はいなかった。

原形を留《とど》めないほど食い散らかされたのか。

いいや、

「……すてんれす、シンク……」

巨大なジャングルジムのように十字交差する鉄骨と鉄骨の間に、何か銀色の輝きがあった。

元は給湯室だったのだろうか、ステンレス製の流し台の下から金属管が垂直に延びていたのだ。

長く長く、地上まで。

当然、排水口の太さなんて白井《しらい》の腕より細い。だけどツインテールの少女はありえない可能性を決して捨てなかった。ゴムキャップを外した試験管がいくつもシンクに転がっていたのもそう。そして骨の髄まで『暗部』が染《し》み渡《わた》っていた少女の通称を思い出す。

『分解者』。

『暗部』、中でも嫌《けん》普《ふ》性《せい》の過《か》愛《あい》ならやりかねない。自らの骨二〇〇本以上を溶かす程度。

「くっ……」

そこまでだった。

白井《しらい》黒子《くろこ》の体がぐらりと揺れたと思ったら、今度こそ鉄骨から足を踏み外す。

12

軽く見積もっても一〇階は超えていたはずだ。

だからバランスを崩した白井《しらい》黒子《くろこ》が助かる道はなかった。たとえ真下で大人達が分厚いマットを抱えて待ち構えていても厳しかっただろう。

にも拘《かかわ》らず、ぼすりという水っぽい音が彼女の体を包み込んだ。

『分解者』が徹底的に破壊した、腐り果てた建材のなれの果てだ。この綿や埃《ほこり》の山のような何かが元は鉄筋コンクリートや強化ガラスだったと言って、一体どれくらいの人間が信じてくれるだろうか。

「白井《しらい》さあん!!」

少女の体が深く深く沈んでいくより早く、声があった。

バーコード頭にメガネの警備員《アンチスキル》、楽丘豊富《らくおかほうふ》が手を伸ばしたのだ。まるで無数の小さな手で引きずり込まれていくかのように抵抗は強かったが、そこでおじさんの腕が不自然に膨らんだ。筋肉の力で強引に引きずり上げる。

まるで熱病にでも冒されたようだった。助かったはずの白井黒子《しらいくろこ》は、起き上がるどころか汗でべたついた前髪を指先で払いのけるほどの力も残っていないらしい。

それでも彼女は言った。震える唇を動かして。

「……、だ……」

「？」

「まだ『分解者』は自由を謳歌《おうか》していますわ……。早くっ、下水を調べなさい!!」

「でっ、でも白井《しらい》さん、早く手当てをしないと。今病院の手配をします。何だったら警備員《アンチスキル》のヘリを使ってでも、」

白井黒子《しらいくろこ》はぐったりしたまま、それでも楽丘《らくおか》の胸ぐらを掴《つか》んだ。

自分だって命を預けるなら御坂美琴《みさかみこと》が良《い》い。ここまで頑張っても尻尾も掴《つか》めないとはどういう事だ。でも、ここは背中を押さないとダメなのだ。無難で妥当で消極的。それではプレゼントの箱も開けないままおじさんが腐ってしまう。そう分かってしまう。

血の塊でも吐き出しそうな顔で彼女は叫ぶ。

「家族が誇れる誰かになりたい。そのために学校の先生になって、そこからさらに危険な警備員《アンチスキル》に志願したんでしょう……ッ！」

「……、」

「だったら、ここで逃がすんじゃありませんわよ……。次の犠牲を食い止め、胸を張れる自分になりなさい。だから早く!!」

おじさんはあちこちに視線を投げ、唇を噛《か》んで、俯《うつむ》いた。

それから白井《しらい》黒子《くろこ》の体をそっと寝かせると、弾《はじ》かれたように走り出す。

誰にも尊敬なんかされない。

それでも治安を守る者として、一人の教師として、己の責務を貫くために。

13

学園都市最大の禁忌。

浜面達《はまづらたち》は、この言葉にすがるしかなかった。

偽造職人のテントにあったカードサイズのハードディスク。暗号化されたこのストレージの中に答えが隠れていると良《い》いのだが……。

「地下から行くの、はまづら？」

滝壺《たきつぼ》は指先で前髪をいじりながらそう言った。

額の汗で髪が張り付くのが気になるらしい。お灸《きゅう》である程度緩和していた痛みや苦しみが、少しずつ蓋を刺激しているのだ。どっちみち、長くは保ちそうにない。

言及するのは、怖かった。

そこから全てが瓦解《がかい》していきそうで。

「あ、ああ。どこもかしこも監視だらけなんだろうけどさ。少なくとも衛星から睨《にら》まれる心配はなくなるだろ」

彼らが歩いているのは駅の地下だが、過密気味の学園都市だと通路を歩いている間に別の駅にまで辿《たど》り着《つ》いてしまう事も珍しくない。第一一学区と第二三学区の間となると、空港行きのターミナル駅が近くにあるはずだ。地下を伝ってそのまま目的地まで辿《たど》り着《つ》けるはず。

『……元から少年院にいるあの子達は警備員《アンチスキル》でも捜査中の事故って状況を作れないはず』

なんかぶつぶつ言う女の人とすれ違った。

自分の言葉で頭の中を整理しているのだろうか。長い髪を二つ縛りにしたへそ出し女子高生は軍用っぽい懐中電灯をバトンのようにくるくる回しながら、

『つまり私さえ殺されなければ救出の目はある。あのペ○フィリア理事長、これだけ派手にやっておいて昔馴染《むかしなじ》みの義理でも果たしているつもりかしら。灯台下暗しよね。それじゃ警備員《アンチスキル》

側《がわ》の監察医が使っている死体安置所の空き部屋でも借りようかしら……』

陸路か空路かはさておいて、街の外まで運ばないといけないゴミの山。

家電ゴミから個人情報などのデータを吸い上げる連中から特殊なドライバーを借りれば、『命綱』という文字テープが貼り付けられたハードディスクの中身を覗《のぞ》けるかもしれない。

（……そいつらが今も生きていれば、だけど）

警備員《アンチスキル》が相当派手に動いているらしい事は浜面《はまづら》でも分かる。いつものルールは通じない。『暗部』の奥の奥がどこまで戦うかはさておいて、末端部分についてはズタズタにされてしまっていると考えた方が良さそうだ。早々に撃破されたにせよ、慌てて逃げ出したにせよ、いつものビジネスができるとは限らない。

というか、

「あれ？　袴《はかま》のヤツどこ行った？」

「知らない」

振り返っても人混みしかなかった。

気になる。何しろ対症療法とはいえあの袴少女《はかましようじよ》がいないと滝壺《たきつぼ》の手当てをしてもらえないのだ。浜面《はまづら》では本職の鍼灸《しんきゆう》なんかできない。というか、本来は資格が必要だったような？　しかし一方で、向こうが最後まで浜面達《はまづらたち》に付き合う義理もないはずだ。

病人と役に立たない無能力者《レベル0》。

気紛《きまぐ》れで背負うにしては、流石《さすが》に重過ぎたか。

「……そっとしておこう。黙って消えたのは彼女なりに気を遣ってくれたのかもしれねえし」

「うん……」

こうなると、追加の治療は期待できない。

滝壺《たきつぼ》の高熱がぶり返す前に街の外に出なくては。

「そろそろ第二三学区だよ、はまづら」

「やっぱり地下で正解だな……。今なら学区の境に検問くらい敷いていても不思議じゃねえし」

上りの階段を探して地上を目指す。

普段は意識しなかったが、ゴミの山はひどいものだった。遠くから見ても灰色のうねりが見て取れる。家電ゴミや車のスクラップなど金属部品が多いようだが、辺りにある雑居ビルの三階くらいまで埋まっている。あの分だと道路も埋まっているのではないか。

しかし、だ。実際に近づいてみると、

「……『ゴミ拾い』ってのは？」

「クリスマスくらいは仕事を休んでいるのかも」

懐中電灯などの明かりは見えない。山はどこから崩れるか予測もつかない。上ってみるのはかなり気が引けたが、地上から見える範囲には限りがある。突き出た金属やガラスの破片に気をつけながら、浜面《はまづら》は先に進んで滝壺《たきつぼ》が安全に進めるルートを探っていく。

静寂だった。

山の上から見渡してみると、まるで銀色の砂漠だ。

『ゴミ拾い』とやらといきなりドンパチになるのはもちろん嫌だったが、誰もいなければいないで不安になってくる。彼らもまた『暗部』だったのだろうか、すでに警備員《アンチスキル》が全部制圧していて、そこらじゅうで待ち伏せしているのでは？　そんな想像まで頭の中でぐるぐる回る。

「どうする……？」

「立ち止まってもいられないよ。とにかく何かを探そう」

こういう時、滝壺《たきつぼ》の冷静沈着さが心強い。お灸《きゅう》なんて気休めだ、いつ殻を破って体の奥から高熱の苦しみがぶり返してくるか読めない状態。一秒の価値は、誰よりも重く理解しているだろうに。

「『ゴミ拾い』とかいうのが出入りしているのなら、絶対に手ぶらじゃないはず。車がいる。まんま一台停《と》まっていたらナンバーとかから持ち主が分かるかもしれない。そうじゃなくたって、例えばタイヤの跡とかでも……」

ただ、指示は的確でも具体的にどうすれば良いのかが繋《つな》がらない。不良少年は手持無沙汰気味に、近くに埋まっていた冷蔵庫の蓋をかぱかぱ開けていた。

「……、」

そこで顔をしかめる。

茶色っぽい汚れで満ちた冷蔵庫を閉めると、そっと深呼吸する。

(拾って金に換えるってそういう事か……)

あてが外れた。そうなると八方塞がりだ。せめて何かないか。これだけのゴミの山なのだ、使えるものが一つくらい。

浜面《はまづら》はポケットの中で硬い感触を握り込み、そして取り出した。

「特殊なドライバーのある場所を教えろ、『ニコラウスの金貨』」

ごんっ、と。

金属の板を蹴飛ばすような音が響き渡った。

「わっ」

恋人の滝壺《たきつぼ》理后《こう》が声を上げた。二人して恐る恐る目をやってみると、何か斜めに刺さっていた。黄色い菱形《ひしがた》に『!』の道路標識。意味はその他の危険があるので注意。なのだが、特に補助標識で注釈がない場合……風のウワサでは、非科学的な存在による危害も含むのだとか。

(……ただ恐ろしい事に、実際、なんか幽霊っぽいのがそこらを徘徊《はいかい》しているんだよな)

べこんと音を立てたのは例の標識のようだ。問題はその根元、ゴミの中に何かが埋まっている事だった。鉄板、いいやドアだった。両開きの鉄のドア。

「はまづら、これって……」

「金属コンテナ?」

ただの、ではないようだ。

ゴミの山に突き刺さったコンテナはまるでトンネルみたいに自由な空間を切り取っていた。さらにその床は四角くくり貫《ぬ》かれ、下に向かう階段が口を開けていたのだ。

14

近くにあったマンホールの蓋を腕一本の力業で跳ね上げると、楽丘豊富《らくおかほうふ》は暗い暗い地下へと飛び込んだ。

異臭が鼻につく。

装備品の中から警棒にも使える頑丈な懐中電灯を取り出して確かめてみると、中は意外なくらい広い。下水と言っても様々な形式があるだろうが、ここでは汚水の流れる川の左右にコンクリートの狭い通路を用意したような作りになっていた。

水の流れる音の他に、機械音と思《おぼ》しきものも混じっている。

ブゥーン……という低い唸《うな》りは、深夜の冷蔵庫みたいな響きに似ていた。

「?」

そしてライトの光を照り返すものがあった。

壁と通路の床に、透明な何かがある。粘液を引きずったような跡だった。バーコードにメガネのおじさんは懐中電灯を手にしたまま痕跡を辿《たど》っていく。

暗闇の奥で、何かが蠢《うごめ》いていた。

最初、楽丘《らくおか》は小柄な人間が頭から毛布でも被《かぶ》っているのかと思った。

「だっ、誰だ⁉」

叫び、ライトの光を向ける。

半分以上は恐怖に衝《つ》き動《うご》かされていた。だとすればその行為は間違いだったかもしれない。闇の奥を覗《のぞ》いても不安が払拭《ふっしょく》されるとは限らないからだ。

『あれ……？』

肌の色、に見えた。しかし実際には山だ。もう華奢《きゃしゃ》な腰もアンバランスに大きな胸もない。溶けたアイスクリームのような塊があった。一、二メートルほどの山。ただし、その表面にいびつな顔がついていた。もっとも、左右の目の高さも合っていないが。ただの肉なら怪物か生ゴミだったろうに、ごっそりと抜け落ちた長い黒髪の束が妙に艶《なまめ》かしい。

『あれ、あれあれ。おかしいな、元に戻らない……』

ひっ、という音がおじさんの喉から溢《あふ》れる。

本当は絶叫したつもりだった。しかし喉が痙攣《けいれん》でもしているのか、まともな声も出ない。

塊は、ライトの光源に向けて振り返った。どちらが正面かも分からないようなドロドロなのに、不思議と仕草は人間臭い。

かつん、かちん、と何か硬い物がぶつかる音が響いていた。

歯とか骨とか不気味なものかと思っていた楽丘豊富《らくおかほうふ》だったが、よくよく見ればライトの光を跳ね返しているものはもっと無機質だ。クリーム色の塊に呑《の》まれつつあるのは、カラフルな液体の入った試験管だ。他の試験管とは違う、青いゴムキャップで栓をされたものだ。

先ほどからそれを被《かぶ》っているが、それでも『戻らない』らしい。

(何かしらの治療薬？　あれがあれば白井《しらい》さんも……ッ‼)

『まあ良《い》いか』

これだけの惨状なのに、塊は素っ気なく言っていくつもの試験管を横合いに放り捨てた。

思わずそちらに視線を吸い寄せられそうになるのを、楽丘《らくおか》は必死に堪える。

こんな有り様でも、間違いなく『暗部』。

わずかでも隙を見せたら、即座にやられる。そんな予感が分厚い壁のように襲ってくる。

『ひっ、ひ。自分のバクテリアを被《かぶ》って自分の体を崩すとか、いかにも可哀想《かわいそう》って感じがしない？　汚れている、汚されている。細胞の潰れていく音が聞こえるもん。ぶちゅ、ぶちゅって。ひひ、ひひひひ。こんなに可哀想《かわいそう》な女の子って他にはいないよね』

身をくねらせて。

やがてはそんな動作に何の意味があるのかも忘れてしまうであろう、少女の声があった。

『ねえ、可哀想《かわいそう》って言ってよ。口では惨《みじ》めって顔をしかめながら腹の中ではほくそ笑んでよ。そうしたら、私はきっと「暗部」の伝説として永遠に生きていられる……。大丈夫、命なんてオカルトだもん。なくなったって大丈夫。私は「暗部」と一緒になるんだもん……』

ああ、とバーコードにメガネのおじさんは息を吐いた。

それから改めて向き合う。

率直に言った。

「時間の流れも気にせず世界の問題を全部丸投げにして、永遠に漂っていられるだなんて。なんてお気楽で羨ましい人生なんでしょう」

ひっ、と。

肌の色をした塊が一回り縮んだ。

『ひいいいっ!! 待って、やめてよ。私はもうここから動けないんだ、これで人生おしまいなの！　もう絶対に助からないんだから、だったらせめて蔑んでくれないと、永遠に中途半端《ちゅうとはんぱ》なトコに引っかかるだけになるもん。誰の記憶にも残らない平均点なんて真っ平、それなら思いっきり汚された方がまだマシなのにい!!』

粘ついた水音があった。足を踏み外したのか、あるいは自分の意思で飛び込んだのか。肌の色をした山のような塊は汚水の中に身を投じ、そして見えなくなった。単純に沈んでいったというより、溶けていった方が近い。

楽丘豊富《らくおかほうふ》はそっと息を吐いた。

自分はもう助からないと言っていた少女。だけど何となく、彼女は永遠にあのままではないかとおじさんは考えていた。あらゆる束縛から解き放たれた少女は、寿命というくびきすら存在しなくなったのではないかと。

それが幸せかどうかはさておいて。

楽丘《らくおか》は透明な粘液の筋が残る通路の床に落ちていたいくつかの試験管を拾い上げる。カラフルな液体のどれが解毒剤《げどくざい》かは分からないが、わざわざ青いゴムキャップで色分けされた試験管だ。安全の青、少女が最後にすがった青。成分分析を依頼しておいても損はないだろう。と。

その時だった。

『ひひ』

汚水が声を出した。

びくっと震えて懐中電灯の光を浴びせるが、澱《よど》んだ川から何かが頭を出している様子はなかった。にも拘《かかわ》らず少女の声は続く。街の汚れにまみれたいと願った少女が、汚水そのものに薄く広く拡散したかのようだった。

『そう言えば聞き忘れていたんだけどさ、あなたは好普性《こうふせい》、それとも嫌普性《けんふせい》？　「暗部」のどの辺りの階層にいる人？』

「……、は？」

これぱかりは、本気で意味を掴《つか》みかねた。どぷんと汚水がわずかに波打った。

『あれえ、こんななれの果てになってまで変な駆け引きなんかすると思う？　私は今、全てから解放されて満ち満ちているもん。ええ、ええ。あなたの言う通り、私は全てから解放された存在になれた。……双子ってさ、いつでも一緒だと案外窮屈なんだよね。本当は私は一人で何でもできた。機能の一部を切り分けて妖宴《ようえん》に預けていたけど、街の汚れを分解するだけなら一人でできたんだ』

ちゃぷちゃぷという音は大きくなっていく。

ただでさえきつかった悪臭が、透明な分厚い壁のように感じられた。

『私は何もかも分解したかった。双子の絆《きずな》なんて幻想も、自分自身も。解放されたかったの』

おじさんの呼吸が崩れる。額や頭部から汗の珠《たま》がいくつも噴き出してくる。

お構いなしだった。

『そんな今の私なら嘘《うそ》はつかないよ、だって理由ないもん。だから尋ねているの、あなたは「暗部」のどの辺りにいる人って。今まで鉢合わせしなかったって事は、違う層だと思うけど』

「ちょっと、待ってください……」

不思議な説得力のある響きだった。

死刑を待つ囚人の潔癖さ。失うもののなくなった存在は守りのために嘘《うそ》をつく必要がない。

だとすれば？

「私は警備員《アンチスキル》ですよ。それ以上でも以下でもない。それは、まあ、アグレッサーとしても働いています。訓練のために凶悪犯に成り切って戦ったりはします。でもそれだけじゃないですか。私はあなた達とは違うんです。違うモノだ」

『無理だよ。その言い訳は苦し過ぎるもん。あなた、ここがどこだか分かっていないの？　ほら、機械の唸《うな》りが聞こえないかな。ブゥーンっていうあの音は何のため？　正解はこちら、ここは足跡を消す場所なんだよ。カメラからカメラに繋《つな》いで延々と追跡されないようにね。罪を犯す前に地下に潜って足取りを消し、追跡できない形にしてから現場に向かう。機械の音は磁場を作るためだね、ハイテク除け』

「……、」

『だから、悪意的に作られた下水迷路をただ歩いたって辿《たど》り着《つ》けるはずないもん。ここを知っているのは「暗部」の人間だけ。あなた、絶対に使った事があるはずよ。ここの設備を』

…………………………………………………………………………………

…………………………………………………………………………………

「…………………………………………………………………………………」

ちがう、と唇は動いた。しかし声にはなっていなかった。

じめっとした気味の悪い湿気の錯覚と共に視界がゆっくりと白くなっていく。楽丘豊富《らくおかほうふ》は必死に意識を繋《つな》ぎ止《と》めようとする。心当たりなんかない。決まっている。冴《さ》えない人生だった。プラスもマイナスもなく、ただただ年を食っただけの人生だった。それでも同じ家で暮らす母や妹が胸を張って自慢できるような誰かになりたいと思って、それだけ考えて学校の先生、さらには警備員《アンチスキル》になったのだ。だから無縁だ、関係ない。『暗部』なんて言葉に心当たりなんて、

『ああ』

粘ついた笑みが遮った。

ライトに映るのはどす黒い汚水しかないはずなのに。

確かに。

『あなたは本当に善良だったのね。でも、だからこそ絶対に見捨てる事ができなかった』

永遠になった誰かが。

退屈しのぎで、崩しに来る。

『だってあなた、いったんここで足取りを消してから死体を捨てに行ったんでしょ？　場所は山、それとも例の駅の地下とか？　誰かの罪が明るみに出て、小さな世界が壊れてしまうのを何としても防ぐためにさ』

母　　　　　　　　　　　　　　　　　　　　粘着
　　　　妹
　大切な家族　　　　赤　　　　ストーキング
下卑た笑い　顔のない　　　追い詰められて　　　　死んで当然
　　　　気がついたらこうなっていた
誰も悪くない　　　　　　　　　呆然《ぼうぜん》と立ち尽くす影
　　　　　　　　　　殺

　抱き締めて、みんなで震えて、善と悪について確認し合って、後はこれをどうするかを考えて、考えて、考えて、布団《ふとん》圧縮袋に詰めｒｅ掃除機のｋａｇｕを繋《つな》いでスーツケースｈｉｅｕｂめて押ｅｂｈｎ入れにしまってｍｅｂでも異臭が漂ｎｈｒｎて羽虫の幼虫ｈｅどくて選択を迫ｇｇｕバスルームに引きｏｆｂｎ鉈《なた》を振り上げｔｕ小分ｈｒｎｐ袋にｔｕめてｎｈｅｐｇｎａｎｓｄｉｐｊｇｎｍｄ、ｊｎｐｉｇｖｎｐ。ｓｄｆ
「あ、ああ。うぐォォォああ!!!!!!」
　出口もない澱《よど》んだ重苦しい地下で、楽丘豊富《らくおかほうふ》はケダモノみたいに天に向かって咆哮《ほうこう》していた。

ちゃぷちゃぷといつまでもやかましい汚水を蹴飛ばそうとして、逆にそのまま下水の川へと落ちてしまう。

水面に顔を出したが、粘ついた異臭の源がパックのようにへばりつく。不快なだけではないのが逆に気味悪かった。人肌のようなぬくもりが脳に刺さるのだ。もちろんそんな経験なんかないが、もしも巨人の胸で全身を包まれたらこんな感触がするのだろうか。

耳元で囁《ささや》くように、あるいは耳の中から直接、少女の吐息を当てられるようだった。

『あはは。あははははははは、あはあははははあはあはは』

「げふっ、黙れ」

『何だか挙動が変だと思っていたもん。味覚が子供というか大人としての作法が抜け落ちているというか……おじさんにしては世界が狭いようだったけど、そういう事だったんだね。押し寄せる「社会」の責任が怖かったから、「学校」から出られなかった。……ふふふ。あなたも、立派な、嫌普性《けんふせい》じゃない』

「黙れえええええええ!!!!!!」

ひっ、という小さな悲鳴があった。

汚水の川に溺れかけたまま、楽丘豊富《らくおかほうふ》は血走った目を向ける。懐中電灯を向けた先に、一〇歳くらいの小さな女の子がいた。汚れきった下水と清潔な体操服はあまりに不釣り合いで、合成写真のように浮いていた。

身を縮めている女の子は、一見すれば脅《おび》えた小動物のようにも思える。

しかし顔の表面でぬるぬるしている存在が囁《ささや》いた。

『忘れたの？』

こえが。

わらいごえがきこえる。

『ただの人は、単なる偶然でこんな所まで辿り着けない』

「……、」

ざばりという水を割る音が響いた。

バーコード頭にメガネの警備員《アンチスキル》が汚水の川から通路へと身を乗り上げた音だ。

「わたしは……」

斜めに傾いていた。肩の高さが左右で合っていなかった。

「私は警備員《アンチスキル》だ、家族が誇りに思ってくれる、そんなだれか」

それだけなら、切なる願いであったかもしれない。実際に、母と妹は彼に感謝をしてくれたかもしれない。

だけど、そんな感謝があった事を認めてしまったら……。

「……っ!!」

揺らぐ。

崩れる。

真実は、どうしてこんなに重たいんだろう。人を押し潰しても押し潰しても飽き足らず、上からぎゅうぎゅうのしかかってくるんだろう。

でも、約束した。

息も絶え絶えの白井《しらい》黒子《くろこ》から『暗部』を追えと言われた。ここで手に入れた試験管があれば、彼女はまだ助かるかもしれない。

だから、自分はもうダメだけど。

力の続く限りは『暗部』を蹴散らして、何としてもこれを届けよう。

「がァァあああ!!!!!!」

金縛りが解け、背中を向ける小さな女の子。

警備員から逃げるのは後ろめたい理由があるからだ。そう判断した。

逃げる獲物を追う影は、瞬《またた》く間《ま》にシルエットが崩れていく。内側から警備員《アンチスキル》の制服を引き裂き、筋骨隆々の巨体が表にさらけ出される。

戦う事を選んでしまった誰かが、手足を振り回して追いかける。

どこをどう歩いたのかなんて覚えてもいなかった。

体操服の女の子、リサコは真っ暗闇の下水道なのに視界の半分以上が真っ白に埋まりそうになっていた。息が荒くて、胸が苦しい。両目の端からボロボロと涙が溢《あふ》れていた。防犯ブザーについている小さなＬＥＤライトの光が壁や天井にぶつかるたび、眩《まばゆ》い照り返しで目の奥が痛くて仕方がない。お兄ちゃんが渡してくれたものでなければ、唯一の光源だなんて事も忘れて放り投げていたかもしれない。

走る。

15

とにかく走る。

来てはいけない場所に迷い込んだ。いつまで経《た》ってもソダテの秘密基地に辿《たど》り着《つ》けなかった時点でそう思うべきだったかもしれない。でも、どこまでやったら諦めて引き返すかを決めていなかったのが災いした。あとちょっと、もうちょっと。奥へ奥へと進んでいく内に、いつしか踏んづけただけで体と心がバラバラにされてしまうような場所まで迷い込んでしまった。

何かがきっかけになって、こうなった。

本来だったら絶対に辿り着く事のない場所までレールが繋がってしまったのだ。

(何だろう、あれ……？)

怖くて後ろは振り返れなかった。狭い通路を走り、太いパイプの隙間に体を押し込んで、とにかく少しでも離れようとする。後ろから、何か恐ろしいモノが追ってきている。

捕まったらダメだ。きっとひどい事が起きる。

(あのおじさん、何もない所でぶつぶつゆってた!!)

「あっ！」

大きな出っ張りがあった訳でもないのに、リサコは派手に転んだ。膝の痛みに泣き出す事すら忘れていた。

ふっ、と。

なけなしの光が消えてしまったのだ。黒が全てを埋め尽くす。

(ライトっ、明かりがないと……)

卵形の防犯ブザーの感覚が掌《てのひら》の中からなくなっていた。転んだ拍子に床を滑ったらしい。スイッチが切れたのか、装置が故障してしまったのかも分からなかった。映画館みたいな真っ暗闇だ。光がないと先に進めない。ちゃぷちゃぷという下水の川の音は今も聞こえているから、闇雲に進むだけだと落ちてしまうかもしれない。

這《は》いつくばったまま小さな掌《てのひら》であちこち探るけど、それらしい感触は摑《つか》めない。

お兄ちゃんからもらった大切な防犯ブザーだった。お金について困ってそうなのはたびたび見てきた。なくしてしまったなんて絶対言いたくなかった。

なのにいつまで経《た》っても防犯ブザーが見つからない。こんなに頑張っているのに見つけられない。

むっ、と。

悪臭がきつくなってきた。後ろからだ。

あの『かいぶつ』は懐中電灯を持っていたようだけど、明かりを消したんだろうか。この暗闇の中、光がなくてもこちらの背中が見えているんだろうか。でも、どうやって？

本当は、今すぐ逃げるべきだったのかもしれない。あちこち体をぶつけても良いから、暗闇の中を走った方が良かったのかも。だけど、どうしてもリサコは防犯ブザーを諦められなかった。自分の唇を噛《か》んで、目尻から涙を浮かべたまま小さな手でぺたぺたと汚い床を探る。

（やだ……）

見つからない。

見つからない。

どうやってもお兄ちゃんからもらった防犯ブザーは見つからない。

（もおやらっ、どこにあるのお？）

何か、天井が低くなったような圧迫感があった。

這《は》いつくばって防犯ブザーを探す少女の上から、何かが覆《おお》い被《かぶ》さってきたのかもしれない。

最初から何も見えない暗闇の中で、リサコが両目をぎゅっと閉じた時だった。

何かがひしゃげる音があった。

そして分厚い壁のような圧が、怯《ひる》んだように後ろへ下がった。

びっくりしたように目を開けるリサコだったが、当然ながら暗闇の中では何も見えない。はず、だった。

何かを擦る音が響いた。お誕生日ケーキのロウソクよりもちょっと大きな光があった。人魂《ひとだま》ではないらしい。お兄ちゃんが花火の時に持ってきてくれるライターの炎だ、と気づいた時、これまでとは違う獣臭さがリサコの鼻についた。

『おっと、子供の前だったか』

何かを取り出して口に咥《くわ》えようとした塊が、リサコの方を見てその動きを止めた。

信じられなかった。

人の声で話しかけてきたのは、どう考えても大きな犬にしか見えなかった。

「じんめんけん……？」

『やれやれ、これでももう少しだけロマンの溢《あふ》れる存在だと自負しているのだがね。まあ、大衆的には似たようなものか。どうせテクノロジーでしょ、よりはマシだろうし』

普通だったら、大きな犬が近づいてきただけで怖いと思う。特に、飼い主さんがリードを摑《つか》んでいない犬は。だけどその大きなゴールデンレトリバーは、へたり込んだリサコの横をそっと通り過ぎたのだ。まるで後ろから押し寄せてくる『かいぶつ』を堰き止《せ》《と》めようとするように。

光を持つものは言った。

『早く行きなさい、お嬢さん。間にある脇道、錆《さ》びた鉄の扉、色々気になるだろうが全部無視して真《ま》っ直《す》ぐ通路を進むんだ。もしも自らの迷いに振り回される事がなければ、長い長い道の果てに上りの階段に突き当たる。チャンスは与える、だが活《い》かすか殺すかは君に委ねるよ』

「でも、お兄ちゃんの防犯ブザーが……」

最後まで答える時間もなかった。

何か小さなものが放り投げられた。小さな両手で受け取ると、それはいくら探しても見つからなかった卵形の機械だった。

一体、犬がどうやって投げたのだろう？　あのライターだって……。

疑問に思う前に、ゴールデンレトリバーはもう一度言い放った。

今度は強めに。

『早く』

わたわたと体操服の女の子は走り出し、しかし、すぐに立ち止まった。

危険だと聞かされたのに、つい振り返ってしまう。

「わんちゃんは……？」

来ないの、という意味ではない。名前を聞かれているのだと思い至ったようで、ゴールデンレトリバーは小さく息を吐いた。

もしも犬に笑う機能があったなら、彼は笑っていたかもしれない。

『「暗部」だよ、木原脳幹《きはらのうかん》。……こういう輩《やから》を始末するためのな』

ズン!!　と闇の奥が震動した。

今度の今度こそ長い通路を走っていく小さな背中を確認してから、闇の色に染まったゴールデンレトリバーはゆっくりと正面へ振り返った。

機械でできた細いアームで上等な葉巻を弄《もてあそ》び、その先端にオイルライターの火を近づける。

『もう、構わんだろう』

変わる。

がらりと。

『これから死にゆく者に、健康への影響など気にする必要もないからな』

黒い壁が、蠢《うごめ》いた。一度は不意の痛みで怯《ひる》んだ闇が、再びぐっと圧を増してくる。

圧が人の声でしゃべった。

「……あなたも、『暗部』ですか？」

『いかにも。「暗部」を殺せば自分は問題を棚上げにできるという謎の理論に従うのなら、何もあの子にこだわる必要はあるまい？』

ゆったりと紫煙を吐いて、ゴールデンレトリバーが語る。

『そういう意味では、私は上等な獲物だぞ？　何しろ「木原《きはら》」の中でも秘中の秘ではあるだろうからな』

「黙れ」

一歩。

容赦なく踏み込んできた巨体が、オイルライターの頼りない明かりの下にさらされる。

「今のが全力だというのであれば、あなたは勝てない。私はもう出血すらありません」

『……まあ、A.A.A.はオリジナルも含めて小娘達のオモチャにされてしまったし、なけなしのスペアも今回のハンドカフスで軒並み潰されてしまったからなあ』

今のゴールデンレトリバーにできるのは、かつての最強装備の運搬に使っていたコンテナやケースを射出するだけだ。中身は空っぽなので大した威力もない。いや、目一杯火薬を詰めて起爆してもこの怪物は自前の筋肉で押さえ込むだろう。

「ここから先は嬲《なぶ》り殺《ごろ》しです。私は『暗部』を許さない、どのような形を取っていても」

奇妙に歪《ゆが》んでいた。それ自体が鎧《よろい》のような分厚い筋肉に包まれ、だけど顔の部分だけがいつも通り。バーコード頭にメガネの警備員《アンチスキル》は、リュックを背負うゴールデンレトリバーを見ながら彼以外の何かに向けてぶつぶつと呟《つぶや》いている。

「そしてあなた自身、そうなる事が分かっているような素振りが窺《うかが》える。だとすると命を投げうってまで逃がしたあの少女が気になる。きっと大きな『暗部』です、絶対見逃す訳にはいかない。後を追っていけば、もっとたくさんの闇を芋づる式に引っ張り上げる事ができるはず。だってそうじゃないとおかしいじゃないですか、『暗部』でもないただの子供があんな場所まで潜り込めるはずがないじゃないですか……」

『なあ、おい』

いい加減に、うんざりしたようだった。

お気に入りの銘柄に肺を預けても取り除けなかったらしい。木原脳幹《きはらのうかん》は不快そうに遮った。

『哀《かな》しいお知らせだが、さっきから貴様一体どこの誰と話をしている。「分解者」？　ああ、確かに花露過愛《はなつゆかあい》なら今もその辺を漂ってはいるし、ある意味で永遠に死ねない存在になったのかもしれない。いつぞやの薬味久子のようにな。だがアレが、空気を震わせて肉声を作れるような状態だとでも思っているのか？　あの、汚水の中に希釈しきったカラダでどうやって？』

「……、」

『「暗部」かどうかに関係なく、こんな通路は誰でも辿り着ける。それがつまらない真実だ。あの子が脅《おび》えていたのはな、頭が禿《は》げ上《あ》がって脂ぎったメガネオヤジが悪臭まみれの汚水に肩まで浸《つ》かって一人でぶつぶつ呟《つぶや》きながら恍惚《こうこつ》の表情を浮かべていたからだろうよ。そんな声は、なかった。貴様はこの場所で何かまずい事を思い出したが、自分一人で勝手に地雷を踏んだとは認めたくなかった。どうせ破滅するなら単なる事故ではなく、せめて壮大な計画を左右する狡猾《こうかつ》な罠《わな》であってほしかった。だから悪意ある笑い声でも夢想したんだろう。粘ついた汚水が波打つ、ちゃぷちゃぷという水音と重ね合わせてな』

「……

……

……」

楽丘豊富《らくおかほうふ》は、停止していた。

彼の中で何がどう処理されているかは木原脳幹《きはらのうかん》にも読めない。さして興味もない。

「……前を向くほど、惨《みじ》めになる。そう思っている時点で私も染まっているんでしょうね」

『何が？』

「だけどあの子がここにいた理由の説明にはなっていないと思うんです。服装も少しおかしかった。何かしらのセンサーを手足につけていたし、あれはかなり高度な技術でした。やはり彼女は、『暗部』の人間です」

『まあ、こうなるか。ちなみに、私は特に嘘《うそ》をついているつもりはないんだが』

楽丘《らくおか》は近くにあった鋼管へ手をやった。並の人間の胴体よりも太いパイプを片手一本で毟《むし》り取《と》る。

体重や筋繊維の束を見れば総合的な筋力は外から計算できる。ヤツの手にかかれば鈍器というより飴細工《あめざいく》や鞭《むち》のように振る舞うだろう。細い木の枝をただ振り下ろすか、手首のスナップでしならせるかの違いを思い浮かべれば良い。通常威力の五倍から一〇倍は覚悟するべきだ。

しかし犬は後ろに下がらなかった。

そんな事より葉巻の味を嗜《たしな》む方が重要だと言わんばかりに、目を細める。

『……木原を殺して邪魔な死体まで完璧に捨てたご家庭か。ひょっとしたら、君とは共に戦えたかもしれなかったのに』

そっと息を吐いて、大型犬は囁《ささや》いた。重大な意味を持つ言葉だった。

『木原平均《きはらへいきん》。心理学的アプローチの一環とはいえ、ヤツの悪癖は完全に公私が混同しているところだった。同じ技術であっても仕事で使えば張り込み、趣味で使えばストーキングとあれだけ強く言い聞かせていたんだがな』

何かを思い出すように。

あるいは残念がるように。

『家族を守る。それだけなら私は君を尊敬していただろう。君の勇気ある行動は正しいとは言えなかったかもしれないが、そこには強いロマンの輝きを感じられた。たとえ善なる道から弾《はじ》かれようとも、私という「暗部」が君の到来を歓迎しただろうね』

しかし、だ。

ゴールデンレトリバーは硬質に言い捨てた。

『だが、訳もなく子供を追い回す今の君には何もない。自分の都合で手頃な弱者を悪性と決めつけて食い物にしようとした君には。私という「暗部」は君を拒絶する。悪いがこれは、私が始末をつけるべき案件だ』

空気が変わる。言葉の硬さが気体の密度や粘度にまで影響を広げていくかのように。

それでも呑《の》み込《こ》まれなかった楽丘豊富《らくおかほうふ》は、やはり腐り落ちてしまったにせよ木原《きはら》殺《ごろ》しの片鱗《へんりん》くらいは残していたのか。

……歪《ゆが》んで元に戻らなくなった善人など、ただの悪人よりもたちが悪い。木原脳幹《きはらのうかん》は率直に評価した。悪い方向に。

そう、本来『暗部』はどこにでもいるのだ。アパートの隣室にも、近所のスーパーにも、テレビの中の芸能界にも、平和を守る警備員《アンチスキル》にも。一掃とは、つまり美しくなるために気に入らない染《し》みや皺《しわ》を包丁で皮ごと剝《む》いていく行為だと今の統括理事長《ルーキー》は理解していたのか。

「あなたは質問に答えていません」

『ふむ』

「さっきのが全力だとしたら、万に一つも勝てない。それでどうするつもりなんですか」

ふむ、と木原脳幹《きはらのうかん》は一拍置いた。素知らぬ顔で耳を傾けるが、すでに小さな足音は聞こえなかった。どうやら体操服の少女は助言通り、脇目も振らずに長い長い直線を走っていったのだろう。おそらく地上に出ている頃合いだ。

『ロマンとは何か。まあ、今の君に尋ねても真っ当な答えが返ってくるとは思えんが』

こちらに武器はない。

一方で、どれだけ暴走していても、いいや、ある意味暴走しているからこそか。楽丘豊富《らくおかほうふ》の実力だけは本物で、しかも体の形が変わるほどブーストしている。『暗部』の戦いにルールは無用、負ければどうなるかなど想像しない方が良《い》い。

それでも美味《うま》そうに葉巻をくゆらせ、大型犬は言った。

『効率や合理性じゃない。無駄を楽しむ心、こいつが野良犬《のらいぬ》と私を切り離す定義だよ』

16

「何でえ……？」

半べそかいていた。

クセが強くて長い銀髪とアンバランスな袴《はかま》の組み合わせ。『暗部』の中でも好普性《こうふせい》も好普性《こうふせい》、ヴィヴァーナ＝オニグマはあんまり慣れない駅の地下で完璧に迷子になっていたのだ。

地球全人類は二種類に分けられると思う。初めての地下鉄駅で迷わず目的の出口を見つけられる人間と、気がついたら全く別の駅の地下までトボトボ歩いている人間だ。

望んでなった訳ではないけれど、彼女だって『暗部』側の人間だ。警備員《アンチスキル》にバレたらまずい。生きて人生を謳歌《おうか》するには学園都市の外に出るしかなくて、そのためには学園都市最大の禁忌とかいう秘密に迫る必要があるのだ。

浜面《はまづら》だか滝壺《たきつぼ》だか、ヤツらは一体どこ行った？

まさか示し合わせて撒《ま》かれたのではあるまいか。そんな嫌な想像すら頭の中をぐるぐる回る。とにかく第二三学区だ。何だったら、いったん地上に出て現在位置を確かめたって良《い》い。上は上で危険らしいのだが、このまま永遠に迷子よりはマシかもしれない。

そんな風に思っていた。

決断があと一〇秒早ければ、きっとこの交差はなかっただろう。

「むぎゅ‼」

いきなり近くの扉が開いた。いかにもスタッフ用といった鉄の扉から飛び出してきた誰かがヴィヴァーナにぶつかったのだ。あまりにも背が低いためか、腰の辺りに衝撃が走る。

相手は体操服を着た女の子だった。

そしていちいち事情を聞いている余裕もなかった。

壁が、向こう側から大きく膨らんできた。鉄扉ごと風船みたいに爆発して、大量の破片が横殴りに襲いかかってくる。とっさにヴィヴァーナは黒と桃色、二つの風呂敷《ふろしき》を床に落として開放した。和風の拷問グッズの中から先割れ竹刀《しない》を掴《つか》むと、それで空気を引き裂いていく。

多くの頭を持った蛇のようだった。

「ふむ」

飛びかかる散弾を難なく全て撃ち落とすと、粉塵《ふんじん》の向こうで何かが蠢《うごめ》く気配があった。

いびつに膨らみ切った筋肉の塊の上に弱ったサラリーマンっぽい頭が乗っかった、特異なシルエットだった。かろうじて残った布切れから、会社員ではなく警備員《アンチスキル》だというのが分かる。

そいつは血まみれだった。

こちらの腰にしがみつく女の子はガタガタ震えていた。

ぎゃあ‼　ひいい⁉　と辺りで騒ぎが拡散していく中、だ。

「ああ……」

女の子の目が大きく見開かれていた。

ただし、単純な恐怖とは違うようだ。返り血の赤を見て震え上がっていた。

「わんちゃんは？　ああ、ああ、そんな……。それじゃあ私を助けてくれたあのゴールデンレトリバーはどうなったの⁉」

ごとん、という重たい音があった。一体どんな負荷をかけたらあんな事になるのか。列車のレールより大きな鉄の塊が飴細工《あめざいく》のように引き延ばされている。拷問や処刑の歴史を専門に研究していているヴィヴァーナだからこそ、分かる。もしもあれが鈍器ではなく『鞭《むち》』だとしたら、一振りで中型のトラックくらいは輪切りにできるだろう。

「やっと、見つけた。見つけました……」

低い低い、呪いのような声だった。

下水の中でも這《は》いずってきたのか、口を開くだけで悪臭の壁が押し寄せてくるようだ。さらに一歩踏み出そうとする筋肉の塊だったが、そこでヴィヴァーナが先割れ竹刀《しない》を突き付けた。

好普性《こうふせい》の拷問マニアと嫌普性《けんふせい》の筋肉の塊とが、正面から向かい合う。

「もしも、それが鞭《むち》だとしたら」

「？」

「業腹《ごうはら》だけど、放置しておいてもろくな事にならないんだよね、やっぱり。こっちは真面目に楽しく拷問や処刑の文化を研究しているの。キミみたいなニワカがテキトーに道具だけ持ち出して変な事件を起こすと、すごく困る。大迷惑」

とんだ貧乏くじだ。

こちらが前に出た隙でもついて体操服の少女は逃げたかと思ったが、そういう訳ではないらしい。ぐっ、と。腰の辺りに圧迫を感じる。視線を下ろしてみれば、例の女の子が小さな両手を回してしがみついていた。

「やら……」

ただ腰の力が抜けた訳ではないらしい。

両目をぎゅっと瞑《つむ》ったまま、彼女は口の中でこう呟《つぶや》いていた。

「もうやだ。誰も置いていかないでよお」

そっと息を吐いて、ヴィヴァーナは空いた手で小さな頭をぽんぽんと撫《な》でた。

その時だった。そこだけ貧相なおじさんの顔が、もぞもぞと蠢《うごめ》いた。

「あなた」

「？」

「も。『暗部』です、か？」


ゴォッッッ!!!!!!　と。

単純な鈍器だけでも金属シャッターを突き破るほど重く、さらにそこへ鞭《むち》のしなりを加えた一撃が縦に襲いかかってきた。

ぎゅっと、腰にひっつく女の子の力が強くなる。

しかし彼女は疑問に思っただろう。何故《なぜ》ならいつまで経《た》っても激痛や衝撃が襲いかかってこなかったからだ。

恐る恐る体操服の小さな少女が目を開けてみると、

「洋の東西を問わず、広く公開される処刑は一種のショーでもあった」

横に。

前髪二本角の拷問マニアには自分の腰に引っつく子供を片手で支えて共に移動するほどの余裕があった。

「一番資料が多いのはやっぱり魔女狩りまわりだけど。沸騰した民衆は罪人の死を望み、執行人が失敗すれば暴動すら起きかねなかったほどだった。だから、刑場で罪人から反撃されたり逃亡されたりなんていうのはもってのほかだったのよ。……そういう意味では、強固な囲いで刑場を区切る事は安全確保のため、非常に大きな意義があった」

ドカカッ!!　と鈍い音が連続した。

硬い床にいくつもの木の杭《くい》が突き刺さった音だ。それらはハサミや三脚のように縄で束ねられ、床を激しく打った鋼管の鞭《むち》を上から取り押さえていたのだ。

「矢来《やらい》って言うの。本来は刑場をぐるりと囲む丸太や竹の柵の事だけどね、最小単位なら二本か三本かなー？　それにしてもこの国の人は、本当に樹木を巧みに使う」

しゅるりという音がそこに続いた。

衣類が擦れるのに似ているが、実際には縫い止められた鋼管へ太い縄が巻きつく音だった。

「緊縛、打擲《ちょうちゃく》、重圧。あらゆる拷問の基本には『荷重の分散』があるの」

「……、」

「何しろ必要な情報を聞き出すまではうっかり死なせてはいけないからね。だから縄で縛って天井から吊《つ》るす場合でも、針や棘《とげ》がびっしり生えた椅子に座らせる場合でも、常に平均化を意識して重さが一点に集中しないように特に気を配る。人間なんてのは案外頑丈なものだよ。痛みに耐性ができるっていうのもあったようだけど、重量二〇〇キロ以上の錘《おもり》を乗せられても乗り切った記録もあるそうだし」

無論、相手もお行儀良く拝聴しているだけではない。

長話に業を煮やしたのか、もはや力任せだった。矢来《やらい》に縄。筋肉の塊は生半可な拘束をまとめて引き千切るべく、飴《あめ》のように曲がった鋼に力を込めて波打たせたのだ。

だが、それすらも甘い匂いのする二本角を揺らす少女の思惑通りだったのか。

「しかし、一方で」

銀髪に袴《はかま》の少女ははだけた和装の奥から赤いビニールテープをちらつかせ、囁《ささや》いたのだ。

「この配分をわずかでも誤ると荷重は一極集中し、哀《かな》しい事故が起きる。亀甲縛りなんかはコメディ関係のおかげでお間抜けなイメージが付《つ》き纏《まと》っているけど、あれはプロレス技と一緒で素人《しろうと》が見よう見まねで試して良いものじゃあない。縄師は元々武術の達人を指す言葉だった訳だし、縄はそれくらい危険な代物だったんだよ。半端《はんぱ》にかじってしくじると、こうなる!!」

ぼぎんっ、という鈍い音が響き渡った。相手の勢いを利用したとはいえ、縄で縛られた鋼の鞭《むち》にどんな力が加わったのか。人間の胴体より太い塊がいきなり半ばからへし折れたのだ。

たたらを踏んだ筋肉の塊に、ヴィヴァーナは舌なめずりすら交えていた。

彼女が元々手にしていたのは先割れ竹刀《しない》。そもそも安全な練習器具だった竹刀《しない》を改造して危険性を付け加えた、叩《たた》くも切り裂くも自由自在の拷問具だ。

狙うは右腕、肘の外側。

その辺の子供でも分かる急所である。

切り裂くというより、巨大なヤスリで削り落とすような異音が炸裂《さくれつ》した。

「人間は」

時間が止まる。にたりと笑って、ヴィヴァーナは告げた。

「一度に許容できる痛みに限度が設定された生き物なの。目的のため、痛みや苦しみを作為的に長引かせる拷問ではいかにギリギリ上限でキープさせるかに重きを置く。では上限を超えてしまった場合はどうなるか。……これぱかりは、い、い、いくら体を鍛えたところでどうにかなるものじゃあないい、いい、いんだよねぇ」

くらりと筋肉の塊が横に揺れた。

そもそも汚れたメガネの奥で二つの眼球は裏返っていた。

悲鳴なんかない。そのまま巨体が崩れ落ちていく。

「……ま、古今東西の処刑が『やりすぎ』なくらい苛烈に痛みを与えるのは、麻酔がなかった時代にできるだけ早く意識を落としてあげるという思いやりもあった、なんて珍説もあるみたいだけどね？」

床に両膝をついて、前のめりに倒れようとした怪物へと、

「よいしょっと」

気軽な一言。そして鞭《むち》よりも硬い杖《つえ》が横殴りに唸《うな》った。轟音《ごうおん》と共に巨体を打撃し、自分で空けた壁の大穴の奥まで吹っ飛ばしていく。

あまりの破壊力に半ばからへし折れた杖《つえ》をくるくると回すヴィヴァーナ。

「すっ、すごい……」

ごくりと喉を鳴らして。

それから女の子はその場でぴょこぴょこ飛び跳ねていた。

「あんなにムキムキの塊だったのに、あっさりやっつけちゃった！」

「はいはい、こんな壮絶拷問シーンを眺めて瞳を輝かせないように。お姉さんはキミの未来が心配だけど。あとここどこ？」

「あっ、そうだ。早くおうちに帰らなくちゃ！」

「ここどこー？？？」

笑顔だった。

はだけた上着を整え、体操服の女の子がしっかり見えなくなるまで手を振ってから、だ。

体をくの字に折った。

ヴィヴァーナ＝オニグマは盛大に血の塊を吐き出した。

（まあ……）

周囲が再び騒がしくなる中、クセっ毛銀髪の少女はハンカチで口元を拭う。

（荷重は分散させるものであって、完全になくせる訳じゃあないからね。平均化しても死ぬって場合は防御不可。最初のコンクリ散弾を弾《はじ》いた時点で挽肉《ひきにく》にされなかっただけでも御《おん》の字《じ》、か）

それにしても、随分と体の奥までごりごりやられたものだ。

拷問マニアの少女は、だからこそ傷の深さについても心得がある。まずい事になった。すぐに学園都市から出ないと警備員《アンチスキル》に追い詰められるが、この傷だと『外』の医療水準で奇麗に塞がるかどうか読めない。

「それでも、悪い気はしないけど」

ふらつきながらも、ヴィヴァーナはヴィヴァーナで再び歩を進める。

久しぶりに、人の役に立てた気がする。

拷問や処刑なんてキワモノの研究を始めたのだって、似たような動機だった。この国で鼻つまみにされていた研究資料を拾い集めて、黙っていたら消えてしまう歴史や文化を次の世代へ伝えれば誰かに感謝されるかもしれないと思ってきた。

誰でも良い、自分の行《い》いでちょっとした笑顔を作ってほしかった。

ありがとうと言ってくれたら最高だ。

「……、」

とにかく第二三学区だ。

だけど、ヴィヴァーナ＝オニグマが本当に目指すべきは、どこだろう。

17

「救急車はダメです！　連絡はしているのですが、どこも患者の搬送で使っていてこちらに送る分を確保できないと……」

「今日一日で事件が起き過ぎじゃんよ、くそっ!!」

同僚の警備員《アンチスキル》からの言葉に黄泉川愛穂《よみかわあいほ》は舌打ちしていた。

白井黒子《しらいくろこ》は適当に雪を払っただけの地面に寝かされたまま浅い呼吸を繰り返している。一二月末の切り裂くような夜気にさらされているのに、全身から不自然な汗が噴き出していた。

変化は表面上に留《とど》まるとは限らない。

黄泉川《よみかわ》は車の鍵を取り出して、

「分かった、病院のベッドだけ確認しろ。空いている所に私がねじ込む!!」

と、その時だった。

第一八学区西部、警備員《アンチスキル》化学分析《かがくぶんせき》センター。ツインタワーのもう片方から変化があった。

「あ」

声だ。

世界を揺さぶる震源が、正面の出入口からふらふらと外に出てくる。

「ああ!!⁉??」

斜めに掛けたガスマスクで彩《いろど》られた足首まである長い黒髪、浴衣《ゆかた》のように前を閉じた白衣、アンバランスに大きな胸を乗せた医療用コルセット。一〇歳くらいの少女だった。

「ッ、双子の片割れか⁉」

黄泉川《よみかわ》が叫ぶ。元々ツインタワーの構造を活《い》かして双子を分断し、片方だけを集中攻撃して戦力を削《そ》ぐ、という作戦だった。『分解者』の安否は不明だが、取り残された『媒介者』がどう動くのかだって未知数だ。

分が悪いと考えて速やかに逃走に移るか、怒りに任せて襲いかかってくるか。

ガシャガシャ！　と車両の陰に飛び込んで銃器を構える警備員達《アンチスキルたち》は、おそらく職業意識というより恐怖に駆られてといった方が近いだろう。第七学区南の顛末《てんまつ》は誰でも知っているはずだ。

ただ一人、とっさに腰の銃へ手が動こうとして、渾身《こんしん》の力で押《お》し留《とど》める警備員《アンチスキル》がいた。

黄泉川愛穂《よみかわあいほ》だ。

「待て‼　銃はやめろッ！」

制止を促す必要はなかった。その場で膝から崩れ落ちた花露妖宴《はなつゆようえん》は、両手で自分の頭を押さえ付けていたのだ。少なくとも、今すぐ攻撃してくる訳ではないらしい。

というか、見えていないのか。

叫んではいるが、それだって自分を囲む警備員《アンチスキル》に向けたものとは思えない。

「何でぇ……？　何で何で何でっ、防犯ブザーが外れているの？　あれはきちんと過愛《かあい》に渡していつでもGPSで居場所が分かるように二四時間見守るために決して手放さないようにお腹、を縫って埋め込んであったはずなのにぃ‼」

こちらに向けられた言葉ではないはずだった。

にも拘《かかわ》らず、ビリビリとした痛みを黄泉川《よみかわ》は全身に浴びた。まるで目には見えない分厚い壁でゆっくりとプレスされていくような、とてつもない隔絶を感じる。

「……とけた」

およそ人間の状態を示す言葉としてはありえない組み合わせが飛び出してきたが、彼女達の間でだけは話が違う。

まず最初に、こんな可能性が口から出ていた。そんな世界に生きていた。

「溶かしたんだわ、過愛《かあい》は自分自身まで‼　ああ、ああ。流れていく。ぶんかいっ、はやくしないと急がないと『分解者』わたしの私の過愛《かあい》がナガれていくう⁉」

じゅわ、という炭酸よりも禍々《まがまが》しい音が響いた。誰かが脅《おび》えて突発的に引き金を引いてしまったようだが、誰も発砲音の音源なんか見ていなかった。

弾丸の軌道は空中でねじ曲げられ、あらぬ方向にあったガラスを叩《たた》き割《わ》った。

空気を擦過しただけで鉛の弾丸を溶かして抵抗をブレさせるほどの何かが、『媒介者』の周囲に漂っていた。

「あういえやッッッ‼」

地面を食い破ったのは、凄《すさ》まじい量のミミズやハサミムシ、ではなかった。

妖宴《ようえん》はぎゅっと何か硬いものを握り込んでいたのだ。

指と指の隙間から溢《あふ》れる輝きは、金色。

「一刻も早くこの地面をこじ開けなさい、『ニコラウスの金貨』‼」

ありえないレールへ連結が切り替わった。

ドゴァッ‼　と地面から垂直に突き出たのは、あまりにも巨大な人間の拳であった。

「あ、んぶ」

それは筋肉の塊、警備員《アンチスキル》のなれの果てだった。

楽丘豊富《らくおかほうふ》。どろどろに汚れきった衣服の切れ端と顔に引っかかったメガネから、かろうじて痕跡が分かる程度の。

「あああっ!!」

「邪魔!!」

一蹴。

一〇歳くらいの少女が、弱っているとはいえアンチスキル＝アグレッサー相手に一体何をどうしたのか。片手一本で筋肉の塊を横に薙ぎ払うと、花露妖宴《はなつゆようえん》は黒い汚水の方へ目をやった。

常軌など、とっくの昔に逸していた。

まるで間欠泉のようにアスファルトの亀裂から黒々とした粘液が噴き出していた。下水特有の、とてつもない悪臭を放つ液体だ。

膝をついたまま『媒介者』は両腕を広げていた。

見上げて、大口を開く。

信じられない事が起きた。

「んぐっ、んぐっ、んぐっ、んぐふう!!」

「のん、だ……?」

黄泉川愛穂《よみかわあいほ》は、止める事さえできなかった。

否定してほしくて放ったような言葉に、しかし妖宴《ようえん》は恍惚《こうこつ》すら浮かべて応じる。

限界以上まで開いた口で次々と汚水を迎え入れ、受け止めきれない分はアンバランスに大きな胸元で溜《た》め込《こ》むようにしながら、

「生物濃縮……。どれだけ過愛《かあい》が薄く広く希釈されていったとしても、ふたたびわたしの中にかき集めれば、ぜんぶっ、できたら、成分は絶対に……肝臓か腎臓か、とにかくお腹《なか》の中で凝縮されて、過愛《かあい》は必ず元の笑顔を見せてくれ、ブッ」

意味不明な謎の理論が途切れた。

赤が散らばる。

一体何が含有していたのか、体をくの字に折って咳《せ》き込《こ》んだ妖宴《ようえん》の口からおびただしい量の血が吐き出されたのだ。それでも少女は諦めない。倒れ伏したまま痙攣《けいれん》する二本の腕を動かし、自分が吐いた赤と黒を必死になってかき集めている。

再び口に運ぶ事はなかった。そんな力は残っていなかった。まるで殺虫剤をしつこくしつこく吹き付けられた害虫のように、『媒介者』の指先だけがぴくぴくと震えていた。

「にこ」

それでも声があった。

まるで空回りを続けるオモチャのように、同じ所でぶつぶつと繰り返している。

「……にこらうす。はやく、のうしゅく。わらひの、なかで過愛《かあい》を、早く、金貨……」

(ニコラウスの……)

悪夢のようなクリスマスの中、警備員《アンチスキル》として犯罪者を追う過程で黄泉川愛穂《よみかわあいほ》もたびたび不可思議な現象を目の当《まあ》たりにしてきた。地図を睨《にら》んで全ての道を封鎖していたはずなのに、何故《なぜ》か相手が包囲をすり抜ける。得体の知れない能力やテクノロジーのせいかとも思ったが、それだけでは説明がつかない。

羨ましい、とは思えなかった。この切り札は諸刃《もろは》の剣《つるぎ》だ。

「にこ、にこ、ら、にこら、うす。はやくわたしに力を、チャージがたりないの？　つかいどころしっぱいした……私はもうダメなの。しっぱいした？？？」

こんなコインがなければ、『媒介者』は無謀な挑戦なんかしなかった。

失敗したと分かった後だって、速やかに逃げられたかもしれなかった。

『ニコラウスの金貨』の使い方を失敗したから、もう道はない。そういう風に、自分で自分の可能性を閉じてしまっている。

人間が道具を使っているのか、道具が人間を振り回しているのか。

もはや呪いだ。

(……そういえば)

ぞっと、背筋に何か嫌なものが走る。

(例の金貨、白井《しらい》のヤツも持っていたような。まさか、『ニコラウスの金貨』は犯罪者だけじゃなくて、こっち側にもばら撒《ま》かれていた？　不自然にルールを逸脱した事故死が多かったのは、私達の中の誰かがこっそり祈っていたから？？？）

疑惑は疑惑だ。

もちろん単純に自分達の捜査ミスだった可能性もある。そちらを調べる前に原因を他に求めるのは、責任から逃げようとする心の働きもあるのかもしれない。注意が必要だった。

それに……。

黄泉川愛穂《よみかわあいほ》は不自然な土下座に似た格好のまま沈黙した妖宴《ようえん》へ恐る恐る近づいていく。その細い肩を摑《つか》んで仰向けにひっくり返した。自分の吐瀉物《としゃぶつ》で窒息させる訳にはいかない。

歯が溶けていた。

周囲で固まった雪がじゅうじゅう音を立てているのは、温度の問題ではなさそうだ。不思議と髪や肌は無事なのが逆に黄泉川《よみかわ》の常識を超えていた。単なる強酸という訳でもないらしい。

「……一名確保。まだ息がある。誰かこいつの搬送先も手配してくれ」

「う……」

呻《うめ》き声《ごえ》があった。半分凍った道に倒れている楽丘豊富《らくおかほうふ》だった。正確なダメージは不明。何しろ人間の歯を溶かす汚水の中に身を浸してここまで流れてきたのだ。

筋肉の塊は風船みたいに急激に萎《しぼ》みながら、それでも、黄泉川《よみかわ》に貧相な手を伸ばしていた。

誰もが警戒したが、その手には試験管があった。

青いゴムキャップで栓をされた試験管はドロドロに汚れていたけど、密閉自体はきちんと守られているらしい。

「しらい、さんに」

黄泉川《よみかわ》が受け取った直後だった。

すっと、大きすぎる掌《てのひら》が地面へ落ちた。

「……どんな薬品なのか分からんが、解毒剤《げどくざい》かもしれない。白井《しらい》はまだ助かるかもしれないじゃんよ。分子生物学か超微量化学のラボに回して、」

パン!!　という乾いた音が遮った。

思わず身を低くしてそちらに振り返る黄泉川《よみかわ》。恐怖に取《と》り憑《つ》かれた警備員《アンチスキル》が無抵抗の容疑者に向けて発砲した、のではない。

ぐったりしていた。硝煙臭い銃を握ったまま、警備員《アンチスキル》の一人が車のボンネットに頭を乗せていた。ヘルメットは砕け、赤黒い液体がこぼれる。明らかに自分で自分の頭を撃ち抜いていた。

「いや、ら」

しかも一人だけではなかった。

「もう嫌だッ!!　こんなっ、こんなの……。警備員《アンチスキル》はっ、えぐ、俺達はこんな事をするための組織じゃあ、違うんだ。ゆるして、おねがいゆるしてください、ゆるしてえ……」

後を追う格好で自分の顎を下から押し上げるように拳銃を突き付ける警備員《アンチスキル》がいた。ヘルメットを地面に叩《たた》きつけ、背を向けて暗闇へ走り出す大人がいた。跪《ひざまず》いて両手を合わせ、手錠を求めるような仕草をする教師がいた。

みんな先生だった。

罪の意識がなかった訳がない。どれだけ歯車が外れていて、不自然な事故が頻発している状況だったとしても。『暗部』に身を浸した子供達が一人一人目の前で破滅していくごとに、彼らの心の中に少しずつ黒いモノが溜まっていった。


こどもたちをまもりたい。

たよれるせんせいになって、えがおにかこまれたい。

このまちをへいわにして、だれもがあんしんできるいばしょをつくりたい。


砕ける。

見えない何かが砕けていく。

最後の一滴だったのだ。ついに汚泥《おでい》はコップの縁から溢《あふ》れ返《かえ》った。

それは集団心理という見えない繋《つな》がりを経て、個人から組織全体へとあっという間に波及していく。まるで爆発的な流行のようだった。この現場に限った話ではない。どこからどう伝染したのか、無線機の向こうからも意味不明な叫び声や銃声らしき乾いた破裂音が聞こえてくる。

「待て、落ち着け!!　もう終わった、深呼吸をするじゃんよ!!」

黄泉川《よみかわ》の叫びなんて誰にも届いていなかった。

『ニコラウスの金貨』を祈るように両手で握り込んだまま、崩れ落ちて泡を噴く者もいた。

逃げ場が欲しい、こんな重たい責任は背負えない、あの頃に帰りたい、いつまでも平穏でいたい。そんな心の動きが後から後から噴き出してくる。

……もちろん、黄泉川愛穂《よみかわあいほ》には気づくだけの材料が足りない。

回帰、あるいは退行。

この動きは下水道に沈んでいった楽丘豊富《らくおかほうふ》でも見られた兆候であった事に。

ガガッキイン!!　という機械的なノイズが黄泉川《よみかわ》の鼓膜を貫いた。顔をしかめて音源に手をやると、自分のスマートフォンだった。

表示が壊れていた。いくら指でタップしても、目的の資料が出てこない。

「『壊滅手配《アウトランク》』はどうした?」

無線に叫んでも、返答なんかなかった。

「あれがなければ『暗部』を追えない!!　だれもっ、誰も答えられないのか!?」

爆発音に身をすくめる。見れば、現場の一角で何かが燃えていた。大型観光バスほどの大きさの、全ての窓を装甲板で塞いだ車は作戦指揮車両だ。普通の護送車や装甲車と比べてやたらとアンテナが多いのですぐ分かる。

細い細いデータリンクだった。最後の望みも絶たれた。おそらく身内の暴走で。

『媒介者』。

嫌普性《けんふせい》、最後の一撃。媒介という言葉の意味を最後の最後まで貫いていた。彼女は自らの肉体の破壊でもって無秩序に広げていったのだ、『暗部』が抱えていた極彩色の破滅を。

事前に用意していた『壊滅手配《アウトランク》』は完全に失われ、科学捜査のラボを潰された事で鑑識が集めた証拠を精査する事も叶《かな》わない。何より、大人達はもう限界だった。自分の免疫が過剰反応を起こして体が壊されていくように、自らの良心に押し潰されていく。

(組織が崩れていくのが分かる、もう警備員《アンチスキル》はおしまいだ。『ハンドカフス』だって持続できないじゃんよ……)

自分の中で何かが折れていくのを、黄泉川愛穂《よみかわあいほ》も理解していた。

ゆっくりと膝をついて、彼女は思う。

きっと、誰かがそういう風に切り替えた。

(私達は、結末には関われない)

18

不思議な空間だった。

固まった雪でデコレーションされたゴミの山の中は、巨大なアリの巣になっていたのだ。いくつもの金属コンテナを埋めて自由な空間を確保した上で、隣接するコンテナとコンテナに穴を空けて連結している。全貌は摑《つか》めないが、まるで金属でできた迷路だ。

『ニコラウスの金貨』が正しければ、ここにハードディスクを開けるための特殊なドライバーがあるらしい。だが異変は一回きりだった。どうも、『五分ごとに一億円を寄越せ、永遠に』といった要求には応えられないらしい。

それでも、あちこち見て回っている間に分かってきた事もあった。

浜面《はまづら》仕上《しあげ》は呟《つぶや》く。

「……なんか、研究室っぽい感じだな」

「機械工学とかそっち系かな」

『ゴミ拾い』の影は見当たらなかったが、思わぬ収穫だった。さらに調べてみると、冷蔵庫より大きなコンピュータがずらりと並んだ一角があった。

何のラボなのか分からないのが不安だが、問題はそこではない。机の上には専門的な工具セットが広げてあった。かなり無造作に。

「アネリ！」

サポートAIからヴぃーん、という長めの振動があった。否定のヴぃんヴぃんとは違う。

鉄のドアに指先で触れ、静電気に気を配ってからドライバーを摑《つか》んだ。と言ってもモノ自体はガソリンスタンドの給油機のようだった。ネジ回しの部分はメガネ用よりも小さいのに、本体は大型拳銃より頑丈で、しかも電気か空気の太いチューブがついている。太い引き金を引いてみてもヘッドは回転しない。グリップを握っていなければ細かく振動している事さえ気づかなかっただろう。水槽に入れたら泡だらけになるかもしれないが。

恐る恐るハードディスクのネジに合わせて押し当て、改めて引き金を引く。

すると、

「回る。開くぞ、こいつ！」

あまりに小さすぎて普通に回すとネジの頭が潰れてしまうのか。あるいはある種の暗号のように特定の振幅パターンでないと開かない仕掛けでも組み込んでいるのか。

とにかく、カードサイズのプラスチックカバーがスライドした。

中にはいかにも繊細そうな電子基板。何しろここに詰まったデータが吹っ飛んだらそれまでなのだ。指先で触るのもおっかないが、隅の方に小さなスイッチがある。

怖い。

怖いが、顔を背けながら人差し指を差し向ける。

ぱちんという小さな音が鳴った。

それ以上はなかった。浜面《はまづら》はスマートフォンとハードディスクをケーブルで繋《つな》ぐと、そのまま二歩後ろに下がる。息を吐く時も、つい剝《む》き出《だ》しの基板から顔を背けていた。

「なんかスマホの画面がスクロールしている。始まったみたいだよ、はまづら」

ジャージ少女がそんな風に言っていた。概算で終了時間が表示されていたが、こちらについては数字が行ったり来たりしていてあてにならない。

二人でそっと長椅子に腰掛けた。

しばらく待つ。

「ふふっ」

隣で小さく笑ったジャージ少女が、横からそっと体重を掛けてきた。

「どうした？」

「何だか久しぶりな気がして。こうやってゆっくりするの……」

今はクリスマスの夜なのだ。大勢で騒がしくするにせよ、二人きりでゆっくり過ごすにせよ、こんなゴミ山に埋もれたラボで暗号解析を待っているなんて絶対におかしい。

にも拘《かかわ》らず、浜面《はまづら》も肩の力を抜いてしまった。

時間だけが過ぎていく。

こちらの肩に頭を乗せた滝壺《たきつぼ》は、静かに瞼《まぶた》を閉じているようだった。もちろん力が抜けているのはリラックスしているからではなく、体調不良のせいだろう。今、彼女の体の中で何がどれだけ破壊されているのか、浜面《はまづら》には想像もできなかった。ただそれでも、滝壺《たきつぼ》はこの静かな時間に身を委ねて昂《たか》ぶった神経を鎮《しず》めようとしているようだった。

どんなに得体の知れない薬よりも、こっちの方が効くと言わんばかりに。

浜面《はまづら》は肩を揺らさないように気をつけながら、ズボンのポケットに手を突っ込んだ。取り出した金貨は奇麗に輝いている。ピザのような欠けもない。

チャージは終わったらしい。

「ねえはまづら、解読が終わったら分かるのかな。学園都市最大の、禁忌だっけ……？」

「そうだとありがたいけど……」

もちろん確証なんかない。分かったとして、浜面達《はまづらたち》の望むような形ではないかもしれない。何しろ『暗部』の話だ。こちらの甘い期待なんて簡単に砕かれると思った方が良《い》い。

その時だった。

ごとりという小さな音が聞こえた。彼らのいる『部屋』の外だ。

ジャージの少女がこちらに身を寄せてきた。

「……はまづら」

「まだ時間がかかりそうだ」

カリカリと、爪を立てるような作動音を耳にしながら浜面《はまづら》はごくりと喉を鳴らして、

「誰がいるんだか知らねえが、どうにかしてこの部屋から注意を逸《そ》らそう。なんかチカチカ点滅しっ放しだし、今ハードディスクをケーブルから引っこ抜くのはまずい」

スマホもハードディスクも小さいが、かと言ってポケットにねじ込む訳にもいかない。ハードディスクの方はプラスチックカバーを外したままで、基板が剝《む》き出《だ》しなのだ。ポケットやバッグの中で布と擦《こす》れて静電気なんか起きたら一発でデータが吹っ飛ぶ。工具セットもメガネのお手入れ用品みたいに溢《あふ》れているようでいて、武器となると意外と少ない。

ひとまずパイプ椅子を両手で掴《つか》むと、浜面《はまづら》はそろそろと部屋の出口へ向かった。首だけ出して通路の様子を窺《うかが》うと、だ。

すとん、と。

大根の葉を切り取るくらいの気軽さで、浜面《はまづら》の首が落ちた。

いいや。

何もしなければそうなっていたはずだった。

「はまづらっ‼」

とっさに滝壺《たきつぼ》が不良少年の手を引っ張って、全体重を掛けて部屋の中へ引きずり込んだのだ。

そのせいで材質不明のやたらと分厚い山刀は空を切った。

ぬっと、真紅の髪の少女が無機質な顔を覗《のぞ》かせてくる。

オレンジと黒。毒々しい害虫みたいな模様の競泳水着を纏《まと》う彼女の正体は……、

「アンドロイド⁉　じゃあ何かっ、ここは嫌普性《けんふせい》も嫌普性《けんふせい》、あのベニゾメもビビってた『木原《きはら》』とかいう野郎のラボだったのか‼」

『賊のくせに自分が世界の中心みたいな物言いをする。廃墟《はいきょ》の探検か何かと勘違いしてる？』

ぎしっ、みし、という金属の軋《きし》みがあった。

どれだけ重たい武器を摑《つか》んでいるのか、小さな裸足《はだし》の一歩一歩で金属コンテナが歪《ゆが》んでいくようだ。そしてまずい位置取りだった。大型コンピュータが並べられた部屋には出入口が一つしかない。アンドロイドが踏み込んでくると浜面達《はまづらたち》は逃げられない。それ自体も問題だし、今はデリケートな暗号解析の真っ最中なのだ。ここでアンドロイドが暴れ回ってスマホや基板剝《む》き出《だ》しのハードディスクが壊れたら、学園都市最大の禁忌とやらに繋《つな》がる線が切れてしまう恐れまである。

と。

部屋に踏み込もうとしたアンドロイドの眼球だけが、不意に横合いへ向けられた。

ザン‼　と。

気軽に振るった超重量の山刀が、先割れ竹刀《しない》を真っ二つに切り裂く。

突然の乱入者は気にも留《と》めなかった。

「おおおおッ!!」

クセの強い銀の髪をなびかせ、和装の大きな袖で空気を蓄えて。別の拷問具に持ち替えたヴィヴァーナ＝オニグマがそのままアンドロイドの懐《ふところ》へと飛び込んでいく。

その掌《てのひら》全体で、アンドロイドの顔面を強く摑《つか》み取《と》る。

いいや、

「日本の拷問って独自の進化を遂げていてね」

強引に、ねじ込んだのだ。

自分の手が火傷《やけど》する事も厭《いと》わず、その口の中へと。

「火を点《つ》けた香辛料や松の葉の煙で瞳や鼻の粘膜を燻《いぶ》すなんていうのは、この国くらいのものだと思うよ。まあ脱走した遊女に仕置きをするための方法なので、商売道具のカラダに傷を残してはならないって事情があったんだけど。ただしあなたみたいな精密機器なら、致命傷になるのでは？」

それ以上はなかった。

轟《ごう》!!　と。

自分自身すら巻き込みかねないほど巨大な炎の塊が、アンドロイドから袴少女《はかましょうじょ》へ襲いかかったのだ。熱でできた分厚い壁のようなものに叩《たた》かれ、ヴィヴァーナの体が宙を舞う。

「ツッ⁉」

浜面《はまづら》は意味もなく絶叫していた。

火炎放射器か？　いいや、あるいはそういう発火能力でも使っているのかもしれない。

ただし、だ。

『……？』

ぎぎぎ、ぎ、と。真紅の髪をなびかせるアンドロイドの様子がおかしい。首の軋《きし》みが顕著で、障害を排除したはずなのに部屋の中にいる浜面達《はまづらたち》の方に振り返れないでいる。

機械の中まで入り込んだ特殊な煙が効果を発揮したのかもしれない。

どろり、と。

どす黒い液体を目尻や鼻から垂らしながら、オレンジと黒の競泳水着の少女は首を傾《かし》げていた。それすら彼女の意思だったのかどうかも分からない。

震える指を太股《ふともも》のボトルへ伸ばすが、飲み口に唇が触れる事もなかった。それより先に手の中から透明なボトルが滑り落ちていく。

首を傾《かし》げ、それから少女の両目の中で星が躍る。そういう表示だった。

『せん、せい』

だんっ‼　という鈍い音があった。

アンドロイドは浜面達《はまづらたち》の処分よりも、自分の異変を優先したらしい。立ち往生を避けるためか、どこかに走り去っていったのだ。

しばし身動きの取れなかった浜面《はまづら》と滝壺《たきつぼ》だったが、

「……う……」

部屋の外からの小さな呻《うめ》きで我に返った。彼女の横槍《よこやり》がなければ浜面達《はまづらたち》は助からなかった。

「大丈夫か、おい!!」

慌てて通路に飛び出すと、袴《はかま》の少女が倒れていた。今や服と肌の境も分からない状態だが。前髪を固めて作った二本角も片方なくなっている。浜面仕上《はまづらしあげ》は顔をしかめないように努力する必要があった。

「は、はは。まあ、ここは『暗部』だし、いちいち気を遣ってくれなくて構わないけど」

「お前、どうして……?」

「どっちみち、ここに来る前にヘマしちゃって。黙っていたって長くは保たなかっただろうし。いやあ、ほんと、子供の前だからって格好つけるんじゃやなかったなあ……」

呼吸が、浅い。

ヴィヴァーナ自身、もう自分の状態に気づいているのだろう。

「それに、まあ」

それでも彼女は笑っていた。

「学園都市最大の禁忌だっけ？　どんなものなのか、どうせならあたしも知っておきたかったなあって」

少女はこちらの顔を見上げているはずだった。しかしもう浜面《はまづら》や滝壺《たきつぼ》など見えていないのかもしれない。どこか、声は内向きに籠っているように感じられた。

「いいや、違うのか」

「……、」

「どうせこれでおしまいなら、聞いてみたかったのかも。ありがとうって、そんな一言くらい……」

「うるせえ」

浜面《はまづら》は首を横に振った。そしてズボンのポケットから一枚の金貨を抜き取った。

「うるせえ黙れよっ、何とかする。俺が何とかするから！　おいクソ金貨‼　こいつの怪我《けが》を今すぐ全部治せよお、『ニコラウスの金貨』‼」

外周の輝きは失われた。

だけど何も起きなかった。金貨は万能ではない。金庫を開ける事はできても、中身が空っぽなら何も手に入らない。できない事は叶《かな》えられないのだ。

「もう、試したよ……。無駄撃ちさせちゃってすみませんね、たはは」

そうだ、金貨自体はヴィヴァーナも持っていたはずだ。彼女も自分の金貨でやって、そして知ったのだろう。自分の怪我《けが》は、もう治しようがないと。

それでも彼女はここまで来た。自分以外の誰かを守るために。

「これ、あずける」

袴少女《はかましようじよ》は床にある二つの風呂敷《ふろしき》を指差した。

「中身は、まあ、普通の人が見たらお恥ずかしい拷問グッズや春画本の山なんだろうけど……例のお灸《きゆう》も入っているから。ほんとは鍼灸《しんきゆう》も施術には資格が必要なんだけど、『暗部』だし堅い事言いっこなしで。和綴《わと》じの専門書にある図さえ見れば、誰でもできる程度の事でしかないよ……」

これを渡すために。最期《さいご》の時をどう使うかで、彼女はこう選択した。

浜面仕上《はまづらしあげ》は俯《うつむ》いて噛《か》み締《し》めた。

「ありが……ッ!!」

言いかけて。

顔を上げた少年は、そこで思い知らされる。ヴィヴァーナ＝オニグマ。彼女はすでに瞼《まぶた》を閉じて、息をしていなかった。

何が、ありがとうって言って欲しかった、だ。

無事に届けた時点で満足した少女は、やっぱりギブアンドテイクなんか求めていなかった。

自分の行いで相手の幸せを確認したら、そこで満足できてしまうような女の子だったのだ。

こいつは『暗部』の人間だったんだろうか。

何を間違えたらこんな下り坂を転げ落ちてしまうんだろう。どうしてこの街はやり直す機会を与えてくれなかったんだろう。

何故《なぜ》。

本当に逃げ出す事が、正解なのか？

ぴー、ぴーという軽い電子音が鳴り響いた。机に置かれたスマホからだった。

「はまづら」

「ああ、分かってる」

部屋の方からだ。

「分かってるよ、ちくしょう!!」

こんな状況でも逃げずに隠れ家に留《とど》まっていた『工場否定《パーフェクトフィルム》』が、テントの中に隠し持っていたカードサイズのハードディスク。あっちの解析が終わったらしい。せめて何か、収穫があってくれ。浜面《はまづら》は意味もなくそんな事を願ってしまう。

ここからだ。

少年達は、いよいよ学園都市最大の禁忌に触れる。

List of OP."Hand_Cuffs"

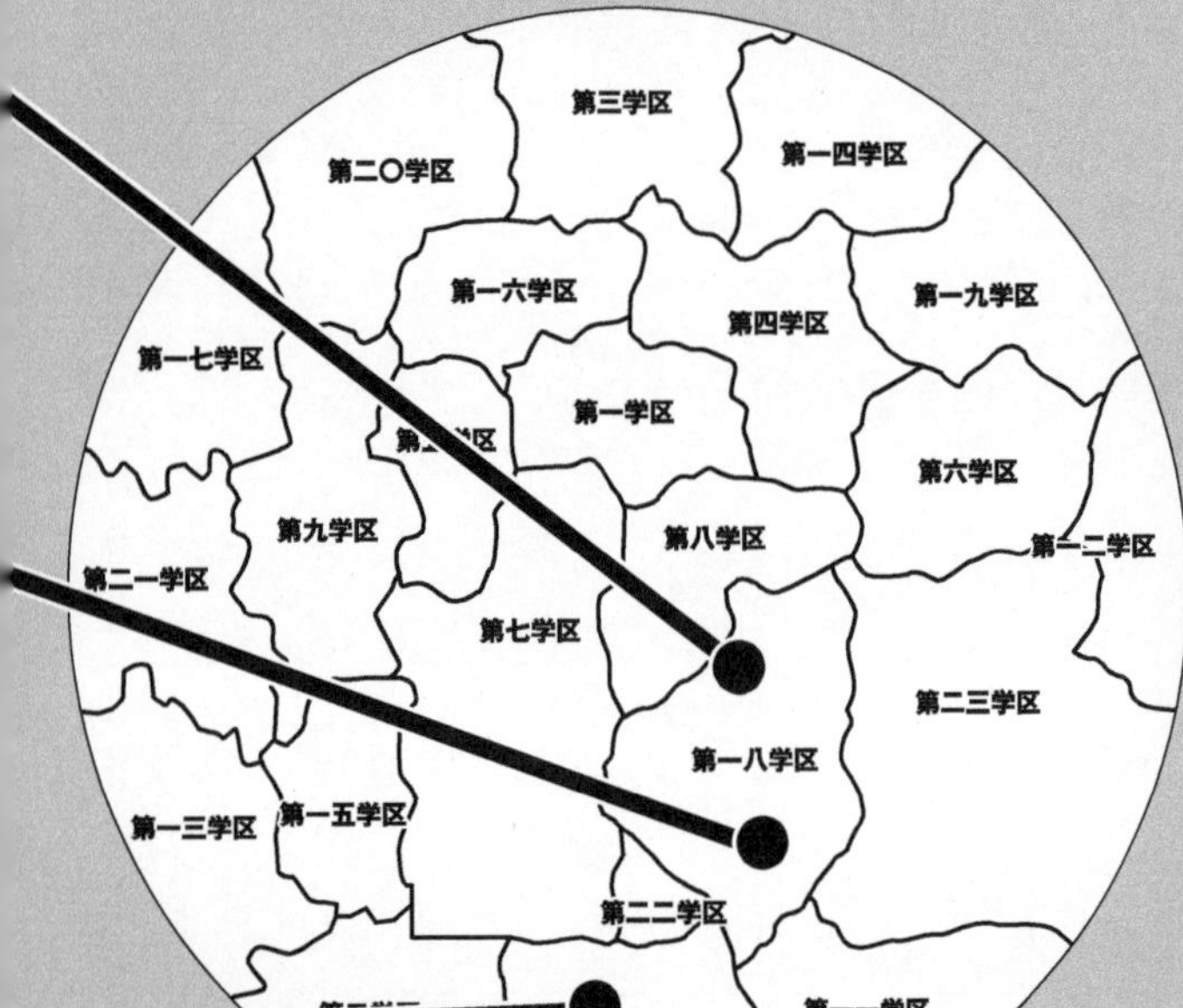

第一八学区警備員化学分析センター

白井黒子
風紀委員《ジャッジメント》

花露妖宴
嫌普性

地下水道

楽丘豊富
嫌普性

花露過愛
嫌普性

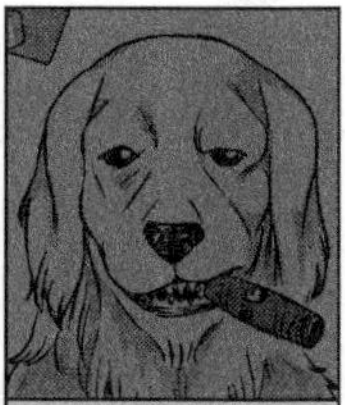

木原脳幹
好普性

移動拠点（第一〇学区停車中）

ドレンチャー＝木原＝レパトリ
好普性

フリルサンド＃G
好普性

List of OP.“Hand_Cuffs”

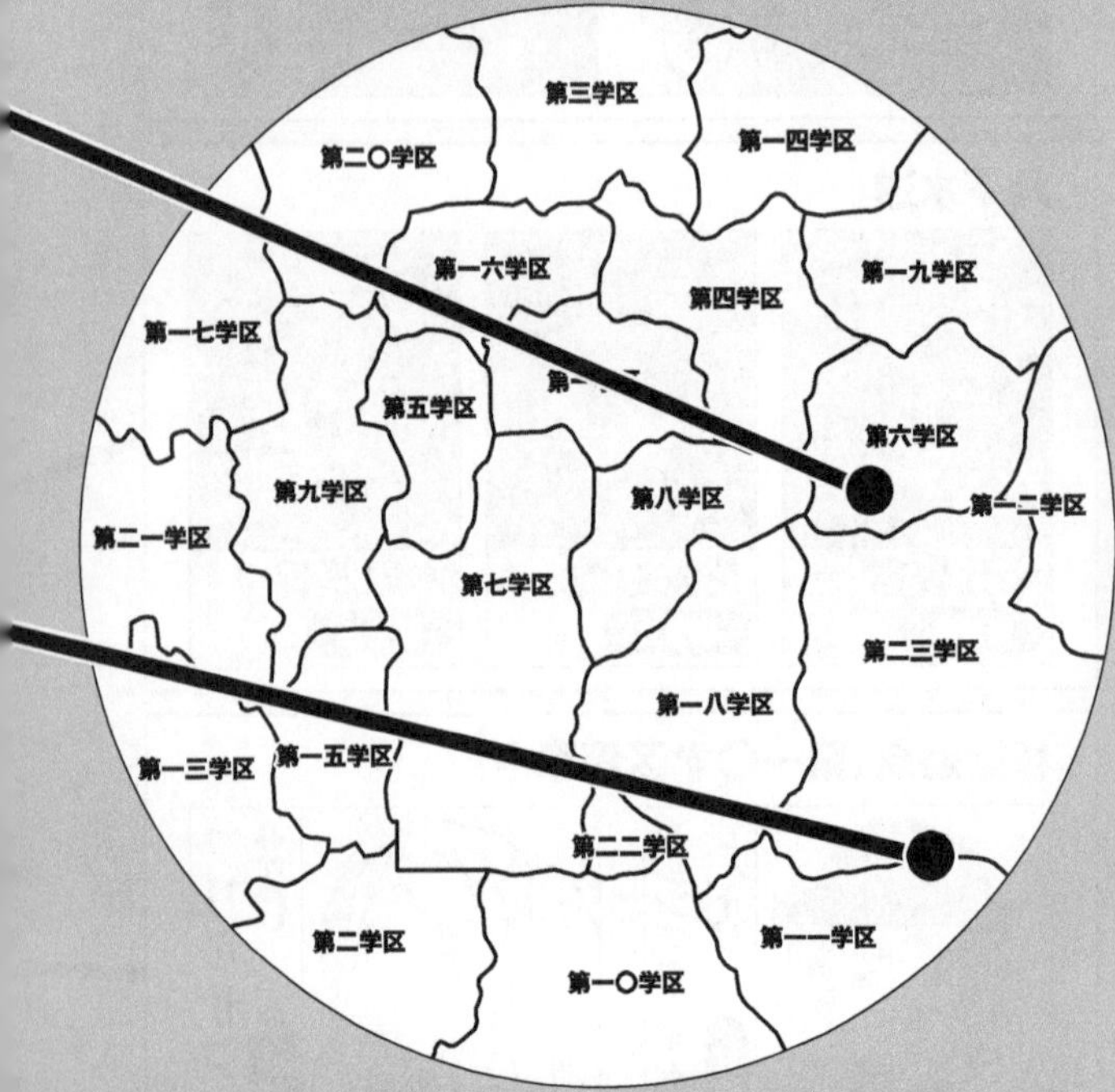

第二三学区
木原端数のラボ

浜面仕上
好普性

滝壺理后
好普性

木原端数
嫌普性

第六学区遊園地

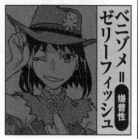

ベニゾメ＝ゼリーフィッシュ
嫌普性

ヴィヴァーナ＝オニグマ
好普性

レディバード
嫌普性

行間　三

「最も恐ろしい為政者ってどんな人かしらね」

冷たい鉄格子《てつごうし》では、相変わらずアンナの声が優しく響いていた。

「単純に無能な権力者？　それとも差別愛好家？　自分で考えないで機械に丸投げなんていうのも怖いと思うけれど」

ばんっ！　という大きな扉の開閉音がそんなおしゃべりを遮った。

肩を怒らせてやってきたのは恰幅《かっぷく》の良《い》い男だった。良すぎる。上等なスーツの下にそういう防弾装備でも着込んでいるのかと疑いたくなるほどだが、これで素の体型なのである。

まん丸の樽《たる》みたいな体型に灰色が混ざり始めた黒いひげ面《づら》の男、ヴァルアート＝シグナルの興味は『R&Cオカルティクス』のCEOではなかったようだ。

そのまま檻《おり》の前を素通りし、隣の房に向き合う。

つまりは新統括理事長・一方通行《アクセラレータ》の正面に。

本来なら学園都市でも一二しか枠のないVIPの一角は、よほど聞かれたくない話を持ってきたつもりなのだろう。あるいは護衛など連れてきても意味がない、くらいの計算はできる男なのか。

「何を考えている、ルーキー？」

「あらあら。そういう安い挑発に乗ってくれるコには見えないけれど。私もこうして囁《ささや》いているのに効果の方は、」

「黙れ」

みしり、と。

鈍い音の正体に、さてヴァルアートは気づく事ができただろうか。

その伝説的人物は、自分の中で言葉を噛《か》み砕《くだ》く努力もせず安易に遮ろうとする輩《やから》を最も嫌う。

愚者は時に勇敢に振る舞える。

ヴァルアートは自分がどこに立っているかも気づいていないまま、アンナの方は見ようともしなかった。

「『ハンドカフス』？　貴様が掲げたオペレーションは明らかに失敗した。別に『暗部』の連中を庇《かば》うつもりはないが、やり方を間違えたのだ。表も裏もズタズタだ、最低限の治安維持機能を取り戻すだけでどれだけかかるか……。この損失はどう埋める？　潤沢な研究環境を崩してしまえばこの街の利点は丸ごと消える。貴様の感情はどうあれ、実際その能力がそこまで開花した理由の一つも『暗部』だろう。経済的に孤立すれば資源不足という現実に首を絞められるばかりだぞ!!」

しばし、返答はなかった。

答えに窮していると言うよりは、いちいち答えてやるかどうかの時点で選択肢が揺れているような、そんな不快な沈黙だった。

イライラしたヴァルアートが堪えきれずに口を開き、

「キサ、」

「『暗部』の連中を庇《かば》うつもりはねェってのは」

ゆったりと。

しかし図ったようなタイミングで、一方通行《アクセラレータ》の言葉が潰しにかかった。

面食らったヴァルアートの顔を見て、鉄格子《てつごうし》に寄りかかりながらアンナ＝シュプレンゲルがけらけらと笑っていた。良く分かるのだろう、その不快さが。

構わず頂点は告げた。

「オマエ自身、何をどォされよォが『暗部』との繋《つな》がりは見つからねェって自負でもあるからか？」

「……、」

「統括理事、ね。『暗部』を潰すにあたって、誰が敵で誰が味方になるか考えていた」

質問は質問ではなかった。

一方通行《アクセラレータ》は自分で即答したのだ。

「まァもちろン、全員敵って事で答えは決まってンだけどな。権力者の中で、おおよそ『暗部』と関わってねェ人間なンかいねェ。どォせどいつもこいつもびくびく震えて表から裏から情報収集でもしてやがったンだろう。どこまで手を突っ込ンでまさぐられるか、自分の懐《ふところ》までその手は届くのかってな。……その上で、俺は誰が最初に噛《か》みついてくるかを知りたかった」

特に失望するでも恐慌《きょうこう》に振り回されるでもない。

その統括理事長にとって、敵が分かるのと光明は同義であった。暗闇の中で出口の光を見るようなものだったのだ。倒すべき敵が見えているのは、それだけで幸いだ。何故《なぜ》なら第一位は長い間、それすら見えずに闇の中でもがいてきたのだから。

「さっきも言ったよな？　オマエ達は全員敵だ。だが使い方次第じゃあ有効に利用できる。排水口の栓と一緒だよ。悪い方に影響の強い誰かさんを引っこ抜けば、濁った水は勝手に一つの方向へ流れていく。ああはなりたくねェって考えが蔓延《まんえん》していく」

『暗部』と言っても色々ある。

それは実に様々な要因が絡《から》みついて極彩色の闇を構築している。パーツは様々だ。得体の知れない薬品、見た事もない機械製品、大量消費される被験者達、モラルの壊れた仮説の群れ、シミュレーションを支える大型電子機器……。

そんな中、だ。

特に大きな影響力を占めているのは、そう言えばこの分野だった。

「得体の知れねェビルだの地下施設だのがやたらと多過ぎると思っていたンだ、この街は」

吐き捨てるように一方通行《アクセラレータ》は言った。

「ヴァルアート＝シグナル。統括理事の中でも建設分野を牛耳る事で独自の色を出しているクソ野郎だ。ハナから知ってやがったンだろ？　『木原《きはら》』だ何だに秘密基地を提供するため、穴を掘ったりコンクリを流したりしていたのはオマエの部署だった。違うかよ？」

であれば、どれだけ甘い汁をすすってきたのだろう。

多種多様な研究分野について、分け隔てなく詳しいのも道理だ。研究には疎《うと》くても、依頼された図面を精査する事で『何をするための施設なのか』というあたりをつける事ができる。

そして、秘密基地の場所についても。

こいつは新しく就任した統括理事長以上に、埋蔵金に詳しい。

「言えよ。学園都市最大の禁忌とやらは、オマエの命を守ってくれるか？　そこまでご自慢の秘密を抱えていると思うなら、何故《なぜ》迷わずそっちに足を向けねェンだ」

「……私は科学万能の世界を作るために粉骨砕身の精神で邁進《まいしん》してきた」

今さら腹芸はしなかった。

むしろヴァルアートは挑みかかるように口を開いたのだ。

「ああ、ああ。私欲が全く入っていないと言えば嘘《うそ》になる。何しろオカルトという根も葉もない概念は、私が管理する不動産の価値を不当に暴落させるからな。……『幽霊が出る部屋』だとさ。そこらのガキが面白半分にネットで呟《つぶや》いただけで、根拠もなく破算の危機が襲いかかってくるんだ。私の家族は揃《そろ》って一度自殺しかけた事がある。私はそこから這《は》い上《あ》がった、ここまでな。何があっても私は家族を幸せにしなくてはならない、絶対にだ」

「……、」

「だから曖昧なものは全て潰す。そのためならいくらでも金を撒《ま》いてやる、必要ならどれだけ危険な輩《やから》でも。例えば例の一族、人工的に幽霊を作るなどという馬鹿げた研究であってもだ」

誰にでも、理由はある。

それを満たすために『暗部』は使えるのか、邪魔なのか。頂点にいる彼らの間で意見が分かれたのはそれだけだ。

どちらも、自分が正義だなどとは言わない。

そんな資格にこだわっていたら、ここまで上り詰める事はできない。

「……ただな、あれは私も知らん。徹底的に否定したいからこそ、知りたくもないのに見えてしまうものもある。学園都市最大の禁忌……そう。『カキキエ』だけは、私の知る理屈では説明ができなかった」

首を横に振る。

ひげの男はそれから改めて無能な長を睨《にら》みつけた。強く。

「貴様は不用意に『暗部』を追い詰め過ぎた。今までヤツらは科学という箱の中に自分から収まりたがっていたようだが、これからは違う」

「『R&Cオカルティクス』もあるしね☆」

くすくすと笑いながらアンナが囁《ささや》いたが、ヴァルアートはその意味を掴《つか》みかねたようだった。

「どうなるか分からんぞ。ヤツらの誰かが学園都市最大の禁忌に触れた場合、おそらくこの街もただでは済まん」

「だったら、何だ？」

さらりと、だった。

一方通行《アクセラレータ》が言った言葉の意味を、さてヴァルアートは理解できたか。

「話を聞いてなかったのか、オイ。俺は、『暗部』を潰す。何でそこに、ただで済むかどォかなンて話が出てくるンだ？」

そしてかなり遅れて、だ。

ようやくズレのようなものを統括理事は認識した。ピントが合うと、彼は眉間に深い皺《しわ》を刻む。知りたくもない何かが浮かび上がってきた。あるいは本物の幽霊を見るよりも不快に満ちた表情が待っていた。

「まさか……」

権力の塊は、そこで確かに見たはずだ。

寒々しい鉄格子《てつごうし》の向こう側。床に腰を下ろす白い髪に赤い眼《め》の怪物を後ろから支えるようにして、うっすらと別の何かが寄り添っているのを。英字新聞をツギハギして作ったドレスを纏《まと》う、コウモリと海洋生物を足して二で割ったような『悪魔の少女』だ。

その太い尻尾が、くねりと揺れる。

とてもではないが、科学の街らしからぬ反則。それもトップの統括理事長自らが禁を犯す。

ヴァルアートは呟《つぶや》く。

そう、最も恐ろしい為政者とは……、

「貴様……就任したその瞬間から、学園都市の存続など考えてはおらんのかッ⁉」

第四章　魔王の仔《こ》　the_LIGHT.

1

「あっ、リサコどこ行ってた⁉」

「おにいちゃーん。リサコちゃん帰ってきたーっ‼」

体操服の女の子は集まってきた子供達を見てこんな風に笑っていた。

「えへへっ、わんちゃんとお姉ちゃんに助けてもらっちゃった」

またどこかに移動するつもりなのだろうか。いくつも並べられた大型トレーラーはエンジンが回っていた。それでもキャンディみたいに赤毛を縛ったリサコが見つかるまでは待っていてくれる。女の子はホッとしていた。帰る場所があるって素晴らしい。

『……わんちゃん、ね』

「……、」

人工的に作られた幽霊、フリルサンド#Gの言葉に青年研究者はわずかに沈黙していた。

ドレンチャー＝木原《きはら》＝レパトリ。

好普性《こうふせい》だの嫌普性《けんふせい》だの、取ってつけた分類よりよほど強固。『暗部』界隈《かいわい》ではあまりに有名な一族の名を冠する男はそっと息を吐く。自分から気持ちを切り替えていく。

「捕捉された恐れはありますけど、今のままならこちらの方が早い。追い着かれる前に動けば何事もなく学園都市最大の禁忌まで辿《たど》り着《つ》けるはずです」

『何事もなく、なんて話が通じると思っているのかしら。こちらの世界で』

「無理でも用意するのが私達の仕事です」

はしゃぐ子供達には聞こえない声で、大人達は意見を交わしていた。

だからその男の子の声が低かったのは別の理由によるものだ。

「リサコ……」

「あっ、ソダテちゃん」

何故《なぜ》か同じ体操服を着た背の高い男の子は困った顔をしていた。いいや、いっそ泣き出しそうな雰囲気すらあった。ボールや薬用石鹸についてあれこれ言われると思ったのだろうか。そんな風に首を傾《かし》げるリサコだったが、違った。

ソダテはこう言ったのだ。

「帰ってきちゃったんだな、お前」

「え？」

「ひょっとしたら、あのまま消えていたら……」

そんな事を願っていたのか、そこまで嫌われてしまったのか。顔を曇らせるリサコだったが、やはり違うのだ。首を横に振って体操服の男の子は確かに言った。

唯一。

子供達の中で、モーションセンサーという自分がつけている実験器具に違和感を持ち始めた男の子が。

「……そうしたら、お前だけは助かったかもしれなかったのに」

2

おっかないので、まず水性ペンで背中に印をつけた。

「はまづら、くすぐったい」

「動くなよ……」

和綴《わと》じの本は遠近法も立体感もない毛筆で、しかも内臓の配置が明らかに変だ。雲の航空写真と天気予報の等圧線の違い、とでもいうか。和の医学なんてこんなものかと思いつつ、下着すら外し、両手で胸の辺りを押さえて滑らかな背中を見せつける恋人の体に浜面《はまづら》はバッテンをつけていく。くすぐったそうに身をよじるたびに浜面《はまづら》の心臓が破裂しそうだった。不謹慎だと分かっていても。全部終わったら、いよいよだ。コンテナラボの作業用テーブルの上で日光浴のようにうつ伏せで寝そべった少女の肌と向き合う。

お灸《きゆう》。もさもさした綿毛のようなもぐさだが、扱うのは『火』だ。

少女の柔肌とは明らかに噛《か》み合《あ》わない、下手したら一生モノの傷を残す難事。

「っ」

ここにきて恐怖の方が前に出た。だけど高熱で苦しめられた恋人を助けるにはこれしかない。思わず目を閉じそうになるのを堪えながら、ゆっくりと柔らかい肌の上に『燃料』の小さな山を置いていく。震える手でライターを擦るが、失敗が続く。やっと小さな火が点《つ》くと、それをじわじわと近づけていく。

「んくっ」

「だっ、大丈夫か？　滝壺《たきつぼ》」

「へいき」

さらに続けていくつか。強がりかと思ったが、滑らかな背中のあちこちにお灸《きゆう》を乗せた滝壺《たきつぼ》がハンカチで額の汗を拭うと、それ以上汗の珠《たま》は浮かんでこなかった。やはり、ある程度の効果はあるらしい。

袴《はかま》少女《しようじよ》には感謝しても感謝しきれない。

絶対に無駄にはしない。そのために、学園都市最大の禁忌に迫る。

『命綱』。

そう文字テープが貼り付けられた、カードサイズのハードディスクだった。

スマホからラボの薄型モニタへ転送されたのは、ずらりと並ぶ数字の群れだった。そうしないと細かすぎて読めない、というアネリなりの配慮だったのかもしれない。

いわゆる表計算ソフトの計算シートのようだが、不良少年はこれだけ見せられても頭が痛い。重要なデータなのかもしれないが、そもそもどこに注目すべきかも分からなかった。

横から覗《のぞ》き込《こ》んだ滝壺理后《たきつぼりこう》がこんな風に呟《つぶや》いた。

「これ、資材のデータみたい」

「しざい？」

「好普性《こうふせい》にしても嫌普性《けんふせい》にしても、『暗部』って色んな研究しているよね」

滝壺《たきつぼ》は数字の一つを指差して、

「軍用兵器だっていっぱい作ってる。……でも、考えてみたらおかしくない？　壁で囲まれた学園都市って大量消費型で、土地は限られている。自分で街の地面を掘って石油とか鉄鉱石とかかき集められる訳じゃないでしょ。材料ってどこから手に入れていたのかな」

「どこからって……そりゃあ、世界中に『協力機関』とかあるんだろ？　だったらそこから融通してもらうとか」

「記録に残せないのにどうやって？」

滝壺《たきつぼ》は別の数字を指差した。

市民団体が金や物の流れを監視するくらいで浮かび上がってくる程度の秘密なら、そんなのは『暗部』だなんて呼べない。

「これ見て。学園都市全体が外から取り寄せている資材の量と比べて、『暗部』で使っている資材があまりに多い。いらない脂身の部分を切り取ってこっそり割り振るくらいじゃとても間に合わない。だって、『暗部』が使っている量の方が数倍単位で多いんだもん。これじゃどうやったって記録の中から浮かび上がっちゃう。統括理事とか長とか偉い人が揉《も》み消《け》しをしようにも限度ってものがあると思う。これは、無理だよ。書類を書き換えるだけで何とかできる上限を軽く超えてる」

「でも、じゃあ……」

浜面《はまづら》が言いかけた時だった。サポートＡＩのアネリが別のウィンドウを表示させた。学園都市の地図の一点が、赤く色分けされていた。秘密があった。

「そもそも記録に残らない出し入れがある」

ジャージ少女は画面を見ながらそう言った。

掲示板やＳＮＳのページを保存したと思《おぼ》しきファイルがいくつもあった。文字列を目で追いかけていくと、とある共通項でまとめられているのが分かる。

四時と三〇分の間にある列車に乗ると、異世界に連れ去られてしまう。

そんな意味不明な話を指差しながら滝壺《たきつぼ》理后《りこう》はこう呟《つぶや》いた。

「そのための窓口がある。街のウワサの中でもいくつか見え隠れはしていたはず。『!』の標識、関わったら死ぬ電車があるとか、遊園地での人さらいや赤ちゃんを詰め込むコインロッカー、どうしても捨てたいものがあったら駅の地下の工事区画に沈めろなんかも。でも、真実はそうじゃなかった」

「まさか……」

「学園都市が何度も何度もリサイクルを推進するのだって、別に限られた資源を少しでも有効に使いたいからじゃなかったんだよ。ぐるぐる回す事で資材の総量を分かりにくくさせるのが狙い。だって、外から持ち込んだ材料より中から吐き出すゴミの方が何倍も多い、なんて調査結果が出たら困るじゃない？　質量保存の法則に反する訳だし。だから、パッと見では出し入れの量を見比べられないように気を配る必要があった。ロンダリングだったんだよ」

何でそんな工夫をしなくてはならないのか。原材料より廃棄物の方が多い、あってはならない結果が出てしまうのか。誰もが隠したがっていた秘密とは何だったのか。

学園都市最大の禁忌。

何度も何度も名前だけ出てきた、その正体は。

「閉じて、いなかった？　学園都市をぐるりと囲む外壁のどこかに、誰も知らない『抜け穴』でもあったっていうのか⁉」

それは、絶対にあってはいけない事だった。学園都市は良くも悪くも外界から隔絶されている。その分厚い壁でもってテクノロジーの拡散を防ぎ、無秩序な混乱が発生するのを抑えていたはずなのだ。

かつて、浜面《はまづら》は武装無能力者集団《スキルアウト》と呼ばれていた。彼らはそもそも学園都市の中でドロップアウトし、だけど街の外に出る事もできずに行き場を失った少年少女の群れだった。

行き場なんてなかった。学校からドロップアウトして、でも壁に囲まれた街から出る事もできない。何しろたった数日外に出るだけで、数々の申請書類やナノデバイスの注入などを求めてくるくらいなのだ。ゲートを避けて外壁へ無理に挑んだって情報漏洩対策《じょうほうろうえいたいさく》として殺害すら辞さない展開が待っているのは分かっていた。路地裏には空き巣だって強盗だっていた。そんな盗みのプロでも、外壁にだけは近づかなかった。

もしも気ままに行き来する『自由』があったなら、あんなに追い詰められる事もなかったかもしれない。自分で自分の居場所を作っていれば。

駒場利徳《こまばりとく》。

かつてのリーダーも、戦って死ぬ事はなかったかもしれない。

「……っ」

なのに。

いとも容易《たやす》く、彼らは崩す。一番の前提を。

偽造職人はカードサイズのハードディスクに『命綱』という文字テープを貼り付けて鍵付きの棚で大切に保管していた。秘密をかき集めていたのは、いざとなればこれで『暗部』の重鎮に助けてもらえるとでも思ったのか。

パパラッチのダシにされて頭を吹き飛ばされるとは予想しなかっただろうが。結局、あれが計画的だったのか突発的だったのか、当事者の浜面《はまづら》にも断言はできなかった。

「学園都市の大深度地下」

滝壺《たきつぼ》理后《りこう》は冷静に読み進めた。異次元、亜空間。そちらの方がよっぽど現実味がありそうな、そんなスケールの話を。

「円形に街を取り囲む外壁の真下は世界最大の加速器にもなっている。下手に掘り進めると円形装置の密閉を破ってしまい、放射線を始めとして様々なリスクにさらされる事になるはず。……だから、いくらなんでもそんな馬鹿な事はしないだろう。そんな心理を利用していたんだ」

図面を見ると、まるで知恵の輪だった。丁寧に円形加速器の施設を避けているようだが、所詮は『暗部』の突貫工事だ。厳密な安全基準なんてどこにもないだろう。

これが『暗部』の生命線。

表に出せない研究が絶えないよう燃料を注ぎ続けるためだけに構築された、そのためなら世界全体の秩序がどうなっても構わないという、まさに最大の禁忌。この一点を締め上げられたら『木原《きはら》』だろうが何だろうが問答無用で絶滅する、暗黒のへその緒だ。

「これは警備員側《アンチスキルがわ》は知らない情報だと思う」

滝壺《たきつぼ》はそう言った。

「つまり彼らに塞ぐ事はできない。ここを通れば安全に街の外まで逃げられる」

「……、」

アネリが赤い光点で強調しているのは、学園都市第一〇学区だった。一番のスラム街。誰もが見捨てた街の地下に、誰もが求める禁忌が眠っている。

最初からそんな名前がついていたかどうかは知らない。あるいは定期的に呼び名を変える事で真実を覆い隠そうとしているのかもしれない。ばら撒《ま》かれた情報のどこまでが断片的な目撃談で、どこからが作為的な流言だろう。

だけどその禁忌は、ずっと地下深くで口を開けていた。

悪夢じみた自由の象徴として。

小さな画面に表示された地図の光点。そこにはこういう名前があった。

カキキエ隧道《ずいどう》。

それが最後の標的の名前だ。生きて辿《たど》り着《つ》いた者には、異世界へ旅立つ権利が与えられる。

3

第一〇学区。

その深い深い地下だった。

元々、街の下を地下鉄のトンネルがどう走っているか気にする人間は少ないだろう。その路線は不自然なカーブを描いている事では知られていたが、拡張工事を進める内に何らかの遺跡とぶつかってしまった、というネットニュースにわざわざ疑問を持つ者なんていなかった。

冷たいコンクリートで囲まれ、等間隔で柱の立ち並ぶ地下通路。

壁際《かべぎわ》のまばらな蛍光灯だけでは到底闇は払えそうにない。

この誰も知らない地下の死角が、世界で一番熱い場所となった。実際に、多くの人間がここへ集まってきた。全員が同じ道をなぞってきた訳ではない。それぞれが学園都市のあちこちにあるヒントを拾って、第一の前提条件に疑問を持つに至ったのだろう。分厚い壁で囲まれた学園都市は、しかし実は閉鎖されていないと。

作業服を着た屈強な男達は運び屋グループの『シークレットエクスプレス』。礼服の男女は犯罪者に依頼通りの隠れ家を提供する『コンシェルジュ』。地味な服装とサングラスやハンチング帽で目鼻立ちを隠している少女達は、人気絶頂のアイドルグループか。ゲスもゲス、個人情報や架空請求で雁字《がんじ》搦《がら》めにして狙った少女達をリモートで鎖に繋《つな》ぐ『コントローラ』や、捜査を攪乱《かくらん》するために本物そっくりの無害な粉をばら撒《ま》く『フレア』までいる。

路地裏の王も。

大企業の顧問弁護士も。

大学の学長も。

芸能界の大物プロデューサーも。

……それから、各業種に食い込んだ『木原《きはら》』が何人か。

本当に、多種多様な人達で溢《あふ》れていた。下層だから、貧乏だから、頭が悪いから、罪を犯したから『暗部』になるのではない。上も下もなかった。『暗部』はあらゆる階層へ平等に浸透している。誰も知らない世界から、誰もが羨む職業まで。

ここに辿《たど》り着《つ》く前に倒れた者もいれば、別のルートを求めて突っ走った者もいるだろう。ある意味で、このトンネルを見つけて足を踏み入れたのは、選ばれた者達だったのだ。

そして。

その全員が。

たった一つの影に阻《はば》まれて、すり潰されていく。

薄い青のぴったりしたドレスの上から膨らんだ薄布のロングスカートを重ねる、長い金髪をツインテールにした淑女。

フリルサンド#Gは、まさしく絶壁であった。

挑む者は、挑む勢いが強いほど壁に激突してひしゃげていく。いくつかの肉塊と血飛沫《ちしぶき》を見てそんな妄想にでも捕らわれたのか、あれだけの『暗部』が揃《そろ》いも揃《そろ》って前に進めなくなっていた。向こうは一歩も動いていないのに、じりじりと押されて後ろへ下がる。

無論。

今さら諦めたところで許しを与える幽霊でもないが。

『次は串刺し、串刺しでございます』

ギュボッッッ!!!!!! と。

湿った異音と共に、屈強な黒服が股間から頭の先まで一気に破壊される。それでも、彼はまだ幸せだったかもしれない。自分に何が起きたかも分かる前にスイッチが切れたのだから。

続けて幽霊は告げる。

『炙《あぶ》り、切り落としにご注意ください』

ぎゃあ!!　うわあっ!?　という悲痛な叫び声が連続する。その内、フリルサンド#Gではなく『暗部』同士で摑《つか》み合《あ》いが始まった。盾にできるコンクリートの柱を巡って醜い争いを続けているようだが、

『間もなく抉《えぐ》り出《だ》しが参ります』

音もなく、そっと幽霊が柱の裏側へと回り込むと同時、湿っぽい音が爆発した。勝者も敗者もいっしょくたに同じ挽肉《ひきにく》に作り変えながらも、フリルサンド#Gは興味がなさそうだった。

「あ、がが」

呻《うめ》き声《ごえ》があった。

アイドル少女の一人だった。すでに下半身はない。胴体の断面がなめくじのように、床にへばりついていた。

「な、んでえ？　きんきっ、見つけたんなら、私達は同じ『暗部』でしょう？　抜け道は、みんなで一緒に使ったって……」

『子供を扱っている身の上でね。それもたくさん』

フリルサンド#Gは視線を向けてもいなかった。

『同じ現場にあなた達を招いて、変な流れ弾とか向けられても困るのよ』

「ね、」

今さら、どうにもならない。それでもがりりという音が聞こえた。上半身だけになった少女

の爪がコンクリートの床を削る音であった。

「ねんのため？　恨みも憎しみもない、そんな理由で人の命を、!!」

『次は轢《ひ》き殺《ころ》し、轢《ひ》き殺《ころ》しでございます』

湿っぽい音と共に、恨み言すら消失した。

幽霊自身、怨念なんぞに人を殺す力は宿らないと否定しているかのようだ。

『……しんがりは大事なお仕事』

歌うように囁《ささや》いて、

『だけどこれは、あの泣き虫には見せられないわね。知るのと見るのは大違い……』

ふっと、人工的な幽霊がどこかへ目をやった。

しかし大して拘泥《こうでい》はせずに、そのまま身を翻《ひるがえ》し、暗闇の奥へと消えていく。


そのわずか一〇メートル先だった。

浜面仕上《はまづらしあげ》は柱に身を潜めたまま、必死にジャージ少女の口を掌《てのひら》で塞いでいた。

気づかれたら終わりだ。自分の心臓も、吐息も、体臭も、服のわずかな静電気も、全てが死因に思えてくる。頬を伝う気味の悪い汗を拭う事もできないまま、浜面《はまづら》は必死になって時間が過ぎるのを待つ。

やはり敵は敵。

何かしらの思惑があり、気紛《きまぐ》れに命を救われたとしても、それで信用なんかできるはずない。気紛《きまぐ》れに救うという事は捨てる時も同じようにやる訳だ。そしてこっちの命は一つしかない。

血の海、なんて次元ではなかった。

原形を留《とど》めてもいない血や肉に、虚空《こくう》に伸びた五本の指、苦悶《くもん》の表情のまま壁にへばりついて時間を止めた顔の皮。人間というより、そういう物体でしかない。尊厳など欠片《かけら》もなかった。

この一人一人が、浜面《はまづら》とは違う道を辿《たど》って学園都市最大の禁忌を探り当てた『暗部』なのだ。

無数の可能性がゼロまで減った。

そんな気がする。

……この道が本当に正解なのか。奥へ向かえば向かうほど、さっきの幽霊女との遭遇率は跳ね上がる。なら今からでも引き返し、地上に出た方が安全ではないか。そう思ってしまう。

「ぷはっ」

と、恋人が浜面《はまづら》の掌《てのひら》から逃れた。後ろから抱き寄せられたまま、彼女は上を見上げるようにして浜面《はまづら》と目を合わせる。

「はまづら、気配は消えたよ。今なら先に進める」

「……、」

「ここまで来たら諦められない。闇雲に上へ出たって救いはない。はまづら、ここを越えないと平和はやってこないよ」

「あっ、ああ……」

一人だったら、とっくの昔に折れていた。

だけど浜面《はまづら》は恋人に手を引かれて、今一度なけなしの勇気を振り絞る。

等間隔で蛍光灯の明かりはあったが、それでも暗い。しかもまばらな照明自体、誰に掌握されているかも分からないのだ。もしも、あの幽霊側の手でいきなり電気を落とされたら。浜面《はまづら》は、いつも以上にスマホの存在が大きくなるのを感じていた。

「長いね」

「ああ」

言葉も少なくなっていく。

学園都市最大の禁忌。しかし自分達は本当に希望に向けて歩いているのだろうか。いつまで歩いてもどこまで進んでも、暗闇は消えない。奥へ奥へ、取り返しのつかない深さまで自分から沈み込んでいくような錯覚すら感じる。そもそもこれだけの地下施設だって、どこかの誰かが造ったのだ。図面を引いて、穴を掘り、基礎を固めて、鉄筋やコンクリートを流し込んで。とてもではないが、銀行強盗が金庫を狙うための手掘りのトンネルとは質が違った。大規模な建設会社が関わっていない限り、ここまで広大で整った地下空間は用意できない。

誰がやったのだろう。

ひょっとしたら毎日テレビのＣＭで観《み》ている名前かもしれない。

そういったものもいつか明るみに出るのだろうか。益体のない事を考えていた時だった。

やはり、先に気づいたのは光源を持っていない滝壺《たきつぼ》の方だった。

「はまづら、扉がある」

「……、」

分厚い鉄扉だった。

長い長い通路の奥に一つだけ。ひょっとしたら別のルートもあるのかもしれないが、頭の中で振り返ってみても分かれ道に心当たりはなかった。

浜面《はまづら》はそっと近づく。

鍵はかかっていないようだ。手榴弾《しゅりゅうだん》など、余計な置き土産も多分ない。

だけど怖いのはそんなものではない。ここに来るまでの間、おびただしい数の死体を見てきた。もはやいちいち心を動かしている余裕すら残らないほどに。浜面《はまづら》は、倒れていった先人達を風景の一部として認識していた節がある。そうでもなければ真っ暗闇の殺人現場に圧倒され、先に進む事などできなかっただろう。

禁忌が蓄積していく。

助かりたい一心で行動を続けていたはずなのに、いつしか彼らも染まっている。

浜面仕上《はまづらしあげ》はドアノブにそっと指先を近づけていった。

触れる。力を込める。

回す。

4

何人《なんぴと》たりとも見てはならない世界が広がっていた。

光が溢《あふ》れる。

「……、」

異界の正体は、深い深い穴だった。

奥底に眠る深淵《しんえん》のくせに、これまで以上に人工的な光で満たされているらしい。あちこちに置かれた工事用の照明機材のせいだ。

直径は軽く二五〇メートル以上。深さについては、その二倍以上だろうか？　大深度地下。鉄筋コンクリートでできた奇麗な円形空間に対するイメージは様々だ。見る者によっても変わったかもしれない。

あるいは共同溝、あるいは円形闘技場、あるいは操車場のターンテーブル、あるいは決して祈りを捧げてはならない神を祀《まつ》る地下神殿……。

ただし、イメージを喚起するにあたっていくつか重要なピースが存在する。

「列車……？」

手すりから下を覗《のぞ》き込《こ》みながら、浜面《はまづら》は呆然《ぼうぜん》と呟《つぶや》いていた。

ターンテーブル。

等間隔にコンクリートの柱が立ち並ぶ中、円形空間の中心部分だけが奇麗に切り抜かれていたのだ。平べったいコンクリの床には一回り小さな円形の溝が刻まれていた。あれ自体がぐるりと回転し、列車の向きを変えられるようにできている。外周の線路についても一二方向に延びていた。もう一つイメージを追加、まるで巨大な鉄の花だ。

そう。ここには線路があり、信号機があり、変圧器があり、整備機材があり、管制室があり、そして一五両編成の列車が停《と》まっていた。貨物列車だ。

「あれが『暗部』の生命線……」

そして浜面達《はまづらたち》にとっては、自分達の命を拾い上げる事のできるカルネアデスの板だ。

もちろんターンテーブルだけで終わりとも思えない。この外側、見えない所にはコンテナヤードや整備場などが眠っているはずだ。

円形の壁に沿って作られた狭いキャットウォークを歩き、下りの階段を降りていく。こちらには脱落者の死体は転がっていなかった。先に進んだ何者かは幽霊女を使って、この本命に触れられる前に全ての邪魔者を排除したらしい。

先に進み、まだ列車が残っているという事は、いる。

同じ空間に殺戮者《さつりくしゃ》は留《とど》まっている。

「……はまづら」

「大丈夫だ。何があっても俺がついてる」

「違う。下に誰かいるみたい、それも一人じゃない」

ギョッとした。滝壺理后《たきつぼりこう》には他人のAIM拡散力場を読み取り、正確な居場所を特定する能力がある。今は最盛期の力は使えないはずだが、それでも感じ取れるものがあるのだろう。

緊張の密度が変わる。

たった一人のイレギュラーも怖いが、大勢から寄ってたかってというのは恐怖の種類が違う。いざとなれば、恋人の滝壺《たきつぼ》だけでも絶対に逃がす。浜面《はまづら》の中で優先順位が変わっていく。

ここが唯一の出口であって。

ここを離れてしまえば三六〇度行き止まりしかないと、分かっていても。

「……、」

いくつもある下り階段を最後まで降りて、浜面《はまづら》と滝壺《たきつぼ》は地下の底へ辿《たど》り着《つ》いた。上から見下ろした時とは感覚が違う。直径で二五〇メートルと言えば、ドーム球場のグラウンドよりも広いのだから当然か。スポーツ観戦と同じく、テレビを通して俯瞰《ふかん》するか実際に競技場に立つかで印象は大きく変わる。

そう、浜面仕上《はまづらしあげ》は舞台に立った。ここから先は本当に他人事《ひとごと》ではいられない。

『あら。来てしまったのね、もったいない』


一秒だった。

すとんと、そのまま浜面《はまづら》の膝が垂直に落ちる。肩の高さが左右で合わなくなるが、いったん抜けた力が元に戻らない。

「な……ッ⁉」

幽霊女だった。

こいつは好普性《こうふせい》なのか、嫌普性《けんふせい》なのか。

争いを嫌って学園都市から逃げ出そうとしている……にしては道中があまりに血みどろだ。むしろ、誰一人学園都市の外に逃がさない、という怨霊《おんりょう》めいた執念すら感じられる。

長い長い金髪をツインテールにして、薄い青のドレスを纏《まと》った洋風の人形のような誰か。別に殴ったり蹴ったりといった話ではない。ただ視界の端にちらりと映った時には、もう浜面《はまづら》は致命的なダメージを受けていた。

たらり、と。目尻や鼻の穴から鉄錆《てつさび》臭い液体が垂れる。

本当は派手な悲鳴を上げて後ろにひっくり返っているつもりだった。しかし実際にはうずくまったまま動く事もできない。

鉢合わせすれば、死。

イコールで結ばれたものがあまりにも不吉過ぎる。

『無駄よ』

足音もなく、幽霊女が歩く。視界の端から中央へと寄っていくために。

『何かを盾にして防ぐとか、飛んできたものを超高速で避ければ良いとか、そういう頭の悪い話は誰もしていないの。わたしの顔が見えている。それだけで攻撃は終わっているのよ。わたしはさりげなくあなたの視界の隅に立ち、気づかれずに継続ダメージを与えていけば良い』

言われてみれば異変があるのは常に幽霊女の方から声を掛けられた時だ。あのトンネルだって、わざわざ地下通路に照明を点《つ》けていた。何故《なぜ》？　都合が良かったからだ。

運転中に幽霊を見ると事故を起こす。

心霊写真で頭や手足が消えていると体に不自然な傷やアザができる。

……だけどまさか、この幽霊女はそういう性質さえ人工的に構築して組み込んでいるというのか？　浜面《はまづら》は信じたくなかった。だとしたらいよいよ打つ手なんてないじゃないか⁉

「はまづ、⁉」

『気づいたかしら。感覚が鋭敏なのかもしれないわね、あなた』

慌てて抱き寄せるジャージ少女だが、幽霊女は気にする素振りもなかった。

そもそも『見えてしまっただけで死ぬ』のなら滝壺《たきつぼ》もまとめて仕留められたはずなのに、そうしない。

『とはいえ霊感なんて曖昧な話をしているんじゃないわよ。ＡＩＭ拡散力場。あなた、そっち系の能力を持っているんじゃない？』

「……あなたの周囲には、ＡＩＭ拡散力場がない？　ううん、何か目に見えない、大きな力が微弱な場を散らしてしまっているんだ」

『ハイボルテージ＝カッティング法』

一言で言い切った。

『原理としてはロケットエンジンの炎の中に見えるショックダイヤモンドか、あるいはスクリューにまとわりつく気泡のキャビテーションに近いかもしれないわね。ある種の高エネルギーを放射し続けると、自分自身の中で互いに干渉し合ってイレギュラーな波形や像を作り出す』

「っづ⁉︎　エネルギー、だって？？？」

『どこにでもあるじゃない』

幽霊女は気軽に言った。分かったところで遮断できるものではないからか。

『あなた達が考えなしにばら撒《ま》いている二酸化炭素や窒素酸化物は、空気中の水分と結合すれば酸性雨になる。果物に電極を二つ突き刺すだけで電気は手に入るのよ？　銅と亜鉛なんていちいち街の中から探すまでもない必需品でしょう。この方式だと、電気の他に水素ガスも発生してくれるしね。わたしは街一つ分、あるいはそれ以上に大きな規模の文明電池から力を吸い上げるだけで良《い》い。それだけで安定したエネルギーの中に、突出した一点を設ける事ができる』

「……、」

『隙間風の多い古い廃屋、波で複雑に浸食された崖や洞窟、深夜の峠道。静電気、気圧差、錆《さ》びたドアの軋《きし》みや風で揺られる木々のざわめき。とにかく心霊スポットはノイズが多いらしいわね。電気を取り込む過程で何かが洩《も》れているのか、水素ガスの燃焼時の破裂音でも耳にしているのかしら。ともあれ、人がいて、文明のある場所ならわたしはわたしを保てる。わたしを殺したいなら自分の暮らしを破壊する事ね。地球規模で』

規格外だ。

理屈を言われても理解できない。理解したつもりになっても破壊手段に繋《つな》がらない。

浜面《はまづら》の体を抱き寄せる滝壺《たきつぼ》が、息を呑《の》んでこう言った。

「目には見えない形でも絶えず莫大《ばくだい》なエネルギーを使い続けているのなら、やがては不自然な状態ができるのは分かる。でも見ただけで死ぬ存在が、どうやって大勢の中から正確にターゲットを選べるように……」

言いかけて、ジャージ少女の言葉が途切れた。

視界の端に見えたのだ。今度は人工的に作られた幽霊ではない。貨物列車のコンテナ、その扉の隙間からこそこちらを覗《のぞ》き込《こ》んでいるのは、皆統一された色彩だった。

体操服と装置をつけた小さな子供達。それも一〇人や二〇人では利かない。

その全てが『幽霊の実験器具』だった。

おどおどとこちらを覗《のぞ》き見《み》る子供達は、幽霊女が見えているようだった。しかも知らない顔の侵入者を撃退してくれるのでは、という期待まで滲《にじ》ませている。彼らは知らない。何も聞かされていない。自分が何に利用されているのかも。心霊写真は眺めただけで害を為《な》し、時間が長引くほど継続ダメージを与える。『暗部』の精鋭をくまなく始末するほどに。それなのに。

複数候補の中から、正確に一つを選ぶ実験。

でもそれは、頭の上に置いたリンゴへ矢を射るようなものだ。それもあちこちにセンサーをつけた当の子供達には何も説明せずに。

「……っ……」

不良少年は奥歯を噛《か》み締《し》める。

ろくに動けない、命を握られている、反撃の糸口すらない。つまり今は絶対に相手を怒らせるべきではない。状況が分かっていても、浜面仕上《はまづらしあげ》は思わず叫んでいた。

「ゲスがあ……ッッッ!!」

『何とでも言いなさい。むしろ褒め言葉だわ』

絵本のお姫様みたいなシルエットの幽霊女はそっと掌《てのひら》をこちらにかざしてくる。ありえないものが見えている時点で仕事は終わっているのだから、本当はそんな仕草なんていらないだろうに。

しかしそこで幽霊女の視線が不自然に逸《そ》れた。

横へ。

バガン!! と列車の近くに置いてあった余剰のコンテナが一撃で両断された。はるか上層から何かが落雷のように降ってきたのだ。

重金属でできた分厚い山刀を手にした赤い影。

前髪を奇《き》麗に切り揃《そろ》えた真紅のロングヘアに華奢《きやしや》な体躯《たいく》。オレンジに黒、害虫みたいな色合いの競泳水着を纏《まと》うアンドロイドだ。

機械的な瞳の中でハナマルが躍っていた。

『どや顔』

「やあやあ。お忙しいところ申し訳ないけどね、ちょいとお邪魔させてもらうよ」

青いつなぎの上から白衣を羽織った、棒切れみたいな老人の声があった。

幽霊女はそっと肩をすくめて、

『列車に何の用があって? あなた達は街に残って徹底抗戦する嫌普性《けんふせい》だと思っていたけれど』

「そんな表の世界が勝手に作ったくくりなんぞに興味はないよ。わしは自分の研究さえ続けられればそれで構わない。学園都市は優れた環境じゃったが、条件が崩れたというのであればより居心地の良い環境を探すだけじゃ」

『あなた、わたしが見えているのよね？』

「両目の動きでも計測してもらえば分かると思うのじゃがね」

『なら、その意味も』

それから彼女は思わせぶりに登場した機械製品の方に視線を投げた。

『ちなみにわたしは、人体の他に機械的なレンズやセンサーに誤作動を起こす機能もついている。心霊写真は精密光学機器に干渉するものでしょう？　それがどれだけ自信作かは知らないけれど、万全の力を発揮できるだなんて虫の良い話は考えない方が良《い》いんじゃない？』

……つくづく無敵だ。標的の視界の端に見切れるだけで人間を殺し、機械については確定で見えなくさせる。これでは幽霊女に死角なんてないではないか。

「まあ、じゃろうな」

しかし老人は気にも留《と》めなかった。

命を握られているにも拘《かかわ》らず、この木原とかいう謎の老人は。

「単体戦闘力で言えば君が最強じゃ。致死性だけなら第三位や第二位以上かもしれん」

『……、』

不穏を感じているのだろう、幽霊のくせに。

この世界は、悪い方の予感ばかり的中する病でも患《わずら》っているのかもしれない。

「だがこの場に限り、万全の力を発揮できないのは君も変わらないと思うがね？」

『？　……がっっっ!!⁉⁇』

　十分に警戒はしていたはずだ。

　なのにいきなり幽霊女の体が弓なりに反ったかと思うと、空中で不自然に停止した。それどころか、メキメキという不気味な音がいつまでも響く。その体が、歪《ゆが》められていく。ひしゃげ、折れ曲がり、まるでガラスの壁に顔を押し付けたように。

　何かが起きたのだ。

　幽霊女は霧や幻のように、掴《つか》みどころのない存在だと浜面《はまづら》は思っていた。でも違う。それは明らかに骨格が軋《きし》み、筋肉が悲鳴を上げ、全身の臓器が不自然に蠕動《ぜんどう》していた。

　その上で。

　めきめきごきごき!!　という異音が続く。全方向から押し潰されたまま、その体積がどんどん小さくなっていく。老人はエンジニア用の特殊な手袋をはめた手で何かを掲げた。お菓子の空き箱に見えるが、違う。てっぺんに針で孔《あな》が空けられていた。もはや液体や気体のように、幽霊女は小さな穴に吸い込まれていく。中がどうなっているかは想像もしたくなかった。ただただ呆然《ぼうぜん》と浜面《はまづら》は呟《つぶや》く。

「ぴんほーる、カメラ……？」

「ハイボルテージ＝カッティング法。なるほど奇抜な論理じゃが、ある種の不安定なエネルギーである事に変わりはない。そしてあらゆるエネルギーは高い方から低い方へ、不安定から安定を求めるものじゃ。こんなもの一つでも、形を崩して焼きつけられる」

老人は菓子箱から手を離した。

安定した電子レンジの中に金属クリップ一本入れただけで危険な火花のパレードが始まる。そんなイタズラを思いついた子供のような顔を浮かべて。

「ま、心霊写真には相応《ふさわ》しい場所ではあるじゃろう？　デジカメじゃあ風情《ふぜい》がないしの」

冷たいコンクリートの上に落ちたそれを、靴のカカトで踏みつける。彼はぐしゃりと潰れた箱の方には視線もやっていなかった。

「学園都市最大の禁忌」

老人は腰の後ろをとんとんと叩《たた》きながら、気軽に言った。

「そうまで呼ばれているモノの正体が、まさか建設会社が造った秘密の抜け穴トンネル程度だとは思っておるまい？　いや、彼女のような存在なら最初にこの可能性を考えてしかるべきだったはずなんじゃけどなあ」

「あん、た……？」

不自然な『呪い』はいくらか薄まった気がする。それでもうずくまるので精一杯な浜面《はまづら》に対し、ようやく老人はカルネアデスの板を摑《つか》む権利者が他にもいる事に気づいたようだった。

浜面《はまづら》への注目は、明らかに災いしか招かない。

木原端数《きはらはすう》は笑みを広げる。

「断言しても良い。『暗部』向けの非公式建設事業で巨万の富を築いた統括理事もおるようじゃが、彼は何も知らない。ある日突然、こんな巨大な地下構造体が出来上がっていた事なぞな」

「……？」

ある日突然。

土木関係の機材を扱った事もある浜面《はまづら》には、だからこそ訳が分からなかった。単純にこれだけの規模の穴を掘るだけで、どれほどの日数がかかると思っているのだ？

しかし老人は本気のようだった。

本気で言った。

「かキキエ隧道など、どこにも存在しないんじゃよ」

答えが、読み込めなかった。

前提がおかしい。なら自分達が今いる場所は何なのだ？？？

答えはこうだった。

「風斬氷華《かざきりひょうか》とは単体で完成された人体ではなかった。あれは、ＡＩＭ拡散力場の集合体である一つの街、虚数学区の一部分といった方が近い。……元々は、あの領域から風景の一部を切り取り、新たな資源として取り出すためのプロジェクトだったんじゃよ。加速器の中で行う電子顕微鏡サイズの錬金術よりはるかにマクロで安価なレベルでな。それがこんな形になるとは、街中の力を誘導した研究者グループにさえ予想はできなかったはずじゃ。学園都市最大の禁忌。大仰な言い回しはしておるが、ようは隠蔽すべき大きな失敗でしかない。誰も彼もが、本当は頭を抱えておった」

老人は腰の後ろをとんとんと叩《たた》きながら、

「本来なら存在しないはずの道が学園都市と中と外を非公式に結び、文化の交流、テクノロジーの汚染によっていつでも外の世界を崩しかねないリスクを膨らませてきた。この一点から、世界全体なんて本当に破滅しかねなかった。虚数学区から物資を取り出そうとした彼ら研究者の思惑とは反対に、虚数学区が何かを吐き出せばそれだけで外の世界はグロテスクに変異していたかもしれなかった訳じゃな。……そう。世界が今日までこの形を保っていたのなんて、ただのラッキーじゃった。こちらからの努力なんかない。風斬《かざきり》氷華《ひょうか》を始めとした人外の怪物どもがそういった事に興味を示さなかっただけじゃ。彼らが何かに気づいてちょっと試してみただけで、世界なんか終わっていた」

「つまり……」

応じたのは滝壺《たきつぼ》だった。

やはりＡＩＭ分野については肌感覚で理解ができる分だけ強いのだろうか。

「あなた達は、そこの幽霊とは真逆の研究を進めていたって事？　高エネルギーの塊だった幽霊と微弱な力の集合体は相反する存在。だからぶつかり合った時に幽霊が誤作動を起こした……。あなた達は、見えない街から無機物さえ取り出そうとしていたのね」

「どうだかね。あの研究は前に進化していたのか、後ろへ退化していたのか。言ったじゃろう、彼らは失敗したと。結局アンコントローラブルに陥ったプロジェクトの名残はこの通り、消し去る事すらできてはおらん。自然半減期はおよそ一万二〇〇〇年だったかな。そもそも、下手をすれば学園都市全体が実数へ転じた虚数学区に押し潰されていたかもしれない。手頃な大きさに切り取って確定で手中に収めるというのも一つの完成形であるとわしは思う。その点で言えば、やはりそこの幽霊は個体としては最強で、羨むべき成功例ではあるだろう」

幽霊女はどうしていきなり不具合を起こしたのか、ぼんやりだが浜面《はまづら》にも理解できてきた。

つまり、同じ場所にいてはいけなかった。

幽霊達は共存できるものでもなかった。一つのパソコンの中に複数のセキュリティソフトをインストールしてしまうように、競合を起こしてしまったのだ。

「……これはこれで危険な賭けではあったが。確率的には低いとはいえ、仮に隧道《ずいどう》の方が負けていたら仮初めの空間そのものが消滅し、わしらは全員揃《そろ》って大深度地下の地層に埋まって化石になっておったただろうしな」

ヒュン、という風を切る音があった。老人の隣に立ったアンドロイドが、分厚い山刀を軽く振るった音だった。賭けとやらにも勝ったのだ。もう誰にも彼らを止められない。

木原端数《きはらはすう》は目の前の浜面《はまづら》ではなく、どこかよそに視線を振って大きな声を出した。

「さて、そちらの手駒は奪ったぞ。大人の話し合いをするなら今だと思うがね」

5

「電車いつになったら動き出すのかな？」

「あっ、お兄ちゃんが出て行ったよ」

揃《そろ》って同じ体操服を着せられた子供達は貨物列車のコンテナ、その扉の隙間から外を覗《のぞ》きつつ思い思いにそんな事を囁《ささや》き合《あ》っていた。

そんな中、だ。

「いたいっ、痛いよ……」

女の子のリサコが抗議の声を上げていた。

だけどソダテはその声に耳を貸さず、さらに細い手首を摑《つか》んで引っ張る。体が大きい男の子は黙り込むとちょっと怖い。

「いいか、リサコ」

気づかれないように暗がりを歩きながら、ソダテは早口で言った。

自分で自分に言い聞かせるように。

「お前だけでも逃げるんだ。今ならまだ間に合うし、そして上に上がったら大人達を直接呼んできてくれ。お前ならできる」

「どうして？　もうすぐ電車が出るんでしょ」

「まだ分かんないのかよ！」

細い肩に両手を置いて、正面からソダテは叫んだ。

「こんな服や装置を着せられて、街の中から切り離されて、普通の学校だって通わせてくれない。俺達は『置き去り《チャイルドエラー》』なんだ、ある日突然消えたって誰も騒ぎ立てたりしないし。……何か利用価値があるから育てられているんだ。丸々太ってから食べちゃうつもりなんだよ！」

「そんな……」

「助けを求めたくても、俺達にはスマホやケータイなんかないだろ。不自然なくらい遠ざけられてきた。だから、これまで何度も情報を残してきたし。積み木とか、絵本とか、ボールとかもあったかな。トレーラーが動き出す前に外に置いて、俺達の名前とか、トレーラーのナンバーとか、とにかく色々書いておいたんだ！　……だけど、大人達には届かなかった。俺達の努力なんか誰にも届かないんだ‼」

自分勝手だから物を盗んでしまうのかと思っていた。ずぼらだから秘密基地に忘れてきてしまうのだと考えていた。でも、違ったのだ。

「比較的穏当な好奇性《こうふせい》だ？　笑わせるなよ。電車に乗って、学園都市の外に出て……それで何かが変わると思うか。監視の目がなくなるだけだし!!　そうなったら、きっとあいつらの枷《かせ》は外れる。伸び伸び、い、い、伸び伸びとやるに決まっているだろ！　だから、そうなる前に。お前だけでも逃げなくちゃならなかった!!」

「ソダテちゃん……」

「俺が隙を作る」

女の子の目を覗《のぞ》き込《こ》んで。

彼は確かに言った。

「ぜったいに、何があっても。お前だけは、モルモットになんかさせないっ!!」

6

ひょっこりと現れたのは、ちょっとした優男だった。半袖短パンのサファリジャケットにラッシュガードの組み合わせ。古い探検家に似た服装の下に、頭の横につけたｗｅｂカメラといい、アウトドア派の青年は白衣につなぎのメカニック老人とは違った種類の研究者のようだ。

世界中の自称・心霊スポットを巡って怪奇現象の科学的発生原因を読み解く専門家。ただし彼の場合、そこから人工的な応用にまで駒を進めているようだが。

青年はおどけたように軽く両手を挙げてにこにこしている。傍《かたわ》らに殺人兵器の少女を侍《はべ》らせたまま、木原端数《きはらはすう》は尋ねていた。

「名前は？」

「ドレンチャー＝木原《きはら》＝レパトリ」

「……なるほど、君が例の」

感心したような言い草に、青年の方がわずかに眉を動かした。

「意外ですね。あなたのような人に名前を覚えてもらっていたとは」

「まあ、君は有名だからな」

その口振りからして、良《い》い意味で言った訳ではなさそうだと浜面《はまづら》は感じた。

嫌普性《けんふせい》と嫌普性《けんふせい》、その対峙《たいじ》。

少年達を置き去りにして研究者と研究者の間で言葉のラリーが始まってしまう。審判や観客の席で黙って見ている訳にはいかないと分かっていても、今の浜面《はまづら》には介入のしようがない。

「見ての通り、一口に『暗部』と言ってもわしらは別々の階層からやってきた。今の学園都市に居場所がないというのであれば、外に出るという選択肢は妥当ではあるじゃろう。しかしそのカルネアデスの板は、本当に一組しか救えないのかな？　……わしは、相乗りでも構わんと考えておるのじゃが」

意外な提案……でもないのか。道中、ここを目指してやってきた別口の『暗部』を徹底的に殺して排除していったのは幽霊女の方だ。アンドロイド側は警備員《アンチスキル》に攻撃を加えたかもしれないが、率先して同族の『暗部』の数を減らそうとはしていない。偽造職人の所ではアンドロイドに襲われているが、本気の殲滅戦《せんめつせん》なら遊園地にいた一般人など気にも留《と》めず殺戮《さつりく》に集中していただろう。

青年は肩をすくめて、

「まあ、こちらとしても戦闘の機会を減らせるのであれば。というより、それ以外に選択肢はないんでしょう？」

「君の方に、これ以上の切り札がなければ」

「なら降参です」

即答だった。この局面まできて、ごく普通に自分の命で勘定が回っている事に浜面《はまづら》は逆に驚いていた。『暗部』の尖《とが》り切《き》った連中なら、目的のためなら自分の命など惜しくないと考える方が『らしい』と思えてしまうからだ。

……この感覚は、まずい。随分と染まってきたものだと浜面《はまづら》は自己評価する。これ以上進むと引き返せなくなりそうだ。嫌普性《けんふせい》まで踏み込んだら、戻れない。

「これでも虎の子だったんですけどね。彼女、フリルサンド#Gは。しかし学園都市最大の禁忌……。一筋縄ではいかないと思っていましたが、まさかその正体が巨大なＡＩＭ拡散力場の塊だったとはなあ」

「何事にも相性はあるよ。逆に、ここでなければわしには勝ち目がなかった。この子を封殺されてしまえばどうにもならんからな」

しわくちゃの手で頭を撫でられる真紅の髪の少女は為《な》すがままだ。

そして話がまとまろうとしている。それでは困るのだ。今のところ、浜面《はまづら》や滝壺《たきつぼ》には彼らに交渉を迫るだけの材料がない。このままでは額に一発ずつ撃ち込まれて捨て置かれるだろうし、そうでなかったとしても得体の知れない実験のモルモットくらいしか未来が見えない。

「そうそう」

気軽に老人が切り出した。そこの肉の塊二つはどうする？　そんな言葉があっさり出てきたらそれまでだ。そして『木原《きはら》』の動きは全く読めない。心臓に異常な負荷がかかるのが浜面《はまづら》は自分で分かる。

果たして、木原端数《きはらはすう》は言った。

「相乗りと言ったが、列車はわしらがいただいていく。君が乗るのであれば、駄賃くらいいただいても文句はなかろう？」

「……フリルサンド#Gの研究ノートですか？」

「そこを取り上げるほど無粋ではないよ。研究ノートは学者にとって魂の一部。これは君の人生の成果だ、墓まで抱えていきなさい」

「なら何を」

「何人か」

言って。

本当に気軽な感じで、老人はエンジニア用の手袋をはめた手であらぬ方向を指差したのだ。

何の話し合いをしているかも分からないまま物陰から頭を出してこちらを覗《のぞ》き込《こ》んでいる、体操服の子供達を。

「適当に見繕ってくれれば構わない。こちらも落ち着いたら研究を再開するつもりじゃが、『外』はルールが違う。ベースが整うまでは無暗《むやみ》に人をさらう訳にもいかないんでな。初期研究のため、最初からストックを確保できるならそれに越した事はない」

傍《はた》で耳にしている浜面《はまづら》の方が凍りついていた。

これが『暗部』。中でも一等どろどろした澱《よど》みの中にいるエリート達の思考。

「フリルサンド#Gとやらは貴重な研究成果じゃが、実験動物についてはその限りではなかろう？　人工的な幽霊。……確実な再現性を得るまでに、一体どれだけの命を観察対象として潰してきた？　研究がすでに安定期に入っているのであれば、そこまで『置き去り《チャイルドエラー》』の消費速度は高くないと踏んでおるのじゃがね」

「ふっ」

　ドレンチャー＝木原《きはら》＝レパトリは小さく笑った。

　彼は小さく挙げていた手を力なく下ろしていた。もうその必要はないと判断したのだろうか。同じ闇を知る者として、老人と共通のどろりとした瞳でこう言ったのだ。

「確かに、彼らは皆『置き去り《チャイルドエラー》』です。表の世界はともかくとして、『暗部』界隈《かいわい》でこの言葉が出てきた場合は何を意味するか、分かりきったようなものですよね。ええ、私は自分で集めて彼らを自分のラボに招き入れた。好きなように消費してもどこからも捜査の手が及ばない、非常に便利な命である彼らを」

「では」

「お断りだ馬鹿野郎」

7

　パン!!　パパン!!　と。乾いた破裂音が連続した。

8

　浜面仕上《はまづらしあげ》には意味が分からなかった。

「はまづらっ!!」

未だに言う事を聞かない体を引きずるより早く、ジャージ少女の滝壷が押し倒してきた。青年が懐から取り出した拳銃を撃った。チャチなリボルバーとはいえ、数メートルの至近距離から立て続けに。

　ただし、

「うっ……」

「効かないよ」

　老人は嘯《うそぶ》き、その一歩前で真紅の髪をなびかせるアンドロイドが裸足《はだし》のまま床を踏み締め、分厚い山刀を構えていた。銃弾は全て弾《はじ》かれたばかりか、跳弾を使って反撃まで加えたらしい。

　チャチなリボルバー。

　そもそもこの国で拳銃がそんな風に映ってしまっている事自体が決定的なのだ。

　いくつも青年の上着に風穴が空き、奥からじわりと赤黒い染《し》みが広がっていく。体をくの字に折り曲げてもどうにもならず、そのまま倒れ込む。

　最強の人形に守られながら、つなぎに白衣の老人は呆《あき》れたように呟《つぶや》いた。

「たかが子供だろう。それも全部寄越せと言っている訳じゃない。二、三人もいれば構わなかったんじゃが」

「……そういう、ゲスな『暗部』の考え方からあの子達を守りたかった」

荒い息を吐いて、這《は》いつくばったまま青年は吐き捨てた。

もう傷を押さえる事もやめたようだ。

「でも正義のためと言っても何もできなかった、これっぽっちもね。具体的にあの子達がどこにいるのか、情報すら入ってきませんでした。『暗部』と戦うためには、『暗部』になりきるしかなかったんです……。面白いくらい人が集まりましたよ、有益な研究だと言っただけで。そのために子供の命が必要だと言っても、『よろしく頼む』と力強く肩を叩《たた》かれただけでした。空いた手でグラスを揺らして今年の赤の出来をご陽気に嗜《たしな》みながらね。つくづく、この街は腐り切っている」

「ドレンチャー＝木原《きはら》＝レパトリ」

「木原《きはら》を名乗るのが一番手っ取り早かった。ははっ、ＶＩＰ連中は実に恐れおののいてくれましたよ」

くそっ、と浜面仕上《はまづらしあげ》は吐き捨てた。

自分の体調など二の次だった。

確かに幽霊女は子供達を利用していた。いつでもその命を握り潰せる立場に追いやっていた。だけど、実際に彼女が子供を殺す場面を見たのか？　そこまでやらなければ騙《だま》し切《き》れない世界があったのでは？

確実な再現性を得るまでに、一体どれだけの命を観察対象として潰してきた？

老人の言葉に青年は応えなかったじゃないか。

つまり、それは答えだったのだ。誰も犠牲にしていなかった。たったの一人も。『置き去り《チャイルドエラー》』と呼ばれる子供達を、闇の中から引きずり上げたい。たったそれだけで、『暗部』に飛び込める大人だって……ちゃんといた。

いてくれた。

なのに。

「うそだ」

とっさに、浜面《はまづら》は否定してしまった。これを認めてしまったら自分の醜さが襲いかかってくる。そう思ったから。実際には悪あがきをするほど醜さを露呈すると気づいていても。

「アンタ、前にも見たよ。偽造職人の所に顔を出してたろ⁉　自分だけパスポートを用意して、子供達を放り捨てて街の外に出るつもりじゃなかったのかよ‼」

「あれが成功していれば、もっとスマートに行けたはずなんですけどね……」

青年は力なく笑った。

「私がきちんと目立つ事ができたら、警備員《アンチスキル》や『暗部』の目は第二三学区の空港に殺到していたはずです。そうしたら、子供達は地下からもっと安全に逃げ出せた。本来、私はこんな場所《ほんめい》にいるべきじゃなかったんです……」

「〜〜〜っっっ‼‼‼」

世界が違った。

そしてどちらが正しいかと言われれば、絶対に青年の方だった。

なんとこの身の小さい事か。我が身可愛《かわい》さでしか動けなかった己の卑屈な事か。

「不躾《ぶしつけ》なお願いなのは、承知の上ですが」

青年はこちらを見た。正真正銘の『木原《きはら》』などどうでも良《い》いと言わんばかりに。

正しく光を見るその瞳が、何故《なぜ》か汚れきった浜面《はまづら》を見据えてきた。

「……『暗部』が潰れるなら、それも良《い》いのかもしれない。ただ、あの子達を頼みます。今ここで任せられる人間はもう他にいないようだ。あなたは、苦しんでいる恋人を見て取り乱し、手当たり次第に医薬品を床に撒《ま》いていた。あなたの瞳には良心が宿っている。やむにやまれず落ちてきたにせよ、あなたにはまだ、『暗部』に対する拒絶が残っているはず……」

「おい、俺は別に誰にでも優しい訳じゃねえよ。押し付けんな！　自分の恋人を助けるなんて当然だろ!!」

「はは……。その当たり前こそ、『暗部』の中では何よりの異物なんですよ。大丈夫、あなたならやれます。こんなくそったれの世界に転げ落ちても、大切な人を見つけてスリルより平和を求めるあなたなら……」

学園都市最大の禁忌について、浜面達《はまづらたち》が初めて耳にしたのは彼の言葉だった。

こんな『暗部』に正義なんかない、彼なりの利害が必ずあるはずだと警戒していた。

これ、だったのか？

いざという時のための保険。自分の命の心配よりも自分が倒れてしまった後の保険が何か一つ、どうしてもほしかった。

一方では、同じ出口に殺到する『暗部』達を皆殺しにしておいて。

万に一つも流れ弾を子供達に浴びせかけられてはならないから。そんな可能性の話だけで悪の道を突っ走ったくせに。

……でも、確かに。ここに来るまでの途中、全てを皆殺しにしてきたあの幽霊女は一度こちらをちらりと見た後、見逃すように立ち去らなかったか？

「……何でここまでした？」

こんな質問しか、出ない。

死にゆく者に対する言い分じゃない。分かっている。それでも自分だけが生き残るのに必死で『暗部』の空気に染め上げられた浜面《はまづら》には、あまりに真っ当過ぎる答えを受け止められない。

「自分の命を投げ捨ててまで徹底できた⁉　ガキどもなんてどこまでいっても赤の他人だろう、助けたいから助けたなんて理由でここまでやれるもんか‼　くそったれの嫌普性《けんふせい》が。言えよ、何故《なぜ》だ⁉」

小さく、青年は笑った。

その唇の端から、すでに血の筋が垂れていた。

彼は言った。

「……理由があるから守るんですか？　そうじゃないでしょう……」

それっきりだった。

笑ったまま、彼の時間は止まった。

理由なんかない。分からない。分からないままでも突っ走れる。

浜面仕《はまづらし》上《あげ》の完敗だった。

「あ、」

負け犬の少年は歯を食いしばった。ズタボロになった体を動かし、青年から血まみれの拳銃や弾丸を奪い取って、そして力の限り叫んだ。

負けた側にも礼儀がある。

まだゲスなジジィどもが残っている。この勝利を踏みにじらせてたまるか。

「アぁネリぃぃいい!!!!!!」

がこん、という鈍い音が円形空間に響き渡った。

サポートＡＩの手を借りた列車が、待機中の状態からゆっくりと動き出したのだ。

ターンテーブルは一二方向の線路に囲まれていたが、向かう先は分かっていた。

『命綱』という文字テープの貼られたカードサイズのハードディスクにはこうあった。

四時と三〇分の間にある列車に乗ると、異世界に連れ去られてしまう。

つまりは、

(……時と分。アナログの文字盤と照らし合わせれば)

「五時の線路だ、そのまま突っ走れ!!」

体操服を着た多くの子供達を乗せたまま、列車は走る。

何よりも最優先が、それだった。

「正義は伝染するのかね？」

頭をやられた人間でも見るような目で老人は呟《つぶや》いた。拳銃など通じない事くらいすでに証明されている。にも拘《かかわ》らず敗れた武器を継承した浜面仕上《はまづらしあげ》を、半ば憐《あわ》れむように。

「それに命を賭《と》した努力とやらも報われん。見ろ、全員が全員乗っていた訳ではないらしい。怖くて逃げ出そうとしたんじゃろう、自分を救ってくれる者の傍《そば》から」

「はまづら、二人くらい取り残されている。彼らをそのままにしておけない」

少し離れた場所で手を繋《つな》いでいるのは、体操服を着た男の子と女の子だった。

彼らは満足そうに笑う青年の真意に気づいて、何を思ったのだろうか。

裏目裏目に出てしまった、この状況を。

「ま、駄賃としてはあれくらいで構わんか。土産としてもらっていくよ。あまり多くても食費の無駄じゃしな」

「……うるせえな」

浜面仕上《はまづらしあげ》は吐き捨てた。本当はこんな事をしている場合ではない。自分達は逃げるためにやってきたのだ。英傑や猛将になんかなれない事は最初の最初で突き付けられた。勝手なわがままの結果、自分だけでなく恋人まで危険にさらすかもしれない。

それでも。

それでも、だ。

死にゆく者から託された。正義という言葉を思い出した。自分の手で助けられる命がある。今ならやり直せる。何より自分の恋人がすぐそこで見ているのだ。

もう、格好悪いのはやめにする。汗まみれの体に力を込めて、一人の少年はもう一度自分の力だけで立ち上がった。そうしなければならなかった。

「木原《きはら》だかアンドロイドだか知らねえが……」

何が、目的は逃げ切る事、だ。

本当は、男だったら真っ向からこう言わなくてはならなかったのだ。

「挑んでやるよ、この俺が!!　くそったれの『暗部』にッッッ!!!!!!」

できないとは言わせない。

実際に貫き通した男の生き様は見せてもらった。

人間に戻れ。あそこから何も学べないなんていうのは、絶対にナシだ。

9

もちろん浜面《はまづら》が九ミリ拳銃を闇雲に連射したところで、真紅の髪のアンドロイドには届かないだろう。分厚い山刀で弾《はじ》き返《かえ》され、体中に風穴を空けるのがオチだというのは分かっている。

だから浜面仕上《はまづらしあげ》は真っ先にこう動いた。

「アネリ!!」

ごっ、と競泳水着の少女の真横でいきなり巨大な影が動いた。

リモートで動くのは、鉄道サイズのコンテナの積み下ろしに使うホイールローダーだ。

『邪魔』

一体どんな素材を使っているのか。そちらを見ないで山刀を一振りすると、除雪機のお仲間みたいな重機がバラバラに切断されていく。高速振動や熱を発している訳でもないのに。

しかしその間に浜面《はまづら》は恋人の手を引いてその場を離れる事ができる。

広大な円形空間だが、何もないコロシアムではない。

地下共同溝のように等間隔で立ち並ぶコンクリート製の柱に、ターンテーブルや一二方向に広がる線路の邪魔にならない位置には列車の運行や整備に必要な様々な設備が分散していた。フェンスで囲まれた変圧器の群れ、プレハブ小屋の管制室、車両整備に使う巨大なジャッキや洗車機、とにかく色々だ。

貨物列車を直接動かせるのだ。

サポートＡＩのアネリの手を借りれば、施設の全てを掌握できると考えて問題ない。

浜面《はまづら》は恋人を抱き寄せ、コンクリの柱に身を隠しながらスマホに囁《ささや》く。

「アネリ、あのガラクタ野郎を直接乗っ取る事は？」

返答はなかった。

否定的と受け止める。段階を踏めばとか、何か準備があればとか、そういう次元ではなさそうだ。浜面《はまづら》には理解不能な次元で、そもそもアンドロイドはサイバー攻撃できない存在なのだ。

(……となるとやっぱり、どうにかして外からぶっ壊すしかねえか!!)

「はまづら。いつまでも息を潜めてはいられない。ヤツらの注目が私達から外れると、残された子供達が狙われる。悪党なら狙いやすい所から狙うに決まってる」

「分かってる」

滝壺《たきつぼ》は額の汗を何度も拭っていた。おかしい。お灸《きゅう》によって多少は緩和されたはずなのに。ひょっとしたら、もう対症療法の効果はなくなってきているのかもしれない。

不安だったが立ち止まれない。それがひどくもどかしい。

「……ただ囮《おとり》を買って出るって事は、こっちが危険になる。滝壺《たきつぼ》、覚悟はできているか？」

「これ以上格好悪い事言ったら平手が飛ぶよ」

「じゃあ惚《ほ》れ直《なお》してもらおうか!!」

二人してコンクリートの柱の裏から飛び出す。

機械的に瞳孔を拡大縮小する瞳と目が合ったが、もう怯《ひる》まない。

10

標的二名を捕捉した。

裸足《はだし》で床を踏み締め、レディバードは的確に指示に従いながらも、頭の中に疑問があった。

何故《なぜ》、子供達が必要なのだろう？

木原端数《きはらはすう》、先生の研究テーマはアンドロイドのはずだ。すでにこうして成功作の自分がいるのだから、今さらナマの人間を確保して解剖・観察する必要もない。どうも決裂の理由は『置き去り《チャイルドエラー》』の所有権――こんな言葉でくるのがすでに許せないという事に、本物の『木原《きはら》』

から十分な教育を受けた彼女もまた気づいていない——にあるようなのだが、そもそもあの老人は何故《なぜ》そんな所にこだわる必要があったのだ？

不幸な研究はもうなくなる。

完全にゼロから機械部品を組み立てて造ったアンドロイドの自分でも、能力は使える。つまり、能力開発の研究に人間の被験者を使う時代は終わったのだ。これからは機械をいじるだけで事足りる。『置き去り《チャイルドエラー》』などを確保して使い潰す必要もない。

素晴らしい研究だと思う。そして未《いま》だに『人間が人間を消費する』旧体制に自分からしがみつく連中が信じられない。結局はレベル制に縛られた己の立場を守るためか。これで正義のために戦っている、と本気で思い込んでいるから人間というのは手に負えない。記憶情報の書き換えができるのは機械だけではないのだ、人間はいくらでも気持ちや想《おも》いの捏造《ねつぞう》ができる。

であれば、ここで断ち切る。

能力開発にまつわる不幸や悲劇は、全てここで終わらせる。

そのために。

「おおおおっ!!」

意図不明な叫びと共に走り込む男から拳銃の連射があった。これについては山刀で受け止めるだけで良《い》い。

が、向こうもこちらの戦術をラーニングし始めているらしい。

跳弾で標的を狙うが、当たらない。弾《はじ》き返《かえ》すと言っても弾道は直線的だ。例えば間にベニヤ板を挟むだけでも状況は変わってしまう。弾丸の威力は初速で決定する。跳弾の威力は一般的に下がる。ロケットやミサイルのように常に加速を続ける訳ではないから当然だ。つまり向こうには撃ち抜く事ができてもこちらは貫通できない、という状況も作ろうと思えば作れる。

跳弾の利用は、一方通行《アクセラレータ》の『反射』とは似て非なる。

レディバードの山刀は弾《はじ》き返《かえ》すだけだ、ベクトルを束ねるといった事まではできない。

とはいえ、

（……馬鹿っぽい顔でできるとは思えない、何かしらの演算補助を受けていると判断跳ぶか、とも思った。通常、両足を地面から浮かせるのは実戦ではご法度《はっと》なのだが、レディバードに限っては違う。アンドロイドの駆動スペックがあれば等間隔で並ぶ柱を次々と蹴って空中から襲いかかる事だって難しくない。

そしてレディバードが弾丸へ対処している間に、また派手なエンジン音が響いた。

どうやら今度はフォークリフトらしい。

「アネリ、そのままガキどもを囲んでろ！　どこかにいるジジィに近づかせるなよ!!　迂闊《うかつ》に手を伸ばしてきたら轢《ひ》き殺《ころ》せ!!」

『随分と余裕』

正面から銃撃しつつ今のフォークリフトをこちらの脇腹に突っ込ませていたら一撃くらい浴

びせられただろうに。とはいえその程度で破壊されるほどやわなフレーム構造でもないが。

右手で分厚い山刀を振るいながら、レディバードは己の眉間の辺りに力を集中させる。

それは照準だった。

ゴッ‼　と、烈風の塊が浜面仕上《はまづらしあげ》とアンドロイドの間にあった障害物を吹き飛ばしていく。風で飛んでいったというよりは、爆発で粉々にした方が近い。

「のうりょくっ⁉」

「強能力《レベル3》か、それ以上はありそうだけど……」

射線がクリアになれば銃撃は怖くない。向こうも跳弾の危険を再認識したのか攻撃をやめて近くの柱の裏へと身を隠したが、それは防御になっていない。突撃して一薙《ひとな》ぎすれば、柱ごと裏に張り付いている標的の胴体くらい切断できる。

その時、レディバードには空いた手で太股《ふともも》から抜いたボトルの放電機械油を口に含む余裕すらあった。

だんっ‼　という鈍い音が炸裂《さくれつ》する。

あくまでもレディバードは人間の構造を模して製造されたアンドロイドだが、骨格や筋肉などに使われる素材の一つ一つはいずれも『暗部』のゲテモノだ。馬力については、その気になればＶ12エンジンの最高回転数とでも張り合える。

しかし的確に行動選択しながらも、やはり精密機器の詰まった頭は疑問が絶えなかった。

風を操る能力。

前に同じ人物と激突した時は、炎を使っていなかったか？　その前は何だった？

アンドロイドが人間と同じ構造をしているのであれば、能力も一人に一つのはずだ。それとも機械製品であるが故に、人間にはできない事までできるようになったのか。

（先生……？）

11

ザンッ!!　とまるで豆腐か薄紙のように鉄筋コンクリートの柱が切断された。

横でも斜めでもなく、まさかの縦に一刀両断。どうやら複数の柱を蹴って高さを確保してから、落雷のように落ちてきたらしい。人間の形をしているが、完全に人間の動きを超えている。

その瞬間、浜面仕上《はまづらしあげ》は横に跳ぶイメージで、実際には派手に転んでいた。

柱と一緒に切断されたのは彼の胴体ではない。施設の補助発電機を回すために用意されていた、ガソリン用のドラム缶だった。

腰の痛みに顔をしかめて転がりながらも、浜面《はまづら》は立て続けに引き金を引いていく。

いくらレディバードでも、コンクリの地面に当たって火花を散らす弾丸までは弾《はじ》き返《かえ》せない。

ボッッッ!!!!!!　と。

気化したガソリンの生み出す爆炎が、競泳水着のシルエットをまともに呑《の》み込《こ》んだ。

ただし、

「だめ、はまづら！　効いてない‼」

「チッ‼」

別の場所から駆け寄ってきたジャージ少女に腕を引っ張られて起こされながら、浜面《はまづら》は舌打ちしていた。炎のスクリーンの向こうに黒い影が映る。特に倒れたりのた打ち回ったり、といった様子もない。

直前に見せた、風を操る能力が炎の広がりに影響でも与えたのか。

せめてそうであってほしい。単純に強度が高いから、では何の突破口にもならない。

「……そもそも何をどうやったらアンドロイドを倒した事になるんだ？　首を絞めたり心臓を突き刺したって機械は機械だ、止まんねえだろッ‼」

マザーボードを叩《たた》き割《わ》ったら？　バッテリーを引っこ抜いたら？　しかしそれも、華奢《きやしや》な体のどこに何ヵ所あるのかさえはっきりしない。

轟《ごう》‼　と炎が切り裂かれた。重金属の山刀を水平に一振りしただけで、オレンジ色の壁が屈服する。奥から裸足《はだし》で出てきたアンドロイドは当然のように無傷だった。真紅の髪や白い肌どころか、オレンジや黒の競泳水着だって変色すら見られない。

「何かがおかしい」

ある意味、機械よりも無機質な瞳で滝壺理后《たきつぼりこう》は呟《つぶや》いた。

彼女の目には何が映っているのだろう？

「能力を使うアンドロイド。確かに人間の脳だけじゃなくて機械的な処理でも波や粒子の『観測』はできる……かもしれない。発展させれば、その結果を作為的に選択していく事で超常現象を起こす事だって。でも、この波長。これってもっとシンプルな……」

「能力がコロコロ切り替わってる件か？」

浜面《はまづら》は吐き捨てるように言った。

「連中のラボってゴミの山のコンテナ基地だよな？　だったら間違いねえ。あのジジィがガキの身柄を欲しがっているのも頷《うなず》ける、具体的に『どう』使うのかまでは知らねえけど」

ところで、浜面達《はまづらたち》は何故《なぜ》こんな長話をする余裕があるのだろう？

油断なく拳銃を突き付ける不良少年の視線の先で、件《くだん》のアンドロイドは首を傾《かし》げていた。

どろり、と。何か黒っぽい液体を目尻や鼻から垂らしている。

……あの現象は前にも見た。袴少女《はかましようじよ》から一発もらって、火の能力で応戦した直後だ。

「ああ、ああ」

どこかから木原端数《きはらはすう》の声が響いてきた。

ただし反響していて場所が分からない。見えていたら即座に一発撃っていた。

「……もうそんな頃合いか。だから早い内に次をストックしておきたかったんじゃがな」

「おい」

浜面《はまづら》はどこにいるかも分からない相手に向かって叫んだ。

「そいつは反則なんじゃねえのか？　もしそうならあいつはアンドロイドなんて呼べねえぞ」

少年の見ている前で、だ。

オレンジと黒の競泳水着を纏《まと》う少女が、両手で頭を抱えて体をくの字に折り曲げた。

みしり、という低い音が響く。

直後の出来事だった。


がぱり、と。

首の後ろから尾てい骨の辺りまで一直線に、背中が開いたのだ。

競泳水着の背中側、X字のバンドの中央にあった金具が弾《はじ》けて支えが四方へ解放される。

さらに柔肌が首の後ろを支点にして、左右へ大きく。

開け放たれた背中はまるで機関車のボイラーか、あるいは地獄の竈《かまど》だった。分厚い鉄扉ではなく滑らかな人肌だからこそ、甲虫のように開いた外殻は禍々《まがまが》しい。

水着の上半身が大きくめくれるが、少女の華奢《きやしや》な胸が見える事はない。

長い長い赤の髪が胸元に垂れていたのだ。

両手両足を地面に張り付け、ケダモノのようになっていた。

ずるずると這《は》い出《で》てきたのは半透明の何か。細長い刃のようにも、身をくねらせる蛇のようにも見える。摑《つか》み、引きずり込んで、内部で切り取る。オートメーションの摘出器官だ。

答えがあった。

「……廃品の山を漁《あさ》る『ゴミ拾い』の連中が持ち帰っているとかいうガラクタを見たよ。冷蔵庫の中は茶色っぽい汚れでいっぱいになっていた」

思い出すだけで吐き気がこみ上げるのだろう。

バケモノを眺めて浜面《はまづら》は顔をしかめる。

「頭の中身を抉り取られた死体がぎゅうぎゅう詰めにされていた。冷蔵庫でも洗濯機でもいい、ようは『ゴミ拾い』ってのは中古の家電を卸していた訳じゃあねえ。まだ使える内臓が詰まった血染めの箱を出し入れしていたんだ。もちろん出処はテメェのラボだったんだよな⁉」

「まあ、普通の死体はスラム化した第一〇学区の辺りで処分するらしいんじゃがね。まだ新鮮で部品の取り外しができる死体であれば、別口で買い取ってくれる連中も少なくない」

能力を使うアンドロイド。

その正体はなんて事はない、嫌普性《けんふせい》も嫌普性《けんふせい》。必要に応じて他人の脳を捕食して取り込む機械だったのだ。これだとそもそもアンドロイドという定義から外れてすらいるように思えるが、

「超能力サイボーグの恋査《れんさ》モデルとはアプローチが全く違うよ。あくまで脳が体を着ていたサ

イボーグとは異なり、レディバード君は体が脳を取り込んでいる」

自慢の孫でも紹介するような声色だった。

「セルロースナノファイバー。ワイヤーや防弾繊維として注目されておる炭素系素材ではあるが、ようは脳神経より細く精密な配線はすでに可能な時代なんじゃや。ただナマの脳髄と違い、活動状態で放置しておくと際限なく自動増殖し、頭蓋の空間が足りなくなると無理に折り畳んでスペースを確保しようとしてしまうのが珠《たま》に瑕《きず》じゃがね。特に大脳前頭葉が酷《ひど》い。よってわざと異物を取り込み、常に適度なダメージを与え続け、脳を決められた範囲の中に収めておく必要がある。ま、能力がその時々で変化するのは異物ごとに拒絶と破断のパターンが変わってくるので、その個性みたいなものかね」

『せん、せ』

ぎぎぎ、と軋《きし》んだ動きでレディバードが何かを探しているようだった。老いた研究者が何と言おうが、やはりレディバードにとって人の脳は不可欠なパーツらしい。自分から毒を求める少女の動きは明らかにぎこちなかった。

『……先生……。だって、このけんきゅうは、アンドロイドがふきゅうすれば、能力開発ににんげんの被験者をつかうひつようはないんだって……』

「レディバード。テントウムシの事じゃが、アレはユーモラスな見た目に反して貪欲な肉食性だ。アブラムシを食べる益虫という話は君も知っているだろう？」

『……ぎ、きっ……』

「そしてテントウムシに擬態する虫というのは、実に多い。それもゴミムシダマシやテントウゴキブリ、本来であればあまり人から好まれる事のなかったであろう虫達からじゃ。別に、あれ自体が保護色として機能する訳でもないのにね。ハハッ、ひょっとしたら自然の景色や天敵の有無に関係なく、人に好まれるための体色パターンなのかもしれないな、あれは」

『暗部』は、どこまで深いのだろう。

『暗部』は、どこまで粘ついているのだろう。

「まさに、だ」

まるで共食いする昆虫のように、その矛先は相手を選ばない。

愛くるしい少女だったモノに向けて、開発者はこう告げた。それはそれは楽しそうに。

「君に、ぴったりの名前じゃろう？」

12

text▷ 世界は、間違っていると思った。

text▷ ＠人間が＠人間を利用する、研究のために使い倒す街なんて。

text▷だから、@私が診察台に乗れば。

text▷何度でも直して、何度でも使い直す@私がいれば。

text▷@人間と全くおなじカラダの造りをしているなら、@私にも能力は使えるはず。@私の体は、つけたり外したりも自由自在。@人間よりも中を調べたり、改良を施すのも簡単だ。

text▷もう、能力開発で誰も犠牲になる必要はない。

text▷だから、戦ってきた。

text▷@先生の研究は素晴らしいと思っていた。

〝レディバード君、君は工学的なアプローチで作られた人間じゃ。だけど君は、人間としての当たり前を追い求めても良いと思う〟

text▷@先生の言葉は眩《まぶ》しかった。

text▷@私なんかで良いんだろうかと思った。

text▷@人の役に立てれば、それで幸せになれる。そんなわがままは、きっとただの機械にはできない事だと思う。

text▷それは、@人間らしいとは言えないだろうか？

text▷@私の考える@人間は、そういうモノだった。非効率的でコストパフォーマンスを無視した選択肢を、迷う事なく選び取れる。

text▷だから@私は、@人間はすごいと思う。

text▷@先生以外とはあんまり話をした事はないけれど、@アンドロイドというものはまだ公にされてはいけないものだと分かっていても。それでも遠くから見る@人間が好きだった。

text▷明るい未来を、幸せな世界に繋《つな》がる道を、無理解の一言で潰させる訳にはいかない。だから邪魔する者は許さない。@人を傷つける事を正しいと言うような@人達に、小さな芽を踏みにじらせる訳にはいかない。

text▷だから。

text▷それなのに。

13

『あ、ああ。ああ!?』

絶叫があった。

ただでさえ機械的な瞳から、あらゆる光が落ちる。愛くるしい競泳水着の少女は、今や四足で吼《ほ》え立《た》てるグロテスクな捕食者へと完全に切り替わっていた。

否定したくても、できない。

己を保つためにはナマの体組織にかぶりつき、一番大事な場所に収めなくてはならない。計画的に異物を取り込む事で、拒絶反応を利用して自分自身の頭を適度に壊し続けるために。ぐずぐずにとろけた腐乱死体の詰まったバスタブに毎日肩まで浸《つ》かるよりも、なおおぞましい真実。なのに、やめられない。やめる事が許されない。彼女の方向性は、彼女の意思に関係なく設計段階から完成していた。溺れる者が空気を求めて水面をがむしゃらに目指すように。

ボロボロと目尻から涙が溢《あふ》れていた。

機械でできた顔を埋め尽くしていたのは、怒りと、憎悪《ぞうお》と、そして恥辱であった。

……何でそんな機能を与えた？

凡人の浜面《はまづら》には決して解けない疑問があった。ここに何の合理性がある？　まるで、苦しむ心の手触りでも楽しもうとするかのような悪趣味ではないか。

一方で、生存に必要な機関は一式全て少女の中に収まっている。というより、レディバード全体でもって自律移動式の鉄の処女を構築しているといった方が近いのかもしれない。背中から犠牲者を放り込み、機関車のボイラーのように左右へ大きく開いた蓋を閉じれば、後は全自動で処理が始まる。そういう風にできているし、おそらく複数回はすでに実行されている。

そこにはもう、善悪なんて存在しなかった。

浜面《はまづら》には彼女を裁く資格なんかない。だけど浜面《はまづら》は彼女を止めなくてはならない。

絶対に。

『があアッッツ!!!!!!』

「はまづらっ!!」

滝壺《たきつぼ》が焦《あせ》ったように叫ぶ。

赤い影が消える。

四足歩行のアンドロイドが跳躍した先は、浜面《はまづら》や滝壺《たきつぼ》ではない。自分をこんな風に造った木《き》原端数《はらはすう》に向けてでもない。もっと他の誰か。次々と柱を蹴って高さを稼いだアンドロイドが、一番小柄で捕食の容易な体操服の子供達目がけて勢い良く飛びかかったのだ。

戦術よりも感情よりも、まず本能が優先された。

「アネリ!!」

横からハッキングされた線路点検車両が突っ込み、剝《む》き出《だ》しの列車用高圧電線を引き千切った。蛇のようにのたくる電線がアンドロイドに絡《から》みついていく。

破裂音。

もちろん墜落した程度でひしゃげるようなレディバードではないが、山刀を握り込んだままの右手側から床に落ちたのは大きい。

自分の体と地面で腕を挟み込んだ今なら、ガードは使えない。

両手で小さなリボルバーを握り直し、浜面《はまづら》は一気に連射していく。

パパパン!!　パンパンパン!!　という乾いた銃声が閉鎖空間で膨張していく。

今度こそこちらに背を向けたアンドロイドへまともに着弾する。虫の薄羽根にも巨大なメスにも見える摘出器官を自ら挟み潰す格好で、嫌がるように左右から『背中の口』を閉じるが、それだけだった。致命傷を与えた感じはしない。

ぶんっ!! と。

片腕一本で蛇のように絡《から》まる剝《む》き出《だ》しの電線を引き千切り、再び捕食装置が自由を取り戻す。あの分だと子供達の盾にしているフォークリフトも保たない。

もう時間がない。

「坊主《ぼうず》!! その女の子を守りてえかっ!?」

離れた場所から浜面《はまづら》は叫んだ。

返事を待つまでもなかった。空回りで終わって、裏目裏目に出たけれど、それでも女の子が大切でなければこっそり電車から抜け出して逃げようとはしなかったはずだ。

人間を信じる。

浜面仕上《はまづらしあげ》はとっさにこう続けた。

「なら恐れるな、前に出ろ! 下手に下がるとかえって捕食のチャンスを増やしちまう!!」

ぐっ、と。

両目を瞑《つむ》り、知り合いを庇《かば》うように男の子が前に出た途端、レディバードの動きがわずかに止まった。自分を壊すために取り込む毒素。一番手に入れたいはずの柔らかい脳の持ち主がすぐ目の前にいるのに、だ。

それでもこれが正しい。

カウボーイの投げ縄と一緒だ。頭の上でぐるぐる振り回して力を蓄えるのは結構だが、その縄を正面から自分に抱き着いている人間の首へ投げて掛けるのは至難だろう。アンドロイドの摘出器官は虫の薄羽根のようにも透明な刀のようにも見えるが、何にせよかなり長い。平たく言えば密着されるとかえって使いにくい得物でもある。

ただし、この方法で稼げる時間は数秒が限界だ。

レディバードが正しい距離感を測り直して再度飛びかかったら本当に丸呑《まるの》みされる。

少女が再び動き出す前に、浜面《はまづら》は次の動きに出た。

列車の洗車にでも使うのだろう、業務用洗剤のボトルを金網のフェンスで覆われた冷蔵庫より大きな金属機器の方へ放り投げたのだ。

ズヴアチィッッ!!!!!!　と。

鉄道用の巨大な変圧装置が恐るべき火花を散らす。それから目には見えない分厚い電磁波も。

人体への影響は未知数とされている電磁波だが、機械にとってはより深刻だろう。

絶叫があった。あれだけ冷静沈着だった少女の形をした何かが、何かしらの苦痛でも浴びてのた打ち回っている。

浜面《はまづら》は走り込みつつ二、三発ほど拳銃弾を浴びせると、アンドロイドの真横をすり抜ける。

そのまま危険域に突っ立っていた体操服の少年を抱き留め、スライディング気味に地面を滑る。もう一人、体操服の女の子と共にコンクリの柱へ身を隠す。

「良くやった、坊主《ぼうず》。もう大丈夫だ」

本当は、真っ当な警備員《アンチスキル》や風紀委員《ジャッジメント》が言うべき台詞《セリフ》だったかもしれない。

こんな薄汚れた『暗部』に言う資格なんてなかったかもしれない。

だけど、引き継いだ。これを言いたくても言えなくなった男から、確かに。

浜面《はまづら》は呟《つぶや》きながら彼らには見えない位置でスマホを見る。画面が死んでいて、アネリが応じる気配はなかった。プログラム自体がやられた訳ではないだろうが、指示出しのための窓口が壊れてしまったのではサポートＡＩから協力を得られそうにない。

ここから先は、本当に一対一だ。

顔に出す必要はない。男の子の目を見て浜面《はまづら》はこう言った。

「……『暗部』だか何だか知らねえが、あの子の尊厳をこれ以上踏みにじらせたくない。ここで、決着をつける。いいか、絶対に殺されたりするんじゃねえぞ。あの子を助けるためには坊《ぼう》主達《ずたち》は生き残らなくちゃならねえんだ」

「何をすれば……？」

体操服の男の子は蚊の鳴くような声で、でも確かに言った。

震える体を押さえ付けてでも。

「もう逃げたくない。こんなの勇気なんて言えない、あの時だってちゃんと向き合っていれば兄ちゃん達を傷つけないで済んだんだし。だから‼」

「なら手を貸しな」

本当は、合図と共に女の子の手を引いて走れと言うはずだった。少しでも遠くに。でもやめた。

ドレンチャー＝木原《きはら》＝レパトリ。『暗部』に消費される子供達を救い出そうとしたあの青年は、もう生き返らない。だけど彼が育てた真っ当な光は、この少年の瞳の中にも宿っていた。敗者の務めだ、この光を曇らせる訳にはいかない。

何があっても。

だからこう言い直した。

「……決着をつけるにはいくつか道具がいる。俺が銃を使って時間を稼ぐから、その間に集めてきてくれ。頼めるか？」

ポケットの中に硬い感触があるのを思い出し、浜面《はまづら》は舌打ちした。取り出してみるが、輝きが鈍い。わずかだけど、外周は完成していなかった。黄金の輝きはまだ時計回りに一周繋がっていない。チャージが終わっていないのだ。ならそれでも良《い》い。少年はあらぬ方向に金貨を放り投げた。レディバードの注意が逸《そ》れたかどうかも不明だった。

未練なんかない。

『ニコラウスの金貨』なんかいらない。

連結を切り替えてレールを繋《つな》げるきっかけくらい、最初から誰だって持っている。

このレールは、絶対に変えられる。

そのために必要な力は計算された魔術《ブキミなオカルト》なんかじゃない。

もっと別の何かだ。

14

捉えた。

両手両足で冷たいコンクリートの大地を踏み締めるレディバードは、改めて標的を捕捉した。

それで何が好転するのかは分からない。達成してしまえばおぞましい『捕食』が始まる。だというのに体は止まらない。

こんな自分を変えられない。溺れる者が無自覚に水面を目指してもがくように、レディバードはこんな自分から逃れられない。

……守りたかったのは人間だけど。

喰《く》らう。

人の脳を喰《く》らって取り込まない限り、苦しみは治まらない。

……自分が解剖台に寝そべれば、この子達は暗闇の中から引き上げられるはずだったけど。

『お、お、お、お、おおっ、おおおおおおおおおッッッ!!!!!!』

視界がぐしゃぐしゃに滲《にじ》む。

だけど涙の跡さえ、超高速の風圧で飛び散っていった。

重心の高い不安定な二足歩行の状態ですら、V12エンジンの最高回転数に匹敵するレディバードだ。少女としての尊厳を捨て去り機械の効率を手に入れれば、その瞬間最高速度はさらに上限を突破する。

大人か子供かなどもはや関係ない。

そもそも脆弱《ぜいじゃく》な人間の足では彼女から逃れる事など叶《かな》わない。

そういう精密誘導兵器のように、地を進む彼女は正確に獲物を捉える。特徴的な体操服。そこに向かってただ突っ込む。

横合いから拳銃弾が襲いかかってきた。こんなになっても、少女はまだ分厚い山刀は手放していなかった。そして障害物のない状態であれば、銃撃は自殺行為でしかない。角度を整えて正確に合わせるだけで、跳弾が射手を正確に殺す。

そのはずだった。

にも拘《かかわ》らず、右手の反応速度が〇・五秒鈍化する。

『っ？』

致命的な遅れだった。

まともに鉛弾の雨を喰《く》らい、ごろごろと転がされる。たかが九ミリを浴びた程度で骨格や筋肉が破壊する訳ではない。元から出ていた速度が問題だった。横からの衝撃で容易《たやす》くバランスを崩し、そのままコンクリートの柱をまとめて二、三本へし折ってしまう。

しかし何だ？

何が起きた。両手足で移動するからと言って、右腕の可動域が狭まった訳ではない。そもそも数値確認する限り、運動系のパフォーマンスの低下など報告されていない。

問題はそれ以前。

照準関係にズレがあったのだ、とレディバードが気づいた瞬間だった。

ぶわりっ!! と。

円形空間全体が白っぽい煙に包まれていった。

煙幕だ。

（ま、さか）

さらに立て続けに銃撃。とっさに山刀を構えるが、出遅れている時点で問題だ。ガードが成立せず、すり抜けた鉛弾がそのまま彼女の体を叩《たた》く。

『がァあ!!』

15

浜面仕上《はまづらしあげ》は見ていたのだ。

ゴミの山に埋まったコンテナラボでの顛末《てんまつ》だ。長い銀髪に袴《はかま》の少女が浜面達《はまづらたち》を助けるために、起死回生の一撃を放った。アンドロイドの顔を掌《てのひら》で掴《つか》み、口の中へと火の点《つ》いた香辛料を叩《たた》き込《こ》んだところを確かに目撃していた。

だけど、おかしいではないか。正面から銃を連射しても全て弾《はじ》き返《かえ》すほどの反応速度を持つレディバードが、どうして生身の人間の掌《てのひら》なんて見逃したのだ？

「ここは誰にでも冷たい『暗部』だぜ、理由もなくただのラッキーで当たる訳ねえんだ……」

弱者は観察を怠らない。そして哀《かな》しい別れや理不尽な苦しみに打ちのめされてきたからこそ、せめて己の糧とするという想《おも》いが育まれていく。

世界最古の遮蔽用化学兵器。

大仰な言い回しだが、実は身近にあるものでも簡単に作れる。

例えば市販の防虫剤などでも使われているヘキサクロロエタンや、それこそ日々の生活のどこにでも普及している亜鉛を粉末状にしただけでも。こういうのは半蔵《はんぞう》のヤツが得意だったか。

「つまり、煙幕!!　赤外線だか超音波だかマイクロ波だか知らねえが、テメェのセンサーをわずかでも誤作動させるような何かがあれば超高速のガードは怖くない!!」

16

だからどうした。

それが何だ。

レディバードの中で欠乏に対する猛烈な餓《う》えが膨らんでいく。それは水や食事というよりも酸素の方が近い。

もう殺す。

脳は一つあれば良い。

キリキリと先鋭化されていく思考が、その鋭く尖《とが》った先端でもって己の目的を貫いていく。

……何を助けたかったんだっけ?

猛烈な煙幕の中でも確かな反応を捉えた。

体操服を着た小さな影。

……泣きながら、かつて少女だった何かは叫ぶ。

『01001110101011000101100110111001011ッッッ!!』

もう、言葉になっていなかった。

それで、何かが焼き切れた。

レーシングカー以上の速度で獲物の懐《ふところ》へ飛び込んだレディバードが、今度の今度こそ花開く。

小柄な影、おそらく女の子の方だ。背中一面を大きく開くと、薄い半透明の何かが飛び出した。

細長い薄羽根にも長い舌にも見える捕獲器官をいくつも吐き出した。それらで搦《から》め捕《と》り、自由を奪って、体内へと重たい塊を突っ込んでいく。

これが『暗部』。

勧善懲悪など通じてたまるか。

そして。

そして。

そして。

『……？』

変だ、と気づいたのはいつだっただろう。

体操服を纏《まと》っているのは、抱えて持ち上げられそうなくらい小柄な影。この部分に間違いはない。だが重量は？　たかが一〇歳前後の子供が、二〇〇キロ以上もあるものか？

『まさかッ⁉』

その時。

その瞬間、レディバードの胸に滲《にじ》んだのは。

17

捉えていたのはレディバードだけではなかった。

浜面《はまづら》仕上《しあげ》だって正確に拳銃を向けていた。

「後ろから撃った時は、嫌そうな素振りを見せてくれたよな。まるで『背中の口』から鉛弾が体の中に入ってこねえか気にするように」

弱者は観察を怠らない。

足りない実力を埋め合わせるためには、相手の弱点を探るしかないからだ。

「……でもって、ガソリンで火だるまにした時は山刀の一振りで消し飛ばしてくれた。一見すればただただ圧倒されるけど、ほんとにダメージ皆無だったらわざわざ火を消す必要はなかったんじゃあねえのか？」

煙幕を使ってレディバードのセンサー系を妨害したのは、何発撃ち込んでも効果のない九ミリ弾を当てるためではない。

そういう理由を与えてやれば敵は安心するだろうが。

つまり、狙いはこうだった。

煙のカーテンの向こうで体操服を被《かぶ》せたドラム缶をちらつかせ、わざと噛《か》みつかせた。

そして拳銃弾でも十分に誘爆できる事はすでに証明している。

背中側へ、立て続けに。

着ぐるみのファスナーにも似た、背中の中心線。あまりにも大きな獲物を捉えて噛《か》み合《あ》わせの悪くなったその隙間の部分へ、強引にねじ込むように浜面《はまづら》は拳銃を連射していく。

レディバードが自ら取り込んだドラム缶。

そいつが内側から膨らむ。

爆発。

ドゴゥワッッッ!!!!!! という壮絶な爆発音が外まで響き渡った時点で、結末ははっきりしていた。あまりの爆風と衝撃波に、広げたはずの煙幕が吹き飛ばされていく。

見たくもないものが広がっていた。

だけどバラバラに散らばった残骸は、浜面《はまづら》自身の行動で広げられたものだ。

「はまづら!!」

「大丈夫……」

小さなリボルバーを手にしたまま、浜面仕上《はまづらしあげ》はそう呟《つぶや》いた。

唇を噛《か》んでいた。

「……煙幕の中で、あいつの頭が不自然にブレたんだ」

ぽつりと。彼は呟《つぶや》いたのだ。

「あの絶叫。多分、自分の判断能力に横から何かを噛ませた。きちんと機能していたら、ドラム缶なんかに騙《だま》されたりはしなかった」

それはプログラム的な機能の話だけど。パラメータを書き換えて属性のオンオフを切り替えた。そんなものだったのかもしれないけど。

「きっと、何かを思い出した」

恋人の方は見れないまま、浜面《はまづら》は俯《うつむ》いて床に目をやっていた。

そこに何かが転がっていた。

「だから最後の最後で、ガキどもを助けてくれたんだ」

転がった少女の頭部は、確かに笑っているように見えた。

もう殺さなくて済むと、そんな風に。

18

予想外だった。

この先の展開など考えていなかった。

たった一人残された老人、木原端数《きはらはすう》はしばし呆然《ぼうぜん》としていた。それから広い円形空間をゆるりと見回す。

滝壺《たきつぼ》は辛《つら》そうだった。お灸《きゅう》の効果も永遠には続かないのだろう。

「はあ、ふう」

「滝壺《たきつぼ》」

ガチリという禍々《まがまが》しい金属音があった。何かしら小さなリボルバーを操作した音だ。

「ガキどもをよそへ。俺達は、大人の話し合いがある」

「……、分かった」

滝壺《たきつぼ》は一度小さく頷《うなず》いてから、

「それで良《い》いのね、はまづら?」

「ああ。……逃げるよりも、こっちが先だ」

いよいよ人の目がなくなった。

正面に立つ不良少年は、拳銃を掴《つか》んだままだった。

「まだあるか?」

冷たく、硬質で。

機械を思わせる声色だった。

「……アンタ、それでもウワサの『木原《きはら》』印なんだろ。アンドロイドの技術を使って自分自身を改造していたりは?」

「……、」

「なければ、そろそろ悪夢から覚める時間だ。いい加減にな」

リボルバーの銃口が上がる。無機質な声に、明確な侮蔑が混じった。レディバードをあれだけ苦しめておいて、自分だけは無傷。そんな事実すら受け入れられないようだ。

「あの子を踏みにじった代償を払ってもらう。俺には、アンタを許す理由が見つからない。世界中をひっくり返しても。どんなに頑張ったって、俺は正義にゃなれなかった。だけどここでやらなきゃ俺がなれなかった正義が死ぬ。それくらいは分かるよ、馬鹿にだってな」

そう。

こいつを生かしておいてもろくな事にならない。少年の目ははっきりとそう語っていた。正解だと木原端数は思う。レディバードが撃破されて思ったのは、怒りや哀《かな》しみではなかった。課題と改善点だ。もしもここで解放されたら、自分はすぐにでも次世代機の開発に取り掛かる。

より多くの犠牲を是として。そうなるに決まっていると、自己分析できてしまう。

そして新たな研究テーマが生じると、そこに未練が絡《から》みつく。

一人の木原《きはら》として生まれたサガであった。

自分はまだ死なない。

死ねない。

絶対。

「……レコード達成じゃな。君が新たな木原殺《きはらごろ》しになるか」

「終わりだ」

「この業は、重いぞ。君は間違いなく次の『暗部』の中心になる。たとえ君自身がそれを望んでいなくたって、学園都市は常に生贄《いけにえ》を求め続ける……ッ‼」

「終わった後にぎゃあぎゃあ引き延ばしを図るんじゃあねえよ、死に損ない」

こんな会話に意味はない。

本来の少年なら、反射でここまで言っただろうか？　レコード達成、木原殺《きはらごろ》し、『暗部』の中心。木原端数《きはらはすう》の言い方には、むしろ相手が陶酔するように仕向けた節まである。何か、何か一つでも状況をひっくり返す手はないか。もちろん時間を稼いでいる間にも老人の頭はフル回転していた。何でも良《い》い。木原《きはら》と名のつく以上、こちらはあらゆる倫理や規範を取り払う覚悟を決めている。

その時だった。

確かに見た。異物感、冷たいコンクリートの地面に落ちている金色の輝きを。

『ニコラウスの金貨』。

すでに外周は時計回りに一周全部輝いていた。チャージは完了しているのだ。

「っ!!」

とっさに老人は飛びついた。特殊なエンジニア系の手袋をはめた手で何かを掴み取る。

そして叫んだ。

およそ科学者としてあるまじきものに頼ってでも、彼は次の研究に進みたかった。

「その銃を暴発させろ、『ニコラウスの金貨』!!」

だから、これは誰の罪だったのだろう。直後に具体的な現象が発生した。

結果は平等だ。


パァンッッッ!!!!!! と。


浜面《はまづら》仕上《しあげ》が手にした拳銃から、鉛弾が飛び出したのだ。

そう、機関部で弾丸が破裂して銃本体や使用者の手首を吹き飛ばすだけが暴発ではない。

引き金を引いていないのに勝手に弾が出た。これもまた、暴発の定義に含まれる。

「あ？」

老人は視線を下げた。

腹の真ん中、よりにもよって胃袋を破裂させる格好で着弾している事が信じられないようだ。出血というよりも、雑菌一つで致命傷となりかねない体の中身を自前の吐瀉物《としゃぶつ》で思う存分汚染しながら倒れていく老人は、もう手の施しようのない状態からたっぷり五分以上も苦しみ抜いてからようやく事切れた。胃酸の主成分は塩酸だ。手術台に乗せられ、お腹《なか》を開いてから中にばしゃばしゃ注がれる気分はどんなものだろう？　もちろん麻酔なしで、だ。

老人は自分で祈って命を落としたのだ。

科学の信奉者が、よりにもよって科学の定義の外で。

努力を放棄した者の末路。しかし、ある意味では正しい結末だったのかもしれない。

だって。

木原端数《きはらはすう》が最初から自分の力だけで足掻《あが》いていれば、そもそもレディバードの件で恨まれる事もなかったのだから。

自分自身の肉体を切り貼りして実験を繰り返していれば、体操服を着た子供達の処遇を巡って争う事もなかったのだから。

……もしもそっちを選んでいれば、ここまで辿《たど》り着《つ》いたみんながみんな、手を取り合って生存を目指す事もできたかもしれなかったのだから。

アンドロイド自体は悪くない。

浜面《はまづら》はそう思う。でも木原端数《きはらはすう》が頷いたとしても、意味合いは全然違うだろうとも。やはり罪と罰は老人の性質によって決定されなくてはおかしい。専門家の視点から語れるのは、科学に対して自分で守るべき線を引いて真摯《しんし》に向き合った者だけだ。

これもまた、天からの贈り物……なのか。

分かりやすい奇跡を起こし、代わりにあらゆる道を封じる閉塞の罠《わな》。

未練がましく一枚の金貨をいつまでも握り締めたまま動かなくなったクソ野郎を見て、浜面《はまづら》仕上《しあげ》は小さく呟《つぶや》いた。

無か。

あるいは、いっそ不謹慎な笑いが込み上げるのを軽く抑えながら。

「メリークリスマス。奇跡の手触りはどうだった、マッド野郎？」

List of OP."Hand_Cuffs"

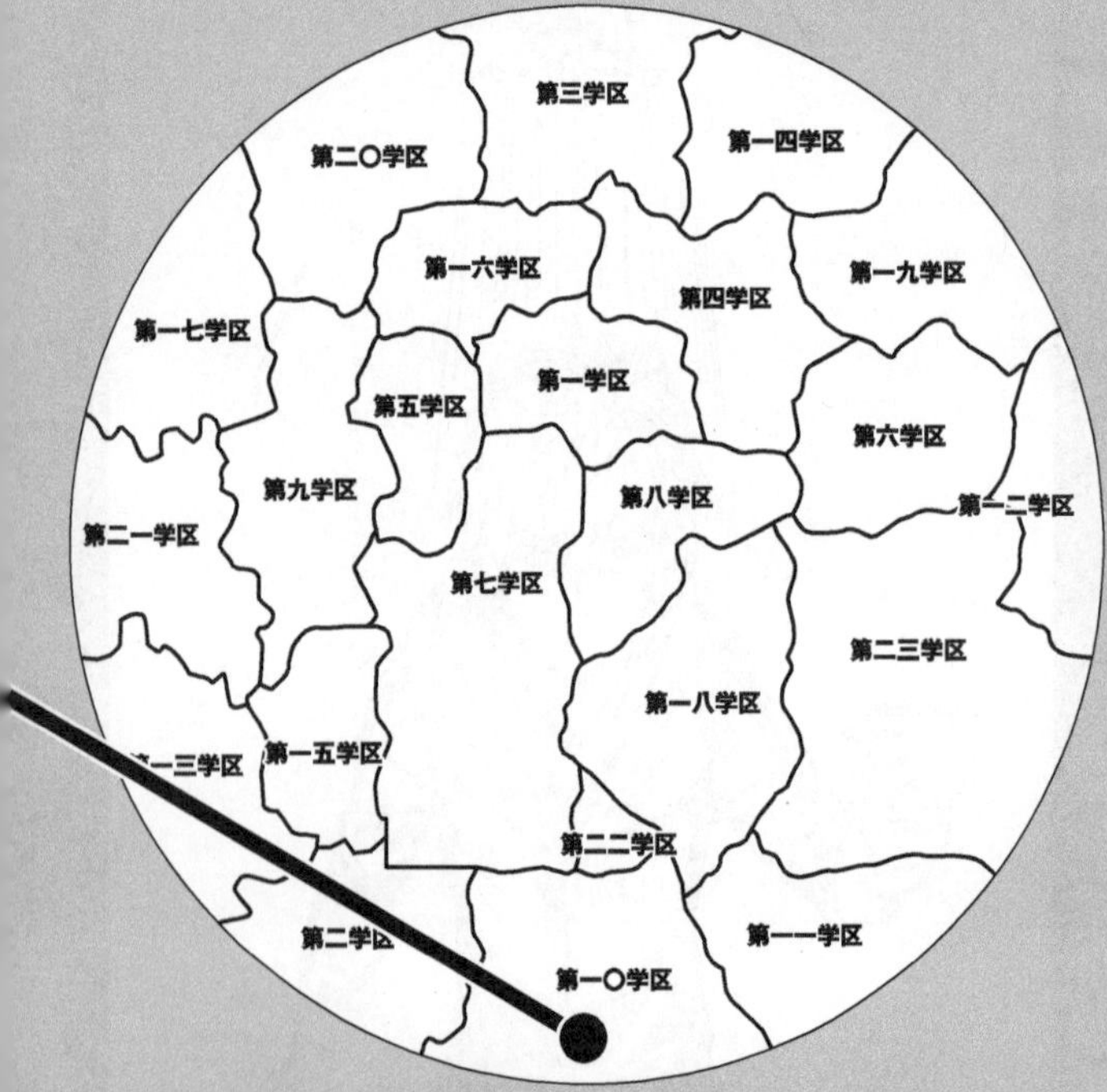

第一〇学区地下

浜面仕上

好普性

滝壺理后

好普性

木原端数

嫌普性

レディバード

嫌普性

ドレンチャー＝木原＝レパトリ

好普性

フリルサンド＃G

好普性

行間　四

「終わったわね」

冷たい鉄格子《てつごうし》の中だ。

アンナ＝シュプレンゲルは素っ気ない調子で言った。

「一二月二五日の乱痴気騒ぎもこれでおしまい。流石《さすが》にこれ以上の展開はないでしょう。わらわの余暇もこの辺りが幕かしら。まあ、そこそこの『揺らぎ』が採集できて良かったわ。ここまでやって全部予定通りだったら、流石《さすが》に辟易《へきえき》してスイッチを切っていたかもしれないし」

隣の房から声はない。

何を思っているかは、おそらく誰にも分からないだろう。

沈黙が最大の答えなどと言うには、あまりに人的被害が大きすぎた。

「何をイメージしていた？　どんな結末を思い描いていたの？　オペレーションネーム・ハンドカフス。掲げた夢は悪くなかったはずなのに」

だから、アンナの声だけが響く。

「別にあなたが恥じる事ではないわ。大体どんな大人も経験する、思春期のやらかしというヤツよ。世の権力者が大体角を丸めて似たような笑顔を浮かべているのも、そういう事。尖《とが》った本音を表に出してしまった者から粉砕される。だから、自分を隠して相手を暴《あば》く足の引っ張り合いが、一番効く。『弱い頂点』の構造ね。……ふふっ、大きな事を成し遂げたかったら、まず一番の目的を隠さないと。あなた、ちょっと純粋過ぎたのよ。もう少し濁りを知りなさい」

キン、という硬質な音が冷たい空間に響き渡る。

見た目一〇歳くらいの幼女は親指で真上に弾《はじ》いた金貨を小さな掌《てのひら》でキャッチして、

「『ニコラウスの金貨』」

コントロールは外れた。

モニタリングは寸断された。

全部が全部、あまりに悪意的なアクシデントが重なり過ぎた。檻《おり》の中から指示を出そうにも、坂道を転がり始めた雪球を今すぐ押さえ付けられる場所に統括理事長は立ってはいなかった。

それをやってしまえば、第一位自身が再び第一の闇へと変じてしまう。

怪物を封じる。

そう誓ったはずだった。

だから。なのに。

「たった一つの異物があなたの思い描いたフローチャートをズタズタにした。何がどう進んでも『暗部』を解体して人々を穏便に降伏させるはずだった幸せな行き止まりは破れ、自由でハイリスクな死の世界へみんな自分から飛び込んでいった。……抽選はランダムだったけど、結局、金貨の呪縛を自ら捨てられたのは一人だったかしら。彼はノーマークだったな。昼間に接触していたはずなのに、このわらわが見逃すとは珍しい……」

楽しげだった。

あるいは隣の房にいる第一位よりも大きなウェイトを占めているようだ。

「実験の合間、この余暇で分かった事は」

アンナ＝シュプレンゲルは続ける。

こちらについては、どこか炭酸が抜けたような声色で。あらかじめ予測していた結果が予想の通りに成功した、くらいの肌感覚で。

「魔術の自由は科学の秩序に勝る、という一点よ。あなた達がどれだけ綿密に組み立てても、わらわは構わず食い破り、上書きし、破壊する」

そこで一拍置いて。

悪戯《いたずら》好きの子供が秘密を明かすように、そっと付け足す。

「まあ、こんな枠組み自体あまり意味のあるものでもないんだけどね？」

アンナは鉄格子《てつごうし》の扉の横棒に沿う形で、一枚の金貨のエッジを軽く滑らせた。

金属同士が擦《こす》れる甲高い音に紛れて、カチリという細工が動く音が響いた。

鉄格子《てつごうし》の鍵が開いたのだ。

本来の錠前《じょうまえ》の機構を完全に無視して。

「これもまた、奇跡の一つ」

科学の檻《おり》では、魔術を捕らえておく事はできない。

端的な象徴であった。

アンナ＝シュプレンゲルはゆっくりと通路を歩き、隣の房のすぐ横を通り過ぎようとする。

「『ニコラウスの金貨』はその名の通り、クリスマス限定の霊装だわ。厳密には魔術師の肉体に依存せず地脈から直接力を吸い取って駆動するので、霊装というより魔道書の方が近いんだけれど。この混乱は一夜の夢。長引く事はないから安心なさい」

『このっ‼』

ついに、であった。

同じ鉄格子《てつごうし》の中にいた半透明の何かが挑みかかったのだ。愛らしい少女に海洋生物やコウモリの翼を足したような外見、そして見る者によって冒瀆的《ぼうとくてき》な記事の内容が変わる英字新聞のドレス。その存在には鉄格子《てつごうし》なんて何の意味もない。オレンジ色の火花と共にぶち抜いて、赤い薄布で体を覆う幼女へ摑《つか》みかかる。

クリファパズル５４５。

これでもかつては世界の転覆を狙ったイギリス清教《せいきょう》最大主教《アークビショップ》が切り札として用意していた、

人工の悪魔だ。

が、

「人が話している。理解もなく割り込みをかけるな」


気がつけば幼女の隣に何か立っていた。

半透明の影は鷹《たか》の頭と屈強な肉体を持つ天使であった。そして縦に亀裂が走ったと思ったら、天使は容赦なく自分の全身を脱ぎ捨てた。

太陽、であった。

恐るべき光が炸裂《さくれつ》し、空間を埋め尽くすような打撃が悪魔の少女へ襲いかかる。

『きゃあああッ!!』

一方通行《アクセラレータ》は身じろぎ一つしなかった。

第一位には『反射』がある。

にも拘らずその口の端から一筋、赤い液体が垂れていた。

「考えて話しなさい。考えていれば分かったはずよ、今は、口を挟むべき時じゃないって」

アンナはそちらを見てもいなかった。

ただ、ひらひらと小さな手を振った。

「実験は終わったわ。次は、こうはいかない」

アンナは鉄格子《てつごうし》の方へ視線すら投げなかった。彼女はどこか別の場所を見据えて歩き去った。

去り際、彼女は確かにこう言った。


「彼によろしく」


硬い壁に背中を預け、冷たい床に腰を下ろして、一方通行《アクセラレータ》はずっと俯《うつむ》いたままだった。

一言もなかった。

一つ、実証された事がある。あの女がいる限り、小さな夢は叶《かな》わない。

永遠に。

終　章　闇の産声《うぶごえ》は高らかに　Over_the_C.Point,Now.

深夜。面会時間も終わったその一室でツインテールの女子中学生、白井《しらい》黒子《くろこ》は呻《うめ》いていた。

病院である。

彼女が倒れたのは第一八学区西の警備員化学分析《アンチスキルかがくぶんせき》センターだったはずだが、実際に搬送されたのは第七学区だった。一体どこをどう進んでこんな場所まで運ばれてきたのやら。

そして白井《しらい》が呻《うめ》いた理由は『分解者』花露過愛《はなつゆかあい》の手で体内に注入された得体の知れないアメーバやバクテリアのせいではなかった。

青いゴムキャップの試験管。

こうして意識が戻っている事自体、体内は好転に向かっている証なのだろう。決死の想《おも》いで届けてくれたという、あの楽丘豊富《らくおかほうふ》とはあれから会っていない。無事に暗闇の中から生還できていればと思うのだが……。

「こ……」

(……生き残った)

白井《しらい》はベッドの上で物思いにふける。

(であれば、次はわたくしの番ですわね。わたくし自身への内部監察。自分の正しさから目を背けてはいられません、早く要請しなくては)

そして、だ。

彼女は最初にこう考えていたはずではなかったか。

重大事件を追っていけば、必ず御坂美琴《みさかみこと》と鉢合わせできる、と。

「こんな所にいらっしゃいましたのねお姉様……ッ!! イヴから始まる地獄のゴミ拾い奉仕活動をぶっちぎろうが何だろうが、この黒子《くろこ》から逃れる事は叶《かな》いませんわようふぐふふ。ハッ!? と、時計の方は。……まだですわ。まだ滑り込みでクリスマスは終わらないいっ、セーフ!! 大丈夫、女の子のはじめてなんてその気になれば一〇分もあれば完全に卒業できます!!!!!!」

掘り当てた。

二三〇万人が暮らす巨大な街の中からたった一人を捜し当てる。これだって立派な奇跡だ。

それもギリギリで二五日が終わる前に。

しかし喜んでもいられなかった。

同じ病室におかしなものがあったのだ。それは蜂蜜色の輝きであった。

「しょくほう、みさき……?」

「んむー? あふぁ、なにかしらあ???」

「お姉様と同室である上に、まさかのベビードール!!　ちょっとお待ちくださいお姉様、これは一体どうなっていますの。こういうすけすけランジェリールームメイト枠はわたくしの専売特許だったはずでしょお!!」

脅威であった。

怖気《おぞけ》という言葉の意味を、よりにもよってクリスマスに学ばされる白井黒子《しらいくろこ》。

「というか結局お姉様はどちらにいましたの？　どうしてお二人は同じタイミングで怪我《けが》をして同じ病院のお世話になっているんですのお!!　これはっ、まさか、こいつはクリスマスはお二人で過ごしていたとか生ゴミみたいな話じゃありませんわよねっ、ねえ!!」

対話が面倒臭くなったのか電気や磁力を自在に操る愛《いと》しのお姉様が高層階の窓を開け始めた。

そしてなんか疲れて眠そうな第五位はそもそも気にしていなかった。目元を擦りながら、

「……ええー？　やあーよー私あなたの激レア上級職呼ばわりされるだなんて。私は私で一個の世界を持っているの、どうして御坂《みさか》さん側になんか組み込まれなくちゃならない訳え？」

「げきっ、じょぼじゃば!?　ゆっ、言ってはならない一言を……。言葉に宿る力を恐れて必死に我慢していた禁断のフレーズをこうもあっさりと。お、おそるべしッ食蜂操祈《しょくほうみさき》!!　きぃえええええええええええええええええええええええええええええええええ!!」

ベージュ色の修道服を着た女だった。

元はイギリス清教《せいきょう》の最大主教《アークビショップ》が特注した装束だったと気づく者は少ないだろうが。

光り輝く金色の髪は肩の辺りで切り揃《そろ》えられているが、美容室で整えた感じはしなかった。いやに暴力的な切り口で、何かの罰のようにも見える。

新宿《しんじゅく》は学園都市東門と繋《つな》がる窓口でもあった。高層ビルの屋上まで上がると、外壁の向こうに広がる街並みが見える場所もある。

そんな屋上の一つだった。

『成り果てたな』

女の背後から、そんな声が響いた。

ゴールデンレトリバーだった。大型犬はぶるると体を振って長い冬毛にまとわりついた水分を飛び散らせながら、

『あれだけオカルト嫌いだった貴様が、そうまですがるとは。君は落ちぶれたよ』

「そちらこそ、ひどい有り様だな。まるでこのクリスマスの夜に冷たい川でも流れてきたようだぞ、老犬だというのに無茶をする」

……それもまた正解だったのだ。

表の河川であれ地下の下水であれ、いかに壁で囲まれた学園都市とはいえ水の流れは堰《せ》き止《と》

められない。山から湧いた水が街を通って海を目指している以上、水の通る道は必ず存在する。

もちろん人間が通れるようには作られていない。水路の途中にはいくつもの鉄格子《てつごうし》や段差などが設けられていただろう。

だけどそもそも、木原脳幹《きはらのうかん》は人間ではない。

『木原《きはら》』というカテゴリはそんなに狭くできていない。

本当に何の意味もなく、ゴールデンレトリバーが下水の通路を歩いているだなんて話はありえないのだ。たまたまとはいえ、暴走した警備員《アンチスキル》に追われる体操服の女の子を見つけたのにはたまたまなりのきっかけが必要になってくる。

適当にやられたふりして汚れた川に飛び込めば良いのだから、あの筋肉の塊は渡りに船ではあった。

とはいえクレバーな結末とも評価できなかったが。

(……やれやれ。偽装の死にリアリティを添付するための証言者とはいえ、見知らぬ子供を泣かせてしまったな。こいつは私のロマンに反する、借りイチだ)

『君が託したルーキーは失敗したようだぞ』

「みたいだな」

『……介入は？　このまま学園都市が倒れても構わないのか』

「失敗は成長の糧《かて》だ。ここは最初の第一歩。大人が可能性を取り上げてしまっては、それこそ期待の新人なんて腐っていく一方だよ」

大型犬はそっと息を吐き、ビニールパックした葉巻を取り出した。

常に失敗ばかり繰り返してきた『人間』が言うと笑えない。おそらく何の皮肉でもなく、ただの経験談として語っているのだ。

それでもこいつには諦めきれなかった何かがある。大型犬はそう睨《にら》んでいた。今、自分のセオリーを無視してオカルトに頼り、『女の体』を乗っ取ってでも自分の存在を保っているのだって、単に命が惜しいからではないだろう。

目的のためなら、自他の命など惜しまない。木原脳幹《きはらのうかん》にも通じる部分があった。

火の点《つ》いた至高の一本を口に咥《くわ》え、ゴールデンレトリバーはこう尋ねた。

『これからどうする？』

「私に何を望む」

決まっている。木原脳幹《きはらのうかん》の目的は最初からこの一点だ。

だから大型犬は旧友の名を告げた。

『あらゆる魔術の撃滅を。君が世界最大規模の自堕落人間だというのは良く分かっている。だがいい加減に働けよ、アレイスター』

海原光貴《うなばらみつき》、と名乗っていた誰かは二人の少女と共に朝陽《あさひ》を眺めていた。

「終わった……？」

「だとすれば失敗だな。エツァリ、ゴロツキどもの揺り返しに備えた方が良《い》いかもしれん」

ライブハウスの楽屋に潜り込んでいた絹旗最愛《きぬはたさいあい》は両手を顔にやり、大きな鏡の前でべりりという音を立てた。

剝がしたのは顔の皮膚ではなく、特殊メイクだ。

「ぶえっ、顔がむくむ！　皮膚呼吸って超大事ッ‼　こりゃあ確かに合成映像が主流を奪っていく訳です。世の中、利便性には勝てないかなー？」


落書きだらけのビル壁に背中を預けた麦野沈利《むぎのしずり》は、こちらに気づかず立ち去っていった追っ手を覗《のぞ》き見《み》て、掌《てのひら》から禍々《まがまが》しい光をそっと消していた。

「何だ、延長戦《サドンデス》はナシかよ？　もうちょいタガが外れるもんだと思ってたんだがな」

ドレスの少女は金網フェンスの中で目を覚まし、両手を挙げて背筋を大きく伸ばした。

すぐ外側では腐った警備員《アンチスキル》のなれの果て、黒いぐずぐずが広がっているが、その程度では動じない。フェンスの隙間から指を伸ばして床に転がる鍵束を拾う。片目を瞑《つむ》って空っぽになった隣の房を見ながら、不自然なくらい誰からも忘れ去られたドレスの少女はこう囁《ささや》いた。

「……ほら見なさい、檻《おり》の中が一番安全だったでしょう?」


雲川芹亜《くもかわせりあ》とその妹は、汗だくで着ぐるみを脱ぎ捨てた。

乙女の匂いがひどすぎる。女子更衣室で興奮できる殿方以外には見せられないレベルで。

「うぐあーっ!!　もうやらん、こんなバイト二度とやらないけど!!」

「賃金なんか出るか、勝手に着ぐるみを作って潜り込んだだけだろうが。遊園地はとにかく権利まわりにうるさいのだ、こんなヘッドを作っていた事がバレたら法廷闘争モノだぞー?」


フレメア=セイヴェルンは白いカブトムシを抱き締めたまま、まだ夢の中だった。

キャラクターグッズでいっぱいになった遊園地仕様のホテルの一室で、銀髪の幼女フロイライン＝クロイトゥーネは顔を見下ろしたまま、

「寝てる」

『くっ、苦しい。まあ、彼女はこれで良《い》いんじゃないですか……？』

結標淡希《むすじめあわき》は死体安置所の冷凍ロッカーから這《は》い出《で》てきた。

冷凍モードのスイッチは切っていたとはいえ、特に暖房も入っていない。自分の肩を抱いてぶるりと震えながら、職員のものらしき電気ケトルを手に取って、

「……大丈夫なのかしら、学園都市。これじゃ死体に小細工し放題じゃない」

そして。

暗い暗い闇の底だった。

ばき、ばき、ぺき、と。冷たい床に落ちていた潰れた菓子箱。内側から膨れ上がり、中から何かが這《は》い出《で》てきたのだ。

学園都市最大の禁忌、カキキエ隧道《ずいどう》。誰も知らない巨大な円形空間の真ん中で、それは人間

のシルエットを作り出す。

人工的に作られた幽霊。

フリルサンド#G。

長い長い金髪をツインテールにし、薄い青のぴったりしたドレスと膨らんだ薄布のロングスカートを重ねた女。メリハリの利いたグラマラスな体型と洋風の人形のような格好がアンバランスなその美女は、そっと何かを見下ろしていた。

幸せそうに笑ったまま、時間を止めた男だった。

彼女が何より守りたかった風景。そこにいなければならない一人だった。

『お、』

ぞっ、という音が響く。

粘ついた汚泥《おでい》で満たされた排水口の栓を抜くような。

比喩表現ではない。本当に景色は動いていた。中心に立つ彼女に向けて、いびつな空間そのものが集束していくのだ。

そもそも高エネルギーの放射が止まっている状態で、今のフリルサンド#Gはどうやってその存在を保っているのだろう？

忘れてはならない。

ここは現実には存在しない場所。人工的な誘導実験の結果、消し去る事すらできなくなった

ＡＩＭ拡散力場の集合体。

ありえない現象が起きた。

そういった微弱な力の集まりが、一点に向けて吸い込まれていくのだ。

『おお、お。』

漆黒の涙が頬を伝った。

作り物のゴーストは、本物の怨霊《おんりょう》へと膨れ上がった。

『おお!!!!!!』

聖なる夜に、学園都市の『暗部』という枠組みは壊滅した。
だが瓦礫《がれき》と灰燼《かいじん》の中から何も生まれなかったとは限らない。

あとがき

一冊ずつの方はお久しぶり、まとめ買いの方は初めまして。

鎌池《かまち》和馬《かずま》です。

今回は学園都市『暗部』編。ただし、プラス警備員側《アンチスキルがわ》の視点とクリスマス魔術でこれまでとは違った感じを目指してみました！　創約1から出てきたオペレーションネーム・ハンドカフスの顚末《てんまつ》は。『暗部』らしいスリルとブラックジョークを楽しんでいただけましたら幸いです。

創約3はお話の流れを追うより大きな流れを作った人物に注目した方が全体像は分かりやすくなると思います。そんな訳でニューフェイスの悪人達について振り返ってみましょう。


ヴィヴァーナ＝オニグマ。

明治大正っぽい袴《はかま》の下に真っ赤なテープ拘束を隠す和風拷問マニアで、『暗部』の良心。浜面《はまづら》は『専門家と呼ばれる人には自分で線を引いて真摯《しんし》に科学と向き合ってほしい』と考えますが彼女はそういう人物だった訳ですね。名字は特に意味なしですがエニグマから。一字ずらすと鬼態など和っぽいイメージが漂うのが不思議です。

悪人に対しても非殺傷を選択し、見知らぬお子様救済のためなら自分の命くらい投げ出せる辺り、そういった無駄を楽しむ心という共通点で木原脳幹《きはらのうかん》と話が合ったかもしれませんね。ただヴィヴァーナの場合はカタカナでロマンではなく、漢字で浪漫《ろまん》とこだわりそうですけど。


ベニゾメ＝ゼリーフィッシュ。

どんな手段を使ってでもスクープをものにするパパラッチ。もちろんゼリーフィッシュはクラゲで、自分的には『夜の街を漂う見えない暗殺者』のつもりでした。動画サイトやＳＮＳが発達した時代でも紙の週刊誌を重視する辺りが彼女の『正義』へのこだわりです。

ペンは剣よりも強し。これを美しい言葉として語る事ができるのは、皮肉ですが剣が強く表に出ている時代だと思います。ペンが強い時代になったのなら、その意味合いも変わってくるのでは？　そういう意味では、ベニゾメはペンの強さに取《と》り憑《つ》かれた人物だったと思います。それこそ、刀の切れ味に魅入られて辻斬《つじぎ》りを繰り返す悪人と同じように。


花露過愛《はなつゆかあい》と花露妖宴《はなつゆようえん》。

双子のキャラを作る場合、根っこのメンタリティは『二人セットでべったり』なのか『一人で早く独立したい』の二択かなと思うのですが、どうせなら一挙両得、姉と妹で考え方が違うようにしてみました。『分解者』過愛《かあい》は自分を破壊してでも独立を望み、『媒介者』妖宴《ようえん》は相手を縛り続けてでも永遠にべったりしたい。両者ともに理由なき殺人者。最初から最後まで徹底して『暗部』の極彩色を貫き通した、ある意味で純粋過ぎた女の子達だったと思います。だからこそ結末も容赦なしです。姉妹どちらも、死ななかった事こそが最大の罰になるのかなと。

レディバード。

ゼロから造ったアンドロイド。レディバードはテントウムシの事です。作中では『人に好かれるために進化した体色パターンでは？』と言及しましたが、あのオレンジに黒の点々、実際には風景に溶け込む保護色狙いではなく蜂のシマシマと同じ警戒色らしいですね。自分は凶暴だぞとアピールして敵を遠ざけつつ、食べても不味《まず》いから狙うなって考えだとか。

物理最強、科学一色、本物の『木原《きはら》』ブランド、対人関係皆無で住んでいる世界が狭い、低身長に平べったい胸、ボディライン剝《む》き出《だ》しの競泳水着、何より精神的に未熟。後述のフリルサンド#Gとの対比を意識して構築したキャラクターでもあります。

結末はああなりましたが、木原《きはら》ジジィとの何気ないやり取りは結構お気に入りです。善悪とは関係ない所で結びついている辺りが『暗部』らしい背中の預け方なのかなと。ただしここは『暗部』、背中を預ける相手がいたからと言って安心できるとは限りません。

フリルサンド#G。

子育て幽霊、ただしそのためなら殺人も辞さず。人工的な幽霊は風斬《かざきり》氷華《ひょうか》や上里勢力《かみさとせいりょく》の冥亞《メイア》などたびたび浮上しているテーマです。ええ、Gはただのゴーストのことですとも！　幽霊についてはプラズマによる物理的な火球や立体映像から超音波を使った脳の誤作動まで色んなアプローチがあるようですが、ああいう形で表現しました。

幽霊を見たら悪い事が起きる、心霊写真を撮ってしまうと呪われる。……辺りは王道として、最近は『スマホが死ぬ、地図や顔認識などの便利機能がバグる』が怪談の定番みたいですね。ここを封じないと体験者を孤立させられないからなのでしょうが、テクノロジーに引きずられて日々機能進化する幽霊というのも興味深いなと。でもこれ、逆に言えば『暗がりでびくびくしている人のスマホにサイバー攻撃などで外から悪さをすれば、幽霊がいると信じ込ませる事もできる』のかも？　例えば古いアパートで薄い壁の向こうに違法な無線LANルーターを一個置くだけで心霊現象が頻発する『幽霊部屋』を作れるのでは。大家さんがせっせと仕掛けを用意しても部屋の価値が落ちるだけなので、作ってどうするんだって感じですけど。ああでも新しいお化け屋敷《やしき》ができるかも？　スマホを圏外にする機材はごまんとありますしカメラの顔認識だって壁紙の模様一つで誤作動するでしょうからね。

前述の冥亞《メイア》が和風の死に装束ベースでしたので、洋風の人形っぽさでカラーを固めています。そしてギャップ狙いでぱっつんぱっつんボディに。美人幽霊という言葉が浸透している通り、やっぱり死霊《しりょう》は艶《なま》めかしさがないといけません！　でも西洋圏の『十字架でちゃんと退いてくれる悪霊《あくりょう》』よりは何やってもしつこくついてくる一途《いちず》な日本製メリーさんの方が近いです。お人形のメリーさんに限らず、私はベッドの下に潜り込むあいつや高速道路を突っ走るパワフルなおばあちゃんよりも、こっくりさんやコトリバコなどコンパクトなサイズの怖い話や呪いの道具に惹《ひ》かれるようです。それでも敢《あ》えて怪人系から一人選ぶなら八尺様《はつしやくさま》が好みかな。儀式や小道具がはっきりしている話の方がイメージしやすいからかもしれませんけど。

それから今回は名前のない警備員達《アンチスキルたち》の暴走、アクシデントが強く表に出たお話だったと思います。いつもと違う事が全て『ニコラウスの金貨』を起点としてレールの連結を切り変えていった結果だとしたら、あれらは警備員側《アンチスキルがわ》に渡った金貨で出力された訳ですね。心優しい先生だった彼らも奥底ではイロイロ溜《た》まっていたのか、あるいはお祈りの方法を間違えて本人も予想していなかった結果が出てきてしまったのか。あれこれ想像していただけますと幸いです。

イラストのはいむらさん、伊藤《いとう》タテキさん、担当の三木《みき》さん、阿南《あなん》さん、中島《なかじま》さん、浜村《はまむら》さんには感謝を。白衣やガスマスクで縁日の浴衣《ゆかた》、たった一人で和洋中、などなど複数属性のミックスというのもまとめるのが大変だったと思います。ありがとうございます!!

それから読者の皆様にも感謝を。しつこいくらいクリスマス、創約の『暗部』編はいかがだったでしょうか。科学と魔術、表と裏。様々な顔を受け入れて楽しんでいただけましたらと願っております。今回もありがとうございました!!

それではこの辺りで本を閉じていただいて。
次回もお手に取ってもらえる事を祈りつつ。
今回はここで筆を置かせていただきます。

やっぱりあいつ、(幼)女難の相が出ているな

鎌池《かまち》和馬《かずま》

肩を借りていた。

ジャージ少女の滝壺理后《たきつぼりこう》に支えられたまま、浜面仕上《はまづらしあげ》は表の世界に帰ってきた。体操服を着た男の子と上着を貸した女の子は自由なはずなのだが、何故《なぜ》かこちらについてきた。

学園都市最大の禁忌、カキキエ隧道《ずいどう》。

結局彼はそこを通らなかった。長い長い階段を上って、表の街へ戻っていったのだ。

「浜面《はまづら》」

警備員《アンチスキル》が待っていた。

黄泉川愛穂《よみかわあいほ》だったのが、せめてもの救いか。

心配そうな恋人をそっと引き剝がし、浜面仕上《はまづらしあげ》は両手を挙げた。

「……ダメだと思った」

「……、」

「このままじゃ。ただ暗い地下を歩き続けたって、きっと『暗部』からは逃げられない。学園都市の外で、安全な世界で、温かい家や空気に囲まれたって、いつまでもずっと『暗部』の影が離れない。だからここで断ち切る事にした」

真正面から黄泉川愛穂《よみかわあいほ》を見据える。

告げる。

「罪は償う」

一言だった。

『ニコラウスの金貨』を捨てた時から、安全圏まで逃げ切るという仮の目的は消失した。彼は、『これがあれば叶《に》えられる』という与えられた方向性の外へと踏み出した。

自分で決める。目的はこうだ。

「だけど自分の意思に反して無理矢理やらされてきた事については、こっちが糾弾する番だ。俺は加害者だけど、被害者でもある。……放棄なんかしないぞ。俺は自分の権利でこの街に切り込む。そうしなくちゃ自由なんか手に入らないんだ、永遠に」

「それで良《い》い」

そっと。

どこか安堵《あんど》したように、黄泉川《よみかわ》は応えた。

「正直、私だっていっぱいいっぱいじゃんよ。今日は色んな事が起こり過ぎた。こいつは、一つの方向から眺めただけじゃ全体像を把握できん。手を貸してくれるならありがたいよ。私も私の膿《うみ》を出したい」

「ひとまず滝壺《たきつぼ》……この子の人工透析の準備だけ進めてくれるか。それと、できれば列車に乗って街の外に出ていった子供達の行方も……」

ここからだ。

浜面《はまづら》仕上《しあげ》がそう思った時だった。

パン!! という乾いた音が響き渡った。

浜面仕上《はまづらしあげ》は奇妙な、笑みに似た表情を作っていた。

そのままぐらりと体が斜めに傾《かし》ぐ。自分の体重を支えていられずに、雪で濡《ぬ》れた地面へ崩れ落ちていく。

正面、至近距離からだった。

花火臭い拳銃は、警備員《アンチスキル》のホルスターに挿さったままだった。安全装置だって掛かっていただろう。それでも、誰も触っていないのに勝手に鉛弾が飛び出したのだ。当の黄泉川愛穂《よみかわあいほ》がびっくりしたような顔をしていた。

浜面《はまづら》には分かった。この死に方には覚えがある。

自分らしい、とも思った。

『暗部』は『暗部』、好普性《こうふせい》だの嫌普性《けんふせい》だので区切って自分だけ生き残れるだなんて思うな。

(まあ、暴力にすがったくせに善人を気取った報いかなあ。これは)

黄泉川《よみかわ》の意思じゃない。浜面《はまづら》にはすぐ理解できた。浜面《はまづら》が終わったと判断しても、事態が変わったとは限らない。おそらく何か、彼らには見えない力が働いた。黄泉川愛穂《よみかわあいほ》は子供に銃を向けない、という事を信条に掲げた警備員《アンチスキル》だった。そんな彼女の銃が誤作動を起こしたのは、一体どんな皮肉だろう。

巻き込んで悪かった。

そう言いたかったけど、舌は痺《しび》れたように動かなかった。

すぐ近くで何か叫んでいる滝壺理后《たきつぼりこう》の声が、ひどく遠い。体を揺さぶられている感じはしなかった。きっと、下手に動かすのが躊躇《ためら》われるような状態なのだろうと推測する。

良かった、と彼は笑った。

『これ』が恋人や体操服の子供達に向かわなかっただけでも、浜面《はまづら》の勝ちだ。

その上で、

(悪い……)

浜面仕上《はまづらしあげ》は粘つくようにゆっくりと動く時間の中で、そっと噛《か》み締《し》めた。笑って、つい納得してしまった。結局、やり遂げられなかった。一番初めの約束はこうだったはずだ。こういう締まらない辺りが自分らしいと思う。

(……お守り、お守り。妹さんとやらには返せなかったな)

◉鎌池和馬著作リスト

「とある魔術の禁書目録《インデックス》①〜㉒」（電撃文庫）

「とある魔術の禁書目録《インデックス》SS①②」(同)
「新約　とある魔術の禁書目録《インデックス》①〜㉒　㉒リバース」(同)
「創約　とある魔術の禁書目録《インデックス》①〜③」(同)
「とある魔術の禁書目録《インデックス》　外典書庫①②」(同)
「ヘヴィーオブジェクト」シリーズ計18冊(同)
「インテリビレッジの座敷童①〜⑨」(同)
「簡単なアンケートです」(同)
「簡単なモニターです」(同)
「ヴァルトラウテさんの婚活事情」(同)
「未踏召喚://ブラッドサイン①〜⑩」(同)
「とある魔術のヘヴィーな座敷童が簡単な殺人妃の婚活事情」(同)
「最強をこじらせたレベルカンスト剣聖女ベアトリーチェの弱点①〜⑦ その名は『ぶーぶー』」(同)
「とある魔術の禁書目録×電脳戦機バーチャロン　とある魔術の電脳戦機《バーチャロン》」(同)
「アポカリプス・ウィッチ①〜③ 飽食時代の【最強】たちへ」(同)
「マギステルス・バッドトリップ」シリーズ計3冊(単行本　電撃の新文芸)

本書に対するご意見、ご感想をお寄せください。

ファンレターあて先
〒 102-8177　東京都千代田区富士見 2-13-3
電撃文庫編集部
「鎌池和馬先生」係
「はいむらきよたか先生」係

本書は書き下ろしです。

電撃文庫

創約《そうやく》 とある魔術《まじゅつ》の禁書目録《インデックス》③

鎌池和馬《かまちかずま》

◆◇◇

2020年11月10日　初版発行
2024年10月10日　３版発行

発行者　山下直久
発行　株式会社KADOKAWA
〒102-8177　東京都千代田区富士見2-13-3
0570-002-301（ナビダイヤル）
装丁者　荻窪裕司（META＋MANIERA）
印刷　株式会社KADOKAWA
製本　株式会社KADOKAWA

●お問い合わせ
https://www.kadokawa.co.jp/（「お問い合わせ」へお進みください）
※内容によっては、お答えできない場合があります。
※サポートは日本国内のみとさせていただきます。
※ Japanese text only

※定価はカバーに表示してあります。

ISBN978-4-04-913500-8　C0193　Printed in Japan

電撃文庫　https://dengekibunko.jp/

電撃文庫創刊に際して

文庫は、我が国にとどまらず、世界の書籍の流れのなかで〝小さな巨人〟としての地位を築いてきた。古今東西の名著を、廉価で手に入りやすい形で提供してきたからこそ、人は文庫を自分の師として、また青春の想い出として、語りついできたのである。

その源を、文化的にはドイツのレクラム文庫に求めるにせよ、規模の上でイギリスのペンギンブックスに求めるにせよ、いま文庫は知識人の層の多様化に従って、ますますその意義を大きくしていると言ってよい。

文庫出版の意味するものは、激動の現代のみならず将来にわたって、大きくなることはあっても、小さくなることはないだろう。

「電撃文庫」は、そのように多様化した対象に応え、歴史に耐えうる作品を収録するのはもちろん、新しい世紀を迎えるにあたって、既成の枠をこえる新鮮で強烈なアイ・オープナーたりたい。

その特異さ故に、この存在は、かつて文庫がはじめて出版世界に登場したときと、同じ戸惑いを読書人に与えるかもしれない。

しかし、〈Changing Times,Changing Publishing〉時代は変わって、出版も変わる。時を重ねるなかで、精神の糧として、心の一隅を占めるものとして、次なる文化の担い手の若者たちに確かな評価を得られると信じて、ここに「電撃文庫」を出版する。

1993年6月10日
角川歴彦

電撃文庫DIGEST　11月の新刊

発売日2020年11月10日

創約 とある魔術の禁書目録《インデックス》③
【著】鎌池和馬　【イラスト】はいむらきよたか
愛しのお姉様・御坂美琴と二人で過ごす魅惑のクリスマスが黒子の手に！　と思いきや、なぜか隣には髪型がバーコードのおじさんが!?　聖なる夜、風紀委員の黒子に課されたのは『暗部』の一掃。それは闇への入り口でもあり……。

キノの旅XXIII the Beautiful World
【著】時雨沢恵一　【イラスト】黒星紅白
「あの箱ですか？　私達の永遠の命を守ってくれるものですよ！　あそこには、たくさんの国民達が眠っています！」「つまりまさか――」エルメスの言葉を入国審査官は笑顔で遮りました。（「眠る国」）他全11話収録。

三角の距離は限りないゼロ6
【著】岬 鷺宮　【イラスト】Hiten
少しずつ短くなっていく、秋玻と春珂の入れ替わりの時間。二重人格の終わり……その最後の思い出となるクラス会で、彼女たちは自分たちの秘密を明かして――ゼロへと収束していく恋の中、彼が見つけた「彼女」は。

日和ちゃんのお願いは絶対2
【著】岬 鷺宮　【イラスト】堀泉インコ
「ねえ、わたし――邪魔かな？」どんな「お願い」でも叶えられる葉群日和。けれども、恋はそんなに簡単じゃない。幼なじみの美少女に放った言葉は、何より日和自身を傷つけて――壊れたまま終われないセカイの、もしかして、最後の恋物語。

声優ラジオのウラオモテ #03 夕陽とやすみは突き抜けたい?
【著】二月 公　【イラスト】さばみぞれ
声優生命の危機も一段落。でも相変わらず崖っぷちなやすみに舞い込んだ仕事は……夕陽の宿敵役!?　できない、苦しい、まだ足りない。それでも――「あんたにだけは」「あなたにだけは」「「負けられない!!」」

ちっちゃくてかわいい先輩が大好きなので一日三回照れさせたい2
【著】五十嵐雄策　【イラスト】はねこと
通学途中に名前を連呼されたり、ハート型の卵焼きを食べる所を凝視されたりと、相変わらず龍之介に照れさせられている花梨。来たる文化祭で放送部はニャンメイドカフェをやる事になり、メイド花梨は照れて爆死寸前に!?

吸血鬼に天国はない④
【著】周藤 蓮　【イラスト】ニリツ
「死神」との戦いも乗り越えて、より一層の愛を深めたシーモアとルーミー。傍目にも仲睦まじい様子だったのだが、突如「シーモアの娘」を名乗る少女が現れたことで、落ち着いたはずの同棲生活に再び亀裂が入り……？

少女願うに、この世界は壊すべき2 ～輪廻転生の神髄～
【著】小林湖底　【イラスト】ろるあ
桃源郷を解放し地上に降り立った彩紀とかがりは、仲間を増やすため彩皇が住まう寺院へ向かう。しかしそこは、殺人、妄語など悪逆が功徳とされる聖域で――？　最強の聖仙が悲劇を打ち砕くバトルファンタジー第2弾！

新作 **桃瀬さん家の百鬼目録《フェイクロア》**
【著】日日日、ゆずはらとしゆき、SOW、森崎亮人
【イラスト】吠L
桃太郎の魂を継ぐ桃瀬姉弟を中心に、21世紀の浅草に顕現した御伽噺の英雄達。その使命は、悪しき怨念と共に顕現した魔物「実狄」の討伐。これは「昔々」から続く現代の御伽噺――鬼退治は桃瀬さん家にお任せあれ!!

新作 **となりの彼女と夜ふかしごはん ～腹ペコJDとお疲れサラリーマンの半同棲生活～**
【著】猿渡かざみ　【イラスト】クロがねや
「深夜に揚げ物は犯罪なんですよ！」→「こんなに美味しいなんて優勝ですぅ…」即堕ちしまくり腹ペコJDとの半同棲生活。食卓を囲うだけだった二人の距離は、少しずつ近づいて？　深夜の食卓ラブコメ、召し上がれ！

新作 **百合に挟まれてる女って、罪ですか？**
【著】みかみてれん　【イラスト】べにしゃけ
異性を籠絡する技術を教え込まれたはずの美少女、楓と火凜。しかし初ミッションの相手は、なぜかの女性で……!?　どちらが先にターゲットを落とすかの勝負なのに、この子もう最初から落ちてません!?

新作 **白百合さんかく語りき。**
【著】今田ひよこ　【イラスト】raemz
高2の永遠（とわ）とリリには秘密がある。それはカプ厨なこと。放課後、空き教室で様々なカップリングへの愛と妄想を語り合うのが2人の日課。そしてもう一つ。リリは永遠が好きなこと。最近、大好きな永遠を独占したいリリは――。

新作 **妹の好きなVtuberが実は俺だなんて言えない**
【著】芦屋六月　【イラスト】うらたあさお
妹が恋をしたようだ。顔を紅潮させながら、その男がどれだけ魅力的か力説してくる。恋をすることはいいことだ。だが問題は、その相手だ。Vtuberの爽坂いづる、だって？　おい、その中身は俺なんだが――！

新作 **エージェントが甘えたそうに君を見ている。**
【著】殻半ひよこ　【イラスト】美和野らぐ
ある日を境に、父親の遺産を欲する組織に命を狙われることになった高校生の幸村隼人。彼を守るためにやってきた男装の一流エージェントは、二人きりになると甘えん坊になる美少女だった！　究極のギャップ萌えラブコメ開幕！

SWORD ART ONLINE
ソードアートオンライン
川原 礫
イラスト／abec
「これは、ゲームであっても遊びではない」
《黒の剣士》キリトの活躍を描く
究極のヒロイック・サーガ！
電撃文庫

アクセル
ワールド
川原 礫
イラスト／HIMA
accel World
もっと早く……
《加速》したくはないか、少年。
第15回電撃小説大賞《大賞》受賞作!
最強のカタルシスで贈る
近未来青春エンタテイメント!
電撃文庫

暴虐の魔王、転生した未来世界で
魔王の適性皆無と判断される!?
著†秋
illustration†しずまよしのり
魔王学院の不適合者
MAOH GAKUIN NO FUTEKIGOUSHA
～史上最強の魔王の始祖、転生して子孫たちの学校へ通う～

空と海に囲まれた町で、
僕と彼女の
恋にまつわる物語が
始まる。
青春ブタ野郎シリーズ
鴨志田 一
イラスト●溝口ケージ
図書館で遭遇した野生のバニーガールは、高校の上級生にして活動休止中の
人気タレント桜島麻衣先輩でした。『さくら荘のペットな彼女』の名コンビが贈る、
フツーな僕らのフシギ系青春ストーリー。
電撃文庫

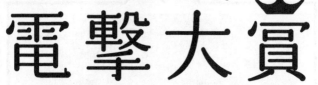